东南大学一流学科建设项目
东南大学艺术学院教授文丛
主编 | 王廷信

沈亚丹 学术代表作

沈亚丹 | 著

东南大学出版社
SOUTHEAST UNIVERSITY PRESS

图书在版编目(CIP)数据

沈亚丹学术代表作 / 沈亚丹著. — 南京：东南大学出版社，2020.10
(东南大学艺术学院教授文丛 / 王廷信主编)
ISBN 978-7-5641-7568-9

Ⅰ.①沈… Ⅱ.①沈… Ⅲ.①艺术-中国-当代-文集 Ⅳ.①I209.7-53

中国版本图书馆 CIP 数据核字(2020)第 189868 号

沈亚丹学术代表作 Shen Yadan Xueshu Daibiaozuo

著　　者	沈亚丹
责任编辑	唐红慈
装帧设计	蔡顺兴
策 划 人	张仙荣
出 版 人	江建中
出版发行	东南大学出版社
地　　址	南京市四牌楼 2 号　邮编:210096
网　　址	http://www.seupress.com
经　　销	全国各地新华书店
印　　刷	南京新世纪联盟印务有限公司
开　　本	700 mm×1000 mm　1/16
印　　张	16.25
字　　数	301 千字
版　　次	2020 年 10 月第 1 版
印　　次	2020 年 10 月第 1 次印刷
书　　号	ISBN 978-7-5641-7568-9
定　　价	70.00 元

本社图书若有印装质量问题,请直接与营销部联系。电话(传真):025-83791830。

总 序

　　东南大学具有悠久的艺术教育与研究的传统。早在1906年,李瑞清先生就在此设立图画手工科,开中国现代艺术教育之先河。从这个科目的开设到1949年国立中央大学的结束,持续了43年。1949年,中央大学更名为国立南京大学,学校的建置未曾发生变化。1952年,全国高等学校调整,国立南京大学的艺术学科大部分进入南京师范大学,尚有部分教师到了中央音乐学院。直到1994年东南大学艺术学科恢复为止,东南大学的艺术学科中断了42年。

　　1994年,在一个新的发展时期,东南大学重新发现艺术学科的价值,开始逐步恢复艺术学科。2006年,东南大学成立艺术学院,如今已有13年了。

　　学科的发展首先是教师的发展。从1994年的艺术学系以及后来的艺术传播系到现在,艺术学院已有9位教师荣退,目前在岗专职教师58位。从1994年算起,艺术学院已退休和正在执教的教授已达二十余位。在东南大学艺术学科成长的过程中,这些教授都做出了巨大贡献,所以我要在此感谢他们对东南大学艺术学科的成长付出的辛劳!

  为了纪念东南大学艺术学科的恢复、总结东南大学艺术学科教授们的学术成就、集中展示教授们的代表性学术成果、加强学生的培养。我们决定从今年起在东南大学出版社以文丛的形式陆续出版东南大学艺术学科教授代表作。

  东南大学艺术学科的教授从年纪最长的30后张道一先生，到如今的80后季欣女士、卢衍鹏先生，已有整整五代人了。每代教授的学术背景和风格都略有差异，从知识储备到问题的关注点和思考方式，从话语系统到表现形式，都体现出这种差异。除了代际差异，每位教授的学术个性也有区别。所以，这套文丛大致代表了东南大学艺术学科每代教授的学术个性，也代表了不同教授各自的学术个性。我们衷心希望学界同人、我院的青年教师和学生们关注这套文丛，通过这套文丛了解东南大学艺术学科教授们的学术个性、治学理路和学术观点，也期待学界同人对这套文丛批评指正。

  是为序

王廷信

2019年1月

目 录

001　诗歌·音乐

002　中国当代诗歌荒诞意识的表现形式

015　寂静之音——论诗歌的音乐性言说

024　论汉语诗歌语言的音乐性

032　诗歌押韵的发生及其音乐本质浅论

037　通向寂静之途——论汉语诗歌音乐性的变迁

047　"诗言志"对汉语诗歌音乐本质的规定

055　论汉语诗歌的内在音乐境界

064　《燕燕歌》和《候人歌》——汉语诗歌发生神话的音乐信息

072　中国音乐生成过程与音乐主体的感知方式

079　关于汉语诗律的音乐学分析

088　声音的秩序——汉语诗律作为国人宇宙意识的形式化呈现

098　论四言诗音节分化与五言诗的发生

109　《楚辞》文本的音乐结构及其呈现方式

2

119 文学·图像

120 论中西绘画的不同抽象方式

132 一画与万象——论中国画的抽象方式和艺术境界

139 《诗经图》：一个宋儒的诗学图像文本

151 "造型描述"（Ekphrasis）的复兴之路及其当代启示

164 飘来飘去：宋代绘画中的云烟隐喻

177 天人之际——宋代绘画中的云烟转喻和提喻

188 宋诗中的宋画——以惠崇小品为例

202 宋画中的唐代诗人图像及其文化内涵

213 艺术理论

214 论中国艺术形式的泛音乐倾向

222 跨文化艺术比较中相应概念内涵的动态考察——以"形式"为例

232 当代艺术学研究中的实证主义及其困境

241 宋代艺术中的理性精神

243 论一般艺术学视域中的世界艺术史书写——兼评徐子方《世界艺术史纲》

251 后记

诗歌 · 音乐

中国当代诗歌荒诞意识的表现形式

荒诞，从逻辑上来看，是对传统规范的背离与重组；从艺术上来看，是由审美转向审丑；从价值体系上来看，是对"上帝死了，而人还活着"（尼采），或对"上帝死了，人也死了"（福柯）观念的认同。当人发现了现实与人生的支离破碎和毫无意义时，荒诞感便油然而生。荒诞貌似不可理喻，但绝不是无意义的。"它们背叛了自然的可能性，而不是背叛了内在的可能性，然而正是内在的可能性构成了这些作品的魅力。"[①] 桑塔耶纳这句概括怪诞的话，借来表述荒诞也恰如其分。怪诞与荒诞原本就有血缘关系，都是对现实的重建与再造；不同之处是怪诞更多涉及形象的陌生化，荒诞则侧重事态上的有悖常理，诗化的荒诞其意义首先在于对无意义之现实的揭发与反动。而真正的诗人必须在意识到现实与自己的荒诞的同时又超越荒诞，在对死亡的无限趋近中展现生存的意义，在远离现实的荒诞中复苏人们对"家"的回忆；在这种南辕北辙的回归中，让人们看尽一路风景。

目前，有人持严肃的荒诞写作态度，有人转向对小农经济与市民生活的温情吟唱，有人放弃所有的责任开始梦呓，有人则纵身跃入死亡的深谷。（如：海子、骆一禾、顾城等。无论海子是否是中国最好的诗人，但无疑是最值得一提的，他短短的一生中写了大量的麦地诗，最终穿越他在虚无中开垦的麦地走向死亡）中国诗坛并不存在荒诞派，正因为如此，荒诞意识并非为某派特有，而是以各种形式存在于诗歌的各个层面。

---

① 桑塔耶纳. 美感 [M]. 北京：中国社会科学出版社，1982：175.

一 对荒诞现实的否定与揭露

荒诞作为一种审美范畴，首先是基于审美主体的人对现实的怀疑与否定，是作为个体的审美主体对社会群体的拒绝与疏离，诗的荒诞源于被意识到的现实的荒诞。荒诞意识在诗中最直观的表现便是对现实的否定。现实对于科学是剖析的对象，对于哲学是思考的对象，而对于诗则是必须超越与重建的对象。自从意识把人从自然中凸现出来，把个体的人从群体中分拣出来，个体与身处其中的现实一直存在着矛盾。诗与哲学以不同的方式发现并且介入了现实的荒诞，从置身于荒诞现实与人生中而不自觉到认识与否定现实与人生的荒诞是一种进步。

中国与西方的文化在某种程度上皆以不同的方式否定了人的存在。中国儒家哲学把人固定在"礼"与"仁"的经纬上，以道德实体代替了人的终极价值。而道家则力劝人们与以"天"为代表的自然和光同尘。儒与道分别设立了社会与自然这两个实体作为人的归宿。而西方则为人设立了"天堂"，为人打上原罪的烙印，神与天国成为人必然的终结与归宿。

中国哲学历来缺少对个体的关怀。所以诗不得不站出来，代替哲学给人命名。中国第一位浪漫诗人屈原在发现现实的荒诞性的同时，表现出极度的自恋与自虐，最终导致自杀。屈原的死亡不仅是一个遭贬的爱国者的死亡，同时也是一个被现实拒绝的人的死亡，而导致他死亡的最终原因则是其在对生命终极价值的不断追问中觉醒的荒诞意识。屈原是当代一部分中国诗人的原型。

在几千年的造神运动中，多少圣贤在这块土地上羽化登仙。人，一直是"礼"，即秩序中的一环。如已故诗人顾城所说："我在什么什么面前是一粒沙子，一颗铺路石子，一个齿轮，一个螺丝钉。总之，不是一个人，不是一个会思考、怀疑，一个有七情六欲的人。"[①] 而"大跃进"等一系列国家浪漫主义运动如日中天又被全盘否定后，诗人们从小沉浸其中的理想、信念、道德标准崩然倒塌，从集体迷狂中苏醒的人们又深刻地感到现实的虚妄与荒诞，如北岛所写：

我弓起了脊背

---

① 青年诗人谈诗 [M]. 北京：北京大学五四文学社，1985：29.

> 自以为找到了表达真理的
> 唯一方式，如同
> 烘烤着的鱼梦见海洋
> 万岁！我只他妈喊了一声
> 胡子就长出来了
>
> 北岛《履历》

与此同时，西方人文主义思潮从各种渠道以各种方式猛烈地撞击着茫然而清贫的民众，在政治的压力下扭曲的传统也悄然伫立于人们面前，被重新审视。毋庸回避，当代中国人对现实荒诞性有如此深刻的体验，除了现实原因外，其思想基础是近年来在国内盛行一时的尼采、柏格森和存在主义哲学，使20世纪七八十年代成长起来的诗人从哲学的高度，从西方镜像中看到了世界的荒诞。

随着神的倒塌，70年代中期到80年代初出现的朦胧诗人们以悲剧英雄的形象从理想的废墟中站起来，努力驱赶着荒诞的梦。朦胧诗人的歌唱是迷惘的，但他们在执着地寻找着。这首先源于人对终极价值的需要，同时也源于中国文化传统赋予每个诗人的历史使命和诗人对爱与美的本能的追求。梁小斌的《中国，我的钥匙丢了》、北岛的《睡吧，山谷》以及流传极广的顾城的《一代人》等一大批诗作，都体现了寻找的主题，不仅仅为诗人自己，而且为一代人立言：

> 黑夜给了我黑色的眼睛
> 我却用它寻找光明
>
> 顾城《一代人》

这些诗充满了对荒诞现实的后浪漫主义的超越与批判。他们承接了《离骚》的一线血脉，也铭刻着醒者的痛苦与迷惘。虽然诗人们不承认自己是英雄。如北岛写道："在没有英雄的年代里，我只想做一个人"（《宣告》）。但既然上帝已死，北岛们还是不自觉地扮演了上帝的角色。

与"寻找"同步发展的是"愤怒"主题。这不同于传统中国文人的狷激与佯狂，而是受西方某些哲学流派及诗歌作品影响的个人心灵的宣泄。诗人芒克在《街》中用类似口语的句子罗列了一系列现实的荒诞图景，结尾处诗人喊出了他的愤怒：

> 我现在真想发疯似的喊叫让满街都响起我的叫声
>
> 芒克《街》

早期朦胧诗人食指在诗中多次描写过"愤怒"并最终把"愤怒"推向"疯狂":

> 受够无情的戏弄之后
> 我不再把自己当人看
> 仿佛我成了一条疯狗
> 漫无目的地游荡人间
> ……
> 假如我真的成条疯狗
> 就能挣脱这无情的锁链
> 那么我将毫不迟疑地
> 放弃所谓神圣的人权
>
> 食指《疯狗》

如同美国诗人艾伦·金斯伯格的《嚎叫》一样,《疯狗》是中国式的"嚎叫",在礼法及"哀而不伤"等诗歌传统中,在中国特有的大地与人群中,我们感到食指面对荒诞现实欲疯不能的压抑与绝望。海德格尔认为疯狂是人类在绝望顶点的自我保护本能。在荒诞的现实中,疯狂也是朦胧诗人所表达的普遍欲望。而很多时候,我们生命激情自由宣泄的阀门却被理智锈蚀了。但以《嚎叫》为代表的一系列外国非理性诗歌作品的涌入,点燃了中国诗人疯狂的欲望,虽然金斯伯格们与食指们面临不同的社会现实,但其本质都是荒诞,这是西方诗歌作品能在很大程度上影响中国诗歌的原因之一。

80年代中期,新时代的诗人们面临的是膨胀的城市与商品与由此而引起的人类疯长的欲望。人们一面背井离乡向城市蜂拥,一面诅咒着城市。乡村是宁静的,也是贫穷与孤寂的;城市是繁华的,也是虚妄与荒诞的,因为在繁华中蕴含着更深刻的孤寂。人与人的摩肩接踵中,诗人更深地感到人与社会的荒诞。城市群孕育了以宋琳、张小波等为代表的"城市诗派",以及一大批"散兵游勇"。诗人们目睹了继上帝死亡之后英雄的死亡与痛苦,于是不再相信英雄的诗人们只企图固守自我了。失去疯狂欲望的诗人们转而让人们相信现实的疯狂与不可信。他们挤在楼房越来越窄的夹缝中执拗而任性地叫"不":

> 你不是一个神经失常的女人

> 失常的是这场下了很多年的雪
> 这样地下着下着下着
>
> 宋琳《雪地情书》

这是世人眼中的一个疯女人，也是诗人眼中的情人与一场雪，原有的判断标准遭到否定，人的正常与否不由医院证明而定，雪也不因冬去春来而停止。诗人通过认同一个精神病人而否定现实那场雪：虚幻不实但又冷酷地无休止地纠缠因保持独立人格而忍耐的情人。雪是"失常"的因而是荒诞的。诗人喃喃道出现实的荒诞。绝望、忧伤多于愤怒。"情人"无疑可解读成恋人、作者的理想或精神归属。

从诗集《城市人》中，我们可以发现波德莱尔、艾略特、金斯伯格等人的影子，以及所有城市的共同意象，例如"人群"：

> 我不能看那些脸
> 那些浮着灰尘的吸盘鼻子贴在明亮的空气里
> 失去了愤怒
>
> 宋琳《人群》

庞德描写过从地铁车站拥出的人群，艾略特描写过穿越伦敦桥的人群，而波德莱尔的目光则永远落在人群中。人群是城市最根本的最普遍的特征。诗人"不是把人群当成避难所来看，而是作为诗人捕捉不到的爱来表现"。[①] 宋琳在《人群》中描写人群、酒吧、大河、读报者，但我们却读出了深陷人群中的中国诗人对人群的拒绝与陌生感。"人群"毕竟与古老中国的理想国——"小国寡民"相悖，诗人把人群中的面孔转换成"浮着灰尘的吸盘"，转换成"这样地下着下着下着"的雪花。最终要问的一句只是"我之外一切都是距离吗"？（《人群》）这是一个农业国的中国诗人置身于貌似"发达资本主义时代"的城市景象中必然的疑问，是诗人与他的愤怒被人群冲散后留下的距离。城市诗人在人流的不断冲刷中涤尽了对荒诞现实的愤怒。

朦胧诗在对现实的否定中包含着对个体的认同与坚持，包括一部分城市诗人在内的后朦胧诗已经不再坚持与愤怒，而是以冷静的态度呈现现实的荒诞本质。如艾略特所说："诗人不是放纵感情而是逃避感情，不是表现个性而是逃避个性。"[②] 个性仅仅体现在诗人对事态的选择中，这是一种"天凉好个秋"的

---

① [德]本雅明. 发达资本主义时代的抒情诗人 [M]. 北京：生活·读书·新知三联书店，1989：63.
② [英]艾略特. 艾略特诗学文集 [M]. 北京：国际文化出版公司，1989：8.

欲说还休的沉默，感情由事态本身来承担。诗人从诗歌的中心转向边缘，并自我消解与自我缺席：

> 人能干什么
> 我们修房子，然后进进出出
> 我们造船开路，然后来来回回
> 我们垒砌台阶，然后上上下下
> 活一天算一天，折腾一生

唐亚平《主妇》

作者鸟瞰现实，罗列了一系列的现实图景，并且在每一个诗行的下半句，以一个无意义的动作"进进出出""来来回回"等对上半句人的主体活动"修房子""造船开路"的意义进行消解，最后一句则是对以上诸句的消解。房子由传统意义上的"家"还原为房子。"上上下下"不再是"上下求索"而仅仅是无目的的动作。没有形容词，也看不见赞美、斥责、愤怒等情绪，诗人被现实消解。在不加修饰的叙述态度中，我们看见了现实本身——无目的、机械、刻板。如果这段文字没有被分行排列，并在每句间加上连词，那就成了一段无味的不折不扣的散文。正因为分行排列，因为四周空白的装裱，它才成为诗。诗的缺席是后朦胧诗中的特有现象。1986年南京诗人韩东等人成立的诗社取名《他们》，便是极好的例证。由此，诗由对现实荒诞的揭示滑向了对诗人自我荒诞意识的挖掘。

二　表现诗人自我的荒诞

在几千年人与社会相对稳定的共存中，人类从未停止发问："我们从哪里来？我们是谁？我们到哪里去？"意识在不断发问的同时唤醒了个体。

在哲学上，存在主义的"局外人"代替了尼采的悲剧英雄，解构主义使人从世界的中心转到了边缘。继尼采宣布"上帝死了"之后，福柯宣布"人也死了"。荒诞人生交织着荒诞的现实出现在诗中。中国人尤其是道家以形而上的追问一层层剥落了人与群体、心灵与肉体的联系，比西方更彻底更深刻地认识到人的荒诞性与虚无：

> 这蝉声浓浓地遮住了我
> 一遍一遍褪去我身上的颜色

> 最终透明地映出我来
> 哦，我已是一个空蝉壳
>
> 微茫《听蝉》

道家和佛家都不同程度地指出人的价值的相对性和虚妄不实。甚至孔子也感慨："逝者如斯夫，不舍昼夜。"传统社会的解体，把大部分人抛出了世代栖息的村庄，被迫改变原有的生存方式。人们之所以纷纷逃离村庄是因为乡村不再是陶渊明笔下那个可以"带月荷锄归"的村庄了。城市以各种方式向乡村扩张与渗透，乡村作为现实中的归隐处已成往事。天人合一还原为神话。战争造成人类的自相残杀，自我毁灭。特别是"文革"摧毁了中国文化传统、信仰、梦幻。作为英雄的朦胧诗人被商品与吵嚷着的芸芸众生淹没。随着各种社会准则越来越精致细密，同时也越来越模糊、空泛，生存沦为技术性的操作，诗人们绝望地意识到人的倒塌与自我的异化，看到人格道德的无力，终极价值的淡化使自我的存在成为荒诞。生存的荒诞导致了传统意义上的诗歌精神的瓦解与失落。诗对现实的超越与重建荡然无存。

于坚作为当代中国诗坛具有代表性的诗人，跨越了朦胧诗与后朦胧诗的时代。我们可以从他的诗中看到这种流变。

在北大未名湖丛书之一《新诗潮诗集》中，他以一个纯朴的山里人自居，发现了城市的荒诞，并以山里人的憨厚原谅了城市：

> 我翻过你们的家谱
> 我知道我们大家都是兄弟
> 我来告诉你们母亲和故乡的消息
>
> 于坚《山里人的歌》

母亲与故乡是人们的归宿与寄托，诗人对于现实有着自信，对于"城市人"有着强烈的优越感，因为他是母亲与故乡的使者，带着祖训和家法来到人们中间，而在《中国当代实验诗选》中，于坚写道："我们的玩具是整个世界。""我们奋斗了一辈子，就是为了装得像个人。"[①] 在这里我们看到一个玩世不恭的诗人。作为一个诗人，想玩弄世界的于坚终于被世界玩弄了。在《中国青年诗人十三家》中，原来就有口语化倾向的于坚变得更加口语化了，但不是

---

① 唐晓渡，王家新. 中国当代实验诗选[M]. 沈阳：春风文艺出版社，1987：153.

那种咄咄逼人的口语，而是唠唠叨叨，充满幸存者的窃喜。于坚终于"装得像个人了"——一个异化了的人！

> 儿子们拴在两旁　不是谈判者
> 而是金纽扣　使您闪闪发光
> 您从那儿抚摸我们　目光充满慈爱
> 像一只胃　温柔而持久
> 使我一天天学会做人
>
> 　　　　　　　　　　　于坚《感谢父亲》

作为一只胃，父亲是温柔而残忍的，他（它）消化一切，吞噬一切，一旦进入没有任何活物能够生还，死亡也就成为诗人必然的命运。诗人异化成一只纽扣，这使我们想起卡夫卡的《变形记》中的格里高尔，但于坚描写的死更为彻底，由一个人变成饰物。父亲是中国千百年来王权父权的象征，对于此，于坚无可奈何，但仍然充满感激。

如果说于坚在荒诞中感到幸存的窃喜而另一部分诗人则感到了荒诞中的绝望与分裂。"蟋蟀"作为一种象征在吕德安的诗中反复出现代替了古典和浪漫主义诗歌中的象征物：鹰、鹊、竹、梅等。这个意象直接来源于西班牙现代诗人洛尔伽的《哑孩子》：

> 孩子在找寻他的声音
> （把它带走的是蟋蟀之王）
> 在一滴水中
> 孩子在寻找他的声音
> ……
> （被俘在远处的声音
> 穿上了蟋蟀的衣裳）
>
> 　　　　　　　　　　　洛尔伽《哑孩子》

吕德安在其中发现了人与声音的分裂及人与蟋蟀的契合，发展了朦胧诗的"寻找"主题：

> 在繁星寂寞的夏夜
> 如果有人用耳朵听出蟋蟀
> 那就是我睡眠中的名字

> 如果有人奔跑过一条大河
> 去收回逝去的岁月
> 那就是披绿的蟋蟀之王
>
> 吕德安《蟋蟀之王》

蟋蟀和夜晚相连，蟋蟀不断被驱使着互相撕咬，蟋蟀离将到的秋天不远。蟋蟀在杂草和乱石的压迫下不断哀鸣。这是"披绿的蟋蟀之王"也难以逃脱的命运，也是诗人的命运。尽管如此，诗人还是开始了他最后的逃亡。

《蟋蟀之死》是移居美国后吕德安的新作，在这组诗里吕德安以无边的寂静与虚空为背景从各个角度描绘了一只蟋蟀的各种死亡。吕德安拒绝感谢、拒绝幸存，决定了他的诗与于坚的诗有完全不同的氛围与基调——抽象、孤寂、焦灼与绝望：

> 再没有比今夜更暧昧的夜
> 我们听见一声叫喊越过头顶
> 用一个人的名字喊一个人……
> 我们不知道他是谁，消失在哪条街
> 因为在声音中断的时候
> 寂静仍是寂静
>
> 吕德安《蟋蟀之死》

这概括了人的一生，包括人生的时空经纬，时间从精确重归混沌。一个不明身份的人被从他的各种情感与社会关系中抽象出来，成为一个符号，从虚无归于虚无。符号的消失就意味着人的死亡。吕德安最终识破了社会与自我的双重的荒诞。现实与人的无意义最终被转化成诗的意义。吕德安在诗中对现实与人进行了严肃的哲学化的思考，放弃了诗歌对一切优美事物的爱好，在最大限度内放弃了诗歌传统。

三　文本的荒诞

诗歌的悖理不仅相对于现实与人生而言，更大程度上是由于打破了人们所习惯的诗歌文本的秩序。从本质上来看，诗歌比别的艺术形式更易呈现荒诞。如李白的诗中有"白发三千丈"的句子。在现实或小说中，这都会造成荒诞效果，但由于诗歌特别注重夸张性、非叙述性，所以，其一定程度的非现实性已经形成传统，被人们认同。"诗的"便可以理解成"不那么可信的"或"不合逻辑"的。因而本段所论述的诗歌文本的荒诞不是产生于对现实秩序的违背，而是由于当代诗人打破了人们习惯的传统诗歌文本的秩序。诗歌语言历来是不断变化、创新的。但这种变化与创新是在一定范围内遵循"诗格"与"诗式"的创新。而当代某些诗歌语言的变革打破了原有的度，变得不像诗歌了。某些诗人甚至以放弃诗歌为代价，以诗歌的名义从事哲学的工作。《蟋蟀之死》便是一例，形成了类似于哲学的诗或诗化的哲学。但诗向非诗的转化并不能证明黑格尔所预言的艺术将被哲学代替的命运，而是实现了海德格尔的诗与思的相遇。诗必须放弃一些东西才能向前迈进一步。诗歌的生命体现在不断放弃与获得中。正如禅宗所领悟到的，一个婴儿不是成长 60 年以后的那个老人，但二者却又是同一个人，他必须放弃他的童年才能获得青春。诗亦是如此。对诗歌传统的拒不认领是先锋诗人对诗歌所持的特有的荒诞态度，诗由对语言的提炼转向口语，由抒情言志转向描写生活琐事。传统诗歌也描写琐事，但总期望从中提炼出真、美、趣味，其原则是"以小见大"，而当代某些诗歌仅仅限于对琐事的描写。于对琐事的描写，如丁当的某些作品：

> 混了下天
> 脚丫气味不佳不必不安
> 被子八年前就该拆洗
> ……
> 最悲哀的是这一脸疙瘩
> 脸蛋像一座青春公墓
>
> 丁当《临睡前的一点忧思》

作者沉溺于一个平凡人的生活琐事中，把诗歌演化成一种恶作剧，在读者的反感中诗人体验到渎神的快乐。诗歌由审美转向"审丑"，廖亦武的长诗《死城》写尽了人间丑恶，丑得令人触目惊心，正如以前的婉约派词，美得让人心驰神荡。这些诗使传统意义上的诗人不解、不屑。越来越多的诗人（包括先锋诗人自己）频频发问：诗是什么？诗从哪里来？诗到哪里去？虽然大家对此都不甚了了。但我们的确看见诗歌从有限走向无限，诗国的疆界正在向异域延伸，真正的诗人褪尽了风花雪月，在断裂的传统与现实中寻找突围的方式。

目前，更具先锋意识的诗人已从对现实、对生命的探索中转向对诗本体的探索，先行者在陈旧的诗歌传统中发现了新大陆。于是诗被不同的人以不同的方式重新发现。

的确，诗作为一种艺术形式被一再发现。最早是抒情功能的发现。"诗言志，歌咏言"，其中"志"便是情感，是具有强烈情感的愿望。《诗经》被列为儒家经典是其教化功能的发现。这是诗歌的第一次异化。不可否认，这也是诗歌功能的第一次深化。新诗从"五四"开始，一直低缓地发展着，并承载着政治、教育、宣传等过重的负荷。终于，诗拒绝承担任何功能而转向本体，诗终于不再体现任何意义，转而创造意义。自觉的诗人不约而同地意识到，诗不仅是美的、音乐的，也是否定的、解构的。诗人不是神，却是最具怀疑与叛逆精神的种族。他们悬置了一切逻辑与秩序，使神圣归于荒诞，使现象还原为本真，也使功能归于本体。诗人说要有光，于是一个幻象世界如此强烈地呈现在人们面前，与现实分庭抗礼。

夸张、变形、具体事物的抽象化。抽象事物的具体化都可导致荒诞效果：

> 渡过去还是那座岛
> 你可以梦过去
> 也可以生病过去
> 因此吃过一付药你就能回来
> 但你执意要去
> 那你就去死
>
> 李亚伟《东渡》

"渡"是由此及彼的过程，诗人把"此"与"彼"具象为三个层次：梦、生病、死亡，生病作为生与死的中介在诗中起到意想不到的效果。病往往是被动的，但此刻却成为一种经过选择的主动行为，药也成为回归的手段，被定语"一付"点化，东方药香扑面。

千百年来，诗歌永远不能达到生存中心的事实，使当代诗人产生对现实不信任的同时，产生了对语言的不信任。普通语言学的引进使人远远看到语言的更大的可能性。人纷纷进行了从所指向能指的倒戈。这项工作的意义绝不等同于古人的炼字炼句。古人炼字，仅出于对词语的选择，目的在于强化诗所承载的情、理；而当代诗人对语言的重塑目的在于语言本身。李亚伟的作品《梦边的死》描述了先锋诗人的创作过程。全诗如下：

> 我这就去死
> 骑着马从大东门出去
> 在早晨穿过一些美丽的词汇
> 站在水边流连在事物表面
> 云从辞海上升起
> 用雨淋湿岸边的天才
> 使他骑着马而又想起离开动物
> 远远地找死
> 出了大东门
> 你的才气就穿过纸张
> 面对如水的天空
> 使写作毫无意义
> 马蹄过早地踏响了那些温柔的韵脚
> 自恋和自恨都无济于事
> 而人只能为此死一次
> 我命薄如纸又要守身如玉
> 沿着这条河
> 在词不达意时用手搭过去
> 或顺着某条线索退回去躺在第一个字上
> 死个清白

李亚伟《梦边的死》

写诗被归结为一个生命过程，由"词汇""辞海""才气""纸张""韵脚"构成。诗的完成也即生命的完成，写诗被诗人痛快淋漓地定性为"找死"，即《东渡》中那种"执意要去"的与现实的彻底决裂，体现了礼崩乐坏的时代诗人对语言全身心的归依。而这种死是在"第一个字"上的"清白"的死。这种"清白"不是道德意义上的无邪，而是扫除遮蔽每一个词的尘埃和迷雾，还它的原初意义，同时赋予它崭新的意义。李亚伟宣布了他重塑语言的决心以及将付出的代价。当代诗人最大的痛苦，便是神的失落、传统的失落，价值体系的重建与自我异化。他们除了语言与自由外，一无所有。在远离人群的时候，诗也越来越深地陷入了困惑与幻境。人有寻找自由和秩序的双重本能，荒诞的结果便是体验无休止的灵魂流浪。如卖火柴的女孩从燃烧的火柴中看到自己的梦，诗人在焚烧灵魂居所的火焰中看到世界的美梦与伤口。这便是荒诞的代价。

　　对语言的革新不可避免地导致了诗的荒诞和晦涩，诗歌传统的中断必然导致诗歌传统解读方式的中断。文本的荒诞导致了当代诗歌鱼目混珠的现象，对于这种探索本身在分清鱼目与珠之前，应先给予总体肯定。这是一场对语言宿命论的革命。诗人挪开语言的表层，挪开日常传播中磨灭了灵气的部分，小心擦亮每一个词，使特定语境中的每一个词都不至于被淹没。当代诗歌以重建语言重建了自己的时空秩序，他们把语言看成一个自足的世界，脱离了现实与诗歌传统而投奔语言。诗人醉心于能指的编排，以及对每一个能指可能的所指的参悟。语言秩序是唯一的，而无序则可以以多种方式出现。诗人对语言的探索呈无方向性，在语言的极限内拥有了最大的自由。所以，诗人韩东的"诗到语言为止"被传诵一时，目前有人把"诗到语言为止"理解成"诗到能指为止"，认为他们的目的仅仅在于能指的重新编排。其实，每一个能指的移动必然带动其所指的移动与变更，带动了能指背后深厚的文化积淀的覆盖与显露，诗的目的始终在于所指，就像人们以为仅仅挥动了旗杆，而实则他们却昭示了旗帜。

（《南京大学学报》1994年第4期，有改动）

寂静之音
——论诗歌的音乐性言说

在中西方美学史之中，最先被进行系统比较的艺术门类就是诗歌和绘画，如《拉奥孔》以及在中国唐宋时代就提出来的"诗中有画，画中有诗"，但早在古希腊时代和先秦时代，诗歌和音乐就已经进入比较视野。这首先来源于诗歌和音乐的天然渊源关系，以及更早的诗乐一体化的天然联系。同时又由于这种天然密切的联系，对诗歌和音乐关系的领悟倒有些"只在此山中，云深不知处"的茫然。无论是中国还是西方，在很长一段时间内，这种比较都是以一言半语的感悟为主，随着比较艺术学在西方的兴起，对诗歌和音乐的分析才开始理性化、科学化，并引入各种系统科学方法。在比较过程中最常见的是文化人类学方法的运用，从维柯、洪堡特到斯宾塞、卡西尔等学者，都对语言起源中的情感与逻辑关系、语言和音乐的关系进行过探讨。语言的起源是一个纠缠不清并且永远没有定论的问题，已经超出了本文的论述范围，甚至语言学家索绪尔也指出："语言的起源问题并不像人们一般认为的那么重要。它甚至不是一个值得提出的问题。语言学的唯一的真正的对象是一种已经构成语言的有规律的生命。"[①] 通向语言之途是一个漫长而灰暗的过程，可以推测的是语言系统在一开始的时候，语音的划分远远没有现在这样清晰多样，同时也一定要经过一个前逻辑阶段从而达到逻辑阶段。关于语言功能的发生和发展，大多数学者认为：情感功能先于逻辑功能，表现功能先于陈述功能。语言的发展不仅仅如卡西尔所认为的，有一个隐喻或者神话思维阶段，同时在声音形式上，也经历过一个音乐过程，至少是准音乐过程。卡西尔在重申哈曼的著名命题"诗是人类

---

① 索绪尔. 普通语言学教程 [M]. 北京：商务印书馆，1982：108.

的母语"以后指出:"言语的抒情性和逻辑性之间仍旧存在着一道裂隙;尚待澄清的恰恰就是一个声音赖以从抒情性发声变形为指称性发声的解脱过程。"① 因此可以设想,在语音没有丰富到足以表达意义的阶段,抒情性语调在很大程度上承担起表达意义的工作。在日常语言和科学语言的发展过程中,渐渐丧失了的抒情性和音乐性在诗歌中得以保留,并得到充分发展。相对于散文和其他文体来说,诗歌最基本的特性就是:按照音乐原则组合起来的语言有机体。

诗歌和音乐一样是时间艺术,这种时间不是客观存在的物理时间,而是现象学所谓的本源性时间。众所周知,物理时间是以太阳的运动来衡量的,它是线性的,也就是说物理时间是因过去、现在、将来的继起而形成的,在物理时间中现在、过去、将来是不能并存的。本源性时间是具有生命形态的时间形式,本源性时间的实现有赖于过去、现在、未来时间意象在意识中的统一:"即每一体验不只是按时间相继性观点而且也按同时性观点存于本质上封闭的体验联结体中。"② 诗歌和音乐作为审美客体本身是在时间中存在的,是一种以直观的时间形态为存在方式的艺术,因此它们既是直观的艺术形式也是直观的时间形式。汉语词汇中,作为主体情感概念的"乐"(lè)和作为音乐的"乐"(yuè)的共同性,使得我们对于音乐的主观知觉方式和客观存在方式的统一性一目了然。"乐"既是本源性时间的直观呈现,同时也是对于本源性时间的主体观照方式。和时钟相比,音乐和诗歌之所以最直观和恰当地展现本源性时间,是因为它们通过种种艺术手段使体验到的生存时空成为一种有机整体。曲式和诗式是这一封闭时间的基本样式,其中可预料的重复时间点和可预料的重复样式形成坐标轴,从而形成封闭的体验时间统一流。如此被体验到的诗歌和音乐的时间过程就不再是一个支离破碎的经验过程,而是一个有机体,是一个连贯的生命体验流,这种时间感觉产生于被审美客体的存在方式所规定的主体意向性方式。节奏和旋律的重复与变化是音乐实现这一转换的唯一手段,节奏和旋律在体验流的某一阶段重现时间过程中的某一点,正如作为时间过程中的生命,不断重复也不断改变。

诗歌的音乐性首先反映为物理音响的音乐化,其次反映为物理空间的生命化,也就是神韵弥漫的空间在本源性时间过程中的流转,最终诗歌和音乐具有共同的归属——永恒的寂静,这种无言之言就是老子的"大音希声",从而昭示出本源性时间背后的永恒与节奏、旋律背后的寂静与幽暗。

---

① 卡西尔. 语言与神话 [M]. 北京:三联书店,1988:61.
② 胡塞尔. 胡塞尔选集:上册 [M]. 上海:上海三联书店,1997:506.

一 声音形象的音乐性组合

诗歌的音乐性最显著的特征是语音和语气符合音乐规律的组合,具体表现为押韵、有节奏,在语音处理上有固定的长度单位,在叙述方式上常常采取反复吟咏以及语气助词的大量运用等。处于萌芽状态的诗和歌是不可分的,使早期诗歌区别于日常语言的不是语言本身而是语调和语气,"候人"是日常语言,而"候人兮猗"就是诗歌了。由此可以断定,原始诗歌所注重的不是"言",而是由言说方式所导致的"音",不仅仅是概念并且也是声音形象。对于日常语言来说,语音仅仅是一种媒介。海德格尔认为:"日常言谈倒是一种被遗忘了的、因而是被滥用了的诗歌,从那里几乎不再发出某种召唤。"[1] 换句话说,诗歌的能指不仅仅是揭示所指的工具,同时诗歌本身就是隆重的能指仪式,这在某种程度上和音乐相似。只是音乐是有限音符为手段,通过技术性处理使之具有一定的音高、音程,从而获得节奏和旋律,使其占有的物理时间转换为本源性时间。而诗歌则借用语言的声音形象来进行创作,在诗歌的创作过程中,语言的声音形象本身也会有所变化;也就是说,诗歌的最终目的不在于诗歌词语的理解和接受,而在于和词语一起传达的情绪,这种情绪既通过词语的所指表达,也通过能指本身得以体现。可以说,词语在被诗歌挑选的开始,就进入了一个先于诗歌而存在的音乐结构,正是音乐结构使得诗歌语言与日常语言相区别:"节奏运动是先于诗句的。不能根据诗行来理解节奏,相反应根据节奏运动来理解诗句。"[2]

在任何文字系统中,都没有可以称为诗歌语言的特殊文字群,说诗歌语言和日常语言分享同一套语汇,相信谁都不会对此提出异议。同时,诗歌语言在本质上也和日常语言一样,具有同样的发音方法,而诗歌和非诗歌的分水岭就是不同的发音态度。对于汉语诗歌而言,"诗"这一概念就是和"乐"并且作为"乐"的一部分提出来的,"乐"是诗歌的前提,诗歌无论从情感实质或声音形式来说,都和乐有着本体论上的联系。因此,诗歌语音结构模式是先于具体诗歌语言乃至于先于诗歌而存在的音乐模式。汉语诗歌音节数量的变化所导致的诗歌形式的更新以及"依声填词",仅仅是曲式对于诗式规定性的最浅显

---

[1] 海德格尔. 在通向语言的途中 [M]. 北京:商务印书馆,1997:20.
[2] 托多罗夫. 俄国形式主义文论选 [M]. 北京:中国社会科学出版社,1989:122.

的指证。导致诗歌和日常语言相区别的最终结原因，就是日常语言外在于诗歌所根植于其中的先验音乐形式。苏珊·朗格指出："音乐和音响的差别，不在于缺少这种或那种构成原则，而在于缺少某种指令形式。"① 这种指令性形式是诗歌和音乐所共同拥有的音乐结构，有无这种指令性因素不仅划分出音乐和音响，同时也划分出诗和非诗。

如果说音高和音程是音乐过程最基本的成分，那么它们在诗歌中具有同样重要的地位。不同音高的交替出现形成节奏，节奏先于具体音乐与诗歌而存在。人类学家几乎无一例外地发现，诗、歌、舞在很长一段时间中是共同存在的。而原始歌舞中最主要的形式要素就是节奏，在诗、歌、舞合一的状态中又以舞蹈为主体，其伴奏音乐是打击乐。各种音乐史料也告诉我们，打击乐是起源最早的音乐。可以想见，这一时期的诗歌最本质的因素就是节奏，事实上在汉语诗歌漫长的发展过程中，仍然留下诗、歌、舞一体的遗迹。诗歌的吟唱是不可否认的事实，而在诗歌阅读中的摇首摆身则不能不认为是舞蹈的痕迹："摇头摆脑抖腿是以前中国文人做文运思时所常有的习惯，这些实例都可以证明思想不仅用脑，全身各器官都在动作。"② 如果我们分析一下音乐本身，就会发现在众多音乐因素中节奏是最具有公众性的。音乐美学对节奏的研究成功地表明，节奏的内在原因是人的呼吸，外在原因是四季交替，以及天体有规律的运行，因此，它的先验性几乎与时间共同存在。无论是时钟所反映出来的时间，还是由四季光阴的变化而反映出来的时间，从来没有无节奏的时间。节奏不但是音乐中最具有公众性的因素，还可以对公众起到协调作用，可以增加一项活动的统一性。即使现在，劳动中的人们还以一种或简单或复杂的节奏来协调动作。由此我们可以合理地推断民歌或民间诗歌如民间乐府、民间创作的词是最具有节奏感的，事实也是如此，诗歌音乐性的更新永远来自民间。

"言之不足故长言之"，汉语诗歌对"长言"的需要，则是对于音乐的另一个要素——音程的要求。鲍里斯·阿萨菲耶夫在《音调论》中指出："无论在何处我谈到音程，都是把音乐的这个最重要的因素看作是表现的因素，并且认为音程是音乐的一个原始形式，因为人的意识在探索用音来表现时，即开始抒发音调时，必不可免地要定出一些稳定的音高支点（'集结点'）和它们之间的

---

① 朗格. 情感与形式 [M]. 北京：中国社会科学出版社，1986：145.
② 朱光潜. 朱光潜美学文集：第 2 卷 [M]. 上海：上海文艺出版社，1982.

联系（'拱架结构'），以便表现出音调的'固定性'或准确的紧张度。"① 而诗歌中的音调和音乐中的音调具有相同功能，尤其是早期诗歌，粗糙的语言通过音调和音程的变化而进入艺术的领域，其结果就是"声成文"。可以断定，"声成文"不仅仅是"诗言志"的前提，同时也是"诗"的前提。而日常语言的音调对"音程"的处理是不完全的，无意识的。在诗歌的既定模式中，"歌咏言"便是语言符号的时间化，也就是对于音程的强调。汉语是单音节语言，不存在发音轻重、长短的问题，但是有诗歌阅读经历的人一定不会否认，在阅读或朗诵过程中语速大多和日常口语的语速不同，在大多数情况下是诗歌阅读速度比日常口语或散文阅读慢，同时具有更多变化。正因为音调以及音调所造成的词语音节之间的音程、音高有规律的变化形成节奏，以及萌芽状态的旋律因素，使得诗歌中的词语不再是"言"而是由"言"所构成的"音"。汉语作为一种单音节文字在世界各语系中具有独特性，这在汉语诗歌中不能不得到反映，这种特性使汉语诗歌在对音节的处理上运用了一系列独特方法，以获得它的音乐效果，例如音节数量整齐、叠词、双声叠韵的运用等等。

二 流转的空间意象

在诗歌中，节奏和韵律是促成这一物理时间向音乐时间转换的物质因素，但并不是具有韵律和节奏的语言组合都是诗歌，最明显的例子就是打油诗或百家姓。它作为诗歌的一种极端形式，同样具有重复、押韵，具备节奏、韵律等一切诗歌声音组合要素，但我们很难将它们作为诗歌来对待。原因就是，它们不具备诗歌语言为音乐情绪的弥漫所提供的空间。事实上，音乐虽然是时间艺术，但是空间对于音乐同样不可缺少：无论是乐器中的共鸣空间，还是音乐厅或者任何一种人类活动空间。总之，音乐的弥漫需要空间，单纯的乐谱不是音乐。诗歌音乐的显现空间是通过语言的召唤而呈现的，如"秋—风—生—渭—水，落—叶—满—长—安"，语言呈现给我们的不仅仅是一个地理学意义上的长安城，而是神韵流动的生命场所，在这里声韵一变而为神韵。

时间意识在中国诗歌中具有特别明显的表述："时间的节奏'一岁，十二月二十四节'率领着空间方位（东南西北等）以构成我们的宇宙。所以，我们

---

① 阿萨菲耶夫. 音调论 [M]. 北京：人民音乐出版社，1995：4.

的空间感觉随着我们的时间感觉而节奏化了、音乐化了！画家在画面所欲表现的不只是一个建筑意味的空间'宇'而须同时具有音乐意味的'宙'。一个充满音乐情趣的宇宙（时空合一体）是中国画家、诗人的艺术境界。"① 这种生命空间的重复并不像韵律和节奏的重复一样仅仅处于文本之中，在很大程度上，它是外在于文本而内在于生命的。这种生命化空间意识的萌芽一直可以追溯到汉语诗歌的神话性起源，也就是最古老的《燕燕歌》和《候人歌》。在极其简短的语言中，通过音乐性语音表述出一个空间中的时间流程，"燕燕往飞"中的"往"就是对于文本以外的"来"这一过程的变化与重复；而涂山氏的"候人"同样是表述了一个生命空间中日复一日的等待状态。《诗经》有诗曰："昔我往矣，杨柳依依。今我来思，雨雪霏霏。"在音乐性语音背后，是一个流转的生存空间。范晔在《狱中与诸侄书》中对音乐有如下体会："其中体趣，言之不尽；弦外之意，虚响之音，不知从何而来，虽少许处，而旨态无极。"所谓"虚响"既是寂静本身，也是文本对于外在于它的生命空间意象的言说。在诗歌中出现的"故人""故地"意象，是中国诗歌母题之一，这也是文本以外的重复形式，此"人"、此"地"是外在于文本的。"故人""故地"以及"离别"或"远游"意象的出现，由语义所呈现的时间结构与音乐结构中的声音运动形式一样，有所重复，有所变化，在重复与变化中，过去、现代、未来到场。诗歌中安置音响的空间是通过词语实现的，意象空间在悠长的时间过程中，同样弥漫着由词语的音乐性组合所带来的音乐情绪。音乐是一种直观的时间形态，因而和一切艺术空间以及生活空间场景有极大的可融合性，并且对这个空间的内在情感气氛等性质起规定和揭示作用。这种存在于诗歌之前的先验音乐形式召唤词语，同时栖身于词语之中，使词语从符号中解脱并且回归存在本身。通过对于词语的选择和排列，空间关系转换为音乐关系，正如海德格尔所说："诗人进入词与物的关系中。但这种关系并不是一方物和另一方词语之间的关系。词语本身就是关系。"② 在这一层面，音乐作为一种神韵流动的空间，并不仅仅在诗歌中存在。在很多散文作品中，虽然不具备音响上的音乐性特征，但是在生命空间的流转以及在"无声"这一层面上具备了音乐性，因此，不能否认它们在本质上来说就是诗歌。朱光潜在《诗论》中列举《世说新语》中的一段散文："桓公北征，经金城，见前为琅琊时种柳皆已十围，慨然

---

① 宗白华. 宗白华全集：第2卷 [M]. 合肥：安徽教育出版社，1994：434.
② 海德格尔. 在通向语言的途中 [M]. 北京：商务印书馆，1997：137.

曰'木犹如此，人何以堪！'攀枝执条，泫然流涕。"认为"这段散文，寥寥数语，写尽人物俱非的感伤，多么简单又隽永"！① 可以说，这段散文虽然不具备外在音乐韵律形式，但是它具备了音乐的内在韵律形式，或者说是内在旋律。而诗歌旋律最典型的体现在于对生存空间的暗示和描绘，也正是在诗歌音乐性的第二个层面，诗歌抵达真正意义上的旋律，深刻反映了人作为一个必死者，在时空流转中生命场所的重复与变化。这种语义上的音乐性，使得我们已经抵达诗歌的内在旋律，并且接近诗歌内在旋律的核心——寂静之音。

三　寂静之音

诗歌作为寂静之音，并不仅仅是指诗歌的文字化存在方式，虽然这也是诗歌声音作为寂静之音的一个方面，但本质上是指诗歌的不可言说性，在这一点上和海德格尔对于诗歌作为一种寂静之音的表述一致："作诗意谓：跟着道说，也即跟随着道说那孤寂之精神向诗人说出的悦耳之声。在成为表达意义上的道说之前，在最漫长的时间内，诗歌只不过是一种倾听……观看和道说之语言就成了跟随着道说的语言，即成了诗（Dichtung）。诗之所说庇护着本质上未曾说出的那首独一的诗歌。"② "独一的诗歌"也就是本文最初所说的，先于一切诗歌和音乐而存在的先验的音乐形式。人是在节奏和旋律的召唤下开始"乐"（原始歌舞）这一活动的，诗歌和音乐是这一活动的产物。人类的歌唱，使人和自然分离，海德格尔以"裂隙"来解释一种争执的亲密性，音乐和诗歌作为一种线性艺术，就是以声音形态表现这种"裂隙"的过程。艺术发展进程不断揭示，诗歌和音乐不仅仅是外在声音的相似，更是内在言说方式与本体存在的趋同。从陶醉于节奏和韵律到对不可言说的发现，它们因而具有共同的意向对象："大地借以在其中获得无形超升的语言，又是一种内在化的语言，这种语言并不仅仅涉及外部现象并将其作为终极所指和终极辩护，而是致力于在事物中唤醒沉默的声音，它超越于有形之物而指向无形的、不可言说的一切。"③ 玄学一般认为在有（现象）后面有一个本体（无），语言和声音（以及哀乐）都是属于现象这一层面。当诗歌在其发展过程中，人们的目光不仅仅投向现象，

---

① 阿萨菲耶夫. 音调论 [M]. 北京：人民音乐出版社，1995：93.
② 海德格尔. 在通向语言的途中 [M]. 北京：商务印书馆，1997：59.
③ 张隆溪. 道与逻各斯 [M]. 成都：四川人民出版社，1998：160.

而是投向现象背后的那个"无",并且急切地企图对向世人展示"无"的时候,诗歌就已经接近"大音希声"的境界了。

诗歌在发展中过程中由单纯的声音情绪而出现弦外之音,这一切并没有使人们对诗歌的发展沾沾自喜,而是发出"文不逮意"的慨叹。陶渊明作为一个诗人,在《诗品》中仅被列为中品,但是他的诗歌作品以及写作态度,在汉语诗歌发展过程中,越来越变得高不可及。在此,我们无可回避地想起陶渊明的"忘言",以及他所面对的无弦琴。音乐表现为声音过程,但是音乐的一切节奏和旋律指向的是声音背后的寂静,正如生命面向的只能是死亡。首先,寂静是一切音乐发生的源头,也是音乐得以成立的背景,人们从各个角度发现了音乐真正的存在方式——寂静。正如孔子"绘事后素"道出的,空白是绘画的背景,杜夫海纳指出:"尤其是乐队中的演奏员,他们只看指挥进行演奏。但是听众至少在这一点上协助演出,即他们构成作品的一个真正寂静的背景。"[①] 中西方音乐美学在其开始阶段就一致认为,音乐的本质不是什么别的,而是声音后面体现出来的宁静与和谐本身。柏拉图认为:"在调好的七弦琴上,和谐——是一种看不见的、没有物体的、美丽的、神圣的东西。而七弦琴和琴的弦是物体,也就是说是物体的、复杂的、尘世的,与会思维的东西有共同性的。试想:有人把七弦琴打碎了或切断或折断了弦,有人将会援引你所援引的理由,顽强地证明:和谐并没有破坏,并且必须仍旧存在。"[②] 中国哲人老子指出"大音希声"。中国美学对于"无声之乐"是深有体会的,正是以陶渊明为代表的中国诗歌的无言状态,向我们揭示出那"唯一的"诗和无声的旋律。陶诗作为一种理想的存在,被苏东坡认为"李杜诸人皆莫及"。[③] 事实上,这唯一的诗歌不是文字而是四维时空中人的"存在"本身。诗歌理想境界的无言或者忘言之"静"不是了无生机,用老子的语言来说,是大静若动,语言在其内部音乐性的指引以及护送下到达诗歌的彼岸。

注意,寂静既是诗歌的终极意向性,也是诗歌的存在方式,诗歌是一种由文字表述的寂静之音。这里的"寂静"可以用柏拉图的理想声音来解释,也可以通俗地理解为抽象的声音形式,其实这两者表达的是同一个意思。诗歌对于寂静的归属性不但是它的精神实质,同时也是它的物质存在方式,因为一首乐

---

① 杜夫海纳. 审美经验现象学 [M]. 北京:文化艺术出版社,1992:76.
② 何乾三. 西方哲学家、文学家、音乐家论音乐 [M]. 北京:人民音乐出版社,1983:6.
③ 苏轼. 苏轼文集:第6册 [M]. 北京:中华书局,1986:2515.

曲本质上以它的声音过程，而不是乐谱上的声音符号作为存在方式；而诗歌虽然也是可以被吟唱的，但是随着时间的推移，诗歌显现出它的本质存在方式：诗歌的本质形式是文字而不是声音，诗歌是在沉默状态存在，并且在沉默中被接受的。诗歌以文字为本真存在的最有力的例证，就是诗歌的整个发展过程即不断趋于沉默的过程。和音乐的声音材料不同，诗歌的一切物质材料来自语言，通过语言产生意象、音响，通过语言而实现现实时间中的绵延。在汉语诗歌发展的任何一个阶段，都摆脱不了从口头向案头的转换，摆脱不了合乐向不合乐的转化，这成了把握汉语诗歌发展的基本线索。这一线索发生以及延续的机杼所在，就是诗歌本质上是一种寂静之音，它的发展过程就是一个"返本"的，也就是不断返回自己本质的过程。诗歌语言的趋于沉默意味着趋于永恒，趋于更为理想化的声音。由无言的意向性本身归属于沉默的文字状态，诗歌的发展轨迹就是由歌唱趋向沉默的过程，其中，"我"对于语言，仅仅是一个媒介。

综合以上的分析，我们可以认为：诗歌之所以成为诗歌，它必须具备以上几个层次的音乐性，从某种意义上来说，缺少任何一个层面上的音乐性，都不是一个完整意义上的诗歌作品；或者反过来说，一个文字结合体只要具有某一层面的音乐性，就有跻身于诗歌的理由，它们是表面上的或者本质上的诗歌。对于诗歌而言，这三个层面的音乐性是共存的，如果对于其中一个方面，例如对于语音或语义的片面强调，就会妨碍其他层面音乐性的充分展开。

（《南京大学学报（哲学·人文科学·社会科学）》2000年第3期，有改动）

论汉语诗歌语言的音乐性

语言的外在旋律——平仄

汉语发音在世界各语系中具有特殊性。在汉语诗歌中，这种特殊性表现为诗句通过平仄和句读建构其音乐效果。如果韵律作为一种相对普遍的现象存在于中西方诗歌中，那么平仄和句读，则是汉语诗歌特有的语言形式。它的建立与发展，将诗歌语言纳入一个相对抽象的声音结构，确切地说，是某种抽象的音乐结构中。音乐最基本的要素是节奏和旋律，其中节奏的形成，是具有某个音高和音色的音响有规律地反复出现；旋律最初形成的原因就是声调有规律的变化，在诗歌中体现为语调的变化。

在音乐学和语言学的研究领域中，汉语以具有强烈的音乐意味著称。

当单个汉字被联系起来表示一个完整语义的时候，不同汉字背后的几个固定音调，便形成"音的曲折"，汉语具有强烈音乐性的印象即来源于此。在音乐发生的最初阶段，声调曲折所带来的音乐效果就被注意并且被记载了。《候人歌》作为南音之始，被记载为"候人兮猗"。李纯一先生指出："这首歌曲只有四个字，而其'兮猗'（兮古读如啊，猗与兮同音）两个字都是感叹词，这正表现出原始歌曲的特点。"[1] 作者首先告诉我们，这两个感叹词都是元音——[a]。可以肯定，通过文字所显示出来的音高只能是相对音高而不是绝对音高，但这里我们毕竟已经具备了音乐的要素之一"音高"（Pitch）[2]。感叹词"兮

---

[1] 李纯一. 先秦音乐史 [M]. 北京：人民音乐出版社，1994：7.
[2] 缪天瑞. 律学 [M]. 北京：人民音乐出版社，1996：2.

猗"如引文中所说是同一发音，那么这两个字的音调一定是不相同的。因为上古时期，字符和字音关系具有简约化特点，一个能指可以被借用来表示多个不同所指，具体表现就是假借字、形声字的出现。因此，对于两个没有固定概念而发音完全相同的感叹词，完全没有必要用两个不同字符来表示，这违反了上古时期的文字规则。这里我们可以得出结论：这两个字虽然语音相同，但是它们在语调上必定有所区别，如果都发作"a-"这一元音的话，那么两个语调不同的"a-"就一定会产生语调曲线。其次，《候人歌》对于感叹词的不厌其烦的记载，以及对于它们不同语调的区分，只能告诉我们诗歌中语调曲折的重要性，以及记载者对于这一重要性的认识。它们在发音上如果说还不能肯定已经形成旋律，但至少可以说已经具备了萌芽状态的旋律。

虽然在上古时代就注意到诗歌中的音调曲线，但中国本土对于语音四声的自觉还是经历了漫长的时间。汉语语音自觉于佛经的翻译。四声的发现使汉语语音形式的研究成为空前的热点，语音在诗歌中担当起前所未有的重要角色，诗歌音韵的运用由不自觉走向自觉，这成为汉语诗歌史上，继五言诗出现以后最重要的形式变迁。从此，语言的抽象声音模式和具体诗歌语言分离，语音作为一种形式要素被自觉推向前台。声调的发现以及运用，使得汉语诗歌本身和其声音过程的关系发生了巨大变化。此前，具体诗歌的创作是以"歌"的形式出现的，语言及其音乐构成是一种动态共生关系，在具体诗歌发生以前，没有一个相对固定的声音模式。而律诗的出现，使得汉语诗歌在形式上获得一个相对固定的声音模式，这首先是对于以前诗歌创作的总结，同时也是汉语语音形式本身构成规律的发现。四声在诗歌创作上的广泛运用，其根本目的是诗歌音响构成的音乐化，并为诗歌作为一种相对独立的艺术门类制定了详细的游戏规则。

具体说来，汉字古音调分为平、上、去、入四种，从这四种声调被发现之日起，它们不同的音响效果也逐步被发现。例如顾炎武在《音论》中指出："平音最长，上音次之，入则诎然而止，无余音矣。"四声的不同音响效果对于接受者所起的不同心理效果也得到揭示："平声哀而安，上声历而举，去声清而远，入声直而促。"（处忠《元和韵谱》）汉字的四声在诗歌创作中被逐步平仄二分："欲使宫羽相变，低昂互节，若前有浮声，则后须切响。一简之内，音韵尽殊；两句之中，轻重悉异。"[①] 对于四声的二元化，历代学术史也给出了

---

① 沈约. 宋书 [M]. 北京：中华书局，1974：1779.

众多解释，其中之一，就是认为上古汉语只有两个音调，而平仄则与之相对应。语调平仄划分即按照语音的轻、重、浮声、切响把语音归纳为两类。诗歌中的语音运用规则就是平和仄的交替使用，以达到"一简之内，音韵尽殊；两句之中，轻重悉异"的音响效果，这种效果不是别的，正是音乐原则——"和"，不同的声调互相应和，使诗歌语音"声成文"，也就是诗歌语音的音乐化组合。如果这种划分对于诗歌语音毫无美学效果的话，就不会在中国平平仄仄地被吟咏千年。当然，诗律产生以前，汉语诗歌往往是对具体文字的音乐化组合，远远没有把语音模式作为一个抽象的音乐结构来对待。汉语抽象音调的发现以及汉语诗歌中平仄系统的建立，正式宣告了诗歌语音过程作为一种音乐性声音的独立，具体的诗歌语言和抽象的音乐形式相分离。

诗歌对于汉语四声平仄二分，使得汉语诗歌究竟具有了怎样的音乐意义，沈约、谢灵运等人提出的"轻重""浮声、切响"等笼统的声音效果，在平仄的具体运用中又是如何实现的呢？就这一个问题，汉诗研究者长期以来通过多方面的研究和探索发现，平和仄的区别体现在声音长度与高度上："从我国有些地区的吟诵实践来看，平声字一般读得低一点、长一点，仄声字一般读得高一点、短一点。这样，首句吟诵起来，'平平——仄仄——平平—仄'，音高的'低低——高高——低低—高'，音长的'长长——短短——长长—短'，如此很有节奏地交替出现，就自然地形成了抑扬顿挫的鲜明节奏。"① 这里，平仄既形成了短音与长音的对比，同时也形成了高音和低音的对比，和英语诗歌中的音尺（Meter）以及音步（Foot）功能相近。平仄的运用，使得汉语诗歌受到更多的规范，在诗歌创作的长期实践中，语调运用大致形成如下规律："在律诗中，每两个音节（即两个字）构成一个节奏单位；因为五言和七言都是奇数，最后一个音节自成一个节奏单位。"② 回忆一下《诗经》或者《楚辞》文本的语音构成就会发现，在没有掌握语音音调的时候，平仄的运用处于不自觉的状态，例如在《诗经》《楚辞》或者《古诗十九首》中，叠词的大量出现，无意中实现了以平仄相同的两音节为一个声音单位的规律，因为在汉字重叠的时候，其声调也是重叠的。

诗歌格律上的规范同时也造成内在意义的变化，"这种体裁不适宜于叙曲折的事，也不适宜于抒婉转的情，而适宜于写人画的景……作者撷取最精彩的

---

① 陈少松. 古诗词文吟诵研究 [M]. 北京：社会科学文献出版社，1997：40.
② 陈少松. 古诗词文吟诵研究 [M]. 北京：社会科学文献出版社，1997：40.

一点而表现之，即成名句。"① 事实上，平仄系统的建立不是偶然的，而是和韵律以及下文将要分析的句读有着千丝万缕的联系。尤其是诗歌押韵的方式，在诗歌发展过程中经历了巨大的变化，这种变化使得"韵"作为一种声音现象，对于诗歌的整个声音过程起到不同的作用。

延续与休止——句读

诗歌和音乐都是声音过程，是声音延续和停顿的交替。节奏作为最基本的音乐要素，是通过同一音高的不断重复形成的，而声音的消失与出现，也是形成节奏的重要手段，这种方法同样被用于塑造诗歌音响。韵律和句读都是汉语诗歌中的节奏方式，韵是诗歌声音过程中的"有"的延续方式，通过某一语音的有规律的重复出现形成节奏，而句读更多地体现于诗歌语言"有"与"无"的交替，通过声音和语义过程的延续和中止体现出节奏。即使以文字方式存在的诗歌，同样具备句读，不过文字对于声音的停顿与延续的交替是在心理知觉中实现的，在沉默中，为诗歌语音进程提供节奏。对于句读，杨荫浏指出："我们歌曲的节奏，是为句逗的形式所决定的；而句逗的形式则又是为所要表达的内容所决定的。"②"句是指一句诗而言，那很简单。'逗'有时写作'读'，有时简写作'逗'；从字面看，逗是停顿的意思；用在诗歌上，逗是指一句中间所包含的、由几个字组成的、适于停顿的若干小的单位而言。"③ 事实上，句读是中国语言中普遍存在的现象，不仅仅是诗歌，散文以及日常语言都离不开句读。日常语言中的句读也是通过声音的停顿与延续来传达意义的，否则，对于语言的理解就会充满歧义，甚至根本不可理解，因而也可以说，没有句读就没有语言。诗歌是语言艺术，以语言为构成材料，诗歌材料的特征必定会在其中留下印记。但是，诗歌中的句读和语言中的句读从功能到形式都有很大区别。语言中的"句"是指语言音节组合体拥有一个完整的意义，并且语句在此告一段落；"读"在非诗歌语言中，是"句子"内部意义片段相对完整所形成的停顿。和现代汉语中所使用的标点符号不同，古汉语中的"句"和"读"，仅仅是通过声音的停顿来实现，它虽然表现为时间上的停顿，但一般只实现逻

---

① 冯沅君，陆侃如. 中国诗史 [M]. 天津：百花文艺出版社，1999：326.
② 杨荫浏. 语言与音乐 [M]. 北京：人民音乐出版社，1983：65.
③ 杨荫浏. 语言与音乐 [M]. 北京：人民音乐出版社，1983：65.

辑性意义。语音和乐音作为时间事件，它们所具有的千丝万缕的联系和区别，在这里显示出来：就语言表达而言，意义的存在决定了声音的停顿和延续方式，其中意义决定声音的存在方式；而音乐呈现过程则相反，通过对于声音停止和连续过程的运用而获得特定意义，是声音存在方式决定意义。对于诗歌而言，则需同时从声音和语义两个角度来考虑，通过短时间的语音间断，同时实现语言的逻辑意义以及音乐情感功能。句读通过语音以及与之相联系的语义，对诗歌的外在节奏和内在联系方式施加影响。正是意义单位的告一段落，使得诗歌接受者在对于语音的感知过程中有一个暂时的停顿。虽然句读对语言和诗歌的作用方式不同，但是它对于诗歌和语言同样重要，通过句读的不同呈现方式划分出诗歌和非诗。正如没有句读就没有语言一样，没有句读，没有诗歌句读与散文句读的形式区别，也就没有诗歌。

句读的组合方式和变化方式，从声音和意义两方面决定了汉语诗歌节奏，并且通过对于诗歌节奏的控制，控制汉语诗歌形式本身，但是无论汉语诗歌中的句读还是西方诗歌中的音步，都是根据音乐形式对诗歌起作用的。和西方诗歌声音单位相比，句读之所以独特，是因为它既是对诗歌声音单位的划分，同时也是语义单位的划分，声音节奏和意义节奏是统一的，英语单词作为语义单位，它的音节数量是不固定的，而音步则具有相对固定的音节，因而在英语诗歌中，一个多音节的单词常常分属两个不同的音步，这使得声音节奏和意义节奏分离。而在汉语诗歌中，句读同时是语音单位和语义单位。当然，汉语诗歌之所以形成句读，其根本原因就是汉语本身是一种单音节文字，并且可以通过重叠、复合等方式对于音节的适当处理，因而在声音和意义单位上具有可调节空间。

葛晓音在《从古乐谱看乐调和曲辞的关系》一文中指出："拍以逗为基本单位分割曲辞乐句节奏，既适合于齐言曲辞，也适合于杂言曲辞。"① 在汉语诗歌中，"声成文"的基本材料就是作为音节组合的"逗"，它和汉语诗歌共同发生，而逗的组合原则就是音乐原则，具有相对固定的音节。雅克布逊认为"只有在诗歌中，随着相同长度单位的声音有规律的重复，语言流（Speech flow）的时间，用另一种语义模式（Semiotic pattern）来界定——与音乐时（Music time）一起被体验，如同诗歌事实上所做的那样。"② 音乐时间是用停顿和继续

---

① 葛晓音，[日]户仓英美. 从古曲乐谱看乐调和曲辞的关系 [J]. 中国社会科学，1999 (1)：147-167.
② Stophan Rudy. Poetry of Grammar and Grammar of Poetry [M] // Roman Jakobson. The Hague, Paris. New York：Mouton press，1981：28.

来分割的，这种分割既有原则，同时也不是机械的。和时钟对于物理时间的分割方式不同，音乐时间的分割要素依然是"同"和"异"两个因素的交错，这也是诗歌时间进程的规律。时间组合上的长短相间对于诗歌结构来说更为本质，它涉及声音以及发音方式后面的那个"无"，也就是那个寂静中的音乐本体——大音希声，这种音乐形式不是句读，但是它必须通过句读表现在每一行诗句中。因此，每一行诗中声音的出现与消逝，音乐时间的长与短，都必须有"同"和"异"两个要素的交替出现，并且在这种交替过程中形成主次，这才是音节得以"声成文"的最基本也是最根本的因素。和散文中的"句"与"逗"具有完全不同的划分原则，在诗歌中，"读"不超过三个音节，也就是不超过三个汉字，而三音节中则往往可以进一步划分为一和二，因此，与"读"音节数量相对应，汉诗诗句形成两两音节或一、二音节交替出现的节奏方式。例如，汉语诗歌在最早期以四言诗为基本形式，四言诗是汉语诗歌中最简单的形式，同时也具有最简单的句读方式。四言诗的节奏方式大致为 2—2 或者 2—1—1。前者也就是两个音节一组，其中有一个音节的休止，在时间组合上，形成以两音节的声音延续为主导的诗歌声音过程，后者则形成以一音节为主导节奏的声音过程。五言诗的节奏方式为 2—1—2 或 2—2—1。对于五言诗来说，虽然仅仅多出一个音节，并且在五言诗发生之初，多出来的音节往往是"之乎者也"之类的虚字，但这使得整个汉语诗歌形式发生了极大的变化。从某种意义上说，诗歌形式的变化首先是雅克布逊的所谓音乐时间的变化，汉语诗歌也不例外。五言诗从简单的两两音节组合发展为 2—1—2 或 2—2—1 的组合，其中，同与异、延续与停顿之间的变化更加复杂多样。同时，其中的"之乎者也"之类的虚字也经历了由虚而实的变化。由于句读同时是声音与意义的统一体，音节延续与停顿方式的变化同时也给诗歌语义的延续与停顿方式带来变化空间。

在"逗"具有相对固定的音节数量的同时，一行诗也具有相对固定的"逗"，这种情况到律诗出现以后走向极端。即使诗歌发展到词和曲这一阶段，齐言形式被打破，固定数量的句读组合依然存在，这种状况一直持续到白话诗出现。

句读的不同组合方式以及阅读中对待句读的态度，某种程度上也是区别诗和非诗的标准。因此，不但其绝对音节长度和普通语言中具有不同的组合方式以及功能，而对诗歌句读每个音节的相对时间长度的处理，也和非诗歌语言有所区别："在诗歌中，几个固定词组的线状运动，要比在散文中同样状态下的速度慢。"① 同样，在汉语诗歌的发生以及接受方式中，对语音的主观处理也有特殊要求——"言之不足故长言之"，可以发现，中西方不约而同地对诗歌语言进行相对缓慢的语速处理，使之与非诗歌语言相区别。西方在诗歌创作与接受过程中将语速放慢，也同样是为了将声音过程加长，形成"长言"。和汉诗对于"长言"的需要一样，这种语音处理方式是对音乐的另一个要素——音程的需要。可以说，诗歌中的音程和音乐中的音程具有相同功能和同等的重要性。尤其是早期诗歌，粗糙的语言仅仅是因为具备了音调和音程，而使"语言"具有了质的区别，其结果就是"声成文"。可以断定，"声成文"不仅仅是"诗言志"的前提，同时也是"诗"的前提，而日常语言对"音程"的处理是不完全的、无意识的。在诗歌的既定模式中，"歌咏言"便是语言符号的时间化，也就是对于音程的强调。汉语是单音节语言，不存在词语音节和音节之间的重音或音节长度问题，但是有诗歌阅读经历的人一定不会否认，在阅读或朗诵过程中，语速大多和日常口语的语速不同，在大多数情况下是诗歌阅读速度比日常口语或散文阅读慢，同时具有更多变化。正因为音调以及音调所造成的词语音节之间的音程、音高所形成的节奏，以及汉语语调之曲折形成的旋律，使得诗歌中的词语不再是"言"，而是由"言"所构成的"音"。

以上所分析的是以句读、平仄为代表的汉语诗歌的基本声音要素，事实上，不仅仅是声音形式，同时也包括语义的结合方式，押韵、句读和平仄在诗歌发展过程中，并不是一种孤立的现象，而是有机复合体。其中，押韵与句读使得汉语诗歌形成不同的节奏，而平仄和句读常常是吻合的，并且押韵的具体实现也是通过合乎平仄规律的句读来实现的。因而，合乎规范的格律诗具有相对完善的节奏和调式系统，这是形成诗歌语音旋律的基本要素，这足以证明律诗的出现及其蔚然成风，完全是由于内在的音乐规律的推动，而句读则是由语言进入音乐的机枢，在韵律、平仄等抽象的声音要素之中，一切都是通过句读来实现的。它既是语音单位，同时也是语义单位，句读与句读的联系方式对于诗歌外在和内在音乐形式②具有决定性作用，即使在格律诗发生以后，词牌登堂入室仅仅是另一种形式的格律，是句读的不同组合方式所致。作为声音与意义的整体，诗歌的实现过程不仅是句读之间特有的声音形式的联系，特有的语

---

① Abraham. Rhythms [M]. Stanford: Stanford University Press, 1995: 140.
② 对于诗歌的内在音乐结构，即语义层面的音乐形式，有另文专门论述，这里恕不赘言。

义联系也是诗歌存在的条件。例如"桃李—春风——一杯酒，江湖—夜雨—十年灯"，在这两句诗中，句读虽然处于一个完整的、合乎音乐规律的语音系统中，但语义上没有必然联系，它们仅仅是几个意象的排列而已。其联系的唯一必然性就在于，它们是同一"意向主体"在同一"意向性"之下的"意向对象"。因而，句读是音乐到语言的转换形式，反之也是使诗歌语义进入音乐形式的基本组织材料，句读的声音形式所提供的节奏和语义之间的横向联系方式，是诗歌语义旋律化的手段，艾略特在《诗的音乐性》一文中指出："一个词的音乐性存在于某个交错点上：它首先产生于这个词同前后紧接着的词的联系，以及同上下文中其他词的不确定的联系中；它还产生于另外一种联系中，即这个词在一上下文中的直接含义同它在其他上下文中的其他含义，以及同它或大或小的关联力的联系中。"[①] 句读既是汉语诗歌在音乐形式中实现语义的直接关联的契机，同时也是语音与语义间接关联的体现者。因而，句读是音乐通向诗歌的途径，通过它们，我们透过诗歌的音乐性声音，凝听到语言无声的旋律。

（《江海学刊》2001年第5期，有改动）

[①] 艾略特. 诗的音乐性. 艾略特诗学文集[C]. 北京：国际文化出版公司，1989：181.

诗歌押韵的发生及其音乐本质浅论

当代学者王昆吾指出："文学是一种语言艺术，文学语言是有别于日常语言的音乐化的语言。文学是在同音乐相分离的过程中独立出来的，韵文体裁便是这种独立的标志。"① 诗歌中的音乐性体现于诗歌语言的不同层面：首先是音乐化语音构成；其次表现为空间的时间化，也就是神韵弥漫的空间在生命时间过程中的流转；最终抵达诗歌和音乐的共同源头——"我"的特定意向性存在方式与意向对象——世界的关系，这也就是不可言说本身。

诗歌和音乐既然具有同一源头，那么在音乐的发生过程中语言就是不可缺少的，同时，诗歌是按照人类"天性"中的音乐原则发生的。押韵的出现不仅仅和先民的发音器官和发音习惯相关，也和诗歌起源时期的诗、乐、舞合一的共同发生状态相关，押韵是这一时代的遗迹。"韵律还有前面尚未谈到的一个作用模式。从历史上看它一直和舞蹈密切相连，二者的联系依然保持不变，这基本是无可置疑的。这至少符合某些'韵式'。要么是运动形象，即舞蹈的感觉形象，要么是想象的和初期的运动，后者可能性较大，它们随着音节而出现并且构成了音节的'诗韵动态'。"② 这说明"韵"首先是一种重复方式，包括身体动作的重复和相应的语音重复。中国诗歌来源于"乐"这种诗、歌、舞一体的艺术形式，其伴奏音乐是打击乐，打击乐器的主要声音功能就是形成节奏，因而原始歌舞中最主要的功能就是节奏。"韵"就是由人类发音器官本能的节奏化运动而产生的，它作为先验音乐形式的基本要素，先于诗歌而存在。在汉语诗歌漫长的发展过程中，仍然留下诗、歌舞一体的遗迹，诗歌的吟唱是

---

① 王昆吾. 中国早期艺术与宗教 [M]. 北京：东方出版中心，1998：145.
② 瑞恰慈. 文学批评原理 [M]. 南昌：百花洲文艺出版社，1997：127.

不可否认的事实，而在诗歌阅读中的摇首摆身则不能不认为是节奏化的舞蹈痕迹，"摇头摆脑抖腿是以前中国文人做文运思时所常有的习惯，这些实例都可以证明思想不仅用脑，全身各器官都在动作"。①

在诗歌发生的最原始阶段，押韵作为诗歌的基本形式已经奠定，并且在很长一段时间内成为诗歌创作和诗歌批评的圭臬。对于汉语诗歌而言，各种押韵方式在诗歌中的发展成熟经历了一个漫长的过程。但作为诗歌语言的基本存在方式，"韵"不但作为诗歌存在的条件，先于诗歌而存在，而且以大量的双声、叠韵、叠词等等声音现象，潜在地存在于诗歌语言中，这一点我们可以从《周易》《诗经》等早期韵文中得到证实。语言中"声母""韵母"的发现是很久以后的事，以上所列举的诗歌声音现象不是"巧妙"，而是"古拙"，是人类语言起源的痕迹。可以推断，人类在一开始的时候所发出的仅仅是几个有限的音节，在发音过程中完全的和不完全的重叠是不可避免的。随着发音器官的日益完善，人类声音由单调发展为丰富，音节与音节之间的差异越来越大，重复的音节也越来越少。相对而言，双声、叠韵、叠词无疑是一种简单的发音方式，正如同打击乐器在几个有限的音高变化中，发出的重复而单调的声音，它们记载了人类发音器官作为"器具"的痕迹，同时也表明诗歌、音乐最初发音方式上的一致。如果叠词或双声叠韵是人类最先出现的词语类型，那么它不过是"韵"的极端形式，韵语先于散文而出现，则是"诗是人类的母语"的又一个例证，同时也是"音乐是人类的母语"的有力证明。此外，上古时期诗歌中的语气助词在不同诗句的同一个音节位置的反复出现，也是形成声韵的方法之一，其实际作用和韵相同，在客观上促成诗歌节奏的形成。例如《诗经》中许多语气助词就起到"韵"的作用：《绿衣》："绿兮衣兮，绿衣黄里。心之忧矣，曷维其已。绿兮衣兮，绿衣黄裳。心之忧矣，曷惟其亡……"② 虽然，它作为一种声音和运动现象，是诗歌和音乐存在的条件，但"韵"这一称呼的产生，则经过一个过程。徐复观先生指出："韵字盖起源于汉魏之间。如前所述，曹植《白鹤赋》'聆雅琴之清韵'，此或为今日可以看到的韵字之始。然'钧''均'，皆古代调音之器，故有'调'字与'和'字之意……"③ "韵"这一名称从它出现之始，就是和音乐联系在一起的，并且随着时间的推移，其内涵不断

---

① 朱光潜. 朱光潜美学文集：第 2 卷 [M]. 上海：上海文艺出版社，1982：76-77.
② 周振甫，译注. 诗经译注. 北京：中华书局，2002：37-38.
③ 徐复观. 中国艺术精神 [M]. 台北：台湾学生书局，1976：169.

扩大。而"韵"作为美学范畴并发挥巨大的影响力，则是六朝画论中的"气韵生动"。徐复观在这一命题的分析过程中指出："'风气'应为一词，'韵度'应为一词。"① "度"就是一种量化，从字形上分析，汉语简体字"韵"由两部分组成——"音"和"均"，这种简化不是空穴来风，这使得它成为一种显而易见的音乐性存在。"韵"虽然在诗歌中不自觉地存在着，但是对于它的认识和自觉运用经历了如此漫长的时间。"韵"的两个组成部分，在音乐性的组织中为我们提供了两种东西：声音本身和对于一定时间长度的分割，正是这两个因素的存在，使得诗歌语音发生了质变。

"韵"既然源于人类对于节奏的本能反应，那么对于它的审美功能的认识也是出于本能。中国古代诗学历来有"音韵铿锵"之说，也就是认为押韵可以协调诗歌的音律，使整个诗歌声音过程听起来动听、有力。"音韵"的目的在于"铿锵"，这完全是出于声音上的考虑，是对诗歌音乐效果的考虑。李重华在《贞一诗话·诗谈杂录》中将双声、叠韵的音乐效果具体描述为："叠韵如两玉相扣，取其铿锵；双声如贯珠相联，取其婉转。"② 可以肯定，"韵"作为声音，具有动听的效果。韵何以动听？韵律的本质是什么？人们对此做出过不断探讨。研究表明，韵不仅仅是一种在时间中延续的声音现象，并且通过一定方式使时间形成节奏。对于节奏的论述在中西方美学史中不计其数，例如汉斯力克在分析"和谐的声音"时，对于广义的节奏与狭义的节奏都有过论述，我们也可以换句话说，"节奏的本质是紧随着前一事件完成的新事件的准备"。③ 在诗歌中，形成节奏的方式之一，就是在上一次"韵"出现以后，在心理上为下一次"韵"的出现做准备，韵律因此对于时间作出有规律的分割。对于节奏和韵律的共同性，叔本华指出："节奏和韵律何以有难以相信的强烈效果，我不知道有什么其他的解释，除非是说我们的各种表象能力基本上是束缚在时间上的，因而具有一种特点，赖此特点我们在内心里追从每一按规律而出现的声音，并且好像是有了共鸣似的。"④ 对于这种共鸣，叔本华在下文中用了"盲目的共鸣"这一说法。人类感知心理对于节奏的"盲目共鸣"，正说明了节奏是一种先验性存在。韵作为一种时间形式，在诗歌发生过程中，使人们产生对于

---

① 徐复观. 中国艺术精神 [M]. 台北：台湾学生书局，1976：162.
② 李重华. 贞一斋诗说 [M]. 上海：上海古籍出版社，1999：935.
③ 朗格. 情感与形式 [M]. 北京：中国社会科学出版社，1986：146.
④ 叔本华. 作为意志和表象的世界 [M]. 北京：商务印书馆，1982：337.

时间的直观。黑格尔对此也曾进行过深入的分析："'我'是在时间里存在的，时间就是主体本身的一种存在状态，既然是时间而不是单纯的空间形成了基本因素，使声音凭它的音乐价值而获得存在，而声音的时间既然也就是主体的时间，所以声音就凭这个基础渗透到自我里去……"① 并不是什么声音都可以渗透到自我里，只有具备音乐性的声音，也就是与心理时间同构的音乐性声音对主体起到一种渗透作用，而韵是语音成为音乐性声音的一个重要转换手段，这就是诗歌韵律具有特别穿透力的根本原因。亚里士多德早在古希腊时期就指出："模仿出于我们的天性，而音调感和节奏感（至于'韵文'则显然是节奏的段落）也是出于我们的天性，起初那些天生最富于这种资质的人，使它一步步发展，后来就由临时口占而作出了诗歌。"② 可见，对于韵的需要出于我们对节奏的需要，只有处于节奏中的时间体验才是生存体验，因为，节奏是生命时间的基本存在方式，它是根植于我们先天音乐形式中的最重要的因素之一，并且通过不同形式反映在诗歌和音乐中。

音乐化的声音过程，是各种音乐要素组成的复合有机体，"韵"作为诗歌对时间进行分割的具体手段，就是使具有一定音高和音质的声音在一定的时间间隔内重复出现。在此，对时间的分割和一定音高、音质的重复出现这二者是有机结合在一起的，是手段与功能的有机结合。就音乐而言，音高和音质是其最基本的成分。首先，音乐声音就是一种具有统一音高和音质的声音，最显著地体现于音高的统一："各种管弦乐所发之音，都属于音乐。如果物体振动毫无规则，所发之音就没有一定高度；这种音称为'噪音'（Noise）。"③ 在同一乐器演奏的时候，声音都可以看成是押韵的，同一乐器的相同发音系统，使得其中的每一次停顿之前的声音震动频率相同，形成"韵脚"。如果在一首乐曲中，每一个小节都以不同的乐器演奏，各种乐音产生不同音高的振动，乐曲就是支离破碎的，难以形成一个完整的时间流逝过程，这就形成噪音。音高和音质在诗歌中具有同样重要的地位，它们在诗歌中的重复出现是通过语音实现的，但所根据的同样是音乐形式。因此，原始诗歌中的叠词、双声叠韵以及在此基础之上发展起来的韵律，它们的另一功能便是为诗歌的声音过程提供节奏的同时提供主导音高。具备了统一节奏与音高，这一声音过程就被音乐化了。在音乐的具体声音过

---

① 黑格尔. 美学：第3卷（上册）[M]. 北京：商务印书馆，1979：351.
② 亚里士多德. 诗学 [M]. 北京：人民文学出版社，1962：12.
③ 缪天瑞. 律学 [M]. 北京：人民音乐出版社，1996：2.

程中，音高和音质是共在的，没有不具备音高的音质，同时也没有不具备音质的音高，乐谱上的系列音符就是一个抽象的音高系统，而对于它们演奏方式的规定，例如"钢琴曲""小提琴曲"等等则是对于乐音音质的规定。诗歌语言中的韵脚在为诗歌提供了统一音高的同时，也为诗歌声音流程提供了统一的音质："音色也就是'音质'，诗歌中所谓的'押韵'，就是用音色去表现音律的一种方法。也就是把同一音色的'音节'间隔多少时间就让它重复出现一次，使这种'重复出现'显得相当的规则化……"① "韵"的反复出现使音节与音节之间形成主次，并且具有主导音高与音质，使得诗句音节趋于和谐。诗歌是语言艺术，语言无论是以线性的语音流的形式出现，还是以沉默的文字形式出现；无论是被某一个体吟诵或者是默读，语言的声音形象都具有相对统一音高。不同的是，吟诵出声的诗歌语言所表现出来的是具体音高，而默读中的语言则仅具备抽象音高，也可以说是理想音高，而押韵就是使得这种统一音高以及音质成为可供直观的重要手段。对于诗歌文本来说，文字化状态下的音高以及音质是抽象的，而当诗歌书写所用的文字是接受者的母语，这时抽象的音高和音质就变得相对直观起来，虽然同样处于沉默状态，但和乐谱所提供的抽象的声音过程具有本质区别。对于母语阅读者来说，声音形象和概念具有一体化联系，而乐谱作为声音的符号，仅仅对于少数具有高度辨识能力的人才是相对直观的。

诗歌作为语言艺术，诗句中语言的联系是一种相对松散的语义联系，之所以可以相对松散或者没有必然语法联系，是因为其用了另一种声音模式作为语言框架，押韵是手段之一。同时，即使诗歌严格恪守日常语法，同样会因为韵律的存在而和日常语言被框定在不同的世界中，正如瑞恰慈指出的："通过它巧夺天工的特别表象，韵律产生的无以复加的'框架'效果，从而把诗歌经验与日常生存的意外经历和琐碎细事脱离开来。"② 总而言之，韵在诗歌中的运用，使得其声音过程成为一个具有统一音高和音质的声音过程，并且形成节奏，因而被诗歌声音过程所占据的时间，由物理时间转化为本源性时间，成为一个可供直观的统一时间流。

（《南京政治学院学报》2001年第6期，第17卷，有改动）

---

① 谢云飞. 文学与音律 [M]. 台北：东大图书有限公司，1978：23.
② 瑞恰慈. 文学批评原理 [M]. 南昌：百花洲文艺出版社，1997：130.

通向寂静之途
——论汉语诗歌音乐性的变迁

一　诗歌的原生态——诗乐短语。词语在被诗歌挑选的开始，就进入了一个先于诗歌而存在的音乐结构，诗歌语音结构模式是先于诗歌语言，乃至于先于具体诗歌和音乐而存在的音乐模式

诗和音乐最初都是以"歌"这一形式出现的："故歌之为言也，长言之也。说之，故言之，言之不足，故长言之；长言之不足，故嗟叹之；嗟叹之不足故不知手之舞之、足之蹈之也。"① 刘勰在其所著的《文心雕龙·声律》中也指出："夫音律所始，本于人声也。"② 诗乐共生，这是对于中国诗歌和音乐起源的描述。上古时代没有记乐谱的方法，也没有严格划分的音阶。在传播过程中，语言作为声音的载体，使得歌曲得以发生与传递："《音初》讲四方之'音'，此'音'就指的民歌，其概念是包括了曲调和语言在内的。"③《燕燕歌》及《候人歌》作为汉语诗歌的发生神话，说明音乐形式在其发生之始，是以简约的口头语言为其载体，并且由此而得以显现。这一时期的音乐与语言同在，没有抽象的节奏和旋律，节奏在诗歌对于停顿以及韵律等等语言形式的运用中

---

① 王文锦. 礼记译解 [M]. 北京：中华书局，2001：563.
② 文心雕龙 [M]. 范文澜，注. 北京：人民文学出版社，1962：552.
③ 修海林，罗小平. 音乐美学通论 [M]. 上海：上海音乐出版社，1999：85.

得以实现，旋律则通过诗歌语言音调的曲折实现；反之，诗歌语言生来就处于音乐形式之中，其每一个音节都有赖于音乐化组合与连接。因而，在诗歌语言中，句读产生于音乐节奏，音乐和诗歌的共在也自觉强调了诗歌语言中的声之曲折，诗歌和音乐实为一体。

汉语诗歌的发生不是一音节一音节的堆砌。对于诗歌的具体发生状况，C·H. 王在《钟鼓》一书中进行了具体考察，指出早期诗歌和音乐的基本形式是对于几个词语的反复吟咏："口头诗歌的形式特征之一，便是诗歌语言由一些短语组合而成的，类似于马赛克结构。"[①] 这一现象被作者称为"马赛克"，并以此分析中国早期口语诗歌《诗经》，指出："我为《诗经》形式下如下定义：诗歌套语（phrase）是不少于三个词的结合体，它们同时组成语义单位，通过重复或者由于处于同一个或多个诗歌韵律中，被用来表达诗歌的主题。"[②] 如果说《诗经》作为口头文学是语义单位的连缀，那么作为"北音之始"的《燕燕歌》和"南音之始"的《候人歌》，则体现了诗—乐套语的原生态。由此可以得出结论，诗歌作品最初形态是口头存在，并以动—宾或主—谓为其基本结构。如 C·H. 王所说，"马赛克"是最早的诗歌结构方式，那么组合前的马赛克材料就是日后诗歌的基本声音单位——诗行。从诗歌单位短语的诞生到它们的组合、连缀，经过了漫长的时间过程。在音乐性声音的重复之中，词语也随同音乐一起重复，反之，在词语重复的过程中，由语调所衍生的乐曲也一同回环往复，音乐存在于词语之中，节奏就是词语音节本身，这些音节的延长和重复就形成朴素的旋律。诗歌短语的最初连缀方式，就是对这一种或几种诗歌短语的不断重复与组合，成熟时期的音乐只不过是将这种声调与节奏的重复进行抽象、变形而已。我们在《诗经》中的很多作品里，都可以看到这一痕迹，一唱三叹作为《诗经》的主要结构方式，为这一时期的诗歌套语在音乐结构中的连缀方式提供了有力的例证。因而，《诗经》所收录的全是乐歌，以至于有的学者认为《乐经》没有佚失，《诗经》就是《乐经》。这一点是否确凿，本文存而不论，但是仅仅这一观点的提出就说明，《诗经》不仅仅是一个诗歌事实，同时它也是个音乐事实。

首先，我们可以从以《诗经》为代表的上古诗歌结构中看出，一唱三叹是其典型的结构方式。李纯一先生在《先秦音乐史》中，以《诗经》的诗歌语言

---

① Wang. The Bell and the Drum: Shi Chi as Formulaic Poetry in an Oral Tradition [M]. Berkley: University of California Press, 1974: 43.

② 同上

结构方式来界定当时的音乐形式，将它们形式概括为"单一部曲式"和"单二部曲式"。① 前者是对于一个段落或一个诗句的不断重复，形成 AAA 结构。例如：《王风·采葛》：

> A 彼采葛兮。一日不见，如三月兮。
> A 彼采萧兮。一日不见，如三秋兮。
> A 彼采艾兮。一日不见，如三岁兮。

在这种重复中，绝大多数词语以及句子结构不变，个别词语产生变化。单二部曲式是两个诗歌段落在交错中重复，也就是两个诗歌段落的交替出现。例如《秦风·黄鸟》：

> A 交交黄鸟，止于棘。谁从穆公？子车奄息。维此奄息，百夫之特。
> B 临其穴，惴惴其慄。彼苍者天，歼我良人！如可赎兮，人百其身。
> A 交交黄鸟，止于桑。谁从穆公？子车仲行。维此仲行，百夫之防。
> B 临其穴，惴惴其慄。彼苍者天，歼我良人！如可赎矣，人百其身。
> A 交交黄鸟，止于楚。谁从穆公？子车鍼虎。维此鍼虎，百夫之御。
> B 临其穴，惴惴其慄。彼苍者天，歼我良人！如可赎兮，人百其身。②

整个诗歌过程采取了 AAA 或 ABABAB 的结构，也就是重叠和变化，如果把 AB 作为一个声音过程 A' 来看的话，单二部式可以简化为 A' A' A'，本质上和前者同构。声音的特征就是瞬间生灭，我们对于远古的声音无法追究，但仅仅就《诗经》文本也可以窥见它和音乐的共生，以及由于诗乐共生所带来的诗乐的共同结构。

二 诗歌与音乐共生的一刻，同时注定了诗歌和音乐的分离，其根源在于诗歌是语言艺术，而语言本身就是声音形象与概念的二元组合

《诗经》以及其他口头存在的诗歌作品，含有大量的虚字，它们不仅是语

---

① ［波兰］英加登. 对文学的艺术作品的认识［M］. 陈燕谷，晓未，译. 北京：中国文联出版公司，1988：11.
② 周振甫. 诗经译注［M］. 北京：中华书局：2002：104，183-184.

气助词，同时也是音乐化的节奏助词，声词一体，这是诗乐合一的另一个重要痕迹。但是在诗歌与音乐共生的一刻，就注定了诗歌和音乐的分离，其根源在于诗歌是语言艺术，而语言本身就是声音形象与概念的二元组合。这种二元存在导致了对于《诗经》的"声用"与"意用"①，简单地说，就是《诗经》作为"歌"以及作为外交辞令的功能二元化，而对于诗歌语言"声"和"意"的自觉，使得音乐和语言不可避免地各自呈现自身。诗歌语言在其发展过程中不断脱离声意同时反复的连缀方式，在保留抽象的音节数目以及声音单位的同时，词语以及词语的变化、丰富显得越来越重要。诗歌语言的内在能动性在诗歌形式变迁中的不断自我生发，原有简单的重复式连缀方式不可避免地发生了变化，虽然这种变化仅仅发生在诗歌语言内部，但是它直接导致了诗歌和音乐关系的变化。诗歌语言从《诗经》式的简单重复方式中渐渐解脱出来，形成具有连续意义的结合体，诗歌的音乐性由外在语音的音乐化联系向语义渗透，在词语与词语、诗行与诗行之间逐步形成意义的有机横向联系。从以后的乐府诗歌中我们可以看出，这一时期的诗歌形式已经超越了《诗经》诗—乐套语的拼凑方式。乐府诗在句与句之间，已经不再是简单的重复了，虽然乐府诗本身也朗朗上口，具有很强的音乐性，但这种音乐性来源于其词语在音节数量和句读方式上的音乐化组合，这事实上是具体诗歌文本和具体音乐分离的第一步。在诗歌语义不断丰富的同时，对于语言声音形象处理也不断更新与复杂化。诗歌语言声音形象和概念，或者说音与意的二元发展，最终导致了对于"声"与"辞"的分别记载，《诗经》中声辞合一的存在方式，一变而为"辞"与"歌声曲折"（《汉书·艺文志》）的二元并立，"辞"就是诗歌语言，"声曲折"就是与"辞"相配的乐谱，而这一变化的具体促成者便是作为政府音乐机构的乐府。

　　文人对于民歌的参与，诗歌的口头存在向案头存在的转化，是诗乐共生状态解体的重要契机。"采诗"这一过程，便潜在地存在着文字和曲调的分离。据《汉书·食货志》载："孟春之月，群居者将散，行人振木铎徇于路，以采诗，献之大师，比其音律，以闻于天子。"② 而"采诗"的过程，就是由文人参与，诗歌语言从诗乐一体的口头传播中被分化出来的过程，或者说是"歌"的文字化过程，这已经暗含了诗乐分离的端倪。随着诗歌存在方式从口头向案头

---

① 陈元锋. 乐官文化与文学 [M]. 济南：山东教育出版社，1999.
② 班固. 汉书 [M]. 北京：中华书局，1962：1123.

的转化，诗歌的音乐性也发生了从声音层面向意义层面的转换，这一点将在下文有详细论述。最初诗歌声音层面的高度音乐化，无疑和当时诗歌的发生方式以及传播方式密切相关。英加登指出口头文学和书面文学"这种作品是一个纯粹的语音学构成。但是，一旦它以手抄本以及后来的印刷形式记录下来，从而主要是供阅读而不是听的，这种纯粹的语音学性质就改变了。印刷品（被印刷的本文）不属于文学的艺术作品本身的要素（例如尼古拉·哈特曼曾认为它是一个新层次），而仅仅构成它的物理基础。但是印刷的板式的确在阅读中起着一种限定作用，所以语词声音和印刷的词语建立起密切联系，尽管它们并不构成一个统一体。印刷符号不是在它们个别的物理形式中把握，而是像语词声音一样作为观念的标志而被把握，它们在这种形式中同语词声音联系在一起。这对文学艺术作品整体性造成一定的损害，但是另一方面，它比纯粹口头流传更忠实地保持了作品的同一性。"① 说文本存在方式的转变对于作品整体"造成一定损害"是不准确的，但是存在方式与传播方式的改变，对于艺术作品本身所带来的改变则是毫无疑问的。这种以"采诗"为主要存在目的之一的政府音乐机构——乐府，对于汉语诗歌形式的改变，具有不可估量的影响。这里，我们便不能不对"乐府"进行一个简要的考察。

在汉语诗歌发展史中，"乐府"是一个出现频率非常高的诗歌术语，但是正由于这一术语的频频出现，使得其内涵十分模糊。首先，乐府是一个收集歌曲的政府机构，同时也被用来称呼这一机构所收集的歌曲，并且用来称呼沿袭乐府某曲调模式所创作的诗歌。乐府作为一种诗歌体裁一直延续到明清。尤其是唐代白居易等人掀起的"新乐府"创作活动，又赋予它以新的内涵。这一时期的"乐府"几乎成为现实主义文学的代称，这就使这一本来不甚明了的概念变得更加模糊。乐府诗歌从其来源划分，是乐府作为一个音乐机构所收集的民间歌曲以及歌词；从其曲目以及声音类型划分，就是按照一定曲目或一定声音模式所创作的诗歌；从其内容划分，就是具有现实主义倾向的诗歌群体，是《诗经》讽喻传统的延续。宋人郭茂倩编撰的《乐府诗集》更是华夏本土与异域曲辞兼收，列出大小条目十二类，且从汉一直收集到唐，体兼合乐与不合乐两类，形式上横跨古体诗和近体诗两种截然不同的诗歌形式。所幸编者是宋人，收集不到明清作品，否则将会更加漫无端涯。近代有诗歌研究者提出：

---

① ［波兰］英加登. 对文学的艺术作品的认识［M］. 陈燕谷，晓未，译. 北京：中国文联出版公司，1988：13.

"大概归纳下来,乐府中的诗歌,凡是在近体诗未成立以前的诗都叫作'古诗',继续古诗的便是近体诗,所以乐府诗之古诗,实在是二而一,一而二的东西,在诗体上来说是古诗,在合乐方面来说是乐府,乐府并不是特殊的诗体。"① 而自古以来,对于乐府是什么,似乎也只是给出经验性的界定,王渔洋在其《师友诗传续录》中指出:"如《白头吟》《日出东南隅》《孔雀东南飞》等篇是乐府,非古诗。如《十九首》《苏李录别》,是古诗,非乐府。可以例推。"② 乐府和古诗的具体划分原则是什么,王渔洋并没有交代,仅仅列举了一系列作品名称以供"例推"。但无论"乐府"是作为音乐机构这一实体而存在,还是以与诗歌语言相分离的单纯的音乐曲目而存在,它在客观上是促使诗乐解体的重要契机。乐府事实上促使了诗乐共生状态下诗—乐形态文字化并案头化,诗歌语言内部潜在的"音""意"二元存在被明朗化了。歌的声音系统被加工为独立存在的乐曲,诗歌的写作程序由诗乐共生变为依声填词,"感于物而后动"的放歌,一变而成为在某种具体音乐形式限制下的文字活动了。

如同音乐之瞬间的消失是一种宿命,诗歌和音乐的分离也是一种宿命。乐府的采诗过程所造成的诗歌传播与存在方式的改变,为诗歌和音乐的分离作出准备:诗歌从口头向案头的转换为诗歌内在音乐系统——"文气",以及外在声音系统"平仄"创造了条件,"文气"以及"平仄"系统的产生都是案头创作的结果,是对于声音和意义的精心构造,它们的出现使得诗歌成为一种沉默的歌唱。

此外,需要补充一点的就是,诗乐一体的主要基础是伴随诗歌语言,并为之提供基本节奏的古乐器——钟鼓:"原始音乐本来是很简拙的,看它和集体劳动和舞蹈结合得那样紧密,可以推知节奏应是它的基本因素。古人说原始歌曲'乐而无转'应是可信的。"③ 而丝竹管弦的出现,以及它对于金石钟鼓的势不可当的冲击,使得在诗歌和音乐的合作中,旋律不断代替节奏,旋律的出现为音乐从诗乐一体的组合体中独立出来,提供了可能性。与节奏相比,旋律以其相对复杂化和个性化,自觉形成了"声曲折"。这种逐步脱离语言的"声曲折"和节奏相比,首先是需要记载的,同时也容易佚失。在诗歌语言本身的进化过程中,音乐也逐步独立,形成具有独立审美价值的艺术门

---

① 刘尧民. 词与音乐 [M]. 昆明:云南人民出版社,1982:20.
② 王夫之,等. 清诗话 [M]. 上海:上海古籍出版社,1999:151.
③ 李纯一. 先秦音乐史 [M]. 北京:人民音乐出版社,1994:11.

类,"从西周到春秋中叶,诗与乐是合一的。春秋末叶,新声起了,新声是有独立性的音乐,可以不必附歌词"①。但是音乐具有独立的可能,并不意味着诗歌和音乐的不相容,即使在诗歌和音乐完全独立以后,语言和音乐的共同产物——声乐还是有它存在的理由。只不过,诗乐各自成为一种独立的艺术形式以后,音乐与语言的不断分分合合,都是以音乐和语言形式各自作出相应改变为前提的。

三 由寂静抵达永恒——诗歌文本的独立。对于永恒的追求,进一步成为诗歌摆脱音乐瞬间生灭这一宿命的契机,促使诗歌超越声音趋于永恒

对于诗歌和音乐的分离,人们给出的最常见的解释就是语言四种声调的发现,四声以及对于四声的二元化——平仄的发现与归纳,导致了诗歌语言内部音乐性的觉醒,使得诗歌独立于外在曲调以及乐器而存在。四声对于诗歌音乐性的独立的确是一个重要契机,并且四声的发现对于"合乐"的诗歌,也可以称作诗歌语言自身的音乐要素的发现;但诗歌作为一个整体而言,声音层面的因素虽然极其重要,相比之下还是外在要素,属于传统中国美学中的"形"这一层面。因而,仅仅是四声的发现,似乎还不足以使得传统诗乐一体的存在方式发生如此巨大的变化,特别是对于艺术外在要素"形"相对蔑视的中国传统审美思维而言。笔者认为,在四声对于诗歌声音规则进行彻底革命之前,汉语诗歌语言已经具备了使其独立存在的灵魂——文气②,"文以气为主"这一命题只不过是经曹丕之口明确提出而已。"文气"的完备,为诗歌的独立在语言内部或者说在语义层面提供了可能性;为诗歌在"神"这一层面,成为超越声音

---

① 顾颉刚.《诗经》在春秋战国的地位 [M] //古史辨:第三册. 上海:上海古籍出版社,1982:336.
② 关于"文气"以及"文"与"气"的内涵,王运熙先生在其《中国文学批评通史·魏晋南北朝卷》给出了较为详细的界定。魏晋时代的"文"当包含诗歌,在后来"文""笔"之争中,"文"进一步被界定为"有韵为文"。"气"则不但是一个更广义的概念,同时也是一个重要的音乐概念,王先生在书中指出:"它既包含了声音的宫商节奏,也还可以包含诗歌在内。因此'乐气'与诗文之'气'不是毫无关系的。"以上论述详见《中国文学批评通史·魏晋南北朝卷》,第20-38页,另参见《中国历代文论选》,上海古籍出版社1979年版,第163页。

的永恒存在,提供了可能性。对于"文气",曹丕的确是用音乐来比喻的,甚至可以说是用音乐来界定的:"文以气为主,气之清浊有体,不可以力强而致。譬诸音乐,曲度虽均,节奏同检,至于引气不齐,巧拙有素,虽在父兄,不能以移子弟。"①

对于"文气"的自觉,使得汉语诗歌经历了一次创造性转型。原始诗歌和音乐以一种马赛克的镶嵌结构存在,那么其特点之一就是拼凑。诗歌语言作为一个文本碎片,在语义层面没有一个完整的内在发展线索。在反复吟咏中,语言与直观的音乐形式同在,或者说借助于对于本源性时间的直观呈现成为诗歌,而语言一旦和音乐相分离,就显得相对单调。并且,回顾先秦两汉对于诗歌的界定,就可以发现,它们都是从或者主要是从声音角度出发的:"言之不足故长言之,长言不足故咏歌之……",或者将诗歌作为音乐的一部分提出来:"诗为乐心""兴于诗,立于礼,成于乐"等等不一而足。在诗歌语言不足以表达歌唱主体的情感的时候,人们仅仅着眼于对语言音调进行再加工,也就是求助于外在的音乐以及乐器的配合,而不是挖掘文字本身的表达能力。虽然,早在孔子时代就提出"文质彬彬""言之无文,行而不远"等关于"文"的命题,其中的"文"并不仅仅是指文字而言,而主要是立足于"声成文"来谈论文字的,并且"文"和"辞"属于两个不同的层面。这可以从孔子在《论语》中对"文"的用法中得出结论,他在提出"周临于二代,郁郁乎文哉"(《论语·八佾》)的同时,提出"辞达而已"。但其中"文"是针对周代的"礼乐"而言的,而不仅仅是文字。先秦时代的"文"常常被用来指整个人类文明,甚至是天地万物本身,"天文""人文"等便是。总之,在以《诗经》为代表的上古诗歌一唱三叹的歌唱方式之下,使诗歌语言得以贯通并成为一体的是"声气",而不是文字本身内在气脉的流动;使得诗歌短语有机连接的是音乐,而不是诗歌语言本身。在乐府的采诗以及依声填词的过程中,诗歌作为一种相对单纯的语言活动显得无所依傍,并且只能求助于语言自身。"文以气为主"这一命题的提出,明确地将诗歌的重心放在诗歌语言内部,其宗旨就是使得诗歌语言本身成为一个有机整体。曹丕为了更清晰地说明"文气",反复使用了音乐或者音乐术语,例如"气"不仅仅和作者的个性相联系,甚至具有地方特性:"徐干时有齐气",这同样是音乐话语的运用,从音乐发生之日起,中国音乐美学

---

① 郭绍虞,王文生. 历代文论选[M]. 上海:上海古籍出版社,2001:158-159.

就以地域——"南音""北音"为音乐命名。需要说明的一点就是,"文以气为主"中的"文"也不仅仅是文字的语义层面,而是将语义和语音作为一个整体提出来的,"声气"的绵延与语义的绵延密不可分。

  对于"文气"的分析,古今都不乏其人和其文,本文仅从一侧面,分析这一命题对于诗歌内在音乐性的建立所起的划时代作用。"气"是"乐"的根本因素,乐之产生的根本原因就是"气之动物,物之感人"。而"文气"的自觉,使得文字与文字之间不仅仅是语义上简单的横向联系,或者是语音本身的重复,而是一种特殊的体现个性的联系,这种个性化的横向联系就是我们诗歌的内在旋律。如果说,以《诗经》为范本的上古诗歌只是一种诗乐短语的连缀的话,那么,"文气"的完备,则标志着这种拼凑痕迹的消失,使得诗歌不但在声音形式上是一个有机整体,同时在内在语义层面也"一气贯通"为有机的音乐化整体。"文气"有两方面的属性,首先是创作主体的气质与天性,其次是这种气质和天性在诗歌中的反映,"文气"来源于主体对于"道"的独特分享以及"道"在文字中的映现。需要再次强调的是,并不是曹丕提出"文气"这一概念以后它才存在于诗歌语言中,他仅仅是陈述一个事实而已。在诗歌发展的过程中,由于曲和辞分离的宿命,由于文人对于诗歌创作活动的参与,诗歌的内在"文气"已经具备了,不过经曹丕之口明确提出,正式从理论上宣告了诗歌内在音乐性的独立,同时,"文气"进一步成为诗歌创作自觉的美学追求,这是诗歌作为音乐化文本独立于外在曲调的前提。

  "文气"作为语义层面的音乐,为诗歌的独立提供了内在的可能性,但是也仅仅是可能性而已。诗歌的真正独立,还需要语音层面的自觉,毕竟,内在的文气是通过外在的声音形式显现出来的。"气"是诗之神,只有形神兼备,神才有所依附,而对于汉语声调的发现以及声音功能的探讨,为"文气"的显现和依附提供了物质条件。朱光潜指出:"中国诗在齐梁时代走上'律'的路,还另有一个重要的原因,就是乐府衰亡以后,诗转入有词而无调的时期,在词调并立以前,诗的音乐在调上见出;词既离调以后,诗的音乐要在词的文字本身见出。"[①] 在四声发现以前,诗歌语言是通过对语音的音乐化处理,如延长、重复、曲折化等等以获取其音乐效果;而四声发现以后,音乐音响则是在对于单个语音有选择的运用与组合中自然获得。作者开始从个别词语的音调入手,

---

① 朱光潜. 朱光潜美学文集:第二卷[M]. 上海:上海文艺出版社,1982:200.

考虑诗歌整体的音乐效果，于是在汉语诗歌的发展过程中，音乐形式从与诗歌语言的共生状态下抽象出来，为诗歌语言提供规定性。① 虽然平仄系统并不是音乐结构本身，而仅仅是它的一个相对固定的外在表现形式。但外在形式的变化，一方面揭示了先于具体诗歌而存在的音乐形式由隐而显的历程，同时也揭示了主体对于世界的观照方式。平仄系统对于诗歌语言的规范，揭示出更深层的主体对于世界的观照方式的改变："我甚至认为，律诗的形式体现着中古以来中国文人一种对宇宙人生的至深的、潜意识中的信念。"② "中国诗歌之律化过程是魏晋时期以王弼易学所代表的新的宇宙观念，以及向视为'天地之和'的音乐观念之输入文学所共同催生的概念下的结果。"③ 笔者认为，律诗是律化宇宙的自觉而直观的表现，它反映出宇宙与生命的音乐化关联。四声不仅仅是对于诗歌语音的技术性处理，有人甚至指出："夫四声者，无响不到，无言不摄，总括三才，包笼万象。"④（刘善经《四声论》）毫无疑问，这是对于四声功能的夸大其词，而对于四声功能的无限扩大化，使得四声已经超越了功能性存在，一变而为对于世界的观念性存在了。如此，语言是存在之家，而四声则成为语言之家，它的发现最终使人们意识到，语言是一个自足的体系，诗歌是一个可以和律化大宇宙同构的小宇宙。平仄系统对于诗律的制定，事实上就是为诗歌这一完整的艺术形式"制礼作乐"的过程，使得诗歌语言本身就具备了和谐的声音，而无需通过对于语音的外在音乐化处理，更无需通过外在的曲调或乐器使得诗歌与"乐"同在。四声的发现以及对于平仄系统的不断严格化，使得诗歌语言在内部建立了自己的规范。于是，"文气"以及"四声"从内外两个方面宣告了诗歌的独立，使得诗歌内部以四声为物质基础的"形"与以"文气"为筋骨的"神"完全齐备，诗歌通过语言本身，已经形成一个形神兼备的律化世界。以上一切为汉语诗歌最辉煌的声音——唐诗的出现做好了准备，同时也为诗歌以"词""曲"等不同形式的出现做好了准备。

《南京师大学报（社会科学版）》2002年第3期

---

① 沈亚丹. 论汉语诗歌语言的音乐性 [J]. 江海学刊，2001，(5)：167.
② 萧驰. 论中国古典诗歌律化过程的概念背景 [J]. 中国文哲研究集刊，1995 (9)：136.
③ 萧驰. 论中国古典诗歌律化过程的概念背景 [J]. 中国文哲研究集刊，1995 (9)：137.
④ [日] 遍照金刚. 文镜秘府论 [M]. 北京：人民文学出版社，1975：25.

"诗言志"对汉语诗歌音乐本质的规定

一 对"诗言志"的时间性描述——
"志":过去、现在、未来的共在

"诗言志"出自《尚书·舜典》,它对于汉语诗歌理论及创作具有极大影响,奠定了整个汉语诗歌史的基调。如果撇开儒家诗学的政治传统,直接面对"诗言志"这一命题本身,就会发现这寥寥数字的确耐人寻味,尤其是歧义丛生的"志"。近人闻一多与朱自清从字源学考证得出以下结论:"志有三个意义:一、记忆;二、记录;三、怀抱。"① 我们据此可以进一步描述其内涵:"志"作为记忆来讲,诗歌是一种对于过去的追忆;其次,作为主观情志而言,诗歌歌唱主体对于当下情感的表达,即"止于心上";最终,"志"还可训为"心之所之",即虽未成现实但心向往之。如果我们不局限于一种静态的考察方法,而将它作为一个过程来对待,那么以上的歧义恰恰不是一组矛盾,而可互相补充。与"志"的 3 个意义相对应的,便是过去、现代、未来的这 3 个过程。一字多意在任何语言中都不可避免,尤其是古代汉语,但多种意义栖息在同一个词语里,就不再是意义的碎片,而是一个有机整体。因而,"诗言志"之"志"是过去、现在、未来的共在。此外,"志"的另一特征是其主观性,"在心为志"。《左传·昭公二十五年》就载有:"情动为志"之语,后人对此也多有阐发。

"诗言志"以某方式告诉我们,诗歌活动是一个时间过程,与"记忆""心

---

① 闻一多. 神话与诗[M]. 上海:华东师范大学出版社,1997:201.

上""心之所之"相对应的正是过去、现在、未来交叠。诗歌语言就是为了召唤过去、现在、未来到场,并且共同栖身于词语之中。"诗"和繁体之"时"从音韵、训诂角度分析都有密切联系,在上古同属"之"这一谐声系统,从"寺"声。与其相关字群"待""等""峙"等,也大多与时间相关,这里限于篇幅恕不以赘言。以上种种都可以表明,诗歌是一种以语言为载体的时间事实。在此,我们可以得出以下结论:诗歌不仅仅是语言艺术,它同时也是一种时间艺术,它的时间性不仅体现为语音层面的韵律节奏,同时也渗透到诗歌语义内部。

这里,以下两个事实以及它们之间的联系值得一提。首先,中国是一个诗歌的国度;其次,中国人对于时间的敏感,是其他民族难以企及的:"许多中国诗歌表现出对于时间的敏感,并对它的流失表现出无限的惋惜。当然,西方诗人对时间也并非漠然处之,但却不像中国人那样为之感慨系之。"[1] 对于时间的敏感性,是中国诗歌精神绵延繁盛的根源。但是,说到中国人,以及汉语诗歌对于时间的敏感,有一个问题我们便无法回避了:既然中国人对于时间如此重视,那么为何偏偏汉语动词不像西方语言那样,可以直接显示出时态,而汉语诗歌语言对于动词往往漠然视之,甚至有时候完全不使用动词呢?的确,汉字是一种不具备黏着性的文字,在单个汉字中无法显示时态。中国人对于时间的极度敏感而汉语动词并不显示时态,这作为一个显而易见的矛盾,已经有对人进行过思考。周策纵先生对此就曾总结如下:"也许我们可以把它叫作'人文的不朽'(Humanistic immortality),胡适之先生则称之为'社会的不朽'。另一方面则是使人生通过'无时间'(Timelessness)而得到永恒……除此以外,在心理上还可能有一种方式,就是在意识里或下意识里,超出物理时间之外,凭回忆与希望或想象的本能,把过去、现在、未来混淆起来或中立起来,使过去和未来都变成永恒的'现在'。"[2] 以上种种解释似言之成理,但终难以自圆其说。用回避动词时态来达到"人文的不朽"或"社会的不朽",似乎不能令人信服。语言中时态的运用并不妨碍"不朽"的实现,如同西方任何种动用时态并且不朽的文明一样。周先生所列举的最后理由是"使过去和未来都变成永恒的'现在'",似乎触及问题的实质。汉语诗歌对于时态的处理方式,不仅仅是对于"永恒的现在"的追求,而是对于作为真理的"道"的显现,对于

---

[1] 刘若愚. 中国诗学 [M]. 郑州:河南人民出版社,1990:56.
[2] 周策纵. 弃园文粹 [M]. 上海:上海文艺出版社,1997:213.

天地永恒本体的显现。例如流传千古的诗句："年年岁岁花相似，岁岁年年人不同"，或者"江畔何人初见月，江月何时初照人"等，难道不是千古不移的真理？因此，汉语动词缺少时态变化不是回避，而体现了一种特定的时间认知方式。汉语诗歌在最大的限度内体现了诗与真、诗与思、感性与抽象、瞬间与永恒的统一。这正是由"诗言志"所透露的，诗歌是过去、现在、未来的统一和共在。所以说，汉语中时间体现的不是具体事件中的时间，而是宇宙节律本身的周而复始，是人对于宇宙时间的体验。在西方拼音文字中，时间的确是通过词语的结构变化体现出来的，但在其语法规则中，表示公理和被认为是永恒状态的句子里，动词则以永远的现在时出现。"诗言志"正是以一种特殊的方式表现了中国人对于诗歌以及对于时间的理解。

二 "诗言志"的"我思"性与时间性，决定了汉语诗歌是主体对世界的音乐化感知与表述

音乐同样也是时间艺术。时间和空间是人类感知世界的两种基本方式。因而，就音乐的客观存在方式而言，它是声音艺术；就主观感知方式而言，音乐是时间艺术。首先音乐是以声音为物质材料的艺术，它的最大特征就是在物理时间中瞬息的生灭，同时在心理时间中绵延不绝，因此，音乐是时间艺术——这已经成为美学界的公理。对于这一点，苏珊·朗格提过不同的看法："在传统意义上，'时间艺术'一词不仅运用于音乐，而且运用于文学、戏剧和舞蹈，而在一种比传统意义更本质更重要的意义上，即一种明确的感觉时间意义上，音乐也被称为'时间艺术'，在这里，'时间艺术'针对'空间艺术'而言。音乐在上述两种意义上都被称为'时间艺术'，这种含混不清在哲学上危害无穷，因此，我把艺术区分为造型艺术和发生艺术，而一概避免使用'时间艺术'的提法。"[①] 其实，将"时间艺术"改为"发生艺术"其混乱程度一点也没有减少，不仅仅上面所说的文学、戏剧、舞蹈是发生着的，现实世界中从主体到客体，几乎没有什么不是在"发生着的"，乃至于维特根斯坦在《逻辑哲学论》中的第一句话就是"世界就是所发生的一切东西。"[②] 因此，我们不如还是沿袭传统，以时间性存在为音乐定位。当然，时间本身不是艺术，音乐之所以被称

---

① 朗格. 情感与形式 [M]. 北京：中国社会科学出版社，1986：140.
② 维特根斯坦. 逻辑哲学论 [M]. 北京：商务印书馆，1962：22.

为时间艺术,是因为它利用声音对时间做出合乎规律的处理,使其节奏化、个性化,在具有延续性的同时得以在空间中弥漫。因此,将音乐叫作"发生艺术"不如将之称为"时间化艺术"。这样,既避免了在"时间艺术"这一称呼中音乐时间和物理时间的混淆,同时也强调了音乐是在"时间"中"发生"着的,同时是"发生"过程中的"时间",而不是别的。"时间化艺术"与"时间艺术"相比,在强调音乐的时间性的同时,也强调了它本质上是超时间的存在:时间并不是音乐实体,而音乐不过是对世界的时间化观照与呈现。

从亚里士多德对于时间的物理学探讨到康德将时间界定为"内感知形式";从胡塞尔到海德格尔,时间不但是内在的,而且具有"我思"性,承担着存在的意义。这种时间的"内在化""我思化""意义化"是诗歌和音乐的共同逻辑起点。胡塞尔在其《内在时间意识的现象学》一书中,对于时间的分析就立足于对声音的分析,准确地说是立足于对旋律的分析之上的。钟表上的时间如同流沙,有的只是永不停息的流逝,而只有在人类的感知中,过去、现在、未来才有可能共在。这种心理时间也就是胡塞尔的"本源性时间"。胡塞尔对于本源性时间有过准确但是令人费解的阐释,时间本身就是一种令人纠缠不清的东西,正像奥古斯丁在《忏悔录》中指出的那样:"时间究竟是什么?没有人问我,我倒清楚,有人问我,我想说明,便茫然不解了。"① 胡塞尔笔下的本源性时间是具有生命形态的时间形式,它的实现有赖于过去、现在、未来这一系列时间意象在生命个体中的统一。和时钟相比,音乐和诗歌之所以最直观地展现了本源性时间,是因为它们通过种种艺术手段使体验到的生存时空有机化:"自我可以从'其'任何一个体验出发,按在前、在后和同时这三个维度来穿越这一领域;或者换句话说,我们有整个的、本质上统一的和严格封闭的体验时间统一流。"② 现在、过去、未来皆由"我思"统一于"我",曲式和诗式是时间主体自我表达之两种基本形式,其本质都是音乐。

音乐的最基本要素是节奏与旋律,借助这两个要素,音乐直接呈现出个体生命对于时间性的感知,而同时呈现存在的意义。黑格尔指出:"旋律是音乐的最高的一个方面,即诗的方面。"③ 如果说节奏是音乐最基本的要素,而旋律则是最本质意义上的音乐要素。从另一方面来说,旋律是乐音在时间中的延续

---

① 奥古斯丁. 忏悔录 [M]. 北京:商务印书馆,1963:242.
② 胡塞尔. 胡塞尔选集:上册 [M] 上海:上海三联书店,1997:560.
③ 黑格尔.《美学》第三卷(上册)[M]. 北京:商务印书馆,1979:378.

方式："音高的横向线性关系（或曰'继时性连缀关系'），是旋律构成的重要因素。"① 概言之，节奏的运动方式就是重复本身，或者是一个事物的反复或者交替出现的过程，而旋律就是一个声音形象在时间中的延续方式，包括重复和变化两个基本要素。在音乐生于延续的过程中，节奏周而复始，时间因为这种重复而被秩序化、有机化。对于音乐而言，旋律和节奏便是其将物理时间塑造成生命时间的基本手段。

在诗歌中同样有节奏以及萌芽状态的旋律——语音曲线，它们是诗歌塑造时间的基本手段。而语义所体现出来的生命节律——"志"，是其内在旋律。语音曲线和内在旋律相呼应，对于歌唱和倾听者产生不可遏制的冲击力，因为我们在时间中存在，因而我们也在音乐和诗歌中存在，由"我思"而"我在"。不仅仅是一首诗歌，整个汉语诗歌史都是处于一种特有的节律之中。不同诗歌时代的意象以及意境的反复出现，使得过去、现在、未来共在。例如，汉语诗歌中的"春""江""花""月""夜"在一首诗里，乃至于在整个汉语诗歌史里反复出现，相互唱和，虽然无一字明确涉及时间，但这些意象以及意境的目的，也无非是诉说光阴以及生命。如此被体验到的诗歌和音乐的时间过程就不再是一个支离破碎的经验过程，而是一个有机体，是一个民族和一种语言对于生命的体验以及对这种体验的表述，它渗透于小至一首绝句，大到整个汉语诗歌史。

三 "诗言志"为汉语诗歌的言说对象、言说方式、阅读方式提供了内在规定

"诗言志"这一命题，对于汉语诗歌的音乐本质提出了本质规定，同时奠定了汉语诗歌在世界诗歌之林的独特风貌。毫不夸张地说，"诗言志"规定了汉语诗歌的言说内容、言说方式及阅读方式。

亚里士多德在其《诗学》中提出的"摹仿"说，在很大程度上是对西方诗歌叙事传统的总结，同时也进一步巩固了西方诗歌的叙事传统。汉语诗歌则更倾向于抒情。从汉语诗歌发生之日起，就是以歌唱主体的内在情绪为言说对象的。这种抒情性以及与此相对应的主观性和我思，使得汉语诗歌在言说对象、

---

① 修海林，罗小平. 音乐美学通论 [M]. 上海：上海音乐出版社，1999：311.

言说方式、接受方式上也具有明显的音乐化特征。如黑格尔、叔本华等人所认为的，音乐是主体性或主观情感的直接流露，黑格尔在对音乐与绘画存在方式的比较中指出："音乐不能像造型艺术那样让所表现出来的外形变成独立自由而且持久存在的，而是要把这外形的客观性否定掉，不许外在的东西作为外在的东西来和我们对立着，显得是一种固定的客观存在。"① 音乐具有不可否认的抒情性以及时间性。

当然，近现代西方音乐美学不乏建立在乐体基础上的自律论，其代表人物是汉斯力克，其总体思路就是：音乐是一种运动方式，同时这种运动方式是自律的、客观存在的，和主观情感以及感受方式没有必然联系。布朗针对音乐和文学的差别指出："如我们所知道的，音乐和文学都是以声音为手段诉诸人类的智能和情感的，不同的是音乐是自律的，而文学必须求助于自身以外的意味。"② 但是当音乐自律论者，如当布朗说"诉诸人类的智能和情感"的时候，音乐的自律性就立刻变得可疑起来。说到底，音乐不可能是无所依赖的，它和诗一样同为"心声"，否则对牛弹琴就不是不可理解的了。

汉语诗歌的音乐内核决定了它的抒情性，同时也决定了汉语诗歌对于世界的基本感知方式，即对于世界的时间化感知。以上一切也决定了汉语诗歌的言说方式以及言说的可能性。如前文所述，音乐的本质结构是时间结构，无论是在康德还是在胡塞尔的哲学中，时间都是一种向内的直观形式，和中国道家对于"道"的体认有几分相似。胡塞尔认为，主体对于自我的体验，包括对于自我的生命以及内在情感等体验是具有明证性的。人们面对生命之流逝常常有一种"说不清""道不明"的滋味，虽是"说不清""道不明"，但似乎又了然于心，正所谓"得失寸心知"。正因为对于生命本身的感知是内省的、专注于自我的，因而，它在具有明证性的同时也具有内在性。因为是明证的，所以对于观照个体来说，由诗—乐结构所产生的如"忧""乐"等一系列情绪是可以被明确体验的；因为是内在的，对于它的语言表述就是一种超越行为，因而在某种程度上是不合法的。因此，诗歌和音乐本质上都不可言说。

但是，"一叶知秋"，对于时间的直观并不是完全不可传达。时间以及时间的流逝都是不可见的，但主体通过其外在空间物象与生存环境的变化与流动，

---

① 何三乾. 西方哲学家、文学家、音乐家论音乐 [M]. 北京. 人民音乐出版社，1983：97.
② Brown. Music and Literature: A Comparison of the Arts [M]. Hanover and London: University of Georgia press，1948：15.

完全可以体验乃至于传达光阴的流逝。音乐中所呈现的声音形式以及运动形式，诗歌中大量求助的意象、隐喻、音乐性音响等等，都是时间的呈现手段，胡塞尔称之为"时间对象"。同时，尽管对于生命以及光阴体验是内在于体验个体的，但由于这种体验对于人来说是普遍存在的，因而对于它的传达是可以被理解的。时间给予歌唱者的明证性，对于倾听者也是可以心领神会的。中国美学中这一过程的实现就是"传神"或"意会"。"诗言志"不但规定了汉语诗歌"言不尽意""立象以尽意"的写作方式，同时也规定了汉语诗歌一贯的拈花击竹式的阅读与理解。

与西方诗歌侧重对人类事件的叙述不同，汉语诗歌更强调对自然时间的体会，例如落花流水、春去秋来。自然本是机械和抽象的，而其中一切都在诗歌中时间化了，同时也情感化了，自然一变而为"人世"。自然事件和人类事件相比，更加普遍与永恒。中国人历来相信，对于宇宙本体"道"的体悟不但是"万古不移"的，并且也是"人同此心，心同此理"，汉语诗歌中对于人称的省略便基于此。和"言不尽意"这种叙述方式相对应，汉语诗歌的感知方式是"妙悟"。妙悟作为汉语诗歌的接受方式，又基于中国人对于生命的感知、表述以及心心相印的领悟特征之上。西方意义上的叙事诗不可能以妙悟为其感知方式，如果诗歌要表述的是亚里士多德《诗学》中所强调的情节、个性，那么"言不尽意"就不可能成为汉语诗歌的叙述方式和美学追求。"诗言志"的提出以及其诗学权威的建立，也是汉语诗歌史中没有产生西式叙事长诗的根本原因。

对于世界的音乐化感知，同时也规定了汉语诗歌的情感本质。音乐和诗歌的本质，就是从当下的瞬间中超拔出来，以一种高屋建瓴的态度瞭望和反思生命，正如音乐必须从音符中超拔出来。胡塞尔这样描述音乐的时间特性："当新的音符响起时，在它前面的音符并不会完全消失；否则，我们便不会观察到前后相继的音符之间的关系了。"[①] 当生命从瞬间的流逝中超拔出来，过去、现在、未来的共在并且互相印证时，生命也便旋律化了。以上体验是诗—乐本体的直接来源，或者也可以说是诗—乐的构成以及感知方式。对于时间的本源性体验，使得此在本身在纷繁的生存境遇中始终都有所忌惮。它转化为音乐情绪就是中国音乐美学一直强调的音乐审美境界之———"悲"，同时也是尼采原

---

① 胡塞尔. 内在时间意识现象学[M]. 北京：华夏出版社，2000：14.

始痛苦的客观和主观根源。这种存在结构,不但提供了生命之"忧"也提供了对于"忧"的超越,这正是中国儒家和道家面对死亡的共同心态。的确,正是死亡使我们如释重负、纵身大化,体验到"大乐与天地同和",世事万物无往而不复;同时,也正是因为死亡,我们不必为任何一个微小的举措而负担永恒的后果,因而有生存态度上的"无畏",并且在这种"无畏"的选择中体会到"大乐",这就是庄子"鼓盆而歌""无言而心悦"的直接原因。个体生命终结之"悲"和宇宙万物生生不息之"乐",作为人所体验到的最根本的情绪,在寒来暑往之间一应一和、一张一弛,成为音乐和诗歌发生的动力。"忧"与"乐"根植在中国的诗歌与音乐情绪的最深处,弘一法师以"悲欣交集"名之。因此,对于本源性时间的感知结构,也就是本质意义上的音乐形式。这就是乐的内在规定性——乐(lè)和外在显现——乐(yuè),作为主观感知方式和客观存在方式的两个方面。综上所述,"诗言志"通过过去、现在、未来的共在,以生命时间的存在结构与感知结构作为诗歌和音乐的共同逻辑起点,如此,诗、乐、思三位一体。

(《深圳大学学报》2004年第2期,有改动)

论汉语诗歌的内在音乐境界

一 鼓天下之动者,存乎辞——
诗歌语言通过动态意象所呈现的节奏化空间

诗歌是一种音乐性语言,所谓"诗是乐之心,乐为诗之声,故诗乐同其功也"。(孔颖达《毛诗正义》)虽然如此,但并不是所有韵语都是诗歌。打油诗和百家姓作为一种语言形式,虽然具备了节奏、韵律等一切外在诗歌要素,但我们很难将它们视为诗歌,可见节奏和韵律仅仅是诗歌的外在形式。而汉语诗歌的古老定律"诗言志"为汉语诗歌的内在音乐本质提供了规定性。"志"同时训为"记忆""止于心上""心之所至",其实质便是过去、现在、未来的共在。前人对于"诗言志"的梳理表明,诗歌不仅仅是一个语言事实,同时也是一个时间事实,是诗歌主体对于世界的时间化感知。只有当诗歌语言被用于呈现生命时间本身,诗歌语言才获得其内在旋律;又因为时间的不可表述,必须通过空间意象的律化以及生命空间的流转,才能对时间的流逝做出标示。百家姓和打油诗因为不具备以上因素,所以不是严格意义上的诗歌。

音乐虽然是时间艺术,但是空间对于音乐同样不可或缺,即使狭义地看,无论是乐器中的共鸣空间,还是维也纳的金色音乐厅或者任何一种人类活动空间,总之,音乐的发生和弥漫需要空间,空间是音乐的必要条件,单纯的乐谱不是音乐。诗歌的内在音乐要素首先是诗歌语义空间的节奏化,如果说诗歌中的声音形式的音乐化是在语音、语调中实现的,那么诗歌内在音乐境界则是通过特定语义结构得以实现的。音乐的宿命就是时间流程中的昙花一现,而"文章乃不朽之盛事",超越时间是中国诗歌永恒的梦想,实现这一目的的手段之一,就是使自己的创作从转瞬即逝的声波运动中独立出来并形成文字。同时，诗歌不但要超越声音，也注定要超越语言。诗歌对语言的超越，中外美学不乏公论，例如陶潜之"忘言"，严羽之"羚羊挂角，无迹可求"，等等，西方哲学家怀特海也指出："无论是哲学还是诗，都要形成超越语词直接含义的形式。诗与韵律为友，哲学与数学结盟。"[1] 诗歌在超越语言的外在语音形式的同时，也超越其固有的语法形式，进入音乐化空间（尽管在某种意义上，诗歌用以超越语言的材料还是语言本身）。诗歌内在音乐境界是通过语言的召唤而得以呈现的，如"秋—风—生—渭—水，落—叶—满—长—安"，语言呈现给我们的不仅仅是一个地理学意义上的长安城，而是神韵流动的生命场所，在这里声韵变为神韵。

　　意义空间所体现出来的节律，是形成诗歌内在节奏的重要因素："由静止性和可动性交织而成的空间认识，无论在实际生活中还是在音乐等艺术空间里都呈现着一种'作为构造的混沌'。说音乐仅仅是时间艺术，这是不够的，还必须承认其空间性的重要意义。"[2] 的确，语义空间之节律不是直观意义上的音乐，但是如我们后面将要讨论的一样，人们却是在这个意义上来谈论音乐的，因而这是一种元音乐。西方是在相对抽象的意义上将运动作为音乐现象来谈论的，例如毕达哥拉斯遥不可及的"诸天音乐"是指天体运动所反映出来的和谐。而中国哲学将天体的和谐运动转换为"人"的和谐生存环境，天体运动的和谐直接导致风调雨顺的人类生存空间。人类的安居乐业和自然界的春华秋实，正是"乐"与"和"的本意。因而，中国将遥远的"天体音乐"转换为身在其中的"物体音乐"——动态意象。这首先通过时间片段中的生命空间体现出来，并借助于意象的律动，实现了由单纯的声音过程向运动形式的转换。

　　动态意象是人在当下与世界相遇的结果，而人与世界有多种照面的方式，世界的动态呈现恰恰是世界的音乐化呈现。西方音乐美学也指出："通过音乐结构来反映现实，这依靠在音乐作品中捕捉住和表达出被反映的客体的某些特征，也即是该客体的运动形式。"[3] "风"是中国诗歌和音乐中最常见的意象之一，从御风而行的歌者到秋风、落叶，都构成动荡的宇宙音乐。这种动荡虽然不具有感性的声音模式，但和音乐分享着同一个来源——宇宙中鼓荡不息的

---

[1] 怀特海. 思想方式 [M]. 北京：华夏出版社，1999：154.
[2] 山口修. 出自积淤的水中——以贝劳音乐为实例的音乐学新论 [M]. 北京：中国社会科学出版社，1999：69.
[3] 汪流，等. 艺术特征论 [M]. 北京：文化艺术出版社，1984：298.

气。"风"在中国音乐发生史上是作为音乐的本源来看待的,《吕氏春秋·古乐》载:"惟天之合,正风乃行,其音若熙熙、凄凄、锵锵。帝颛顼好其音,乃令飞龙作效八风之音。"而宇宙音乐正是通过风鼓荡形成的:"大圣至理之世,天地之气合而生风。日至,则月中其风,以生十二律。"[①] 宇宙无声的节律是音乐的根本。这里,风通过两个方面对音乐产生影响。首先,风之鼓动是音乐的声音来源;其次,风为音乐展开一个运动空间。无论处理哪一种意象,音乐的方式都是化静为动,即使休止符的背后,也隐藏着静与动的交替。在音乐中"风"以及"风"所由产生的"气"显示为不同节律的声音,而在诗歌中则通过语义得以揭示。天地之气是无形的,同时也是文字难以直接表述的,而在诗歌中由作者通过秋风、落叶、水波等意象表现出来。虽然行云流水,气象各异,但是它们分享着同一种节奏——风的节奏,也就是天地自然之气流动的节奏。不同的意象因为对于天地节律的共享而达到大同;同时,同样的天地节律一变而为风、为落叶、为秋水,万物各得其所,从"同"一变而为"异",从而实现了"和而不同"这一音乐本质。风已经由此而产生的一连串动态意象,通过语言的召唤,使整个作品弥漫着一种自然节奏——风的节奏,和词语的平平仄仄遥相呼应。在诗歌发展的最初,"风"的这种运动意象转而被用来象征"诗歌"的传播方式,《诗经》中的民歌被称为"风",便是例证。而以后中国美学中极其重要的范畴之一——"气"的提出,也是建立于"风"这一意象的基础之上。当然,"风"仅仅是诗歌和音乐意象的典型,诗歌和音乐中的世界,永远是各种方式的动与静的相生相成,"人闲桂花落"也是其中一例。汉语诗歌的无言境界就是让万物呈现自身,在中国人的感知形态中,对于时间的感知和对于空间的感知是紧密相连的。单纯的时间无法表达,但"一叶落而知天下秋"空间物象是可见的,此即胡塞尔的"时间对象"。因而中国艺术对于"象"的重视是和中国时空感知方式与表达方式相联系的。

二 逝者如斯夫,不舍昼夜:当诗歌语言被用于呈现生命时间本身时,诗歌才获得其内在旋律

动态意象的呈现仅仅是一种手段,它使得当下的时间片段音乐化了,正是

---

① 吕氏春秋[M]. 上海:上海古籍出版社,1996:91.

无数个这样律化时间片断绵延，构成了生命过程本身。音乐形式最本质的意义，就是对于生命本体与整体的观照。正是这种整体关照使得现在、过去、未来共在，由此抵达诗歌的内在旋律。生命意识在中国诗歌中具有特别明显的表述："时间的节奏'一岁，十二月二十四节'率领着空间方位（东南西北等）以构成我们的宇宙。所以我们的空间感觉随着我们的时间感觉而节奏化了、音乐化了！画家在画面所欲表现的不只是一个建筑意味的空间'宇'而须同时具有音乐意味的时间节奏'宙'。一个充满音乐情趣的宇宙（时空合一）是中国画家、诗人的艺术境界。"① 旋律简单说来就是一组音乐形象，乐曲的主体就是一个主旋律的变化以及重复，如《梁祝》中的梁、祝主题，《命运》中的命运主题。诗歌的内在旋律，并不像韵律和节奏的重复那样直观，并且仅仅依附于文本，在很大程度上，它是外在于文本而内在于生命的。《诗经》中"昔我往矣，杨柳依依；今我来思，雨雪霏霏"，在音乐性语音背后，是一个流转的生命空间。《世说新语·文学》载："谢公因子弟集聚，问'《毛诗》何句最佳？'遏称曰：'昔我往矣，杨柳依依；今我来思，雨雪霏霏。'"② 诗歌之言外之意，正与音乐之弦外之音相当。

"故人""故地"意象，是中国诗歌母题之一，这也是文本以外的重复形式——"人"一见而再见，方可称为"故人"；"地"初游且重游，方可称为"故地"；而"人"之初见，"地"之初到，往往是外在于文本的。"故人""故地"以及"离别"或"远游"意象的出现，使得由语义所呈现的时间结构与音乐的旋律结构类似，因为时间的流逝，有所重复，有所变化，在重复与变化中过去、现代、未来到场。诗歌意象空间通过词语实现，并且在悠长的时间过程中同样弥漫着由词语的音乐性组合所带来的音乐情绪。其中，动态意象所引起的内在节奏与声音节奏的合拍，内在旋律也与声调之曲折遥相呼应。

音乐是一种直观的时间形态，因而和一切艺术空间以及生活空间场景有极大的可融合性，并且可以规定和揭示某个空间的情感性质。诗歌起源于简单的"哼呦""哼呦"，可见音韵是先于具体诗歌而存在的语音模式。它召唤词语，并且栖身于词语中。而诗歌旋律最典型的体现在于对生命空间的暗示和描绘，由此，诗歌抵达真正意义上的旋律，深刻反映了人作为一个必死者，在时空流转中生命场所的重复与变化。在这一层面上，产生了中国音乐美学所强调的"悲"的审美效

---

① 宗白华. 宗白华全集：第2卷 [M]. 合肥：安徽教育出版社，1994：434.
② 徐震堮. 世说新语笺 [M]. 北京：中华书局，1984：128.

果。同时,"悲"这一审美,其根源并不是生活中的具体事件,而仅仅是生命过程本身的流逝。在这一层面,音乐作为一种神韵流动的空间,并不仅仅存在于诗歌中。很多散文作品虽然不具备音响上的音乐性特征,但是在生命空间的流转以及在"无声"这一层面上完全具备了音乐性。因此,不能否认它们从本质上来说就是诗歌。朱光潜在《诗论》中列举《世说新语》中的一段文字:"桓公北征,经金城,见前为琅琊时种柳皆已十围,慨然曰:'木犹如此,人何以堪!'攀枝执条,泫然流涕。"认为"这段散文,寥寥数语,写尽人物俱非的伤感,多么简单而又隽永!"① 可以说,这段散文虽然不具备外在音乐韵律形式,但是它具备了音乐的内在韵律形式或者说是内在旋律,虽非诗歌而诗意盎然。但是一般来说,诗歌作为一种文体,其外在尺度是声音韵律和节奏,因此在很长一段时间内以韵文和散文划分诗歌和其他文体。由以上分析我们可以得出结论,比声音更本质的是诗歌和音乐节律得以弥漫的那个生命空间,对于生命空间的领悟又依赖于诗歌和音乐的内在形式——自我直观。因为它的不可言说性,所以寂静便成为诗歌和音乐的本质,而声音仅仅是它的表象。

中国成为一个诗歌大国的主要原因,不仅仅是汉语语音的特点,而首先是中国人的诗性智慧。中国智慧首先体现于中国式的隐喻性思维,"天人合一"就是最典型的同时也是最彻底的隐喻;其次,就是对于时间的敏感。汉语诗歌在最大的限度内体现了诗与真、诗与思、感性与抽象、瞬间与永恒的统一。所以说,汉语中时间体现的不是具体事件中的时间,而是宇宙节律本身的周而复始,是人对于宇宙时间的体验。在西方拼音文字中,时间的确是通过词语的结构变化体现出来的。但这里要注意一点,根据西方拼音文字的语法规则,在表示公理和被认为是永恒状态的句子中,动词则永远以现在时出现。

"似花还似非花。"对于汉语诗歌分析到此时,就可以发现,空间的时间片段以及生命流程背后,是那个永恒的和无言的"道"。

三 无声之中,独闻和焉:还原为人对于世界的特定感知方式,人作为感知主体,世界作为感知对象,由此天人合一

音乐表现为声音过程,但是音乐的一切节奏和旋律指向的是声音背后的寂静,正如生命面向的只能是死亡。首先,寂静既是一切音乐发生的源头,也是

---

① 朱光潜. 朱光潜美学文集[M]. 上海:上海文艺出版社,1982:93.

音乐得以成立的条件与归属，人们从各个角度发现了音乐真正的存在方式——寂静。正如孔子"绘事后素"道出的，空白是绘画得以存在的条件。中国音乐美学历来认为，音乐表现为声音过程，但又绝不仅仅是声音过程，它从寂静中涌现出来并且消失于寂静之中。西方哲人在古希腊时代也明确指出，音乐的本质不是什么别的，而是声音后面体现出来的宁静与和谐本身。柏拉图就曾指出："在调好的七弦琴上，和谐——是一种看不见的、没有物体的、美丽的、神圣的东西，而七弦琴和琴的弦是物体，也就是说是物体的、复杂的、尘世的、与会死亡的东西有共同性的。试想：有人把七弦琴打碎了或切断或折断了弦，有人将会援引你所援引的理由，顽强地证明：和谐并没有破坏，并且必须仍旧存在。"[1] 中国哲人老子"大音希声"的命题，在中国美学史上同样是不可撼动的。对此，研究者有诸多解释，蔡仲德先生在其著作中归纳如下："误解之一，是把它理解为此时无声胜有声，其典型是钱钟书《管锥编》……误解之二，是把它理解为'大音稀（原文为"稀"，现多为"希"）声'……有含蓄之美的希声……误解之三，是将'大音希声'等同于儒家的'无声之乐'。"[2] 笔者认为蒋孔阳先生在他的《评老子"大音希声"的音乐美学思想》一文中，所提到的两点是问题的关键。首先，蒋先生指出："最完美的音乐，是作为'道'的音乐，是音乐的本身，这种音乐，虽然大，但是我们却是听不到的。"[3] 其次，"大音"是一种自然存在："老子所欣赏的，并不是五音繁会的音，而就是这种顺应自然之道的音乐。"[4] 而自然形态的音乐又是什么呢？不是别的，正是庄子所说的"天籁"。"希声"的确应训为"无声"，但不是针对耳朵而言的感官层面的有声或无声，而是一种非感官的存在。它不是音乐的显现层面，而是主体对于世界的音乐性意向本身，是音乐得以成为音乐的"内形式"，是对于自然的音乐性倾听，也是没有宫商的自然之音，同时也是儒家"大乐与天地同和"最确切的体现。从哲学派别来讲，"大乐与天地同和"是儒家的音乐本体论，但在形而上层面可以和道家"大音希声"以及"天籁"互训，只是到道德形态的层面，二者才开始分道扬镳。试看《礼记·乐记》对于"和"的情状的描绘："地气上齐，天气下降，阴阳相摩，天地相荡，鼓之以雷霆，奋之以风

---

[1] 何干三. 西方哲学家、文学家、音乐家论音乐 [M]. 北京：人民音乐出版社，1983：6.
[2] 蔡仲德. 中国音乐美学史 [M]. 北京：人民音乐出版社，1995：144.
[3] 蒋孔阳. 美学与艺术评论集 [M]. 上海：上海文艺出版社，1986：17.
[4] 蒋孔阳. 美学与艺术评论集 [M]. 上海：上海文艺出版社，1986：21.

雨，动之以四时，暖之以日月，而百化兴焉。"① 自然之"道"的流动，就是本质的音乐，也就包含于老子的"大音希声"中。老庄哲学中，庄子对于天地之乐"无言而心乐"的感受也溢于言表："天机不张而五官皆备，无言而心悦，此之谓天乐。故有焱氏为之颂曰：'听之不闻其声，视之不见其形，充满天地，苞裹六极。'汝欲听之而无接焉，而故惑焉。"② 于"无形""无声"之中，此在到场。"无言而心乐"的境界，就是对于个体生命的完全领悟的状态。以陶渊明为代表的诗，所体现出来的正是这一召唤和呈现的过程。

中国美学对于"无声之乐"是深有体会的，正是以陶渊明为代表的中国诗歌的无言状态，向我们揭示出那"唯一"的诗和无声的旋律。陶诗作为一种理想的存在，被苏东坡认为"李杜诸人皆莫及"。事实上，这唯一的诗歌不是文字，而是四维时空中人对于世界的倾听。诗歌理想境界的无言或者忘言之"静"不是了无生机，用老子的语言来说，而是大静若动。如果说诗歌是"言无言终生言，未尝言"，那么音乐则是"终生不言，未尝不言"。③ 虽为"天籁"，而其显现则在于人的倾听，并在这种倾听中忘我。这也正是王国维在《人间词话》所指出的"无我"："无我之境，人惟于静中得之。有我之境，于由动之静时得之。"④ "无我"正是音乐精神的本质。黑格尔指出："所以适宜音乐表现的只有完全无对象的（无形的）内心生活，即单纯的抽象的主体性。这就是我们的完全空洞的'我'，没有内容的自我。"⑤ "空洞的我"就是现象学中的那个纯粹的意向性本身，也就是"无我之境"。因此，透过"空洞的我"所呈现的是世界本身。世界在这里呈现出它最本真的、寂静的一面，在言说的不是"我"，而是那个先于我而存在的音乐情绪和音乐形式。在这种寂静中，音乐与诗歌、词语与声音的关系，绝不像朱熹提出的"文"与"道"的关系一样，音乐及其形式是词语空洞的容器，而是词语在其内部音乐性的指引以及护送下到达诗歌的彼岸。在《从一次关于语言的对话而来》中，记载了海德格尔和一个日本人关于语言的对话："日：从这个词来看，语言就是：来自 Koto 的花瓣。海：这真是一个奇妙的、因而也是不可想象的词语。它所命名的东西大相径庭于那些形而上学的表示语言的名称……端给我们的东西。很久以来，当

---

① 王文锦. 礼记译解 [M]. 北京：中华书局，2001：536.
② 陈鼓应. 庄子今注今译：中 [M]. 北京：中华书局，2011：396.
③ 同上.
④ 王国维. 人间词话 [M]. 北京：人民文学出版社，1960：192.
⑤ 黑格尔. 美学：第 3 卷下册 [M]. 北京：商务印书馆，1994：332.

我思考语言的本质时，我是很不愿意用'语言'这个词了。"① 语言就根植于寂静的存在之中的自我生发能力，诗歌作为一种最纯粹的语言。无独有偶，中国的白居易在《与元九书》中也用植物的自然生发来比喻诗歌："根情、苗言、华声、实意。"所谓"根情"之"情"，是生命对于个体的"逝者如斯夫"与宇宙生生不息的情不自禁。被安置在那个寂静的音乐形式之中的词语，无可回避地成长为诗歌。

诗歌本质上是寂静之音，并不仅仅是指诗歌的文字化存在方式，虽然这也是诗歌声音作为寂静之音的一个方面，但本质上是指诗歌的终结意向对象——"道"，或者意向方式——"内在直观"的不可言说性。在这一点上和海德格尔对于诗歌作为一种寂静之音的表述一致："作诗（Dichten）意谓：跟随着道说（Nach-Sagen），也即跟随着道说那孤寂之精神向诗人说出的悦耳之声。……诗之所说庇护着本质上未曾说出的那首独一的诗歌。"② "独一的诗歌"来自人对于世界的永恒倾听。人是在节奏和旋律的召唤下开始"乐"（原始歌舞）这一活动的，诗歌和音乐是这一活动的产物。人类的歌唱，使人和自然分离，海德格尔以"裂隙"来解释一种争执的亲密性。诗乐由合到分，再由分到合，正是这种亲密的争执。艺术发展进程不断揭示着诗歌和音乐不仅仅是外在声音的相似，更是内在言说方式与本体存在的趋同。从陶醉于节奏和韵律到对不可言说的发现，它们因而具有共同的意向对象："大地借以在其中获得无形超升的语言，又是一种内在化的语言，这种语言并不仅仅涉及外部现象并将其作为终极所指和终极辩护，而是致力于在事物中唤醒沉默的声音，它超越于有形之物而指向无形的、不可言说的一切。"③ 玄学一般认为在"有"（现象）后面有一个本体（无），语言和声音（以及哀乐）都是属于现象这一层面。在诗歌发展过程，人们的目光不仅仅投向现象，而且还投向现象背后的那个"无"，并且急切地企图向世人展示"无"的时候，诗歌就已经接近"大音希声"的境界了。

综合以上的分析，诗歌之所以成为诗歌，所必须具备的基本条件就是这几个层次的音乐性。从某种意义上来说，缺少任何一个层面上的音乐性，都不是一个完整意义上的诗歌作品；或者反过来说，一个文字结合体只要具有某一层

---

① 海德格尔. 在通向语言的途中［M］. 北京：商务印书馆，1997：118.
② 海德格尔. 在通向语言的途中［M］. 北京：商务印书馆，1997：59.
③ 张隆溪. 道与逻各斯［M］. 成都：四川人民出版社，1998：160.

面的音乐性，就有跻身于诗歌的理由，它们是表面上的或者本质上的诗歌。对于诗歌而言，内在的节奏和旋律与外在音响的节奏、旋律是共存的。如果对于其中一个方面，例如对于语音或语义的片面强调，就会妨碍其他层面音乐性的充分展开。在语言与音乐的混合体——歌曲中，歌词和曲调的关系一再被人们提及，讨论结果一致认为，不能以过于深奥的诗歌文本作为歌词，歌词和曲调应该互相迁就，这个迁就过程也就是文字各个层面的音乐性互相协调的过程。语言内在的音乐性与外在声音形式的音乐性的协调过程，贯穿或者说造就了整个汉语诗歌史。

（《南京师大学报》，有改动）

《燕燕歌》和《候人歌》
——汉语诗歌发生神话的音乐信息

汉语诗歌具体发生于何时，已经杳不可考。格罗赛考察了大量原始歌谣的性质，并归纳出如下特征："这些歌的本文只是一种完全没有意义的感叹词之节奏的反复堆砌而已。这样，我们不得不下一种结论，就是最低级文明的抒情诗，其主要性质是音乐，诗的意义只不过占次要地位而已。"[①] 音乐和语言是原始诗歌的两个基本要素，其中音乐尤为重要。上古时代没有记乐谱的方法，也没有严格划分的音阶，在传播过程中，语言作为声音的载体，使得诗歌得以发生与传递。在诗歌发生过程中音乐和语言又是共生的，既非因乐曲填词，亦非以词配乐。"长言""咏言"为上古诗歌的最初形态，以使得其语言之语音联系必须契合音乐美学之原则。《诗经》已经呈现为汉语诗歌之成熟形态，而四方之风之滥觞可以追溯到《吕氏春秋·音初》。《吕氏春秋》作为秦初重要哲学和历史著作，对于春秋、战国的世界观、艺术史、历律、民俗进行了总结和阐发。它不是某一家、某一人的观点，我们可以认为它承载着中国一代甚至几代人之集体记忆。正如徐复观先生指出的："由上面简单的陈述，可以了解《吕氏春秋》，应从各个不同角度，来作重新发现和研究。"[②]

《吕氏春秋》中对于四方之音的发生做了较为详细的论述，尤其是"南音之始"与"北音之始"。《吕氏春秋》记载南音、北音之源头为："禹行功，见涂山氏之女。禹未之遇而巡省南土。涂山氏之女乃令其妾候禹于涂山之阳。女乃作

---

① 格罗赛. 艺术的起源 [M]. 北京：商务印书馆，1994：189.
② 徐复观. 两汉思想史：第二卷 [M]. 上海：华东师范大学出版社，2001：2.

歌，歌曰'候人兮猗'实始作为南音。"① "有娀氏有二佚女，为之九成之台，饮食必以鼓。帝令燕往视之，鸣若谥谥。二女爱而争搏之，覆以玉筐。少选，发而视之，燕遗二卵。北飞，遂不反。二女作歌，一终曰燕燕往实始作为北音。"② 以上记载不可能是历史事实，但无疑具有神话价值："作为人类文化基础形态的神话形式，同样是对世界的一种把握和解释方式……"③ 记叙者将四方之音的具体歌咏者，归结为某一重大历史事件的主角，四方之音的形成也伴随着具体历史事件。概言之，四方之音的发起人绝非等闲之辈，这种记述符合神话时代的特征。在中国神话中"东""西"常常和命运以及生死等等有所联系，这源于和日出、日落相联系的阳和阴这一对范畴。例如"西王母""黑水"以及西方之"昆仑山"都蕴含着丰富的神话信息，闻一多先生，当代学者王昆吾、叶舒宪等人也有过较为详细的论述，这里恕不赘言。本文仅就《燕燕歌》与《候人歌》体现出来的汉语诗歌发生状态和风格进行简单分析。

首先，需要分析的是《燕燕歌》和《候人歌》的声音形式。它们是被作为"音"的最初形式记载下来的，虽然这种记载是神话的而不是历史的，我们也完全有理由认为，《候人歌》和《燕燕歌》所记录的不仅仅是两句话，而是"成文"的"音"，是中国诗歌和音乐的共同源头；我们也可以认为，《吕氏春秋》中对于南音和北音的记载，包含着古人对汉语诗歌和音乐起源的观念性阐释。音乐是"音"的艺术，音乐开始于歌唱，人声是最早的乐器，而纯粹器乐的发生是以后的事情。一个地区的诗歌和音乐具有互动作用，语言风格和发音习惯对音乐作品乃至于纯器乐作品都有影响，同时一个地区或一个时期的乐器对诗歌风格也有影响，这种影响在诗歌和音乐发展还不具备自觉的审美追求的原始阶段显得尤其明显。总之，在诗歌和音乐的源头，音乐形式是它们的基本形式，词语是音乐形式的构成材料，正是这两句"话"的出现，开始了中国诗歌和音乐的历史，也正是这两句"话"从无声的幽暗中召唤出诗歌和音乐，使音乐形式从"无"显形为"有"。《候人歌》和《燕燕歌》中的词语不是被道说的而是被歌唱的，并且这种歌唱不像目前的歌曲创作那样，是拿着歌词去配曲子的产物，它们天生就是被歌唱的，声辞浑然一体。原始诗歌音乐结构的基本特征以及作为歌唱主体的存在、感受和叙述共性与差异，分别体现于《燕燕歌》和《候人歌》中。

---

① 吕氏春秋[M]．张双棣，等译注．北京：中华书局，2007：63.
② 吕氏春秋[M]．张双棣，等译注．北京：中华书局，2007：65.
③ 叶秀山．思诗史[M]．北京：人民出版社，1988：48.

一　节奏与旋律

　　《燕燕歌》和《候人歌》最直观的差别，首先表现在它们的语音形式上。《燕燕歌》包含一个叠词，不仅如此，甚至可以说这首歌所记载的一半是叠词，并且其基本组合方式为 2—2 节奏。《候人歌》短短四个字中包括两个语气助词，我们也可以说，《候人歌》之文字中有一半为语气助词，二者在声气节奏上之差别还是非常显著的。正如当代学者王昆吾所注意到的："《吕氏春秋·音初》载北音之始为'燕燕往飞'之歌，载南音之始为'候人兮猗'之歌，说明南音自发生便有强调语助词倾向。"① 在短短四个字里出现一半数量的虚字，其效果之一就是概念化的信息量减少，而情绪信息增加。和实意词相比，虚字更加具有音乐意味，因为与之紧密相关的不是某个概念或者某客观事实，也不是情感的自然流露，而是具有音乐形式的声音情绪。当然，在口语中也存在大量的语气助词，但诗歌语言中的感叹词和日常语言中的感叹词是有差别的，诗歌中的虚字是被纳入一个相对固定的音乐结构中的。诗歌中的虚词具有两个功能，即表达情绪和审美功能，而日常口语中的虚字大多只具备第一个功能。

　　葛兆光在《论虚字》一文中指出："不用虚词有时能增加意象却并不能增加意思，意思多不是意象多，更要紧的是详尽委婉曲折的感情过程，构成回环往复的意脉流动。"② 虚字和实字相得益彰，概念性语言在揭示主体感情时，往往也有"言不尽意"之遗憾，虚字的出现和运用是一种弥补。当虚字被按照一定的音乐形式组织起来，具有一定节奏、音高、音程并且形成语音曲线的时候，它就演变成音乐，其作用从感叹演变成咏叹。《候人歌》中"候""人"作为单独的两个字不形成节奏，而"依—兮"两个叹词也不形成节奏。但是这四个字的两两组合，则使得每个字的性质发生了变化，由单纯的传递信息而具有审美功能，由"言"而变为"音"。李纯一先生指出："这首歌曲只有四个字，而其兮猗（兮古读如啊，猗与兮同音）两个字都是感叹词，这正表现出原始歌曲的特点。"③ 感叹词"兮猗"如引文中所说是同一读音，其发音结构是否就和"燕燕""青青"等这一类叠词相似呢？事实上不可能，这两个字的音调一定是

---

① 王昆吾. 中国早期艺术与宗教 [M]. 上海：东方出版中心，1998：155.
② 葛兆光. 汉字的魔方 [M]. 沈阳：辽宁教育出版社，1999：167.
③ 李纯一. 先秦音乐史 [M]. 北京：人民音乐出版社，1994：7.

不相同的。如果都发作"啊"这一元音的话,那么两个语调不同的"啊"就一定会产生语调曲线。其次,《候人歌》对于感叹词的不厌其烦的记载,以及对于它们不同语调的区别,只能告诉我们由它们所形成的语调曲折的重要性,以及记载者对于这种重要性的认识。

《燕燕歌》的全文即为"燕燕往飞",其中"燕燕"是两个字的完全重复,也就是运用了叠词。无可置疑,词的重复和短句的重复一样,具有加强节奏的作用,笔者窃以为"燕燕"之称呼来自对玄鸟"隘隘"之鸣的模仿,这是一种短促而有节奏的声音。"燕燕"是由象声词转化而来的名词。其实,叠词也是语气助词的一种特殊形式,"燕燕"中第二个"燕"的出现,目的全在协调音韵,在功能上和语气助词完全一样,它的基本功能是使声音具有装饰性和节奏感。因此,从号称北音之始的"燕燕往飞"到《诗经》中都有大量的叠音的运用,不可胜数。当然,仅仅是一个叠词的出现,并不能形成节奏,而将这一叠词置于2—2音节组合中,就可以形成最简单的节奏。"燕燕""往飞"实际是两个韵律词。20世纪后期,汉语研究领域引进了西方语言学界的一个概念——韵律词,而学者就汉语韵律词的存在方式提出以下观点:"汉语'标准韵律词'就只能是两个音节,也至少要有两个音节。单音节词不足一个音节,不合音律词的标准,不能造成韵律词……三音节的组合大于标准音步,也不是'标准音律词';当然它可以构成'超音步'……"[①] 韵律词本身即具有声音上之停顿与延续,包含一个叠词的两个韵律词之组合,便足以形成一种简单的节奏了。这种句式也符合《诗经》作品的主要句式,同时也能够说明汉语诗歌为何起源于四言,而非两言或者三言。《候人歌》也是两个韵律词之组合,语气助词"啊"持续并且变化,初具旋律规模。

通过以上分析可以得知,《燕燕歌》和《候人歌》并不仅仅是四个音节的简单罗列,而是寓杂多于统一的"和",同时也是具有节奏和旋律萌芽之"音"。《燕燕歌》是通过对于"燕"这一音节的重复完成的,使得"燕"之发音成为统领。《候人歌》是通过元音"啊"实现对于整个声音过程之主导的,虽然它被"长言"的时候,在音调上会有变化,但其发音方法是相同的。可见,这两句话被称为"音初"绝不是偶然的,它们既具备萌芽于汉语诗歌中之语言、情感、节奏于旋律要素,同时也仅仅呈现为汉语诗歌的胚胎——诗歌套

---

① 伍宗文.先秦汉语复音词研究[M].成都:巴蜀书社,2001:60.

语（Phrase）。汉语诗歌之真正成熟有待于这些诗歌套语的组合，组合原则大致有重复、连缀，稍作变化等等，具体作品有《诗经》为证。《钟鼓》一书的作者对于汉语诗歌之套语以及其组合方式进行了详细分析，可供参考。①

二 "诗言志"：记忆与体验

"音成于外而化乎内。是故闻其声而知其风，察其声而知其志，观其志而知其德。"②《燕燕歌》《候人歌》同属口头创作，前者出于"有娀氏二女"之口，后者是涂山氏之女在等待中产生的。《燕燕歌》的发生神话，并没有具体交代在这二女中谁是它的真正作者。我们也许可以认为：《燕燕歌》的作者是不明确的，它不是个体创作。《候人歌》是涂山氏之女在等待中独自完成的，它有一个明确的作者——涂山氏之女。以上分析显示《候人歌》和《燕燕歌》不仅仅体现了地域性差别，同时体现了在"音"的发生过程中集体行为和个体行为的差别。这似乎也预示了产生于中原文化圈的《诗经》和荆楚文化圈的《楚辞》在作者上的差异，非个体和个体的。相对来说《楚辞》是一种个体行为，而《诗经》是非个体行为的产物，并且这两种行为方式在歌唱过程中也会形成不同音乐特色。对《燕燕歌》和《候人歌》声音形式的分析可以看出，集体行为更具有节奏倾向，而个体行为则更具有旋律意味。这种差别在以后的民间创作和文人创作中同样存在。《燕燕歌》起源于非个体之创作，这一点与它的语意也有牵涉。"燕燕往飞"，是对自然的同时也是历史事件的记载，当一个历史事件重要到需要记载的时候，它一定也会产生被传播的需要。一些神话研究学者已经指出，歌中之"燕燕"不仅仅是一种飞鸟，而是一个种族的图腾，是一种血源和利益统一体的标志，它无疑是一种集体性的形象。因此《燕燕歌》产生于公众创作，又在公众的传播中获得它的形式，它在音乐结构由隐到显的过程中，强调了最具有公众性的"节奏"要素。节奏是最具有公众性的音乐要素，节奏明确的声音可以协调集体动作，而节奏强烈的音乐对于公众的情绪具有强烈的煽动作用。旋律则更具有个性，也更善于揭示个体内心的情感状态，因而大众音乐往往更强调节奏而避免复杂多变的旋律。

---

① Wang. The Bell and the Drum: Shi Chi as Formulaic Poetry in an Oral tradition [M]. Berkley: University of California Press，1974.
② 吕氏春秋 [M]. 张又棣，等译注. 北京：中华书局，2007：66.

从这两首歌的发生时间来看，"燕燕往飞"这一事件要比"候人"早。如果将汉语诗歌的整个发展过程当作一个有机整体来对待的话，那么"燕燕往飞"，则在整个汉语诗歌进程中担当起"兴"的角色。的确，它不但产生的时间比《候人歌》早一个时代，并且在句式上和"关关雎鸠""呦呦鹿鸣"等《诗经》中起兴的诗句非常相似。它具有即兴和不假思索的特征，是"我们"被一个偶然事件触发而脱口而出的。在这种即兴的歌唱过程中，无处不在的节奏，为北音之"兴"提供了音乐形式。《候人歌》开始于"我"对思念对象的等待和想念之中，旋律正是这种独特、流动的情感反映。

仅仅是"声成文"还远不能成为诗歌，正如打油诗并非纯正的诗歌。诗歌的成立不仅在于外在之音乐构成，同时有待于内在音乐性建立。关于汉语诗歌之内在音乐性，笔者已有另文专题论述。[①]《燕燕歌》《候人歌》不但具有外在音乐特征，其语意也呈现出内在音乐信息。《燕燕歌》言"燕燕往飞"，此前，一定有一个"燕燕来飞"的过程，只不过是外在于文本。声音节奏的重复是通过语音实现的，而意义之节奏甚至可以弥漫到整个汉语诗歌史。一种作为图腾的候鸟，随季节之变换往来、鸣叫，足以在更大时间跨度上包含天地之大节律。这些文字所隐含的节奏不但和天地共在，在整个文学史上也和其他文本形成互文，从而赋予它一种绵延不绝之节奏。"凤"这一符号便是从"玄鸟"演变而来的，玄鸟和燕子具有显而易见的联系，"有凤来仪"和"燕燕往飞"便已经形成文学史上最简单互文。以上种种都促成了"燕燕往飞"这简单音节中，有极其深刻的音乐信息。《候人歌》在"候人"这一动宾结构之后的两个感叹词，不但起到了协调音韵的作用，并且透露出主体孤独缠绵的时间体验。和《燕燕歌》所蕴含的重复往来不同，正如"一往情深"这一词所揭示的，这种思念因时间之流逝而绵延不绝，占据了歌唱者的整个身心。这种思念和等待对于人生而言，不但是一种延续的现在，同时甚至可以推演进而笼罩整个生命，仿佛生来就是为了这个人，并且生来就是为了这种等待，等待这个人，等待相遇和重逢。这就是音乐的状态，它具有音乐中最重要的因素——时间，同时也是永远的现在时："音乐永远以现在时叙述。"[②] 这可以从后世诗词中得到充分阐释。"候人"是歌唱者自己的内在体验，别人无从得知，不像"燕燕往飞"这一事件，人人都能看得见。这种状

---

① 沈亚丹. 寂静之音——关于诗歌的音乐性言说 [J]. 南京大学学报，2003 (3)：90-96.
② Robinson. Music and Meaning [M]. New York：Cornell University Press，1977：49.

态，非旋律无以表达，无论这种旋律是声音的还是语意的。

音乐是时间化艺术，音乐也是时间如何呈现和流逝的艺术，这就是音乐永远莫名动人的关键。诗歌之内在音乐性是通过语音之节奏和旋律实现的，内在音乐性便是通过语言直观呈现时间之流逝。《诗经》中"日居月诸"，"昔我往矣，杨柳依依。今我来思，雨雪菲菲"等不胜枚举。虽然时间本身是不可传达的，但是可以通过一定方式进行暗示，首先是通过时间中的客观现象的显现，例如"燕燕往飞"；其次，通过对主观状态的呈现进行暗示，《候人歌》便是一例。《候人歌》是创作者在等待的过程中对于生命的体验，生命时间通过语音化的简单旋律，在其文字中留下了直观的印记。通过这两种方式，作为自我直观的时间变为可传达的，同时这种传达也是普遍有效的。在《候人歌》里包括一个隐藏的主语，也就是一个不言自明的主体——"此在"，汉语诗歌对于主语的省略，在此已经露出端倪，"此在"作为主体的存而不论，成为日后汉语诗歌的一贯表述方式。

以上分析可见，《候人歌》和《燕燕歌》具有不同的发生状态。《燕燕歌》的歌唱是针对"燕遗二卵，北飞遂不返"这一事件而发的，是对一个客观事件的记叙。如果抛开神话因素，至少，仅就"燕燕往飞"这四个字所反映出来的字面意义而言，是对于自然现象的描绘，当然，也不否认这也可能是一个历史事件。无论是自然事件还是历史事件，总之，它是可以为大家所关注的。《诗经》："天命玄鸟，降而生商。"《燕燕歌》是否源于一种仪式，我们在这里且不妄加论断。即便"燕燕往飞"是对于一个历史事件的叙述，这个推断也并不妨碍我们的结论，相反正说明被歌唱物——"燕"的公众性，而不是个人性。因此，就事态来说，"燕燕往飞"的感慨是在"北飞遂不返"，这个事件以后发生的。燕子随春去秋来而往来，这是世界的常态，"北飞遂不返"则成为一个异常事件，"燕燕往飞"也就从一种自然现象成为一个历史事件。《燕燕歌》是对这个公众事件的追忆。《候人歌》不在于向谁陈述什么事实，也不是为了传递信息，它表现了一种等待的状态，无论如何"候人"很难成为一种事件，而仅仅能称为一种状态，是对当下状态的声音化，是"诗"作为时间过程"止于心上"的状态，既是对外在世界的描述，又是对内心体验的表达。因此，《候人歌》具有独白性质，这和日后屈原"行吟于泽畔"所发出的内心独白其精神实质是一脉相承的。《候人歌》相对于《燕燕歌》来说，更加接近诗歌的言说本质；《候人歌》更具有诗的特征，《燕燕歌》更具有歌的特征。钟嵘在《诗品》

中将《楚辞》和《诗经》作为诗歌发展的不同源头，其实南北诗歌的分流早在《燕燕歌》和《候人歌》中就已经见出端倪。

三　结论

　　以上对于《燕燕歌》和《候人歌》的分析表明，音乐的风格和它的发生方式密切相关。发生于集体创作的诗歌具有强烈的节奏感。个体创作的诗歌更具有旋律意味，更鲜明地体现了个体生命对于时间过程的感知，更倾向于通过旋律来揭示其内心的情感经历，通过旋律来揭示其特定生命历程的时间性质。原始音乐都是在语言的伴随下产生的，它的发生状态不但决定了淹没在时间中歌声的风格，同时在语音和语意上都永远保存了特定的音乐信息。发生方式对于语音的影响，是和对于音乐风格的影响紧密结合在一起的，而语义则对"歌"的发生，做出相对沉默并且永恒的记述。《燕燕歌》更具有节奏倾向，这种节奏倾向是和"饮食必以鼓"的"二女"的生活环境相应，也是在模拟其歌咏对象有节奏的叫声。《候人歌》更具有旋律倾向，这和涂山氏在等待中对于时间的体认相关："这种结尾形式表明原始歌曲是用婉转起伏的旋律抒发其强烈的思念之情的。歌词中的词语重复，说明旋律性已逐渐成为原始音乐的重要因素。"①

　　相对而言《候人歌》是一个更加个体化的存在，其中隐含了人和时间，自我和他人的关系。"候人"作为一种过程，只能是"我"独自承担的过程，也只有"我"自己去体验。时间将"我"和"我"所候之人联系起来。在这首诗中，虽然没有明确提及时间，但是时间作为一个很重要的存在凸现出来，人和所候之人，深陷时间之中。《候人歌》是《九歌·湘夫人》的原型，而整个《楚辞》也弥漫着时间流逝的旋律。

《徐州师范大学学报》2006年第3期

---

① 吴钊，刘东升．中国音乐史略［M］．北京：人民音乐出版社，1996：6．

中国音乐生成过程与音乐主体的感知方式

一 乐音、乐体和乐本

和其他艺术形式相比,音乐是一个相对游移和难以归纳的概念,几乎和时间一样难以把握,但是人们一直没有放弃对于音乐各个方面的界定和廓清。本文拟将音乐分为音乐、声音结构和主体感知方式三个不同层面分析,与此相应的是乐音、乐体、乐本这三个概念①。它们既是音乐存在的三个层面,同时也是音乐成生的不同阶段。"乐体"和"乐本"的划分借鉴了修海林先生的两个概念。修海林先生用"乐本"和"乐体"来界定中西方音乐的存在方式,指出中国的音乐观是"乐本论",而西方音乐观本质上是"乐体论"。本文将延用这两个概念,但将"乐本"和"乐体"既作为中西音乐横向区别的两个概念,同时也借以描述音乐的不同成生阶段,并着重在乐本这一层面讨论中国音乐本源于对世界的音乐化感知。总体而言,西方乐体说是建立在对世界空间运动之表现和模仿之上,这一点孙群星在其《音乐美学的始祖——〈乐记〉与〈诗学〉》一书中已经有所论述:"西方自古希腊,重视生成、重视物质、重视事物的内部结构,这对音乐来说就导致了对其动机、结构、乐汇、主体、乐段及各种结构、各种题材探索肇端。"② 中国的音乐生成则基于人对于世界的时间化感知。

西方音乐美学的代表人物汉斯力克指出:"音乐的原始要素是和谐的声音,

---

① 具体见修海林、罗小平著《音乐美学通论》,以及《文艺研究》1999 年第 4 期,修海林著《音乐存在方式的美学研究》一文。作者认为"乐本""是一种文化,其本体存在是由行为、形态、意识形态(观念)三要素构成。"笔者将其分别作为音乐的呈现、结构和主体感知过程来讨论。
② 孙群星. 音乐美学之始祖——《乐记与诗学》[M]. 北京:人民出版社,1997:22.

它的本质是节奏。"①（以上着重号原作者加）音乐最显著的外部特征就是和谐的声音，一切音乐作品都是通过和谐的声音呈现给世人的。"和谐的声音"是音乐中的声音要素——乐音，其中最基本的要素是节奏，节奏使得声音有序化。乐音是音乐最显而易见的层面，也是乐本和乐体的外在呈现方式。在乐音背后使其获得"和谐"的是有规律的声音运动形式："音乐的内容就是音乐的运动形式。"② 严格说来音乐的内容就是哆、来、咪等七个音符，而其形式就是它们的组合方式，也就是声音背后的音乐结构——乐体，支撑着这一美丽的音乐世界。音乐结构就是音乐作为审美客体的组合方式，因而我们对于乐音的分析从音乐基本结构要素——节奏和旋律开始。

在众多音乐因素中节奏是最具有公众性的。音乐美学对节奏的研究成功地表明，节奏的内在原因是人的呼吸，外原因是四季交替以及天体有规律的运行，因此节奏作为一种形式，可概括为有规律的重复。它的先验性与时间的先验性共在，如同人生来就在时间之中，人生来也就在节奏之中。对于人类知觉而言，无论是时钟所反映出来的时间，还是由最初四季光阴的变化而反映出来的时间，都是有节奏的。节奏是先验的，所以也是可以被人们普遍接受和感知的，同时在诸音乐元素中是最具有公众性的因素："节奏善于异常有力地、直接地、几乎是从生理上感染广大听众；鼓声甚至可以从情感上感染完全不懂音乐的人。"③ 正因为如此，节奏可以对公众起到协调作用，增加一项活动的统一性，即使现在，劳动中的人们还以一种或简单或复杂的节奏来协调动作。由此我们可以合理地推断民歌如民间乐府、民谣等民间诗歌创作是最具有节奏感的，事实也是如此。民歌永远有相对单纯的节奏，同时简单强烈的节奏对多数人都具有显而易见的感染。

对于旋律，黑格尔指出："旋律是音乐的最高的一个方面，即诗的方面。"④ 如果说节奏是音乐最基本的要素，而旋律则是最本质意义上的音乐要素。旋律就是乐音在时间中的延续方式："音高的横向线性关系（或曰'继时性连缀关系'），是旋律构成的重要因素。"⑤ 时间的延续和时间的延续方式是旋律得以呈现的全部奥秘，其中时间的延续方式则决定于节奏与调式。旋律使得音乐中的

---

① 汉斯力克. 论音乐的美 [M]. 北京：人民音乐出版社，1980：49.
② 汉斯力克. 论音乐的美 [M]. 北京：人民音乐出版社，1980：50.
③ 门采尔. 论旋律 [M]. 北京：人民音乐出版社，1958：33.
④ 黑格尔. 美学：第3卷上册 [M]. 北京：商务印书馆，1979：378.
⑤ 修海林，罗小平. 音乐美学通论 [M]. 上海：上海音乐出版社，1999：311.

时间关系不再是过去、现在、未来的碎片,而是一个有机整体。因而,对于人类而言,旋律本体必须同时是先验的和经验的。因为是先验的,所以旋律对于人有天然的感染力;因为是经验的,在旋律响起的时候,总会给人带来全新的感受。节奏和旋律是音乐的最基本要素,作为时间的横向联系,它们不仅仅是一种声音形式,更是一种声音在时间过程中的延续方式。对于音乐从声音延续方式到运动形式的还原,我们就对音乐化声音的考察进入音乐存在方式的考察,也就是对于"乐体"的考察。节奏的运动方式就是重复本身,或者是一个事物的反复或者交替出现的过程,而旋律就是一个事物在时间中的绵延方式,包括重复和变化两个基本要素。正是这两个因素,导致了旋律的可预料性和不可预料性。无论旋律或者节奏,音乐中的诸要素无疑统一于主体对于世界的感知,空间物体之运动和时间之流逝是中西音乐得以产生的不同主体感知立足点。

西方音乐美学的主流是建立在乐体基础上的自律论,其代表人物汉斯力克,总体思路为音乐是一种运动方式,同时这种运动方式是自律的、客观存在的,和主观情感以及感受方式没有必然联系。自律论者对于音乐形式的考察到此为止,布朗针对音乐和文学的差别指出:"如我们所知道的,音乐和文学都是以声音为手段诉诸人类的智慧和情感的,不同的是音乐是自律的,而文学必须求助于自身以外的意味。"[1] 但是当音乐自律论者,比如,当布朗说音乐"诉诸人类的智慧和情感"的时候,音乐的自律性就立刻变得可疑起来。说到底,音乐不可能是无所依赖的,至少它必须依赖于人类的心智,否则对牛弹琴就不是不可理解的了。音乐心理学研究表明,重复在音乐接受过程中形成期待心理,同时变化则使整个音乐过程变得精彩和出乎意料。声音无规律的变化或旋律之延续无主导动机,则其声音就会显得杂乱无章,如果声音的连续无基本统一的音程或音高,便是噪音。正是具有统一音程和音高的声音过程变化和重复的交替,改变了音乐时间的性质:因为重复,所以我们在体验瞬间中感受到现在、过去、将来的共在;因为变化,我们才能体验到瞬间中的现在、过去、将来的流逝。

首先,音乐是以声音为物质材料的艺术,它的最大特征就是在物理时间中瞬息的生灭,同时在心理时间中绵延不绝,因此,音乐是时间艺术——这已经

---

[1] Brown. Music and Literature: a Comparison of the Arts [M]. Hanover and London: University of Georgia Press, 1948: 15.

成为美学界的公理。音乐,由时间中出发,在时间过程中呈现自身,同时随时间流逝而消失,归于沉寂。当然,时间本身不是艺术,音乐也不仅仅是以物理时间为质料的艺术形式。音乐之所以被称为时间艺术,是因为它利用声音对时间做出合乎规律的处理,比如音乐的节奏和音程使时间分为长短不一的时段,利用旋律使时间个性化、空间化。可以说,音乐就是调动一切声音形式,使世界以及在时间中生存的人本身凸现出来,这里的"时间"准确地说不是物理时间,而类似于胡塞尔的"本源性时间"、海德格尔的"存在的不断展开"或柏格森的"绵延"。

当节奏和旋律被从声音节奏还原为运动形式,并且这种运动形式进一步和主观感知方式结合起来,我们就进入音乐形式最本质的存在——乐本。这也是中国传统音乐美学对于"乐"的认识和界定,作为情感概念的"乐"(lè)和作为审美客体的"乐"(yuè)的共同性,使得我们对于音乐的主观情感性一目了然。这已经走向了音乐形式主义如汉斯立克等人的反面。音乐的存在并不会停留在西方音乐形式主义的界定上,就中国音乐发生论而言,它根植于世界的时间化感知。

二 人对世界的时间化感知

中国古代的"乐",并不简单等同于西方和现代意义上的音乐,"乐"在先秦时期的形态是诗、歌、舞合一,诗歌是"乐"的组成部分。它不仅仅是一种审美形式,更是一种意识形态和宗教手段,不仅仅是"通伦理者也",同时也是人与神交流的工具。在中国美学史上,对于"声"和"音""乐"之间的微妙差别分别给予了不同的界定,"声""音""乐"这几个概念也具有不同的内涵,处于不同的审美层次。

据中国最早的音乐美学著作《礼记·乐记》记载:

> 感于物而动,故形于声。声相应,故生变,变成方,谓之音。比音而乐之,及干戚羽旄,谓之乐。
>
> 情动于中,故形于声,声成文,谓之音。
>
> 凡音者,生于人心者也。乐者,通伦理者也。①

---

① 王文锦. 礼记译解 [M]. 北京:中华书局,2001:525 - 528.

可见，西方的"音乐"这一概念，尤其是以汉斯立克为代表的形式主义音乐理论所指的"音乐"，仅仅相当于先秦的"音"，而不是当时的"乐"，当时的"声"主要是指自然之声，即"声成文"之"声"。中国原初形态的"乐"在形态上是诗、歌、舞一体，但其本质不仅仅是美学形式，而是人对于世界的音乐化倾听。正因为如此，希腊的毕达哥拉斯学派可以在天体的运动中聆听到天地的乐曲。和西方音乐形式的自律论相比较，就可以发现，中西方是把音乐放在不同的根基上来谈论的，本文对于音乐的界定基于"乐体论"这一中国特定的音乐方式。本文所提到的"乐"这一概念是一个广义的概念，它既包含音乐的声音层面、运动方式和结构方式，也包括音乐的主体意向性方式——"生于人心者"。

《礼记·乐记》指出："凡音之起，由人心生也。人心之动，物使之然也。感于物而动，故形于声。声相应，故生变，变成方，谓之音。比音而乐之，及干戚羽旄，谓之乐。"① 也就是说，"乐"不是仅仅是一种客观存在，而且这种声音要落实为情感体验。音乐只有为听者所感知，并且将之和感知主体的人生经历相联系，才能够成为乐。音乐的真正本体就是那个无言的音乐形式本身，这里的形式不是音乐作品存在的个别形式要素，而是音乐创作和接受主体对于世界的感知形式，是主体对于世界的时间化感知。的确，就客观存在方式而言，音乐是声音艺术；就音乐的呈现过程而言是时间的绵延；就音乐主观感知方式而言，是时间艺术。西方之音乐是由对于客观世界运动的观察和模仿切入时间并呈现为时间过程的，而中国音乐则是由对于生命之流逝得以体悟。当生存主体专注于生命之流逝，当聆听到时间源源不断地涌现并成为往事，我们的生命便已经充满旋律以及由此而来的感动。就音乐和诗歌而言，这种时间意识就是在茫茫无边的时间过程中，以特定的形式将过去、现在、未来编织为可以辨识的统一体。如此，已经流逝之时间成为可追忆的，现在成为正在体验的，而未知的成为可预料的。曲式是这一封闭时间的基本样式，其中可预料的重复时间点和可预料的重复样式形成坐标轴，从而使得封闭的体验时间统一流，成为可直观的审美客体。如此被体验到的音乐时间不再是一个支离破碎的经验过程，而是一个有机体，是一个连贯的生命体验流。这种对于时间的感知由个体独自担当，但可以通过表达和体验而为"人所共知"，进而超越生命个体。对于音乐而言，节奏和旋律的重复与变化是音乐实现这一转换的重要手段，它们

---

① 王文锦. 礼记译解[M]. 北京：中华书局，2001：525.

采取在体验流的某一阶段重现时间过程中的某一点，正如时间过程中的生命，不断重复也不断改变，以此来体现时间的动态模式，以及动态模式后面的永恒的寂与静。正所谓："乐之为观也，深矣。"（《吕氏春秋·音初》）

这里涉及的音乐不仅仅体现为声音的流动，同时也通过生存空间以及空间意象的展现与消失体现出来。的确，时间以及时间的流逝都是不可见的，存在主体通过其外在空间物象与生存环境的变化与流动，得以体验到时间的涌现以及消失。乐本作为主体存在方式就是对生命过程的感知以及反思。"运动在音乐中可以通过被听见。音符的相对高低在乐音的运动中建构了一种听觉空间，并且如果一些特征通过具有 y 运动姿态的形式表达了情绪 x，则我们也可以从音乐作品中的 y 这一运动姿态中体会到情绪 x。"[1] 事实上，在毕达哥拉斯提出诸天音乐的时候就已经涉及空间运动，而中国音乐美学史上"大乐与天地同和"的境界也是在人类广袤的生存空间中实现的。"大乐与天地同和"就是对于诗歌一切音乐元素的还原以后将触及的，人在世界中的生存状态，在这一层面上，诗和音乐抵达思。

音乐作为本源性时间的直观形式，产生于审美主体对于审美客体的意向性方式，它根植于人们的时间形式之中。在康德哲学中，相对于空间这一外感形式而言，时间是先验的内感形式，当它关注于自身的存在状态，尤其是对于死亡这一必然状态有所关注的时候，它就不再是物理时间，而是本源性时间。[2] 这种本源性时间形式不仅仅为音乐提供了存在方式，同时也是音乐的观照方式，在此"诗意的栖居"中，产生深刻的诗歌和音乐情绪。《乐记》也指出："乐者，音之所由生也，其本在人心之感于物也。"[3] 此处"物"作为时间对象而获得感人的力量。

三　世界的音乐化呈现

"大音希声"是先哲老子提出的一个著名命题，"大音"作为音乐本体体现

---

[1] Davies. Themes in the Philosophy of Music [M]. Oxford: Oxford University Press, 2003: 123.
[2] 正如胡塞尔指出的："每一种新的开始的体验都必然有时间上在前的体验，体验的过去性是联系被充实的。然而每一现在的体验也具有其必然的在后边缘域（Horizont des Nachher）而且它也不是一空的边缘域；每一现在的体验，即使是一正在终止的体验绵延的终止位相，必然变为一个新的现在，而且它必然是一个被充实的现在。"正如胡塞尔在人类时间意识的现象学分析过程中，不断用音乐作为例证，我们在对于音乐的分析中，也不得不借助于胡塞尔的时间理论，虽然胡塞尔的理论难免有些晦涩。
[3] 王文锦. 礼记译解 [M]. 北京：中华书局，2001：252.

为无声的寂静，它本质上是人对于世界的音乐性聆听。在此，我们无可回避地想起陶渊明的"忘言"和他所面对的无弦琴，以及这二者的内在联系。《晋书·隐逸》记载陶渊明："性不解音，而畜素琴一张，弦徽不具，每朋酒之会，则抚而和之，曰'但识琴中趣，何劳弦上音'！"[①] 苏轼针对陶潜的无弦琴有诗曰："渊明非真达，五音六律不害为达，苟为不然，无琴可也，何独弦乎。"（苏轼《刘陶说》）殊不知，琴虽然无弦，但它对陶潜而言是必不可少的，琴之出场，揭示了陶潜和世界的关系；这一琴的有和无，决定着陶潜的世界的性质。它的存在，虽然是无声的，这里的无声已经被规定为音乐性的无声。正如他在诗中宣布"无言"或者"忘言"的时候，世界也已经被呈现为诗性的无言了，琴实现了陶潜对于自己的世界的规定性。陶潜对于"无声之乐"的欣赏，也是对于"器"的超越和对于"道"的体认："纵浪大化中，不忧亦不惧。"（陶渊明《神释》）就音乐思想而言，张琴而无弦，正与"欲辩已忘言"同一境界，是对寂静之音的深刻体认。对于自然之乐的欣赏，事实上就是对于自然之道的认同，陶诗无处不体现出自然之"和"。正是陶渊明的诗，向我们揭示出那"唯一的"无言的诗和无声的旋律。当无弦琴出场的时候，寂静必定和音乐同在，当诗被道说的时候，寂静随之而来。这是人们一直在聆听并企图转述的一种旋律本体，千年来人们也一直参与着它的演奏。当对世界进行一种时间化观照的同时，世界也已成为音乐化的世界。旋律过程是一个个体化的体验过程，其中隐含了人在时间流逝之中自我、世界以及他人的关系。生命作为一种过程，只能是"我"独自承担的过程，也只有"我"自己去体验。时间将"我"和"我"所生活的世界联系起来。但是当时间作为一个很重要的存在凸现出来，人关注于时间流动之中的往来与变化，这已经是旋律。音乐化世界中之无声和唯一的旋律在中国文化中源源不断，时而强烈，时而隐约可见。

（《东南大学学报（哲学社会科学版）》2007年第2期，有改动）

---

① 房玄龄，等. 晋书 [M]. 北京：中华书局，1974：2463.

关于汉语诗律的音乐学分析

朱光潜先生在其《诗论》中指出汉语诗歌发展史上的两大关键，其一是五言诗的出现，而"第二个大关键就是律诗的兴起，从谢灵运和'永明诗人'起，一直到明清止，词曲只是律诗的余波。它最大的特征是丢开汉魏古诗的浑厚古拙而趋向精妍新巧"。[①] 千百年来，声律以一开一阖之道说，揭示往来无穷之岁月。诗歌声律从出现到成为中国诗歌之正统，无疑是由多方面因素决定的，其中有功能性的，例如格律为诗歌带来的实质性的审美规范，但也绝不限于声音层面的和谐。如此，声律的审美功能也仅仅是其一个方面，声律的有序和可预料，无疑为诗歌的创作和阅读提供了一种框架。后人对四声功能的无限扩大化、日后的平仄二分以及律诗的大行其道，似乎不应该仅仅是诗学问题，而无疑可从音乐美学和哲学的角度来分析。

一 汉语诗律中的音乐要素

四言诗的声韵之美是借助复沓的结构以及双声叠韵等声音手段的运用，相对于日后的诗歌而言，其意义相对单纯质朴。词语之回环往复所编织的音乐性声音，成为诗歌音乐性的基础，并进一步演化成曲调。外在的曲调失落以后，其音乐性的获得很大程度上有赖于阅读主体的涵泳，这也是一个再创造的过程。一方面，汉语诗歌摆脱外在音乐的束缚，另外一方面也因为伴随古诗的曲调失落，诗歌不得不以文字的形式展现自身。似乎世界只有时间流逝的声音与时间之流逝相伴随，是人的心中或强或弱或悲或喜之情感体验。在四声出现之

[①] 朱光潜. 诗论 [M]. 北京：生活·读书·新知三联书店，1998：222.

前，人们对于汉语诗歌形式已经经历了长期的探讨，诸多基于汉字特点的形式探索如回文诗、宝塔诗、药名诗等等大多被时光湮没，但从中透露出汉语诗歌对自身形式规律探讨之焦虑。"魏晋南北朝，从士族到庶民，从上到下，人们对于声、韵的认识已经相当普及。而汉字的要素除了声和韵，还有声调。四声的问题，实质就是一个声调的问题。既然声韵方面的基本知识已经广泛地为世人所知晓，声调的辨析与归纳也就便利多了。"[1] 在一个声音过程中，本能的心理知觉告诉歌者，在声音延续到一定的长度，某个音的再现可以拥有更加明显而强烈的节奏。音乐形式作为诗歌的本质要素，四声的发现使人们如获至宝，同时也确实为汉语诗歌之形式建构提供了恰当的手段。这是一个基于音调上的发现，人们非常清楚，对于诗歌来说对音调的恰当处理意味着什么。一场对于诗歌声调和文字的全面讨论开始了，"如切如磋，如琢如磨"，一种在理论和实践上完善的诗歌格律终于大成于唐代。

诗歌格律的产生作为汉语诗歌史上的一个非同凡响的现象，其直接历史渊源可以追溯到齐梁。被人引证最多的是沈约《宋书·谢灵运传》中对于四声的相关论述。沈约指出："欲使宫羽相变，低昂互节，若前有浮声，则后须切响。一简之内，音韵尽殊；两句之中，轻重悉异。"[2] 以上论述表明，四声的发现以及它在语言内部建构了一种相对稳定的语音体系，其运作规则直接来源于音乐。对此，已经有众多研究者进行了多角度的深入研究。如王力在其《汉语诗律学》对于汉语诗律的音乐形式进行了细致归纳和具体的论述。朱光潜的《诗论》从声音和意义两个方面对于汉语诗律的音乐美学内涵进行了较为全面的分析。此外，近现代学者对于汉语诗律的断代研究，进一步揭示出汉语诗歌格律的流变。可以说人们对律诗审美功能的认识已经相当全面。从律诗的音乐化语音构成到格律作为人和世界之审美中介，也已有学者不同程度地有所提及。[3] 四声的发现以及声律的建立，使得汉语诗歌可以脱离外在的曲调，单单通过词语声调的抑扬获得节奏和旋律。西方汉学家在这一问题的分析中，引入的语言学和结构主义等新方法，使得问题得以在不同角度拓展。朱光潜指出五言诗和律诗的出现是两大关键。美国汉学家高工汉在其《律诗的美学》中进一步指出：五言诗之发生是汉语诗歌格律之前奏，这是极富启发性的观点："这一新

---

[1] 刘跃进. 门阀世族与永明文学 [M]. 北京：生活·读书·新知三联书店，1996：21.
[2] 沈约. 宋书 [M]. 北京：中华书局，1974：1779.
[3] 吴小平. 论律诗把握世界的特殊方式 [J] //江海学刊，1999 (2).

的诗歌样式的基本形式特点是运用了一种新的格律形式，它在中国诗歌史上是第一次'以单字作为基础'，或者明白地说是'以音节为基准'。"① 高工汉和朱光潜先生一样，对五言诗重要性的认识是很有眼光的，五言诗不但将汉语诗歌初步纳入一个比较规范的形式当中，同时它的出现，对诗歌格律的建构提出了需要。

四声基于对汉语声音背后那个更抽象、更隐秘的声调系统的归纳。此处，笔者认为四声源于一种特定文化背景中对语调的归纳，而非单纯、客观的发现。在汉语诗歌发展到一定程度的时候，人们对于汉语声调系统的建立，必定带来诗歌形式构成的全面革新。随着五言诗的逐步成熟，汉语诗歌摆脱了"文繁意简"的写作特点，诗歌语意趋于绵密。由于特定时期特定情感的表述需要，使得其音乐性不仅要体现在整个诗歌的结构中，同时也要体现在诗行和诗联中。

首先声律系统提供了一种声音层面的规定性，它使得汉语诗歌的声音有意识地音乐化。这里的音乐化可理解为节奏化和旋律化。首先，平仄的划分和有规律的组合为汉语诗歌之声音提供了节奏系统，它兼有长短、轻重的特点："由此看来，汉语近体诗中的'仄仄平平'乃是一种短长律，'平平仄仄'乃是一种长短律。"② 同时也超越了简单的长短、轻重："拿西方诗长短、轻重、高低来比拟中国诗的平仄，把'平平仄仄'看作'长长短短长''轻轻重重轻'或'低低高高低'一定要走入迷途。"③ 沈约在《宋书·谢灵运传》中指出，"飞""沉"这一对声音效果，无疑是日后四声分平仄的依据。如此，平仄既体现为声音之长短对比，也体现为音高之轻重对比。而沈约所归纳的"飞""沉"，在音调高低变换之间，也触及旋律之根本。何为旋律？旋律本质上可追溯为声音之曲折："音的曲折和旋律关系密切，而且在很早的以前一定是同一种东西。这可以从现在未开化民族的生活中找到最好分证明。混沌初开阶段，说话和唱歌是一样的：为了强调语气就提供嗓音，于是不管是否出于本愿，就变成了吟咏和歌唱。"④ 汉语诗律将汉语中的音乐要素进行了符合音乐规律的组合，从而获得旋律化的声调系统。通过声律所反映出来的声音相对中庸、和缓平易，最集中地体现了中国礼乐文化的观念。它不但具有内在情感节律的规

---

① 高工. 汉律诗的美学 [M] //美国学者论唐代文学. 上海：上海古籍出版社，1994：26-27.
② 王力. 汉语诗律学 [M]. 上海：上海教育出版社，1979：7.
③ 朱光潜. 诗论 [M]. 北京：生活·读书·新知三联书店，1998：185.
④ 萨波奇·本采. 旋律史 [M]. 北京：人民音乐出版社，1983：2.

定,同时也从外部对于诗歌声音的形式规律提供了规范和禁忌。因而,在一首具体的诗歌产生之前,节奏和旋律已经潜在地存在于声律之中了。

二 汉语诗律的音乐美学特征

诗和史作为中国文化中的两翼,诗歌是最符合中国人情感表述的一种文体,而律诗又是最符合中国传统宇宙观的诗歌形式。四音节诗两两一组,天然形成一种简单的节奏,加上押韵、双声叠韵的运用和诗歌段落的重复等等声音处理,很容易达到"和"的声音效果。而句外语气助词的出现,打破了这种简单的节奏,汉语诗歌对于写作和阅读规则的建立成为当务之急。因此,五言诗的出现不但为声律提供了可能性,同时也对声律提出了需要。

就外在声音状态而言,声律落实为具体一抑一扬声调上的和谐,同时由词语表述出内在情绪的涤荡开合。四声的二元化进一步实现了声调之寡与众的关系。顾炎武在其《音论》中指出:"五方之音有迟疾轻重之不同……其重其疾则为入,为去、为上,其轻其迟则为平。"简言之,平仄系统于诗歌节奏之轻重缓急做出了规定。再者,平起和仄起的声音基本结构方式也不过两种,即"平平仄仄仄"或"平平平仄仄"。作为一首诗的起句,由于颠倒相配的原则,实际上第二句的平仄格式已经可想而知,第三句和第二句为了符合声调上"粘"的原则,其平仄变化实际上也已经大致被规划。以上分析凸现出一个事实,也就是在一首律诗发出最初两个音节声音的时候,它的整首诗的声调系统大体已经成为定局。平仄系统的确立,为汉语诗歌的写作和阅读提供了严格的规范,这同时也有助于诗歌的阅读和背诵,如王力先生在其书中指出:"只要知道了第一句的平仄,全篇的平仄都能背诵出来了。"[①]

就声音本身而言,平声作为一种相对长而平缓的基调,在平仄交织中,始终占优势,平声和仄声形成一种音调和音长上的大同和小异。以五言律为例,五言诗中的平仄句式大体如下:"仄仄平平仄,平平仄仄平""平平平仄仄,仄仄仄平平"。若以一句诗为一个声音单位,则其中或仄占主导或平占主导地位。若对整个诗歌做较为细致的考察,则看似平声仄声各占半壁江山,其实"平"作为一个可以和其他三声相对应的声音要素已经形成以寡统众之局面。同时,四声之中

---

① 王力. 汉语诗律学 [M]. 上海:上海教育出版社,1979:27.

"平"在声音长度上相对于其他三声要长,即使不将它与上、去、入相对立,平声在诗歌中的出现频率为四分之一,那平声在诗句声音过程中依然占据主导地位。此外,律诗写作中"孤平"作为一种禁忌,这一禁忌本身就说明在汉语诗歌的声音过程中,悠长平缓将成为汉语诗歌的主要声音特征。在一首诗中,总有若干地方必须由两个平声字相连,声调上的舒缓进一步被强调;两仄声相连,不但形成短促的声调更迭,也更加衬托出平声之悠长。从声音形态上考察,平仄无异于声音的展开与折叠。王力在《汉语诗律学》中对于平仄的划分进行了历史追溯,并指出:平仄便是平侧,也就是声音与词语的展开与叠合。这让我们想起德勒兹的《褶子》,汉语诗歌中的世界就是这样被声音的皱褶充满。平仄作为一种节奏和旋律贯穿于整个诗歌之中,世界在这一充满褶皱的帷幕之中飘然展示,在音节与音节之间隐藏了巨大的空间:"这个褶子与风是不可分的,当折扇给褶子以风,褶子便不再是透过它能够看到物质之褶,而是灵魂之褶,在这灵魂之中,可以读到'黄色思想之褶',即有许多页码的书或单子。"① 对于汉语律诗来说,正是人类灵魂"感于物而后动",使心灵和世界在语言中的共同展开与飞动。综上所述,平声的主导地位使得诗歌声音框架得以在一个相对固定的音高中展开。

在四声二元化以后,仄声相对于平声来说是一个不甚明确的概念,它可能是上声,也可能是去声或入声,可以看成平声的否定形式。如果将平声看作是律诗中的定数,那么仄声则是一个函数,在仄声可能出现的地方,可以出现"上""去""入",那么这样一来,如果以音高系统来衡量平仄,它在音高系统中演绎出变与不变。一种声音模式的出现和随之而来的否定,是音乐逻辑在汉语诗歌中最单纯的体现。

"平"作为一种虚拟的音高系统贯穿在整个诗歌中,这使得声音的展开和发展有一个平台,随着"仄"的出现,声音或由低到高由平稳而变为短促。变与不变作为汉语诗歌声音过程中极其简单的延续方式,构成了汉语诗歌音乐之根本。在长期发展过程中,四声获得了特定的情感色彩,如唐代释处忠在《元和韵谱》中指出:"平声哀而安,上声厉而举,去声清而远,入声短而促。"明代释真空《玉钥匙歌诀》也说:"平声平道莫低昂,上声高呼猛烈强,去声分明哀远道,入声短促急收藏。"如此,声音在平仄之间的转换无异于一种声音的辩证法,并由声音的辩证带来情感的辩证。

---

① 德勒兹. 褶子 [M]. 长沙:湖南文艺出版社,2001:194.

三　汉语诗律的音乐功能

汉语诗歌声律的建立使得汉语诗歌的创作方式产生了革命性的变化，如前人所总结，汉语诗歌创作从"声依咏"一变而为"咏依声"。声调的发现以及四声的归纳，将汉语诗歌的声音之和从原有的经验性知觉和判断上升为一种理性规范。如果四声和平仄是一种诗歌的胚胎，而写诗的过程无疑是一种"比音而乐之"的升华。

平平仄仄的声音规范存在于任何一首具体的诗歌作品之前，可以想见，在律诗声音逻辑的演化过程中，世界首先是一种寂静，这种寂静无所谓长短轻重，人类源于一种情感表达上的不由自主，以最初的一声叹息打破寂静。此后，这种延续了一定长度的音高必定被否定，仄作为否定因素随之出现。平仄的出现使得音节数量得到规定，音节和意义之间形成相对稳定的关系。它的存在，使得诗歌的创作和阅读都在一个非常简单的声音框架中得以展开。声音之相互颠倒匹配以外，对仗也为诗歌的声音进程提供了相对严格的意义对称的约束。在上下两联的诗句中，声音和意义之平衡和对称，不但对诗歌创作过程中的词语选择具有约束力，对于诗歌音节的涵泳也同样具有约束作用。古诗的很大一部分信息，都隐藏在词语的间隙之间。对于古诗，人们也普遍强调音节的涵泳和体味，正如前文所引章学诚等评论者指出，声调是律诗的关键："古诗俊逸超群，如王子晋鹤背吹笙，随风抑扬，声在云外。律诗清丽婉切，譬犹长安少年，饮酒百华场中，莺歌蝶拍，春风煦然扑人，终日传杯而醉色不起。"[①]古诗"声在云外"，而律诗则难免规矩老成：春日长安之中居然难以沉醉。诗歌格律的确对诗歌的写作和阅读进行了规定，通过平仄和对仗，律诗对于声音序列、语意序列等一系列诗歌语言要素进行了有序化排列。在这个意义上，对于汉语诗歌所做的五言或者七言的命名，才是真正意义上的五音节诗或者七音节诗。

此时，诗歌意义的锤炼变得极其重要。当声音过程被归纳简化为一既定模式，意义的天平必将向词语倾斜。一首真正的诗，伴随着每一个词所出现的，是对人们出其不意的震撼，律诗如要对于人的心灵也有所震撼的话，那显然不是来自它的声音，而是语意。正如一首歌要在歌词和曲调之间寻求平衡，当音

---

① 宋濂集·卷四十八·芝园集之八.

乐和语言合作的时候，也必须为彼此留有余地，过于复杂的声音和过于深奥的语言对这种合作而言，都是有害的。诗歌在声音和语言的协作中也同样存在这一问题。汉语诗律的出现将诗歌的旋律规定为一种极其简单的固定程式，从而迫使诗人去开拓汉语的内在旋律。"吾闻竹溪党公论，以为五十六字皆如圣贤，中有一字不经炉锤，便若一屠沽子厕其间也。又云，八句皆要警拔极难。一篇中须要一联好句为主，后但以意收拾之，足为好诗矣。"① 语意之个性化和声调之共性，形成一种奇妙的对比。人们在这种阅读和聆听过程中，将体会到对于声音的皈依和被词语的放逐。诗歌始终存在着一种可知的、可预料的、可依赖的过程。正因为如此，语言的出现才需要石破天惊的力量，正如杜甫所追求的"语不惊人死不休"。如此，律诗如同故乡的街市，充满放逐与回归、熟悉和陌生。时间在一个可以预知的过程中展开，而具体的阅读是这一过程中的出乎意料的片刻体验——这就是所谓当下。当这一过程成为一种普遍规范，而又被个人道说的时候，便同时具有了社会性和个性，这使得其情感也充分辗转在这种个体和集体、短暂和永恒之间。的确，律诗之声音变得更像一个生命过程，更兼语意之起承转合，有说不尽的玄机，"一花一世界"，不但一切诗都可以看作是一首诗，同时从一首诗中也可以窥见一切诗。诗律便是一种无声的、和谐的，同时也是无处不在的音乐，它是作为一种"无声之乐"以区别于具体的乐曲和声音过程存在的。

另一方面，平平仄仄作为汉语诗歌"千篇一律"的创作原则的一个重要方面，已经成为诗歌作者对于世界的取景框，"熟读唐诗三百首，不会作诗也会吟"。这可以归结为语感的问题，但绝不仅仅停留在语感的层面。当一个人最初接触诗歌的时候，它的一切原则都是外在的约束，而当一个人长久且自觉地遵循于这一规范的时候，它就会演化为此人对于世界的感受方式，反过来作用于世界和他人。由此，当一个人的世界以诗歌的形式得以呈现的时候，必定是一种既定的，一种潜在的起伏抑扬的音乐化世界。诗歌通过格律得以返回音乐之本。同时，当寂静被第一个双音节词打破的时候，紧随其后的音调已经在听者或者阅读者的心中响起，平平仄仄，一切都在意料之中。平仄的划分使得诗歌或平起或仄起，无论如何，汉语诗歌中词语声调之变化是可以预料的，而具体语意之呈现则因为不可预料，而使人充满期待。

---

① 刘祁. 归潜志 [M]. 北京：中华书局，1983：85.

《诗经》时代具体作品之兴起方式，已经有学者做了相对详细的分析。可以说"兴"是人与世界的一种自发的情感联系。平仄系统趋于稳定以后，这一声音系统则在诗歌创作中起到了"兴"的作用。平仄系统本身既是一个相对抽象的声音过程，也是一种情绪感受和表达系统。当一个人以这样一个情绪系统去面对世界的时候，世界也是处于一种特定的"律"中。随着时间的流逝，世界的出场也仿佛遵守着一种特定的节律，这体现了中国历来对于世界运化的认识，即世界始终伴随特定节律。天地节律在诗歌创作中又具体体现为平平仄仄，并成为诗人观照方式，一旦和听众特定的情绪相遇，他所能够接触到的世界便会以词语的形式鱼贯而入，进入到那个稳定的声音序列中。当一个人的世界在他的诗歌中得以呈现的时候，这一世界必定已经与一种潜在的起伏抑扬的音乐同在。例如杜甫的《登岳阳楼》："昔闻洞庭水，今上岳阳楼。吴楚东南坼，乾坤日夜浮。亲朋无一字，老病有孤舟。戎马关山北，凭轩涕泗流。"仿佛只有五言律诗才可以表述：声音之平仄更迭伴随乾坤之日夜轮回。这也使得人们在创作过程中，不断斟酌人、世界、词语之间的关系，而对于世界和词语的取舍和思量，带来的不仅仅是诗歌创作过程的改变，同时也改变了人和世界的关系。格律在某种意义上来说，的确是诗歌创作中人为设置的障碍，但是正源于这种障碍的存在，人对于自己生存状态的表述有所限制，同时这一声音系统的存在也维系着人在世界中诗意的思考。诗律有宽有细，人对于诗律的把握也有深有浅。由于诗律是对于世界声音序列的一种虚拟规定，把握进而超越诗歌格律是伴随汉语诗人一生的过程："小律诗虽末技，工之不造微，不足以名家，故唐人皆尽一生之业为之，至于字字皆炼……"① 孟郊、贾岛之苦吟，杜甫"晚年渐于诗律细"便可为证。而近乎千年以来，中国人的人生便伴随着对于词语以及对于世界的平平仄仄之辨析和领悟。他们或者失意或者跻身仕途，都注定将永远流落在对于诗律寻寻觅觅之路上，平平仄仄既是诗歌之节律同时也几乎构成了他们人生之节律。

四 结语

综上所述，"律"是汉语诗歌极其重要的构成方式，但是它的存在绝不仅

---

① 全宋笔记 [M]. 郑州：大象出版社，2006：113.

仅限于声音层面，而有更深的文化背景。当我们回顾诗歌在中国的重要性，律诗在汉语诗歌中的重要性就会发现，这不是某一部分人的生活重点，也不是人生某一阶段的活动。中国的孩子对于世界的认识便是在这种平平仄仄中开始的。一切山水之间都隐含着平仄和节律，格律以平和仄为汉语诗歌提供了时间流逝的方式，声音所经过的时间被分为"平"和"仄"。时间本身没有被分割的需要，一个过于纯粹的世界也没有划分四季的需要，因为有生命的存在，我们才将那开花发芽的一段时间称为"春"，因为万物凋零大雪纷飞，我们才有冬天，因为有人的存在，世界之四季才与情感和色彩联系起来。如同《礼记》中所设想得那样，世界存在于一种奇异的联系之中："孟春之月，日在营室，昏参中，旦尾中。其日甲乙，其帝大皞，其神句芒，其虫鳞，其音角，律中大蔟。其数八，其味酸，其臭膻，其祀户，祭先脾。东风解冻，蛰虫始振，鱼上冰，獭祭鱼，鸿雁来。天子居青阳左个，乘鸾路，驾仓龙，载青旗，衣青衣，服仓玉，食麦与羊，其器疏以达。是月也。以立春。先立春三日，大史谒之天子曰：某日立春，盛德在木。天子乃齐。立春之日，天子亲帅三公……"[①] 诗歌文本中平与仄的转换，正是这种时空观的反映，一种固有的节律于世界与人、时间与空间的运行伴随始终。声音直接和季节、色彩、方位以及人的活动相互表征，时间、季节、情感、色彩、生存等等在中国传统中以一种不可思议的方式相互联系着。声律以相对稳定的时间过程承载着个体对世界的共同体验。《易》曰："一开一阖谓之变，往来无穷谓之通。"

(《艺术百家》2010年第2期，总第113期，有改动)

[①] 王文锦. 礼记译解 [M]. 北京：中华书局，2001：197.

声音的秩序
——汉语诗律作为国人宇宙意识的形式化呈现

一个民族的文字、思维方式、行为方式不是孤立的,而呈现为一个有机整体。汉语诗歌格律虽然直接建立在汉字的独特性之上,但中国人的思维方式和宇宙观是律诗形成的根本契机。声律系统不仅仅是一种发现而是一种创造。无论是四声的发现和归纳,还是声音平仄二分和格律的完备,皆受更深层的文化和哲学观念的支配,如若不然,律诗的理论论述和创作实践就不会形成一呼百应的局面。如究其根源,行为方式和思维方式是形成汉语诗歌格律的最终原因。汉语诗歌格律这一有序的声音系统实为中国传统宇宙意识之形式化呈现。

一 作为观念性存在的声调系统

自沈约至现代汉语规范建立以前,汉语声调是否可以纳入四声这一问题到目前为止还没有定论。从汉语的具体和实际发音状况来分析,四声这一声调系统并不明确,很多字在语调上存在着一定的模糊性和多种发音方式。正如王力在其《汉语语音史》中发出的感慨:"声调的调值变化最快。可惜中古没有调值记录,我们无从知道古代声调的调值。但是,观于现代各地方言调值的五花八门的情况,也就可以猜想古代声调的调值经过千百次的递变,才成今天这个样子。"[①]

对于一种语言来说,多样性和多变性不但是可能的,同时也是必需的。正因为语言中存在若干变数或函数,才具有言说和理解的可能。这种声音和意义

---

① 王力. 汉语语音史[M]. 北京:中国社会科学出版社,1985:569.

之差异与偏离正是语言存在的前提。正如德里达在其《书写与差异》中指出的："缺席，最终象征着字母的呼吸，因为字母还活着。"① 也正是因为如此，言不尽意的感叹也成为语言中挥之不去的阴影。汉语无可置疑存在声调，但每一个汉字可以明确归到四声这一音调体系中，则来源于一种万物有序论。只有在以文字为分析对象的理想语音系统中，声调的存在和归纳才是可能的，因而，汉语诗律的基石——四声，本身就是特定观念的产物。事实上，汉语发音不但于时间维度有千变万化，就空间维度而言也千差万别。到目前为止，在很多汉语方言中，声调并不止四种："上古的平上去入四声到了中古汉语时期，由于声母清浊的影响，各个声调发生分化。清音声母产生出阴声调类，浊音声母产生出阳声调类。这种阴阳分化，使上古的四声变为中古的八声。大概，这种分化过程至迟在唐代便已完成。"②

对于四声是否中国本土的产物，以及四声之源起于何人，历来学界已有多次交锋。就中古时期的语言状况而言，由于吴地方言状况本身较为复杂，而北人南渡则使得这一局面更加混乱，同时西北少数民族语言对于北方语言也有一定影响。对于四声的由来，罗宗强先生在其《魏晋南北朝文学思想史》中也有较为详细的列举和辨析。概言之，对于四声的来源，学界大致有如下看法。首先以陈寅恪《四声三问》为代表，指出四声作为一种声音原理，发生并源于佛经翻译。郭绍虞和饶宗颐则对这种追溯提出了各自不同见解，并得到罗宗强先生的认同③。当代学者伏俊琏针对陈寅恪《四声三问》指出："如果汉语并没有四声，那'文士'们无论如何是'定'不出四声的；即使'定'了，而要普及到全体人民，恐怕是不可能的。"④ 事实是，在四声提倡和普及以来，且到目前为止，尚未"普及到全体人民"。即使在口头传递的普通话声调也常不是四声所能限制，更勿论南方诸方言了。

笔者以为，陈寅恪所言为是，声调在汉语中原本存在是实，但具体归纳和运用，则是沈约和其文友"以气类相推毂"的结果。不可否认，汉语声调是客观存在的，同时声调对于意义的产生具有极其重要的作用，但以沈约为代表对于四声的归纳，也带有相当明显的观念性。这和阴阳、四时、五行、八方等等

---

① ［法］德里达. 书写与差异［M］. 北京：三联书店，2001：117.
② 郭锦桴. 汉语声调语调阐要与探讨［M］. 北京：北京语言学院出版社，1993：141.
③ 郭绍虞. 永明声病说［M］//照隅室古典文学论集（上篇）. 上海：上海古籍出版社，1983；罗根泽. 中国文学批评史［M］. 北京：中华书局，1962.
④ 伏俊琏. 汉译佛经诵读方式的来源［J］. 敦煌研究，2002（2）：95-98.

中国文化中的一系列象征性表述一样，是一个和特定数字相联系的文化概念。"昔神农重八卦，卦无不纯，立四象，象无不象。但能作诗，无四声之患，则同诸四象。四象既立，万象生焉；四声既周，群声类焉。"① 对于四声的归纳和运用，与其说是一种自下而上对于具体发音规律的客观总结，不如说是一种自上而下的对于汉语发音方式的观念性划分。由此可见，四声的存在和运作是中国文化观念中宇宙万物的运行方式和存在方式在诗歌声音中的反映，而佛经的翻译是汉语音调系统得以建立的重要契机之一。如无此种契机则四声之说也许无以萌发，而中国文化传统则为四声及声律的成活、成长与成熟提供了文化土壤，无此则无以生根。

由此可见，声调之归纳必须有一个前提，即将语音作为一种声音对象而非意义对象来聆听。当代学者萧驰已经论及音乐原则在汉语诗歌律化中的作用："在魏晋时代音乐观念之渗入文学的条件下，诗歌被认为如音乐那样以其抽象的语言形式体象宇宙……"② 其次，就是在佛经翻译过程中接受了表音文字的语言分析规则，这一点陈寅恪等人也已有过较为详细的论述。"一声之转"在汉语文字互释中不仅是被允许的，而且是必需的，这"一声之转"便足以撼动四声别义这一意义识别原则，它说明了汉字声调的多样性和不确定性。事实上，汉语的具体语言状况非常复杂："汉字的音实际上不止四种，有的方言可以多至七种。南朝时代中原语音和吴语并存，两者之间的音调有明显区别。"③ 由于方言数量众多且发音差别巨大，音调的辨别是一种非常艰难的工作，如无一个既定观念的网罗，几乎是不可能的。

另一方面，声调系统发生在南北朝绝非偶然，这和魏晋玄学的关键性问题——"有无""本末"等关键性问题的讨论密切相关。具体言语和四种声调的关系正可被纳入"有"与"无"、"末"与"本"这两对哲学范畴，老子《道德经》曰："故常无，欲以观其妙；常有欲以观其徼。"四声之发现不但有玄学背景，同时和佛教也难脱干系，这种联系不仅仅来自佛经翻译所提供的声音理论，而且还得益于佛教对世界的观照方法。笔者窃以为佛教对于世界本质之感知方法——"观"也是四声得以出现的另一重要契机："佛教的方法是'观止'。观是观察，要观察一切事物都时时刻刻在生灭之中，一切事物都是众缘

---

① 刘善经. 四声论 [M] //王利器文镜秘府论校注. 北京：中国社会科学出版社，1983：101-102.
② 萧驰. 中国古典诗歌律化过程的概念背景 [J]. 台北：中国文哲研究集刊，1995 (9).
③ 曹道衡，沈玉成. 南北朝文学史 [M]. 北京：人民文学出版社，1991：133.

和合缘,缘灭则离。"① 而对于言说过程中声调之领悟,便必须在声音的生灭中对之进行"止观"。不但如此,同时还要破除对于意义之执着。只有摆脱聆听过程中意义对于人的牵制,不再将言语作为理解对象,而仅作为倾听对象,声调才有水落石出的可能。佛教作为江东名门的文化标志之一,声律倡导者"竟陵八友"以及其他诸人和佛教之渊源深厚,这在汤用彤《魏晋佛教史》中有详细论述。因而,只有经过魏晋玄学和佛学的洗礼,"万声万纽"(《文镜秘府·天卷》)尽入环中,才有可能挖掘和建立起一套隐而不显的内在声音规律。

二 声律系统是国人宇宙意识的形式化

以上分析显示,汉语诗律和世界具有一致性关系。美国汉学家包弼德在其《斯文》一书中指出:"从这个意义上来说,一些研究中国文学思想的学者提出了一个对理解中国文化至关重要的观点:文化建立在这样的假定上,即人的领域与天地领域之间没有必然的分离;因此人类文化创造和天文是一致的……"② 将声音和特定世界图景的一致性联系起来考察在中国有很深的文化渊源。《周礼·典同》云:"典同掌六律六同之和,以辨天地四方阴阳之声,以为乐器。"郑注:"阳声属天,阴声属地,天地之声,布于四方。""谓高声、正声之类也。"……《周礼·典同》云:"高声琨……正声缓",郑注云:"正谓上下直正,则声缓无所动。"③ 以及其后论"达声"论、"坡声"论、"微声"论等等,可见,在《周礼·典同》成书之时,就已经不仅仅笼统地注意声音的哀乐、低缓或高亢,而且已经注意到每一种声音的人格倾向甚至形而上品质了。声音和人及宇宙天地的一致性和互动关系一直被人们所关注,到郑玄解经,到孔疏,声音姿态的个性以及与世界天地的关系被阐释得越来越详细和切实。"夫四声者,无响不到,无言不摄,总括三才,苞笼万象。""昔周、孔所以不论四声者,正以春为阳中,德泽不偏,即平声之象;夏草木茂盛,炎炽如火,即上声之象;秋霜凝木落,去根离本,即去声之象;冬天地闭藏,万物尽收,即入声之象:以其四时之中,合有其义,故不标出之耳。"④ 以上文献说明,四声作为

---

① 冯友兰.中国哲学史新编:中[M].北京:人民出版社,1998:603.
② [美]包弼德.斯文[M].南京:江苏人民出版社,2001:100.
③ 李学勤.周礼注疏:下[M].北京:北京大学出版社,1999:619-620.
④ 遍照金刚.文镜秘府论[M].北京:人民文学出版社,1975:32-35.

世界本体的表象之一,与世界之运作有千丝万缕的联系,四声及其象征意义无处不在。它不仅仅诉诸情感,同时也被追溯为世界的运行方式和生命之存在方式。四声说以及后来成熟的诗歌声律,不仅仅是一种审美追求,同时也是作为中国传统哲学观念在诗歌创作中的体现。用黑格尔的话语来表述:声律之所以如此重要,在于它以感性形式显现了特定宇宙观念。

如果说四声是对汉语多种声调提炼和归纳,那四声进一步划分为平与仄,则无疑是"阴阳"这一宇宙划分模式之延伸。当语言从混沌中划分出有与无、言与无言,是"道生一",言则又分为平仄、阴阳,是为"一生二",道与阴阳演化为三,如此宇宙混沌初开,万物由此生发。平仄的运作一如阴阳之演化和对应,语言便具有一种和世界同步的建构能力,因而也与世界浑然一体。如果福柯认为世界是一本充满文字和符号的书,那么格律的无处不在和与天地同节,天地之运行和人之吟唱也相互应和,也就形成了一首最宏大的诗;而天地间往来的是人,也是诗,因为个体独特时间体验并且赋予这种独特时间体验以共同的节律。由此,吟唱主体的时间体验被形式化,以至于与天地消息相往来。正如罗宗强指出:"在四声的认识过程中此种与五音之千丝万缕之实难割断之联系,甚可注意。它既说明由乐调而声调的认识过程,也说明声律说的出现与诗的乐感的隐约的而又必然的联系。"①

在汉语诗歌发展史上,对于诗律的建构和批判一直相互伴随。如仅从审美和写作技巧的层面而言,从声调被发现并被用于汉语诗歌创作的同时,也就为人所诟病,四声因而被称为"末技""蔽法"(《诗式·明四声》)。但伴随着这种批判,律诗还是不可替代地成为汉语诗歌的主流,其发展的内在动力就是中国人对于世界和诗歌的观念。葛晓音在其《论开元诗坛》一文中指出盛唐诗歌的两种趋势,其一是诗歌声律的完备和律诗的普遍,指出:"开元诗坛声律的完备不仅仅体现着律诗体制的成熟,还表现为开元中以后的古体的兴起。"② 所以,声律的提倡者和反对者常常不是一个层面的交锋。一方从写作技巧和审美规范这一层面,将其视为对于诗歌创作的烦琐限制;而另一方则模糊地意识到声律的意义和价值超乎于单纯的诗歌技巧。的确,如果它仅作为诗歌创作的审美规范而言,不但狭隘,同时也有着致命的缺陷,用"千篇一律"来形容完全不为过。但正是这"单一"与"平和"使得诗歌格律和宇宙存在本体相联系,

---

① 罗宗强:魏晋南北朝文学思想史[M]. 北京:中华书局,2016:285.
② 葛晓音. 诗国高潮与盛唐文化[M]. 北京:北京大学出版社,1998:334.

人在世界中和诗歌相遇并相互呼应，在词语中实践着天人合一的理想。

近体诗中词与词的内联系有很大部分依赖于声律，而非语法。如王荆公"草草杯盘共笑语，昏昏灯火话平生"，若从语法角度细究则缺少语语，"草草杯盘""昏昏灯火"貌似占据了主语的位置，实非主语，但读者则没有意识到诗句之残缺。另一方面，也正是这种特定句子成分之虚空，使得任何阅读主体都能在诗句中安顿自己。可以说，近体诗中将词语联系起来并且形成一种意境的是声音的秩序。而黄庭坚的"桃李春风一杯酒，江湖夜雨十年灯"则完全不为语法所束缚。此二句表面上全为名词，且它们在句子中之成分究竟为主语、状语或宾语不甚明了，也无须明了。此两句诗不因为缺少动词而死板，反而正因为这种缺失，使得词语身份处于漂浮与不确定之中。由此，声律为词语提供了一种明确的秩序——四声运化，阴阳调和，不假人手而万物各得其所。在这一层面上，律几乎代替了诗歌语法，为诗歌词语提供了一种内在的词语生成逻辑。在一种为人们所普遍认同和接受的叙述结构中，这种写作才可能既是瞬间、内在的，同时也是永恒、普遍的，既是由我表述，同时也能够超越生命个体的力量。如此，只有在汉语诗律之系统中，才有可能产生"无边落木萧萧下，不尽长江滚滚来"等宏大而又超越于哀乐的声音。杜甫善为律诗，也善于以格律超越语法："论诗者以为杜诗不成句者多；乃知子美之法失久矣。子美诗有句、有读，一句中有二、三读者；其不成句处，正是其极得意之处也。"（徐增《而庵诗话》）如陈师道所吟咏："声中得句已忘言"，正因为其特定声音过程已经处于某种明确的秩序之中，而具体诗歌才能摆脱词语之束缚而更加超拔与生机流动。

此外，诗歌格律之平仄在一种节律化的时间体验过程中，包含了阴阳、天人、刚柔等诸种要素："律诗之作何防乎？自爻画之兴，一必生二，奇必配耦，文字相错，然后成章。"《陈子龙集·卷二（安雅堂稿之二）》汉语诗歌发展到一定阶段，其表述方式和古诗具有比较大的差别，古诗中作为抒情载体的具体事件在律诗中也已经渐渐消失。诗歌叙述兴趣从生活事件，转移到对世界永恒的感悟。而魏晋以来，汉语诗歌的叙述性进一步削弱，词语与词语的具体联系也日益薄弱。诗歌从激越慷慨转而沉静，诗歌语言内在音律和节奏的获得变得异常重要，这种节奏和词语所表述的世界相激荡，人以此体验和表述着世界之永恒与沉默。阿多诺指出西方音乐之存在和进程与黑格尔哲学中之辩证法及绝对精神的相似性，并指出："音乐的'演奏'是逻辑形式的演奏，如命题、本题、相似性、全体和部分,具体的本质上是一种力量,它似这些形式要素以声音形式在音乐上留下印记。"① 如果说贝多芬的音乐体现了黑格尔的哲学逻辑演化方式,以及他的世界的生成方式,那么汉语诗歌声律则是中国宇宙规律的反映。

三 律诗的创世功能

中国文化传统中,四时、四方和五音和七情六欲有相对严密的对应关系,这在《礼记·月令》以及《吕氏春秋·十二纪》中都有详细论述;反之,通过声音以及声音之长短平仄,也可以抵达天地四时之节律。桑间濮上之音可以亡国,一种和谐的声音可以促使天地风调雨顺。因而,诗词格律成为声音之"道",简单、平易又无处不在,它来自中国特有的宇宙秩序,而平仄的有序也使得汉语诗歌中的世界为一有序的、和外在宇宙相呼应的世界。如此,也可以说,律诗的提倡者和实践者认为,诗歌语言中的世界和现实之世界具有对应关系。格律的形成,同样也反映了另一个潜在的观点,诗歌不仅仅是"言志"的工具,而且也具有超越个体的创世能力。

笔者以为,中国人人生价值实现之迫切和无奈,是律诗发展和壮大的原动力之一。"平上去入配四方,东方平声,南方上声,西方去声,北方入声"② 意味着在不同声音被按照一定秩序连接起来的时候,天地四方也同时在场。汉语声律的严格和完备,使得汉语写作不仅仅关乎文字,能满足诗人表达的欲望,也使得他们体会到创世的快感。在诗歌格律之中,对于文字的安排和取舍,使得汉语诗歌创作升华为实现作者自身的价值最有效的途径。中国历来没有一个一神

---

① Theodor, Beethoven. The Philosophy of Music [M]. Cambridge: Polity Press, 2008: 11.
② 文镜秘府论校注 [M]. 北京:中国社会科学出版社, 1983: 23. 关于中国儒家传统中的五声和沈约四声在文化背景上之差异,可参见吴正岚《论沈约陆厥的声律之争与沈氏家族文化的关系》一文,发表于《福州大学学报》2002年第3期。该文较为详细地分析了五声作为儒家传统音声概念和沈约的四声的内在区别,这一问题如果深入讨论下去会牵涉很多大问题,笔者仅想指出,在中国文化传统中儒道、雅俗无疑是有差别的,但不存在绝对的差异,就四声和五声之声音之划分方式而言,道通为一。此外,陈顺智之《沈约"四声"说本于传统文化之四象理论》(发表于《武汉大学学报》2000年9月)一文对陈寅恪对于四声确立于佛经翻译提出异议,并从另一角度揭示了四声和中国传统宇宙观的一致性。四声和中国传统哲学之宇宙观的渊源是不可否认的,至于其中儒道、雅俗、社会伦理意义和宇宙自然存在方式之具体渊源,则有待进一步梳理;同时,佛教经典的翻译和佛教对于世界的体验方式催生四声这一理论并不能改变四声内在的中国文化观念根基,二者也不是非此即彼的关系。

论宗教中类似于上帝的东西,也没有某种永恒实体值得我们皈依,人生无常才是汉语诗歌永恒的主题,而诗歌格律便成为汉语诗人安身立命的最好途径。声律这种无声、无形又包容世界的运作规律,便成为中国人语言之根本,也是国人不朽的家园。诗歌的格律和绘画中的山水,共同建构了一种在现实之中又超乎现实之外的虚拟天地,而成为人们一生之追求。在这一节律之中,"天人合一"的理想,当下便可以实现,和"文章乃不朽之盛事"遥相呼应。

随着汉语诗歌抽象声调系统的逐步建立,诗歌创作由声韵的天然妙合转而成为对于字句的寻寻觅觅,诗歌的创作于是和用兵相提并论:"大凡读子美洋洋大篇,当知他人能短者不能长,能少者不能多,能人者不能天,惟子美能短能长,能少能多,能人能天,亦复愈长愈短,愈多愈少,愈人愈天。如韩信用兵,多多益善,百万人如一人。"① "律诗之作,用字平侧,世固有定体,众共守之。然不若时用变体,如兵之出奇,变化无穷,以惊世骇目。"② 金圣叹更是将律诗之"律"视为兵家用兵之律。"天道远,人道迩",在中国文化中,常常有一些规则得之于人,反验证于天,对于律诗的开拓也是一样,一旦随心所欲不逾矩,则常有庖丁解牛之快意。以文字鼓动阴阳,以平仄对仗运作天地四时,正符合的中国文人一个"内圣外王"的遥不可及的梦。"立德""立功"甚至立法,都可以在这一律化的言说过程中实现。当初周舍被问及何为四声,曾道:"天子圣哲"。"天子圣哲"妙合四声,但是同样也是一个隐喻。词语有四声,四声又通于万象,把握了四声、平仄、对仗,万象便尽可得之于心,应之于手。《礼记·礼运》:"故圣人作则,必以天地为本,以阴阳为端,以四时为柄,以日星为纪,月以为量,鬼神以为徒,五行以为质,礼义以为器,人情以为田,四灵以为畜。"③ 运用诗律来运化天、地、人,使得诗人产生一种六合之内唯我独尊的幻觉。能在天地间运用自如的词语创造一个诗性世界的人,不能不圣;一个洞明天地律动,可以把握万象阴阳的人不能不哲。李白乃谪仙,杜甫为诗圣,他们便是栖身在诗歌国度中之无冕之王:"论诗以李、杜为准,挟天子以令诸侯也。"④ 平仄无穷无尽的往复以至于生生不息,正如《大戴礼记·本命》记载:"分于道谓之命,形于一谓之性,化于阴阳,象形而发谓之生,

---

① 郭绍虞. 清诗话续编 [M]. 上海:上海古籍出版社,1983:179-180.
② 魏庆之. 诗人玉屑 [M]. 上海:上海古籍出版社,1959:37.
③ 王文锦. 礼记译解 [M]. 北京:中华书局,2001:301.
④ 郭绍虞. 沧浪诗话校释 [M]. 北京:人民文学出版社,1961:168.

化穷数尽谓之死……阴穷反阳，阳穷反阴，辰故阴以阳化，阳以阴变。"① 古诗律实为联系天人之纽带，同时也为人生不朽之机枢。人人皆可作律诗，也是人人皆可以为尧舜的隐喻。

创作者对于古诗和律诗这两种形式的取舍，也和其行为方式和价值取向密切相关。律诗将宇宙时光之"历"纳入"律"，它的出现标志着诗歌所呈现的世界成为一种有序的世界而脱离混沌；同时，律的存在将叙述主体的情感纳入一个相对稳定和平和的秩序之中。"古"在中国文化中是一个具有象征意义的字眼，老庄哲学里面的所谓"古"一般是指自然而然的"无为"状态。儒家文化中的礼乐制度和"古"相对，其对于"人"的重视和推崇也和老庄哲学对"天"的推崇相对，所以孔子强调乐教，而庄子更看重天籁。但庄子之洞庭之乐和曾点之鼓琴，又有殊途同归之妙："吾奏之以人，徵之以天，行之以礼义，建之以太清。四时迭起，万物循生；一盛一衰，文武伦经；一清一浊，阴阳调和，流光其声……"② 道家在历律之中，而又企图超越之："不知朝暮"未尝不可，"五百年为春，五百年为秋"也无不可。所以，律在中国诗歌中的建立和儒家文化更为契合。有学者指出"《礼记·中庸》说：'喜怒哀乐之未发谓之中，发而皆中节谓之和……致中和，天地位焉，万物育焉。'"③ 故律诗押平声韵正符合儒家"怨而不怒，哀而不伤"、"温柔敦厚"的"中和之美"李白被称为"诗仙"，他所受到的浓重的道家文化的熏陶决定了在他的全部诗歌作品中，律诗只能是一小部分："青莲集中古诗多，律诗少。"④ 杜甫被称为"诗史"，儒家文化对于他的熏陶则决定了律诗是他所采取的主要诗歌形式。杜甫自称"晚年渐于诗律细"，显然，他永远期望将语言纳入一种更具明晰更加规范的秩序之中。诗歌格律成熟以后，古诗的创作和律诗相对，是对于声音秩序和语言规则的超越，正如《庄子》书中的神人，在这种超越中实现逍遥游的梦想。在森严的格律中，能入乎其内又能出乎其外者，如杜甫，便是当之无愧"集大成"者。以上是对于汉语律诗文化、哲学背景的分析。如果没有这些大文化背景的介入，仅仅在词语的平仄对仗这一方寸之地做道场，难免郊寒岛瘦。中国文化中，对于秩序的建立和热衷几乎出于一种本能，礼乐盛极一时，源于对于秩序

---

① 王文锦. 大戴礼记解诂 [M]. 北京：中华书局，1983：350.
② 陈鼓应. 庄子今注今译 [M]. 北京：中华书局，2009：395.
③ 王文锦. 礼记译解 [M]. 北京：中华书局，2001：773.
④ 赵翼. 瓯北诗话 [M]. 北京：人民文学出版社，1963：4.

的需要，律诗也是一样；至于宋词不但必须依曲谱而作，即使在曲谱渐渐失落以后，也必须依词牌填词，元曲有曲谱有宫调，而西方歌剧中则没有依声填词的习惯。至于明代律诗、词曲盛况不再，八股文便取而代之。同样，八股文也被称为"时文"而区别于"古文"。"古"和"近"或者"古"和"时"如果牵扯开，是一个非常大的题目，有机会笔者将另文论述。但八股和诗歌的联系是不可否认的，钱钟书在其《谈艺录》对此有以下论述"'时文之学，有害于诗，而暗中消息，又有一贯之理'……'诗文虽无与诗故，然不解八股，即理路终不分明'……汪程两家语亦中理，一言蔽之，即：诗学（Poetic）亦须取资于修辞学（Rhetoric）耳。五七字工而气脉不贯者。知修辞学所谓句法（Composition），而不解其所谓章法（Disposition）也。"[1] 由此可见，秩序无论对于中国宇宙之存在还是对于汉语诗歌的创作而言，都必不可少，宋词、元曲虽然打破了齐言这一汉语诗歌所采取的一贯形式，但它们同样以特定的声音秩序表达着世界和自我。

（《文艺理论研究》2011 年第 1 期，有改动）

---

[1] 钱钟书. 谈艺录 [M]. 北京：中华书局，1984：242-243.

论四言诗音节分化与五言诗的发生

从四言诗到五言诗并非简单的积少成多,而必先有整体的焕然一新,才有字句的安排和提炼。钱穆曾指出:"这首诗是先定了,你才能想到这一句。这一句先定了,你才能想到这一字该怎样下。"① 正如同有必定生于无,五言诗也一定发生于非五言诗。笔者以为,五言诗最初便栖身于四言诗,准确地说是四音节诗之字里行间。汉初社会风气、文化策略以及文人心境,使得四音节的诗在解读过程中,因为长言、慨叹、顿挫、涵泳等因素,打破了原有两两节奏模式而发生音节分化。在这一漫长的历史过程中,发生于特定历史时期的变风变雅,已经透露了《诗经》诗句四个音节漂浮离析的消息。由于情感体验方式的改变,《诗经》从原来不假思索的四音节口传民歌,被增减、涵泳,进而被之管弦,一唱三叹、沉郁顿挫。此外,《楚辞》中最重要的语言现象"兮"的加入,进一步促进了《诗经》两两音节模式的游移和支离,从而建立起新的声音模式。

一 五言诗发生研究回顾与现状

五言诗是中国文学史上最重要的诗歌形式之一,到目前为止,历代学者对于五言诗的论述已经十分可观。如《诗品》认为:"郁陶乎吾心","名余曰正则"便可算"五言之滥觞"。现当代学者余冠中、罗根泽、萧涤非、叶嘉莹、葛晓音、赵敏俐等人对这一问题,也从不同角度进行了详细的研究和论述。研究者对于五言诗的追溯,大致有以下两个角度:其一,认为五言诗的产生是受

---

① 钱穆. 中国文学论丛 [M]. 北京:生活·读书·新知三联书店,2002:123.

外来音乐和民间乐府之影响而波及文人创作，如萧涤非先生在其《汉魏六朝乐府文学史》中指出："五言一体，出于民间，大于乐府，而成于文人，此其大较也。"① 这一观点极具代表性，当代学者钱志熙等也持相同观点。② 对于这一种观点，笔者认为民间乐府和五言古诗，肯定有过相互影响的过程。但民间乐府偏重于押韵、双声叠韵以及叠词、连珠、顶针等词语结构方式的运用，在音节与音节之间形成对比、转换、呼应与重复，因而读来流畅并朗朗上口。而古诗则由于发自一种"生年不满百"的忧患，以及人生无常之感慨，因而以声音之一波三折、沉郁顿挫为正。其字句音节，随着情感表达之需要也变得更为缓慢而悠长。这种音节迟缓悠长，便是初步形成声音曲线进而形成语音旋律的契机。对于这一点，前人已有所认识。如《诗源辩体》所指出："汉人乐府五言与古诗，体各不同。"③ 也正如吴乔在其《围炉诗话》卷2指出："此二种诗（指汉乐府和五言），终不可相杂也。"④ 概言之，笔者以为，五言乐府和五言古诗的本质差别，就是一主叙事，一主抒情。

其二，有些学者则直接在《楚辞》中寻找零星五言诗句，并将五言诗之发生具体追溯为这些字句。叶嘉莹对此提出异议："至于中国五言诗，基本韵律都是'二三'的停顿……但楚歌不是这样的停顿……这是'三二'节奏……由此可见，受楚歌体影响的只能是七言诗，而不是五言诗。"⑤ 笔者以为，《楚辞》对于五言诗的发生具有深远的影响，但这种影响不是来源于其中的五言句式本身，而是由于"句外"语气助词"兮"对既定汉语四言诗模式的改变，这一点将在下文有较为详细的论述。

近年来，五言诗的起源依然是学界的讨论热点，戴伟华、归青、木斋等人相继撰文对之进行了讨论，并从不同角度对五言诗的发生时期和发生方式进行了探索。其中，归青以先秦散文中的若干连续五言句为论据，将文人五言诗的形成上推至西汉。但笔者以为，无论从哪个方面来看，这些句子本身就不是诗歌，也就更无法成为五言诗萌芽于先秦的例证。首先，诗歌无疑是一种主体的情感性表达，所谓"诗言志"，而先秦散文只是说理。说理也无妨，宋人诗歌

---

① 萧涤非. 汉魏六朝乐府文学史［M］. 北京：人民文学出版社，1984：23.
② 钱志熙. 论魏晋南北朝乐府体五言的文体演变——兼论其与徒诗五言体之间文体上的分合关系［J］. 中山大学学报，2009（3）.
③ 许学夷. 诗源辩体：卷3［M］. 北京：人民文学出版社，1998：67.
④ 吴乔. 围炉诗话：卷2［A］//郭绍虞. 清诗话续编：第1册. 上海：上海古籍出版社，1983：511.
⑤ 叶嘉莹. 汉魏六朝诗讲录［M］. 石家庄：河北教育出版社，1997：58.

也强调理趣,但这些五言句子缺少了诗歌最基本的元素——特定的诗歌形象。无论是船歌还是山歌,诗歌之兴起,必定有一系列具体情境所提供的感性形象(也即诗歌最重要的审美要素——意象),以及特定节奏模式,所谓"兴于诗"也。早在古希腊,亚里士多德便在其《诗学》中强调了押韵之文和诗歌的区别。所以,归青所列举的例子最多算作押韵之文,而非诗歌。此外,先秦散文(或韵文)五字句的节奏模式也和五言诗有所区别。以"天得一以清,地得一以宁,神得一以灵"(《老子》第39章)为例,其句读方式肯定是"x—xx—xx"(天—得———以清),这和五言诗之一贯的句读方式"xx—x—xx"(如:行行—重—行行)或者"xx—xxx"(如:青青—河畔草)不一致。纵观整个汉语诗歌史,罕见有第一个音节后停顿的。甚至,我们可以设想,老子写作时,如果有现代标点体系的话,断句很可能是这样的:天,得一以清;地,得一以宁;神,得一以灵。对于作者指出:"如果成熟的文人五言诗真的要到东汉末年产生的话,那就意味着难产的时间要长达四百年左右。一字之增竟要付出如此的时间代价,这可能吗?五言诗纵然难写,会难到如此程度吗?"① 其答案正如上文所述,从四言诗到五言诗,这不仅是一字之差,而是一场脱胎换骨的历练,如无整个节奏模式和诗歌框架的改变,这一个字也无以安放。

木斋则指出建安是文人五言诗的成熟时期,且"'十九首'中的多数作品为曹植所作"。② 这一论断,笔者不想过多分析其正误,但就其文气和艺术风格而言,《古诗十九首》显然和曹丕而非曹植更为相近。如《中国诗史》在论述曹丕诗风时明确指出:"诗中句子颇有与《古诗十九首》相近者……"③ 叶嘉莹在评述曹丕的一首诗时也指出:"这首诗颇有点像《古诗十九首》,而且它是明显以感与韵取胜的,是属于'熏'和'浸'的那一类。"④ 叶在论及曹植诗歌的时候又指出:"虽然,《古诗十九首》的风格是温柔敦厚的,与曹子建的作风并不相同,但曹子建很多句法确实受到了《古诗十九首》的影响。"⑤ 事实上,先秦魏晋诗歌不同作品,不同作者,甚至同一个作者,常有重复的诗句。这不是抄袭,不是江郎才尽,甚至也不是简单的相似。在一些诗歌中,固定字句、音

---

① 归青. 文人五言诗起源新论[J]. 上海:学术月刊,2010(7):109 - 116.
② 木斋. 论《古诗十九首》与曹植的关系——兼论《涉江采芙蓉》为曹植建安十七年作[J]. 成都:社会科学研究,2009(4).
③ 陆侃如,冯沅君. 中国诗史[M]. 天津:百花文艺出版社,2008:161.
④ 叶嘉莹. 叶嘉莹说汉魏六朝诗[M]. 北京:中华书局,2007:172.
⑤ 叶嘉莹. 叶嘉莹说汉魏六朝诗[M]. 北京:中华书局,2007:194.

节组合反复出现是中国古典诗歌的一个特有现象,《钟鼓》一书的作者将之归纳为"诗歌套语"。对于诗歌的具体发生状况,C. H. Wang 在《钟鼓》一书中进行了具体考察,指出早期诗歌和音乐是以对几个词语的反复吟咏为其基本形式的:"口头诗歌的形式特征之一,便是诗歌语言由一些短语组合而成,类似于马赛克结构。"[1] 这一现象被作者称为"马赛克",并把这一理论用于分析中国早期口语诗歌《诗经》,指出:"我为《诗经》形式下如下定义:诗歌套语是不少于三个词的结合体,它们同时组成语义单位,通过重复或者由于处于同一个或多个诗歌韵律中,被用来表达诗歌的主题。"[2]

这一理论也为中国诗歌发展史所印证:一个歌者可以随时套用既成的节奏、词句甚至段落,并且对其中的某些地方做出修改,以表达自己的情感。诗歌套语的运用在汉魏诗歌中屡见不鲜:例如出现在《古诗十九首》中的诗句,也同样出现在其他汉魏诗歌中:"青青河畔草,绵绵思远道。客从远方来,遗我双鲤鱼……上有加餐食,下有长相忆。"(《古乐府·饮马长城窟》)"郁郁多悲思,绵绵思故乡"(曹丕《杂诗》)与"青青河畔草,郁郁园中柳"(《古诗十九首·青青河畔草》),"人生处一世,忽若朝露晞"(《赠白马王彪·其五》)与"人生寄一世,奄忽若飙尘"及"人生忽如寄,寿无金石固"(以上四句皆出于《古诗十九首》)皆大同小异,而曹丕之四言诗句"人生如寄,多忧何为"则也可以视为以上诗歌套语之变奏。同时,这也说明汉魏时期的四言诗句和五言诗句无绝对分别。诸如此类的诗歌套语在古乐府及"三曹"、王粲、阮籍等人作品中还可找出很多。诗歌套语不仅存在于《诗经》时代,也一直是五言诗发生早期的特有现象。汉语诗歌中的这种套语随着反复被歌唱,其相似之处会变得越来越隐秘,而最后仅留下一个单纯的语音框架,就是格律。随着格律被反复运用,其表现能力也随时间流逝而被消耗。所以,格律在宋代发展到极致以后,一方面,打破齐言形式而变成长短句,另一方面,黄庭坚的"脱胎换骨"命题的提出,则为诗歌更新提供了另一途径。

五言诗套语的存在与被运用本身也说明,五言诗发生必然早于建安。因为从套语的逐渐形成到广为人知,并为人所运用,需要一段时间。另一方

---

[1] Wang. The Bell and the Drum: Shi Chi as Formulaic Poetry in an Oral Tradition [M]. Berkley: University of California Press, 1974: 5.
[2] Wang. The Bell and the Drum: Shi Chi as Formulaic Poetry in an Oral Tradition [M]. Berkley: University of California Press, 1974: 43.

面，笔者也以为这些诗歌套语不至于上溯到西汉，因为诗歌表达既要有一种既定形式，同时也要有新意。如果"青青河畔草"等诗句已反复传唱了三四百年，难免会产生审美疲劳，而不会再有让建安才子们感觉非此句无以逮意的魅力了。所以，对于《古诗十九首》的创作时期，笔者更倾向"东汉说"，而且更倾向于东汉中晚期。

正如戴伟华指出："五言诗发育不是传统的字句演进的过程，而是文人观念的自我突破。"他进一步指出："《诗经》而后，诗经过了承袭《诗经》诗乐一体的'歌诗'的时代。'歌诗'的本质在于合乐，而无所谓三言、五言的形式……"① 笔者认为，这是一种比较客观的态度。同样，本文的论述重点不是为五言诗的起源找到一个准确的时间点，而仅对于从四言诗到五言诗的情感模式以及音节模式的转化进行逻辑分析。

二 四言诗之音节分化与五言诗的发生

在此，我们不妨将前人对于五言诗发生状态的讨论搁置，转而将论述焦点集中到五言诗这一命名方式本身。人们历来以诗句汉字数量作为划分诗歌类型的重要标准之一，由此划分出四言诗、五言诗、七言诗以及长短句等不同诗歌类型，这一分类模式在汉语诗歌研究史上已成定论。如《辞源》对于五言诗给出的解释如下："每句五字的诗，包括五古、五律、五绝、五排。"② 依此类推，四言诗也就是每句四字的诗。又因汉字为单音节，所以提及"四言诗"就必定先入为主地认为可以等同于四音节诗，而五言诗也必定比四言诗多一个音节。笔者以为，对于汉语五言诗的考察之所以如此充满歧义，就是因为我们在提出问题的时候已经误入歧途。四言诗每行诗句到底拥有几个音节也是长期被忽视的问题。人们一直理所当然地将四言诗和四音节诗画等号。但是诗歌的一贯声音模式便是"长言"和"咏歌"。事实上，几言诗之说是诗歌文本化以后的产物。而无论中外，最初的诗歌存在方式和传播方式都是口传。孔子以后，以四言诗为主体的《诗经》文本，和它所记载的当时口口相传之民歌已相去甚远。

在此，我们有必要对汉语四音节诗做一个简要的形式分析，从而把握其最典型的形式特征。纵观以《诗经》为代表的四言诗，其节奏方式大致为2—2或

---

① 戴伟华. 论五言诗的起源——从"诗言志""诗缘情"的差异说起 [J]. 中国社会科学，2005 (6).
② 辞源 [Z]. 北京：商务印书馆，1988：77.

者2—1—1。其中，两两音节组合方式尤为典型。当这种朴素的声音节奏被打破的时候，最初四音节诗乃至于最典型的四言诗也就已经不复存在。笔者以为，句读之内的音节分化以及句读之间其他声音要素的加入，都是打破这种朴素节奏的因素。前者往往来源于"长言"过程中单音节的曲折和黏着引起的分化。西方学者普遍认为，汉语是一种不具备黏着性和曲折性的语言，但这一"定论"在诗歌中并不成立。汉语音节的曲折与分化在汉语诗歌的源头已非常明显。如据《吕氏春秋》记载，涂山氏之女作《候人歌》，这首历来被称为"南音之始"的歌全文被记录为"候人兮猗"。李纯一先生指出："这首歌曲只有四个字，而其'兮猗'（兮古读如啊，猗与兮同音）两个字都是感叹词，这正表现出原始歌曲的特点。"①如果"兮猗"同音，且发作"啊——"的话，那么作为附着于"人"后面的长元音a—，则完全有可能被理解为"人"这一音节的延续和分化。

对于上古诗歌传播我们虽无具体记录，但也可以从后来的词曲演唱理论，了解到汉语音节在口头传播中的不稳定倾向。汉字虽为单音节语言系统，但在演唱过程中，每一音节都会分化出字头、腹、尾。例如，"黄"往往在歌唱过程中被处理成"hu""wu""ang"三个声音过程。当然，在音节分化过程中，由于声调的变化，更会使得字头、腹、尾发生进一步分化。以上分析说明，汉字数量往往和音节数量不可同日而语。所以，我们可以说汉字在"长言"以及歌唱中的特定黏着方式，为汉语音节分化提供了可能性。而这一点在英语诗歌中无法做到，因为英语诗歌的长短律和轻重律，分别从音程和音高两个方面对诗歌声音模式进行了规定。

句读的不同结构方式，也是汉语诗歌音节分化的另一重要契机。在四言诗的声音过程中，除了句与句之间的声音停顿之外，诗句之间的逗，作为音节与音节之间的休止，也扮演着非常重要的角色。当这个休止由于情绪表达的需要被强调或被延长，其重要性和长度与一个音节旗鼓相当的时候，四言诗两两音节方式就改写为2—1—2或2—2—1。这正是五言诗的基本节奏方式。虽然这个增加的—1显示为无，或者声音的缺失。但这种沉默和语气助词最初的一声叹息并无绝对楚河汉界。②因此，四言诗最初的音节分化，常体现为一种语气

---

① 李纯一. 先秦音乐史 [M]. 北京：人民音乐出版社，1994：7.
② 比如乐府《相和歌辞》中就有一首诗是由《山鬼》改写的："若有人，山之阿。被辟荔，带女萝……"《楚辞》中原文为："若有人兮山之阿，被辟荔兮带女萝……"语气助词"兮"被正式用一个逗号代替，真正体现为那个心理知觉上的休止——无。

上的顿挫和迟疑。在这种潜在的、无法诉诸语言的语气中，蕴涵并积累了人们实实在在所能感觉且无法言说的音乐情绪。而言外之意的发现与表达，也开启了汉语诗歌的"虚字"空间，为汉语诗歌获得最大意义空间提供了可能性。这一潜在的语气，在汉代楚风影响下演化成为语气助词，并进一步转变为五言诗中的一个具体存在的音节，且在日后的五言诗中转化为关系词、动词或形容词等。

翻检两汉魏晋文学史，很多早期五言诗都有虚字痕迹。例如李延年之《北方有佳人》可简化为"北方佳人，绝世独立。一顾倾城，再顾倾国"。汉代《东光诗》原诗基本为五言，而将其中虚词去掉则成为"东光乎？仓梧不乎？仓梧腐粟，无益军粮。诸军荡子，早行悲伤"。这些可谓是五音节诗的四言诗。此外，《古诗十九首》中的一些句式，如xx何xx，xx重xx，xx而xx，xx一何x，xx当xx等，都是比较典型的四音节向五音节转化的过渡形式。另一方面，在《古诗十九首》中，一些虚词也已转换为动词或形容词，但依然可以将之追溯为《诗经》四言诗中的休止，或者可改为《楚辞》中的一声长叹——"兮"。如："今日x宴会，欢乐x具陈。弹筝x逸响，新声x入神。令德x高言，识曲x其真。齐心x所愿，含意x未申。人生x一世，奄忽x飙尘。何不x高足，先据x路津。无为x贫贱，坎轲x苦辛。"正因为如此，五音节诗与四言诗在汉魏特定历史时期内，一直都存在着暧昧与纠缠，正如木斋指出："曹操诗歌中明显地呈现出由四言诗向五言诗转型的痕迹，在曹操早期五言诗中，明显地依靠使用虚字来凑够五言……"① 这一事实至少说明两点：首先，四言诗到五言诗之间没有清晰的楚河汉界；其次，虚字在五言诗发生、成熟过程中扮演了极其重要的角色。

三 《诗经》四音节模式的改变与重构

笔者认为，西汉董仲舒"废黜百家、独尊儒术"的文化策略，使得《诗经》重登经典宝座，《诗经》曲谱的失落及其在汉代的重建是五言诗发生的重要契机。而西汉统治者对于楚歌的陶醉和迷恋，更使得《诗经》声音模式在不知不觉中浸染了楚歌的气息。众所周知，《诗经》作品跨度极大，自西周到春秋，历时五个世纪。其中，虽以四言诗为其主体，但随着时代变迁，其音节和声气之轻重也在悄然改变。将风雅分为"正风""正雅"和"变风""变雅"始

---

① 木斋. 论曹操诗歌在五言诗形成中的地位 [J]. 济南：山东师范大学学报（人文社会科学版），2005（2）：40-45.

于汉儒。细读《诗经》之"正风""正雅",例如《国风》之《关雎》《葛覃》《卷耳》,《小雅》之《鹿鸣》《天保》等皆流畅铿锵,而"变风""变雅"在节奏上已经趋于缓慢沉郁:"至变风变雅,尤多含蓄,使人言外自得。"①"古之诗人类有道,故发诸咏歌,其声和以平,其思深以长,不幸为放臣逐子、出妇寡妻之辞,哀怨感伤,而变风变雅作矣。"② 从"正风""正雅"到"变风""变雅",情绪由"安"转向"不安",由对日常劳作的歌唱转向内心积郁的抒发,是导致《诗经》四音节模式发生变异的最重要原因。

现代音乐学研究表明,语言和音乐对于悲伤情绪的表达,其节奏特征之一就是缓慢:"快乐的音乐和言说都呈快节奏且变化丰富的声音;而悲伤的音乐和言辞则相反。"③ 此外,早期四音节作品的特定传播和阐释方式的改变,也是导致四音节分化的重要原因。早期四音节诗以"兴"为其发生方式,而诗歌之"兴"最初发生于伴随着某种集体行为的语言活动,同时,节奏可以对公众动作起到协调作用。事实上,节奏的本质就是将声音过程纳入轻重、有无、起伏等一系列对立范畴之中,使之不断重复与变化。而这也类似于英语诗歌之轻重律,束缚着音节数量和句读结构方式。

但随着对其意义的不同角度、不同层面的解读,其文字的节奏也脱离了最初的简单明朗,随之而来的便是原有的两两节奏被打破。如《采采芣苢》原本是一首极为普通的采摘诗歌,此类歌曲正如钱牧斋指出:"余读《周南》之诗,所谓为絺为绤、采采卷耳者,皆寻常闺阃女子之能事,而诗人咏而歌之……"④ 而如此明快、流畅的四言诗,一旦其阅读方式发生改变的时候,它的声音和意义,也会随着不同的解读方式而发生突变。王夫之《姜斋诗话》指出:"'采采芣苢',意在言先,亦在言后,从容涵泳,自然成其气象。即五言中,《十九首》尤得此意者,陶令差能仿佛,下此绝矣。"⑤ 夫之对于这首诗的阅读,"以意逆志"的倾向非常明显。"采采芣苢"作为一首诗之兴起,如钱钟书所言,其特征之一便是"有声无义"⑥;徐复观也指出"诗人并没有想到在它身上找到

---

① 朱庭珍. 筱园诗话: 卷3 [A] //清诗话续编: 第4册. 2390.
② 杨维桢. 杨维桢集: 卷7 [M]. 全元文: 第41册. 南京: 凤凰出版集团, 2004: 246.
③ Nils, William, Brown. The Origins of Music [M]. Boston: Massachusetts Institute of Technology Press, 1999: 288.
④ 钱谦益. 牧斋初学集: 卷58 [M]. 上海: 上海古籍出版社, 1985: 1429.
⑤ 王夫之. 姜斋诗话: 卷1 [M]. 北京: 人民文学出版社, 1961: 140.
⑥ 钱钟书. 管锥编: 第1册 [M]. 北京: 中华书局, 1986: 64.

什么明确的意义，安排上什么明确的目的。"① 那么王夫之之"意在言先，亦在言后"，则明显经历了阅读过程中的再创作。显然，这种再创作的过程打破了原有的流畅，而带来一种节奏上的顿挫和迟疑。这体现在声音形式上就是上文所论述的，汉字音节分化以及句读模式之改变。

随着《诗经》之诉诸管弦，并随着后来的礼崩乐坏，歌诗乐曲散落只剩下文字的时候，其中滋味，也就凭阅读者自家涵泳了。《毛诗·那序·郑笺》指出："礼乐废坏者……乐师失其声之曲折，由是散亡也。"② 邹汉勋在其《读书偶识》中指出："曲折即乐歌抑扬往复之节。"③ 从四言到五言，经历了一个失落到重建的过程，重建并非回到过去，而是一种再创造。中国不但有"以意逆志"的诗歌解说传统，同时先秦之"赋诗言志"也为《诗经》意义的再挖掘提供了一个绝好的机会。同时，以汉武帝为代表的汉乐府机构之缔造者，则对于诗歌之音乐性给予了充分关注。吴小平在五言诗研究过程中指出："先秦诵诗，实际上是言诗、说诗、讲诗的哲理，说自己的道理；汉代诵诗，则是歌诗、唱诗，充分地体现出汉乐府民歌的音乐性、艺术性。诵本身就有歌的意思。"④ 作者指出周寿昌《汉书补注》之"夜间诵之""夜静诵之"，为切合实际⑤。试想，《诗经》以周代兴起于山野之民歌为主体，辗转走入汉代深宫，被之管弦，且静夜诵之。数百年间，有多少世事变迁、悲欢离合栖息于音节之间；有多少言外之意寄居于词语之沉吟、休止甚至长久的沉默之中。如此，节奏被打破而成就了旋律。

四 楚歌之"兮"——从四音节诗到五音节诗的转化契机

汉代的楚文化背景以及对楚歌、《楚辞》的阅读和推广，在五言诗发生过程中也起到关键性作用。而《楚辞》中突出的声音现象"兮"，更是四言诗音节分化的重要契机。闻一多先生在其文章中详细分析了"兮"字作为虚字的功能："这里的'兮'竟可说是一切虚字的总替身……诗从《三百篇》《楚辞》进展到建安，（《古诗十九首》包括在内）五言诗句法之完成不是一件了不得的大

---

① 徐复观. 中国文学精神［M］. 上海：世纪出版集团上海书店出版社，2006：29.
② 十三经注疏·毛诗正义［M］. 北京：北京大学出版社，2000：1684.
③ 邹汉勋. 读书偶识［M］. 北京：中华书局，2008：233.
④ 吴小平. 中古五言诗研究［M］. 南京：江苏古籍出版社，1998：51.
⑤ 吴小平. 中古五言诗研究［M］. 南京：江苏古籍出版社，1998：51.

事，而句中虚字数量的减少，或完全退出，才是意义重大。"① "兮"及其所涵盖的虚字与语气词，在早期五言诗中常占一席之地。例如《汉书·贡禹传》中记载的五言歌谣："何以孝悌为，财多而光荣。何以礼义为，史书而仕宦。何以谨慎为，勇猛而临官。"其中"而"作为两两音节之间的语义之停顿和语音的延续，皆可还原为语气"兮"，其楚歌性质也昭然若揭。同时，其他学者也已注意到，以"兮"为代表的虚字的确在四言诗向五言诗的转化中起到非常重要的作用，如："秦嘉《留郡赠妇诗》五言三篇，却是以五言述伉俪情好，其妻徐淑有《答秦嘉诗》，徐淑诗之诗式并没有用秦嘉诗之五言诗体式以相呼应，而是用句句带'兮'的歌诗体，实际为在句中加了'兮'的四言诗，这一对赠答诗形式的差异，同样证明五言诗式还在尝试阶段。"② 因此，《楚辞》语气和语气助词的结构模式，在早期五言诗的发生过程中的影响不容置疑。同时，《楚辞》的声音模式也会进一步影响汉人对于《诗经》的解读，使得语气和虚字在《诗经》解读中占据一席之地，进而促使其四音节诗行发生音节分化。

在此，我们有必要反观《楚辞》中最突出的声音现象"兮"。"兮"古音读"啊——"，是一个极具附着力的长元音，也可视作前一个音节的延续："吟诵此字时除了必须带有抒情味外，一般宜作适当拖长。"③《楚辞》研究者林庚先生也指出，《楚辞》中的"兮"字的运用，其目的仅仅是在句子中间获得一个较长的休息时间。《说文解字》曰："兮，语所稽也。"段注曰："当止也，语于此少驻也，此与'哉'言之闲也相似。"总之，在提及"兮"的声音特征时，大家都注意到它不仅是一个声音过程，而更应被强调为一时间过程，是词语间声气的延长和停留，乃至于虚字所需要的一切意义，都可以在这种延续和停滞中栖身。同时，在汉语音节与音节，意义与意义的延续之间，正是这个无意义的长元音，形成意义叙述和接受的休止。"兮"再和它之前的任何一个音节相结合，就足以形成语音曲线，并使声音产生横向延续，而这正是旋律的重要特征。当以《诗经》为代表的四音节诗歌模式被打破的时候，一种语气落实为语气词，进而再落实为一个虚词，甚至是一个否定词也就顺理成章了。

另一方面，《楚辞》的出现也改变了《诗经》中人对于世界的质朴视角，从而改变诗歌的声音模式。正如前文所论述，就《诗经》而言，无论是兴于劳

---

① 闻一多. 闻一多全集：1 [M]. 北京：三联书店，1982：280.
② 戴伟华. 论五言诗的起源 [J]. 中国社会科学，2005 (6)：40-45.
③ 陈少松. 古诗词文吟诵研究 [M]. 北京：社会科学文献出版社，1997：99.

作的民歌还是祭祀歌舞,其大部分作品都是伴随着一种集体活动得以展开。因而节奏要素是其主导声音要素。而一旦当这种集体歌唱被私人话语替代的时候,节奏也必将被旋律所替代。五言古诗,尤其是早期五言古诗所表述的,正是具有悲歌性质的旋律性私人话语。其社会根源更如徐复观所言:"《离骚》在汉代文学中之所以能产生巨大的影响,一方面固然是因为出身于丰沛的政治集团,特别喜欢'楚声',而不断加以提倡。另一方面的更大原因,乃是当时知识分子,以屈原的'信而见疑,忠而被谤,能无怨乎'的'怨'象征着他们自身的'怨',以屈原的'怀石遂自投汨罗以死'的悲剧命运,象征着他们自身的命运。"[1] 西汉知识分子的特定命运,决定了他们对于生命的特有感知方式,同时也不可避免地决定了他们的言说方式和对《诗经》与《楚辞》的阅读方式——《诗经》作为劳作之歌、祭祀之歌及政治文本的集体歌唱,变为文人之私人话语。这种歌唱必定由于"世积乱离,风衰俗怨"而显得"志深而笔长,梗概而多气"。这是《诗经》音节分化及催生汉魏五言诗的直接动力。事实上,"兮"在早期五言诗中所扮演的,正是栖身于四音节诗两两音节之间的音乐泛音这一角色。由此可见,楚歌及其特有声音现象——"兮",在汉语五言诗发生过程中扮演着极其重要的角色,也即朱光潜先生所指出的:"乐府五言大胆地丢开《诗经》的形式,是因为《楚辞》替它开了路。"[2]

五 结语

以上对《诗经》《楚辞》以及两汉抒情五言诗的分析显示,《诗经》奠定的四字齐言模式,使得汉语诗歌在相当长的时间内句读整齐、节奏鲜明,音节数量相对固定。而汉代楚声盛行,是汉语五言诗得以发生的重要契机。四音节诗通过句外语气助词的加入,而产生音节分化并浮现出第五个音节。这种语气首先源于一种新的阅读态度,体现为语气之迟疑和悠长,进而落实为语气助词,最终转化为具有实在意义的词,由此,四言诗也完成了向五言诗的转化。

(《社会科学研究》2012 年第 3 期,有改动)

---

[1] 徐复观. 两汉思想史:第1卷 [M]. 上海:华东师范大学出版社,2001:168.
[2] 朱光潜. 朱光潜美学论文集:第2卷 [M]. 上海:上海文艺出版社,1982:185.

《楚辞》文本的音乐结构及其呈现方式

无论《楚辞》当初是否合乐，音乐无疑在《楚辞》中占据重要位置。孙群星先生在《音乐美学的始祖》一书中，指出战国诗人屈原在《楚辞·远游》篇中首次提出"音乐"这一词："音乐博衍无终极兮，焉乃逝以徘徊。"[①]《楚辞》文本中，对于音乐也有过多次细致的描绘。可以说，音乐性以各种形态反映于《楚辞》语音和语义的各个层面。文本的音乐性有两个层次：首先是语音层面，通过语音有规律的组合体现出来；其次是语义的音乐性，即吟唱主体将世界作为一个时间对象来感知和把握，进而呈现为一系列相互联系的特定时间意象。杜夫海纳指出："在旋律被打断的地方，打断它的还是旋律，而不是什么抽象的构思。"[②]而对于诗歌来说，情况似乎更为复杂。声音旋律被打断的地方，打断声音旋律的可能是意义旋律。诗歌和音乐原为共生，且语言和声音若能恰如其分地配合，往往能使其各自的表现力得到淋漓尽致的发挥，在意义的表达过程中互相推波助澜。但一首完整的诗歌，历来具有摆脱外在音乐的冲动，一方面趋向拥有更完美的语音曲线和节奏，同时也不断在其内部开拓出意义层面的音乐时空，以呈现出那个寂静又流动的音乐结构本身。音乐性由外自内的渗透过程，是汉语诗歌发展史的全部动力。《楚辞》的音乐性首先来自它的语音构成，更来自其语义所指的动态意象及其所呈现的节奏和内在旋律。其次，语义所揭示的动态意象是《楚辞》音乐性的重要方面，它和语音之节奏和旋律相互伴随，构建出一种语义层面的音乐节奏和旋律，而与叙述主体上下求索相应、往来飞升共同构成作品之主要动机。作者采取了一种回环往复的结构方式，多视角、

---

① 孙群星. 音乐美学的始祖［M］. 北京：人民出版社，1997：33.
② 杜夫海纳. 审美经验现象学［M］. 北京：文化艺术出版社，1992：47.

多声部的变奏方式，在相当长的时间和空间中，对主题进行深化；作品以宏大、唯美、飘逸、悲怆充满旋律意味的声音展现出具有强烈质感的虚拟时空，它虽然不直接体现为乐音，而人们正是在这一意义上来谈论和建构音乐的。本文将通过《楚辞》之语音、语义和叙述视角体现出来的音乐性，对其音乐结构和展现方式进行深入分析。

一　语音层面的节奏和旋律

首先，《楚辞》的作品构成形式异常丰富，有可唱的《九歌》，有散文化倾向严重的《离骚》和《九章》。《楚辞》不仅仅在语音模式上求助于一种较为复杂多变的音乐模式，而在声音消失的地方，我们发现了来自语言深处的声音。语言内在音乐性和语言外部的音乐形式发生冲突，结果之一就是《楚辞》句法的散文化倾向。有人因此认为《楚辞》中的很多篇目不可歌唱。诗歌文本的是否具有音乐性和它是否可歌唱宜分而论之，具有音乐性并不等于可歌唱。如帕格尼尼的大部分曲子不宜歌唱，但依然是难以超越的音乐经典。就声音层面而言，《楚辞》最为突出的语音现象便是对于叠词和韵律的运用，如"邈蔓蔓之不可量兮，缥绵绵之不可纡。愁悄悄之常悲兮，翩冥冥之不可娱"（《楚辞·悲回风》）。由叠词所带来的音乐效果也存在于《楚辞》中，这毋庸赘言。当然，和《诗经》相比，押韵和叠词的使用远非《楚辞》的主要语言特征。

语气助词"兮"在《楚辞》中大量存在。"兮"古音读如"a——"，这一长元音的反复而有规律地出现，使整个语音过程处于相对统一的音高、音节系统之中，从而完成了文本由"辞"向"音"的转化。在语音中，元音历来是具有特殊音乐意味的，如汉斯力克指出："音乐永远是元音，词句只是辅音，重点只能永远放在元音上，放在正音而不是辅音上。"[①] 布朗则说得更为详细："全部元音和部分辅音，如 m 和 n 具有清晰的音高（pitch）。"[②] 当然，这种由文字担当的音高系统不是声学仪器可以测量的，它是一种抽象的，但是可以由阅读者内心感知的潜在音高。它有规律的出现客观上为《楚辞》构建了一种节

---

① 汉斯力克. 论音乐的美 [M]. 北京：人民音乐出版社，1980：47.
② Brown. Music and Literature: A Comparison of the Arts [M]. Hanover and London: University of Georgia Press, 1948: 32.

奏。另一方面，这一附着力极强的长元音，可和它之前的任何一个音节相结合，并形成一种语音曲线，而获得旋律构成的基本声音要素。"兮"无论是作为虚词还是语气助词，仅仅意味着一种情感，意味着一种歌唱主体的言说状态，而缺乏可以落到实处的所指，因而在文本意义传达过程中表现为逻辑意义的缺失。"辞"的逻辑意义的暂时缺席，正意味着诗与音乐的到场。而在《楚辞》文本的展现过程中，语意的连绵不断的涌现难免淹没语音本身的过程和节奏。当语言的逻辑意义被那个反复出现的语气助词"a——"中断的时候，我们则被其声音之旋律带入无言且无限之可能。此时，意义缺失，"兮"这个长元音的存在、延续、消失迫使我们关注声音过程。在某一层面上，"兮"在有规律地出现时，既形成了节奏，又打破了节奏，完成了节奏向旋律的初步转化。当一个音符即将消失，"兮"这一长元音响起，引领着另一个音符，时间如此在音乐和诗句中绵延，当时间的流逝使得这一过程在过去、现在、未来连接为一个整体的时候，音乐便已栖身其中。因而，和《诗经》一样，《楚辞》并不是事后被音乐化的，它生来就是被吟唱的。

就诗句结构而言，音乐旋律的一个重要原则就是平衡："完全的对称结构是呆板的，在音乐中完全的对称也有类似效果，因此在音乐中的再现往往是变化的再现，我们经常用 A—B—A' 来表示。"[1] 如果说 A—A—A' 结构造就一种节奏的化，那么 A—B—A' 则是旋律的一般进程。"兮"将它前面的词语和后面的词语联系起来，从声音以及语义的角度建立起一种符合旋律结构的平衡。《楚辞》中 B 常可落实为"兮"，在诗句中建立了最小的旋律单位，如此，《楚辞》诗篇便与旋律同构了。A 与 A' 成分在《楚辞》文本中有时候是用对偶或者近似对偶的两个句子来担当的，例如《离骚》中的"带长铗之陆离—兮—冠切云之崔嵬"。在有的情况下，"兮"连接的是外在状态和内在情绪，心理现象与自然现象，例如《九歌·湘夫人》中的"目眇眇—兮—愁予""嫋嫋—兮—秋风"。同时，这种平衡方式也是《楚辞》整个篇章结构的基本方式。例如，在《离骚》中，以几次"求女"为线索，形成"往—来—往—来"……结构，与旋律过程"A—B—A'"的展开方式同构。和《诗经》之一唱三叹不同，在《楚辞》中，即使在《招魂》这样极具对称性的作品中也是变化成分多于重复的成分。这种不严格的重复方式并没有减少《楚辞》文本音乐化倾向，只不过是以一种更为复杂的意义的平衡与

---

[1] 王次炤. 音乐美学 [M]. 北京：高等教育出版社，1994：56.

变化代替了《诗经》中简单的重复。它的反复通过对称性的语义表达出来，例如《招魂》在"魂兮归来"的呼唤中展开对东、南、西、北四方鬼魅世界的描绘。在这个过程中语义因素起着极其重要的作用，一切通过词语得以展现，将音乐中旋律和节奏的对称转换为天地四方。这种平衡和对称不仅仅是音乐构成的基本原则；我们不可否认，空间对称和平衡在心理上也可与音乐同构。当然，对偶和平衡也可通过图像诉诸视觉，它在日后敷衍成章，分别在汉赋和汉画像石中得到充分表达。图像因素的被过分强调，既是汉赋得以发生和发展的契机，也是汉语诗歌日后诗与赋分道扬镳的内在动力。

二　《楚辞》中的天地节奏

在音乐进行过程中，一个乐句的发生，必然有待于另一乐句的消失，但是前一乐句的消失并不意味着被抹去，而是停留在听者的心理知觉中，成为下一乐句不可或缺的前提。《诗经》语意的复沓过程也具有同样性质，在不断的复沓中，后一句的出现并不掩盖前面的陈述，而是一同涌现并以一种历时性的延续方式，在心理上形成丰富的情感和复杂的生命体验。《楚辞》的词语之间不但鼓荡着宇宙节律，而《楚辞》文本中的单个意象也都充满律动。正如汉斯立克在《音乐美学》中指出的，音乐是一种运动方式，而运动则是音乐的本质要素，"这里，还必须着重指出音乐形象的另一个重要的特质——它随着时间而展开，随着运动随着发展而呈现"。[①] 在屈原的动态视点中，运动的不是音乐中的声音而是由视点的变化所引起的意象；不同的意象在动态视线中的流逝和音乐中音符的流逝异质同构，从而在人的心理知觉中形成类似于音乐接受过程中的心理感受。《楚辞》中的一系列动态意象孕育了日后中国艺术根本审美意象。以《楚辞》中的《九歌》为例，其中的诗句"帝子降兮北渚，目眇眇兮愁予，袅袅兮秋风。洞庭波兮木叶下"，句中的诸意象皆纷乱飘摇。在"帝子""降""目眇眇""秋风""洞庭波""木叶下"等等一系列动态意象群中，"波"因风起、"木叶"因风的鼓荡而上升、飘零，"帝子"也随风而降。屈原的音乐不是用声音来演奏的，而是意象相跌宕的结果。正如钱钟书先生所指出的："袅袅兮秋风，洞庭波兮木叶下"这两句诗就足以"开后

[①]《音乐译文》编辑部. 论音乐形象[A]. 北京：音乐出版社，1959：12.

世诗文写景法门"①。

《周易》中《涣》卦卦象就是水上有风,曰:"风行水上……文理灿然,故为文也。"而当人们说音乐是"声成文"的时候,那么"风行水上"这一意象,不但是音乐的直接源头,同时也被人们直接用来谈论乐。宋代苏洵对于这一意象,再一次进行了淋漓尽致的阐发〔《嘉祐集》(卷十五)〕。水与风,同样作为屈原的叙述背景频频出现,同时也作为作品展开节奏贯穿始终,形成了他作品中空灵和洒落的基本格调。而"风和落叶意象"则形成另一个美学范畴"洒落":"大约是晋人开始用'洒落'一词来描绘树叶的摇落飘零之状,如潘岳《秋兴赋》'庭树槭以洒落兮,劲风戾而吹帷。'"② 唐诗之"秋风生渭水,落叶满长安"也是这两意象的再现;"无边落木萧萧下,不尽长江滚滚来"则是其变奏;司马光之"云低秦野阔,木落渭川长"也为风、水、落叶知跌宕。可以说这种节律不仅笼罩天地,而且横贯古今。秋风之于秋水所起的作用,和中国绘画中的水墨之于宣纸的作用一样,形成一种韵律,并随着这种韵律的扩散和延续,进而形成节奏,贯穿整个中国文学史。这鼓动天地万物的风,也使得中国诗歌史上的每一个字飘飘扬扬。总之,以"风"为根本意象的"风"与"水",风与"落叶"等其他意象的相遇与交织,以及它们在宇宙空间中的飘洒激荡,赋予了汉语诗歌中的世界以异乎寻常的生命,这就是《诗品》把《离骚》作为汉语诗歌几种风格源头之一的原因所在。时间流逝伴随着特定意象的上升和下降,这本身就是音乐状态,各种不同的天地意象都统一于一种节律——风的节奏,正所谓"阴阳变化,一上一下,合而成章。浑浑沌沌,离则复合,合则复离,是谓天常。天地车轮,终则复始,极则复反,莫不咸当。日月星辰,或疾或徐,日月不同,以尽其行"。③ 可以说,"风行水上"这一意象,是中国文化史上最重要的意象之一。而风之飘忽飞扬与四季轮回、日月往来之宇宙节律相互交替、演绎,为文本中的另一音乐动机——主体之进行提供了音响环境。

在《楚辞》中,语音层面的音乐和语义所揭示的动态意象由特定的叙述主体和叙述方式道出。生命之急速流逝和屈原叙述中的缓慢形成一种对比,叙述语气上的迟缓,成为挽留时间的手段,诗歌的情绪并不因此削弱,而是

---

① 钱钟书. 管锥编:第二册 [M]. 北京:中华书局,1986:613.
② 戴建业. 澄明之境 [M]. 武汉:华中师范大学出版社,1998:11.
③ 吕氏春秋 [M]. 高诱,注. 上海:上海古籍出版社,2014:91.

在这种声音过程的延续中，情感能量得到聚集而越加激越。这不同于《诗经》的一唱三叹，也不同于汉乐府之一气呵成。正是出于同样强烈的表述冲动，屈原不得不借助于语言这一概念化工具，也正是源于同样强烈的表达欲望，在概念难以企及的地方借助于旋律，声音旋律和意义旋律，旋律作为一种个性化的时间体验，成为其中的主要音乐元素。他的词语充满质感和动感，他将所能体验到的时间落实到日月浮沉的广阔空间中，使音乐得以在一个更寥廓的节律化空间中弥漫、展开。屈原正是在这一层面上展开生命流逝中沉沦与飞升、悲与乐、永恒和瞬间的较量。作者的迟暮感、长而缓慢的叙述态度、生命不可把握的流逝以及世界周而复始的展开，在屈原作品中奏响了不同声部。

综上所述，动态意象的呈现仅仅是一种手段，它使得此在当下的时间片断音乐化了，正是无数个这样律化时间片断的延续，构成了旋律，也构成了生命过程本身。音乐形式最本质的意义，就是对于生命本体与整体的观照，这使得现在、过去、未来共在，由此抵达诗歌的内在旋律。生命意识在中国诗歌中具有特别明显的表述："时间的节奏'一岁，十二月二十四节'率领着空间方位（东南西北等）以构成我们的宇宙。所以我们的空间感觉随着我们的时间感觉而节奏化了、音乐化了！画家在画面所欲表现的不只是一个建筑意味的空间'宇'而须同时具有音乐意味的时间节奏'宙'。一个充满音乐情趣的宇宙（时空合一体）是中国画家、诗人的艺术境界。"[①] 旋律是一种变化中的重复，这种诗歌中的生命旋律，并不像韵律和节奏的重复那样直观并且仅仅存在于文本之中，在很大程度上，它是外在于文本而内在于生命的。

三 旋律化的时间进程与楚人生命意识

落叶、秋风、日月等时间意象，在《楚辞》中同时也演化成生命进程之时间符号。屈原的精神历程，充满无奈和焦虑，他不止一次地表述了他的生存状态："为余驾飞龙兮，杂瑶象以为车。""驷玉虬以乘鹥兮，溘埃风余上征。""吾令凤鸟飞腾兮，继之以日夜。飘风屯其相离兮，帅云霓而来御。"（《离骚》）这是一种

---

① 宗白华. 宗白华全集[M]. 合肥：安徽教育出版社，1994：434.

精神的遨游。事实上,《离骚》等作品就是远离俗世的精神的"飞天"之歌。他的"飞天"意象和庄子的"藐姑射山神人"的逍遥游是一脉相承的。这是人类的一个永恒的情结,并且是音乐最原始的发生形态,贯穿人类的发展史。这也是人类音乐的永恒的动机,其元动力来自人类最基本的生存矛盾:既企图摆脱肉体的沉重,同时也对肉体之终结充满思虑。这几乎就是旋律的本质:在肉体对具体时间进程的体验过程中,又拥有摆脱几乎所有物质性的盘旋和飞扬。首先正是这种飞升实现了人类对于自身生命进程的俯视,形成人类对于死亡的自觉。世界,在人类意识之中是可以进一步划分为不同意义层面。就时间而言,可分为虚拟之三生——前世、今生、来世,这三生又可具体体现为过去、现在、未来;就空间而言,可分为三界:欲界、色界、无色界。屈原在这些充满褶皱的意义世界中"上下求索",美人、香草不过是一种借口,屈原不过借此呈现寂静宇宙中永不止息的"唯一的歌",并由此将其对于生命体验和时间之思转化为旋律。

这里的旋律首先是指《楚辞》以文字展现的屈原的生命进程,同时也指屈原对于此一生命进程的时间之思。表面上看来,旋律是乐音在时间中的延续方式:"音高的横向线性关系(或曰'继时性连缀关系'),是旋律构成的重要因素。"① 而笔者以为,旋律本质上是一种被赋予情感的时间过程,同时,也是人们对于世界的时间化感知。时间的延续和时间的延续方式是旋律的全部奥秘。黑格尔指出:"旋律是音乐的最高的一个方面,即诗的方面。"② 旋律使得音乐中的时间关系不再是过去、现在、未来的碎片,而是一个有机整体。过去、现在和未来在屈原的世界中被赋予了存在个性,成为一种悲喜、缓急相交织的延续:"路漫漫其修远兮,吾将上下而求索。"以及随之而来的徘徊和怅惘:"吾令帝阍开关兮,倚阊阖而望予。时暧暧其将罢兮,结幽兰而延伫。"清代学者林云铭因而感慨万千,长叹道:"初来时异样急切,既到后何等悲凉。因思天帝之溷浊不分,与世无异,不得不舍之而他求也。"(《楚辞灯》)这种时空往来中所伴随的情绪变化,实与旋律同构。屈原的上下盘旋、往来求索,使得他自身也成为贯穿始终的动态意象之一,如同音乐中的一个动机(Motive)始终处于一种在路上的行进状态,他的生命进程因而也演化成一种旋律:"通常听到的音乐的运动是一种有目的的、围绕着一个中心来组织的,这个中心像'牵引

---

① 修海林,罗小平. 音乐美学通论 [M]. 上海:上海音乐出版社,1999:311.
② 黑格尔. 美学:第三卷上册 [M]. 北京:商务印书馆,1979:378.

力'那样对其他音符产生作用。在调性音乐中，中心是主音。"① 和音乐中的主题(Motive)一样，屈原用以贯穿作品始终的，就是具有超越肉体倾向的虚拟神仙视界。超验的神话叙述主体给他的作品结构带来的最大影响就是多重视角，使得他在一部分诗歌中，引入对话因素，他幻化为女性、神、人的口吻言说，形成复调。和《诗经》不同，《楚辞》是屈原这一个体生命对世界深思熟虑的结果，它的产生具有独创性也具有独白性。我们回顾一下音乐起源的神话，可以发现这种寂寞的独白因素已经潜藏于《候人歌》之中。同样，屈原也是一种出于孤独的言说。《渔父》"屈原既放，游于江潭，行吟泽畔"是屈原真实的写作状态。司马迁《史记》载屈子"披发行吟泽畔"就是他真实的写照。屈原"离骚""大招""远游""悲回风"等待一系列的"往"和"来"，既构成了时间进程，也构成了旋律进程。

在这里值得注意的一点就是，在他以神仙视界对空间万物进行关照的时候，时间仍然是人间的时间，他每时每刻都怀着类似于"美人迟暮"式的焦虑。无可置疑，时间意识是中国人最早觉醒的意识之一。有据可考的时间关注可以上推至殷商的帝王名，殷商时期的很多帝王是以时间命名的。对一个人和事物的命名，和人类对于这一人和事物的本质认识紧密联系。以时间命名一个人，便足以说明，人们认识到人和时间的联系，认识到这个人存在的时间性。他出现于一定的时间秩序中，同时也随时间之流逝而最终消失于时间之中，他的存在完全是时间性的。先秦历史上似乎没有什么永恒的时间观念，如果有，便是时间之流逝，只有时间流逝是永恒的，一如音乐。《楚辞》的文本也处于时间流逝的过程中。

对于时间流逝之关注更是深深根植于楚文化之中，正如研究者指出："《荆楚岁时记》是中国古代岁时记的开山之作，是中国古代岁时文化领域最重要的一部著作。"② 因而，在楚歌中，对于时间的强烈焦虑一直存在，从伍子胥过河与渔父的相对吟唱，到以楚语翻译的《越人歌》："今夕何夕兮搴舟中流。今日何日兮得与王子同舟，蒙羞被好兮不訾诟耻，心几顽而不绝兮得知王子。山有木兮木有枝，心悦君兮君不知。"③ 无不体现出对于时间的追问，作者将一次邂逅放到无限的时间历程中去拷问，并为无限时空中刹那之相遇而惊叹不已，感

---

① 戴维斯. 音乐的意义与表现 [M]. 长沙：湖南文艺出版社，2007：202.
② 刘晓峰. 东亚的时间：岁时文化的比较研究 [M]. 北京：中华书局，2007：64.
③ 向宗鲁. 说苑校证 [M]. 北京：中华书局，1987：297.

慨不已！① 以上种种说明，楚人具有强烈的生命意识。陈世骧先生对于屈原作品中的时间问题曾有专文论述，他深入分析了屈原对于时间概念的开拓，指出："屈原之前这些字眼分别运用时，包含了相当稳固、有限和落实的感觉。屈原之后，它们就被赋予了新的意义。这些字眼一变而为个人的活跃的，同时具有更大感人肺腑的力量，正表征了那永远流逝的'时间'概念。庄子要人无分日、夜，而'时间'——无休无止的'时间'则生于心。之后，在中国，那悲剧性的诗人屈原，在上下求索人生真谛的过程中，以其激越而沉郁的想象力，完完全全地把那无休无止、变动不居的'时间'的概念用'时'字具现出来。由于这概念的本身已极重要，而借以表现出来的气魄又是那样雄长，因此，它对后世中国文学的思想和创作，一直产生极大的影响。"②

对于世界和生命的整体观照是内在节奏向旋律转化的契机，当一个人将自己生命进程中的过去—现在—未来放在无尽时空中去体验和反思的时候，便已经在体验着那无声的旋律了。因此，当屈原将过去、现在、未来以及与之相伴随的青春、迟暮和可预知的死亡联系起来，他本身便成为一个音乐动机，贯穿于过去、现在和未来。而这正是现象学本源性时间所诞生的契机，也正是音乐发生之逻辑起点。在这里，生命的有限与天地永恒之间的差距突现出来，形成了鲜明的对比。这种对比不是具体的量之对比，而是生命置于永恒，无限之于有限之间的对比。③ 同时，这既是音乐的存在方式，也可以用以归纳屈原的生命过程。正因为如此，人之生死区别于草木之枯荣，而当琼楼玉宇、香草美人这些符号在生命个体的时间体验联系起来以后，屈原的音乐得以获得一种统一的音高和基调。在屈原的笔下，反复出现了同一个母题——"迟暮"。时间本身没有什么"迟暮"可言，只有将岁月流逝中人之逐渐远去的童年和青春和

---

① 这首古歌出自越人而非楚人之口，但据刘向《说苑》记载，这首歌虽出自越人之口，但的确是经楚人转述方得以流传；同时，我们所理解和阅读的《越人歌》也是经楚人翻译，以楚语、楚音得以被记载的。关于诗歌的翻译以及在诗歌翻译中意义的失落和重新赋予是一个极其复杂的问题，仅就今天的研究成果考察，楚人翻译的《越人歌》文本，已经相当楚化了。中国社科院的韦庆稳先生运用语言学和音韵学资料重新考察了这首"越人歌"，并将他和状语诗歌押韵方式和发音方式进行了对比，认为这是一首古老的状语诗歌，并以现代汉语相对忠实的翻译了这首古歌："今晚是什么佳节，舟游如此隆重，船正中坐人的是谁呀，是王府中大人，王子接待又赏识，我只有感激，但不知何日能与您再来游……我内心感受您的厚爱。"（见韦庆稳.试论百越民族的语言：百越民族史论集[C].北京：中国社会科学出版社，1982）其він地风格已经不甚明显了，而其中对于时间的追问和感知方式则大相径庭。
② 尹锡康，周发祥，等.楚辞资料海外编[M].武汉：湖北人民出版社，1986：207.
③ 海德格尔在《存在与时间》中将对于存在的追问表述为"向后关联到或向前关联到"，马丁·海德格尔.存在与时间[M].北京：生活·读书·新知三联书店，1987：11.

"现在"联系起来考察,"迟暮感"才会油然而生;因而,只有人才能体验到生之"迟暮":"老冉冉其将至兮,恐修名之不立。"《楚辞》表达了屈原对于自己短暂生命的再三追问和忧虑,也正是屈原用语言反复地衡量着世界之永恒和生命之短暂。如果说《诗经》只是吟咏"目之所能见"的"素朴的诗",那么《离骚》则是一首感伤的诗。屈原在其华美而激荡的生命进程中,不能不充满时间之思。中国人意识中的时间是一种过程,一种和人的劳作以及生死共在的过程,也是音乐本体。对于时间流逝之感知与感慨虽根植于国人意识深处,但是将之付诸诗歌的,屈原是第一人。

(《艺术百家》2012年第6期,有改动)

文学·图像

论中西绘画的不同抽象方式

绘画中的抽象和抽象绘画

十九世纪末西方绘画由具象走向抽象，由空间走向平面，"抽象"也从一个哲学概念演变成美学概念，并进一步转化为艺术理论范畴。绘画创作的抽象方式是多种多样的，可以是对一个现实图景的类型化、概念化、符号化，也可以是分离、抽取或归纳和分离的综合运用。艺术抽象的过程可以是逻辑的、理性的，也可以是直觉的、感性的、隐喻的。本文将着重讨论造型艺术中的抽象，严格说来是讨论西方绘画中的"造型传统"与中国绘画中"写意传统"的不同抽象方式。

相对于中国绘画而言，西方绘画对感性形式的观察与处理一向具体而微，但在理论上明确把绘画与抽象联系起来却始于西方。早在古希腊时代柏拉图就提出"艺术是自然的影像"，康德的"艺术只涉及形式"这一命题是柏拉图艺术理论的进一步发展，苏珊·朗格与康德一脉相承，提出"一切艺术都是抽象的"[1]，把西方艺术的抽象理论推向极端。近现代西方有关抽象绘画的理论层出不穷，正如哈马德·奥斯本指出的："过去一百年中，艺术运动最重要的特征是抽象和许多不同的抽象方式。"[2] 由于对艺术中的抽象以及抽象艺术的讨论越来越热烈，抽象这个概念的内涵变得越来越丰富，同时它的边界也越来越模糊。因此在讨论中西方绘画的不同抽象方式之前必须澄清一下"艺术抽象"和

---

[1] 朗格. 艺术问题 [M]. 北京：中国社会科学出版社，1983：156.
[2] 沃林格. 抽象与移情 [M]. 沈阳：辽宁人民出版社，1987：16.

"抽象艺术"等等概念上的混杂。

首先为抽象艺术立言并成为其决定性理论著作的要算20世纪初沃林格的《抽象与移情》以及稍后康定斯基的《论现代艺术的精神》。前者一反黑格尔以来的美学传统，把古希腊艺术传统以外的古代东方造型艺术提高到一个令人瞩目的地位，并提出"抽象冲动"作为艺术创作的心理机制，与当时流行的"移情说"相抗衡，为抽象艺术找到自己的安身之地。沃林格所认为的抽象形式就是符合规律的形式，也就是消除了生命痕迹的无机形式，类似于黑格尔美学体系中自然界的抽象美。他指出："简单的线条，以及它按照纯粹几何规律的延伸，必然向那些被物的变动不居和不确定性搅得内心不安的人们呈现出获取最大幸福的可能。因而，在此这种线条消除了与生命相关以及为生命所依赖的事物的最后残余。这样，也就达到了那种最高的抽象形式，即达到了纯粹抽象。"[①] 不过我们在以后不断出现的艺术理论和艺术实践中都能发现，沃林格对抽象艺术的理解是极其片面的。因为大量抽象绘画作品证明，抽象艺术既不一定合规律，也不一定按几何线条延伸，同时康定斯基以及后来的艺术理论反复说明，抽象不是对生命的逃避而是对生命形式的提炼。

作为抽象艺术理论的早期代表，沃林格的"抽象"还没有同科学抽象完全脱离，为了把"抽象"作为"移情"的对立因素提出来，他不得不排除抽象艺术中的生命因素。阿恩海姆针对沃林格的抽象理论一针见血地指出："沃林格从没有想到过我们今天会坚持一种概念，即在其抽象被认为是出于对有机生命的逃避的那些艺术风格中，也明显有着对生命的强烈表达，例如非洲和罗马建筑的雕塑就是如此。就东方人而言——沃林格认为从生活毫无理性的混乱中脱身出来的基本例子，我们只需要注意到公元500年左右南朝谢赫提出的关于中国绘画'六法'中的第一条也是最重要的一条便是'气韵生动'即生命之气回荡于其中。"[②] 由此可见，阿恩海姆在认同中国绘画的抽象性的同时指出，抽象是从杂乱的现实中提炼生命形式，这一命题在沃林格以后许多理论中得到印证。在分析了沃林格的抽象理论以后，阿恩海姆给出自己关于抽象的界定："抽象是将一切可见形象感知、确定和发现为具有一般性和象征意义时所使用的必不可少的手段。或许我可以将康德的论断作另一种表述：'视觉没有抽象

---

① 沃林格. 抽象与移情 [M]. 沈阳：辽宁人民出版社，1987：21.
② 阿恩海姆. 艺术心理学新论 [M]. 北京：商务印书馆，1994：177.

是盲目的；抽象没有视觉是空洞的。'"① 其实这也不是新论，早在贝尔等人的艺术理论以及卡西尔的符号学中就曾如此断言。苏珊·朗格更为明确地指出："一切真正的艺术都是抽象的，绘画和雕塑中那些常常被人称为'抽象样式'的造型为取得艺术抽象提供了非常出色的技术手段，但这种抽象性与那些依照伟大传统创造出来的种种成功的作品的抽象性相比，并没有什么程度上的差别。"②

如果我们承认"一切艺术都是抽象的"这一理论前提，那么值得思考的是，是否真如朗格所指出的，古典艺术和艺术的抽象样式没有本质的甚至没有程度上的区别？要弄清这个问题，首先必须弄清"抽象"这个概念在以上陈述前后组合中的内涵是否一致。

一切艺术之所以都是抽象的，是指对"事件某种结构关系或形式的认识"③，是作为艺术作品的普遍存在方式提出来的，这时的抽象是广义的抽象。但艺术的"抽象样式"之抽象就不仅仅是对现实结构方式与形式关系的认识和表现，而同时要对现实的形式因素作进一步提炼、分析和重建，是基于基本抽象的进一步抽象。否认这两种抽象在程度上的差别无异于我们承认地球以及一切是运动的，但否认地球的运动和地面上一辆汽车的运动有程度上的差别一样荒谬。难道朗格会认为达·芬奇的《蒙娜丽莎》和一条二方连续图案或一幅超级现实主义的绘画作品在抽象程度上没有任何差别嘛？在《情感与形式》中朗格的确列举过一条小边饰来证明它和一切艺术一样是生命形式（图1），因为它表达了"运动"及"永恒生长"的幻象。

图1 苏珊·朗格在《情感与形式》中列举的一段边饰
（苏珊·朗格《情感与形式》. 北京：中国社会科学出版社，1986：77.）

但生命形式也是一个极宽泛的概念，它同样具有程度上的差别，正如一个甲虫也可以运动和生长，但它不可能和人类拥有同一种生命形式。所以，有抽象有程度之分，正如不同物种的生命有高低之分、艺术意蕴有深浅之分一样不容否认。

艺术的抽象形式如抽象绘画一般被定义为"我们在这幅画中无法辨认构成我们日常生活的那种客观真实。以另一句话来说，一幅画之所以被称为抽象，在于我们在欣赏并以与表现无关的标准来评论这幅画的时候，不得不认为任何

---

① 阿恩海姆. 艺术心理学新论 [M]. 北京：商务印书馆，1994：177.
② 朗格. 艺术问题 [M]. 北京：中国社会科学出版社，1983：156.
③ 朗格. 艺术问题 [M]. 北京：中国社会科学出版社，1983：156.

可以认识的和可以理解的真实性是不存在的"。① 简言之，抽象绘画中找不出可辨认的具体形象。

古典绘画必须为自己选择题材——形象，然后作品中光影、色彩的安排全部围绕形象塑造这一目的，并通过形象发言，正如达·芬奇让蒙娜丽莎通过微笑发言。而抽象绘画则以色彩、构图本身作为审美对象，并通过画面色彩的强弱、笔触的缓急，引发特定的审美反应，而并不展示感性客观的形象。但一幅画不呈现感性客观的形象是否就绝对没有形象？康德对感性有如下定义："通过我们受到对象的刺激这个方式而接受表象的这个能力即感受性（Regepitivitial），称为感性（Sinnlichkelt）。"② 感性形态诉诸观众的方式便是直观，即"知识和对象发生关系无论在什么方式上或用什么方法，其直接的关系是通过直观的，而一切思想都是以直观取得其质料的。"③ 而抽象绘画只能提供给人们一种审美形式，而无法使人们通过这种形式联想到特定的质料，如柠檬黄可以立刻引起人们关于"嘹亮"的联想，但"嘹亮"并不会具体落实到个别质料上去。因此我们可以得出如下结论：抽象绘画中并非没有形象，而是没有感性直观的形象。贝尔与弗莱宣称真正懂得艺术的人只是极少数，这当然未必公允，但也说明大多数人在欣赏艺术品时不能直观地从"形式"中获得"意味"，而必须有一个联想或完形过程。如康定斯基对抽象绘画构成因素的音乐形象联想；再例如，一个墙上的斑点，它仅仅是一个点，不具备任何感性形象，但经过伍尔芙的演绎、联想，就有了《墙上的斑点》中所呈现的种种奇异的形象。在一幅几何抽象绘画中，我们也往往可以发现形象。

可见感性是一个宽泛的概念。在感性和抽象之间存在着一个边缘地带，它涵盖了整个中国画传统，并包含了表现主义、立体主义、印象派、后印象派等等许多从古典艺术到先锋艺术这一过渡阶段的西方绘画流派。这一地带的作品及其画面仍然保留了感性形象，但它已经不再致力于制造现实幻象了。形象塑造不再是整个作品的目的，色彩、线条、笔墨也不仅仅是一种手段，同时也具有独立的审美价值，成为第一审美现实。绘画作品有了形象以外的主题，如印象派的光与影、立体主义的结构、中国画的笔墨及气韵等等。总之，形象塑造不再是作品主要的关注点，至少不是唯一的目的。我们可以以康定斯基为现实

---

① 瑟福. 克瑙尔抽象绘画词典［M］. 北京：人民美术出版社，1991：4-5.
② 康德. 纯粹理性批判［M］. 武汉：华中师范大学出版社，1991：60.
③ 康德. 纯粹理性批判［M］. 武汉：华中师范大学出版社，1991：59.

主义与抽象主义所做的比较为参照系，对上述这类作品进行更加详细的描述，并将其与现实主义与抽象主义进行比较。康定斯基认为："与现实主义对立的是伟大的抽象主义，它从表面上尽可能地消除客观因素（即现实），并企图通过'非物质的'形式来体现作品内容，在这里客观形式的抽象生命减弱到最低限度，这使抽象单位的显著主导作用将画面的内在共鸣确凿无疑地激发出来。正如现实主义艺术通过排斥抽象因素来达到内在共鸣的加强。在前者中，我们习惯的外在的、讨好人的美在起着作用；在后者中，这种美则支撑着对象。"①那我们可以说：既感性又抽象的作品介于现实主义和抽象主义之间。对于它，物质世界的描绘既不可缺少，但又仅仅是极其脆弱的外壳，是抽象形式的载体；其内在因素与外在因素达到一定程度的均衡，既不讨好现实，也不完全排斥现实，是一种不卑不亢的美。

抽象的感性和感性抽象

康定斯基曾经提出"半抽象"②这个概念，认为介于感性和抽象之间。现实主义和抽象主义之间的作品可称为"半抽象"。有人便以此类推，认为中国画属于半抽象绘画。有人则认为中国画是具象的，有别于西方抽象主义绘画，因此不能称为抽象。还有人反对以抽象与否来限定中国画，甚至指出，连抽象绘画都是一个空洞概念，论据是抽象的便是不可见的，这无疑混淆了抽象形式和抽象概念之间的区别。关于抽象和具象的关系，抽象主义绘画大师蒙德里安早就认识到："所谓'具象'和'非具象'的定义只是相对而言，并不是确切的。因为每一种形状每一种线条都意味着某一形象，任何形式都是统一对立的。"③但认识到这一点并没有影响他创作抽象绘画的热情。一个点可以被理解为一个人；同样一个人退到一千米以外的地方，也会就抽象成一个点。甚至长城在若干公里以外的地方，也会被抽象成一条线。这种相对性并不影响抽象绘画以及中国画中抽象因素的存在。大部分人承认中国画有抽象因素，如抽象的线条、抽象的笔墨之美、抽象的神韵等等。但要弄清楚中西绘画抽象在本质上有何差异，以及所由此产生的不同哲学背景及宇宙观，还需进一步深入考察。

---

① 康定斯基. 论艺术的精神 [M]. 北京：中国社会科学出版社，1987：83.
② 康定斯基. 论艺术的精神 [M]. 北京：中国社会科学出版社，1987：41.
③ 赫伯特. 现代艺术大师论艺术 [M]. 南京：江苏美术出版社，1990：136.

西方古典及抽象绘画与中国画面貌迥异，西方古典绘画强调写实，它的理论根据是模仿说和再现说，而抽象主义绘画排斥感性形象，其理论基础是形式主义美学。容易与中国画的感性抽象混为一谈的是处于两者之间的某些绘画流派，如表现主义、立体主义等作品，既有感性形象，同时也经过一定程度的抽象。它们在西方绘画传统中，是新旧风格交替的产物，沿用康定斯基的说法从量上把他们规定为"半抽象"是无可非议的。但为了将它与中国画的感性抽象有一个比较，我们不妨从质上称之为"抽象的感性"。中国绘画的抽象是外在于西方绘画传统中抽象因素发展历史的，因此，不可以用程度上的抽象与半抽象来规定。它是一种不同性质的抽象方式，从创作心态到作品形态特征都可以称之为"感性抽象"。如同西方绘画中的抽象有量上的抽象和半抽象，中国画是否也有一个量上的规定呢？在我们看来，中国画的抽象就是"一"的抽象，并且自始至终都是"一"，是感性和抽象的合一，是质与量的合一。

感性抽象和抽象的感性之分并不是概念游戏，感性抽象的立足点在于感性和抽象的不可分割，正如中国的太极图之阴阳的不可分割。感性与抽象的统一存在于中国画的各个阶段，从画家有所感受到落笔成画都离不开感性抽象，而西方绘画的抽象的感性，则立足于感性。从传统上来讲，中国画有一以贯之的特点，虽然其间有所变革，但更多的是高度统一。西方绘画从文艺复兴到近现代，虽然表面上已经面目全非了，但其感性精神也还是贯穿始终的。要弄清这一点必须从西方思维方式以及它的绘画传统谈起。先说明为什么西方半抽象绘画是一种"抽象的感性"，然后再深入探讨何为中国画的"感性抽象"。

从中西一贯的文化传统来看，西方因为更重视思辨，更讲科学精神，因而常被人们认为更理性，更强调逻辑，并且更善于抽象。而中国式的思辨因为常伴随着形象，所以被形容为感性的、直观的或描述性的。但如果深究其思维源头，西方的一切理性都来源于感性，是以感官认识为基础的。感性器官，佛家称之为"六识"，说到底是连接主客体的桥梁。西方之所以重视感性是因为其科学、艺术、哲学的基础是主客体二分、感官与思维的二分和严格的时空观。康德就认为："知性不能直观，感官也不能思想。只有通过两者的结合才有知识发生。"[①] 科学和艺术的发展便是主体对客体的不断观察、分析和征服。世界是作为现象被人们认识的，而真正永恒的世界，如柏拉图的"理式"，康德的

---

① 康德. 纯粹理性批判 [M]. 武汉：华中师范大学出版社，1991：89.

"物自体"以及希伯来人的抽象实体"上帝",永远与人有一条难以逾越的鸿沟,作为人,一切"思"都是以感性为基础的。

中国哲学历来强调"天人合一",从道家的"坐忘"到佛家的"无分别心"都是强调主客体的统一和无间;强调眼到、心到、意到。作为个体的人置身于世界中大有"只在此山中,云深不知处"之感,不是"不知"而是不必去知,更无须刻意去知,因为中国人执着的既是"此"也是"无限"与"道"。正是这种无限心培养了中国人特有的思维方式,牟宗三称为"智的直觉"(Intellectual intuition):"智的直觉由无限心而发,无限心而发的直觉不是通过感性的,故这种直觉也是无限的。"① 此处的感性是指单纯的感觉器官:"如我们的感性,由耳、目、鼻、舌而发的感识,当然不能是无限的。"② 同时他描述西方人对待智性直觉的态度时说:"智的直觉是无限心之作用,上帝就是人格化了的无限,故其心是无限心(Infinite mind),但人类心灵只是有限的(Finite mind),有限心灵的思考方式一定要通过一些手续,如果没有概念就无法表达。"③ 这种思维方式源于西方古希腊时代的一种形而上假设,最终成为难以逾越的藩篱,造成西方哲学发展中长期的心物二分,此岸彼岸二分,以及识与智的二分。直到近现代由康德提出问题,经胡塞尔、海德格尔才逐步克服形而上学的局限。所谓智性直觉正是中国常说的"转智成识",正是智性直觉之无限心造成了中国绘画特有的时空呈现,造成了以有限景物表现"荒荒油云,寥寥长风"的寂寞深远的宇宙。由这种智性直觉所贯通的事物也是无限的,抽象的道与感性万物如"万川印月"那样,彼此难分。在这个意义上,"青青翠竹无非般若,郁郁黄花尽是法身"。也正是因为如此,佛家认为"色空不二",立不二法门,作为纯粹经验或作为现象的"色"与抽象为"无"的"空"是可以统一的。

在以上两种哲学背景下发展起来的中西绘画艺术,其立足点与发展轨迹当然不同。西方绘画历来强调视觉的作用,强调对象的感性呈现,因此,视觉艺术也是造型艺术的另一名称。从古希腊开始,西方哲学家就强调绘画的客观真实性,对于这一点,苏格拉底曾经如是说:"用颜色去模仿一些实在的事物,凹的和凸的,昏暗的和明亮的,硬的和软的,粗糙的和光滑的,幼的和老

---

① 牟宗三. 中西哲学会通十四讲[M]. 台北:台湾学生书局,1980:88.
② 牟宗三. 中西哲学会通十四讲[M]. 台北:台湾学生书局,1980:88.
③ 牟宗三. 中西哲学会通十四讲[M]. 台北:台湾学生书局,1980:88.

的。"① 西方绘画发展到文艺复兴时期，透视学与解剖学上取得的成就使绘画进一步走向感性真实。达·芬奇为了视觉效果的真实，甚至让学生透过玻璃画映现在上面的图像。可见，西方绘画中的抽象是建立在感性基础上的抽象，是从现实中对感性形象与基本结构的准确把握及提炼。由此就不难理解为何"模仿说"与"再现说"长期统治西方美术史了。

值得分析的是，近代以印象派为转折点的许多绘画流派，一反以前模仿、再现的常态，强调主观印象、内心表现甚至完全抛弃感性直观的形象，进行抽象主义绘画创作。作品面貌的确有极大改观，严格的比例、透视，以及三维空间幻象已经被塞尚、高更、毕加索等人抛弃，作品呈半抽象、半感性状态。这是否意味着西方绘画与中国画一样可称为感性抽象，并进而说明西方绘画正逐步超越感性呢？如果我们透过这些异彩纷呈的现象，就会发现事实并非如此。所有这些改变仅仅是感觉方式的改变，或者说是经过抽象的感性。印象派的光与影当然是属于视觉的，塞尚与毕加索的结构同样来源于对视觉形式的分析和抽象。

近来，不少人把中国绘画比附于西方表现主义，认为中国画不强调形似，是心灵的自由展现，因而可以归类于表现主义。表现主义是西方绘画传统中的一个发展阶段，是由传统走向现代的一个环节，如里德所说："表现主义与其字面意义相同，也就是说，它以表现艺术家的情感为主，从而不惜对千奇百怪的自然表象进行夸张和歪曲。"② 他认为表现主义与现实主义是描写现实的两种基本方法，同时指出："表现主义运动表明，再现客观世界并非一件轻而易举的事，它不仅要求具备正常或规范的世界科学基础，而且要求以愈加精确的方式来描绘自然。"③ 这表明，表现的基础还是视觉所观察到的自然，是对视觉形象的抽象。当然，在中国古今画论中，我们也不难找到具有表现倾向的论述，如中国画历来就有"心印"之称，但中国式的表现从立足点到表现主体都和西方表现主义有区别，它是心性的自然流露与表现，主体与存在的互相契合。这在老庄与儒家、佛家学术传统中涵养出来的沉静深邃之心。这种无限心既是主体之心也是万物之心，也是落尽一切琐屑感官印象的本真之心，如程伊川所

---

① 北京大学哲学系美学教研室. 西方美学家论美和美感 [M]. 北京：商务印书馆，1980：20.
② 里德. 艺术的真谛 [M]. 沈阳：辽宁人民出版社，1987：169.
③ 里德. 艺术的真谛 [M]. 沈阳：辽宁人民出版社，1987：166.

说："一人之心即天地之心,一物之理即万物之理。"① 因此,中国画之老境无不深邃玄远,这本不是来源于视觉,而来源于心对宇宙万物的"智性直觉",也就是玄解。心的流动就是道的流动,戴熙有题画诗曰:"纸如大地,心如水银,遇孔即出,随孔而入,未画之先不见所画,即画之后,无复有画。"② 因此,对于西方各种现代派艺术,我们的结论是:"西方绘画中与生俱来的科学意识的存在,决定了它是无法离开科学文化而存活的。即使在艺术视觉完整性的要求被瓦解的时候,绘画也无法抛弃视觉印象的科学化表现。因此,不管现代艺术发展到多么抽象的地步,它仍然离不开色彩和光影等因素,只不过这些因素常常被夸大成一种独立的审美对象。"③ 当然这并不是说中国画可以完全抛弃感性形象,画鹿为马,而最终也还是要落实到感性形象上,但众所周知,中国画的形象仍然是抽象的程式化母题,像山、竹、梅、仕女等。

翻开任何画谱都可以找到类似"石分三面""山有三远""丈山尺树寸马豆人"等作画程式。此外,还有号称千古不移的"六法",后人又有作画的"六要"。中国绘画史上不乏梅谱、菊谱、竹谱等,几乎一切绘画题材都有画谱(图2)。因而,贡布里希指出:"没有一种艺术传统像中国古代的艺术那样着力坚持对灵感的自发性需要,但我们正是在那里发现了完全依赖习得语汇(Acquired vocabulary)的情况。"④ 如果贡布里希更深入地了解一下中国的艺术精神就会发现,中国艺术正是由概念化的"习得语汇"而进入自由状态的。"习得语汇"并不是灵感发挥的障碍,而是在世俗的流转无常的感官世界中搭

图2 芥子园画传·山石谱(胡佩衡. 芥子园画传[M]. 巢勋临本. 北京. 人民美术出版社,2014:125.)

---

① 程颐、程颢. 二程遗书[M].
② 戴熙. 赐砚斋题画录[M].
③ 冯晓. 中西艺术的文化精神[M]. 上海:上海书画出版社,1993:73.
④ 贡布里希. 艺术与错觉[M]. 杭州:浙江摄影出版社,1987:181.

起的舞台,中国画重视的不是语汇而是语汇以外的无限时空。中国画正是在对"习得语汇"的反复运用中,形成了独具特色的写意传统。

写意传统和造型传统

由感性抽象所决定的中国画写意传统首先体现于它的发生学源头——书画同源。在世界各种文字系统中,中国汉字无疑是一个例外,它至今保持了"象形"这一胎记,而中国书法则可以算是感性抽象的特有形式。可以说,汉语中文字符号和这一符号的所指的结合不是任意的,它们之间有许多形象上的牵连。

对于"书画同源"这一中国艺术史上的著名命题,学者们还有不同的阐释。其中具有代表性的说法之一是:书画本来不同源,到文人画出现以后才合流;还有人认为书画从发生到发展都是在两种状态下进行的。前者认为:"大凡到了灵感已经枯竭(如16世纪)或文人地位发生急剧变化的关头(如明清易代),总有人打出'书画同源'的旗帜,以收拾茫茫堕绪重新寻找到文人艺术的心理凭借,然而我们已经看到,所谓书画同源的理论不过是文人的狡狯,实际上是书画到文人那里才合流而已。"① 其实,最初"书画同源"并不是指书法和绘画的同源,而是指文字,准确地说是象形文字与绘画的同一源头。张彦远在《历代名画记·叙画之源流》中说:"象形则画之意也,是故书画异名而同体也。"显而易见,"书画同源"并不是指明清画论中出现的书法趣味与文人画的合流与互相借鉴,而是指发生学角度的书画同源。

后者认为,中国画是源于彩陶和青铜器上的几何纹样,而并不是与书法同源:"两者系图案的,抽象的性质,反不如原始象形文字追求物象。"② "由甲骨文来看,这完全是属于帮助并代替记忆的实用系统,所以一开始便不能不追求人们所要记忆的物之形,完全由于实用的这一要求所决定,所以,文字与绘画的发展都是在两种精神状态及两种目的中进行。"③ 此论看起来似乎突破了千古陈言,但细细分析就会发现作者的论据其实并不能成立。首先,彩陶上的几何纹样,最初与绘画并无关系,而是出于编织的需要,作为陶胎,它的纹理透过

---

① 陈滞冬. 中国书画与文人意识 [M]. 长春:吉林教育出版社,1992:15.
② 徐复观. 中国艺术精神 [M]. 台北:台湾学生书局,1965:147.
③ 徐复观. 中国艺术精神 [M]. 台北:台湾学生书局,1965:147.

陶土显现出来，成为陶器最早的装饰，后来逐步发展成为几何纹样。我国著名美术史论家王逊经考证指出："彩陶的造型和装饰，也可以认为保留了来自编织技艺的若干特点，彩陶上的几何纹样，曾有人试图予以宗教的解释，尚难证实。"[1] 而青铜器上的几何纹样同样来源于制造青铜器的陶范上的纹样，也是与编织紧密联系着的。此外彩陶与青铜器上的几何纹样的比例也是有限的，其余也有如蛙人、鱼、人面等与象形文字相类似的简单绘画。说到书画发展的精神状态，最初的绘画与文字一样，都没有从实用目的中完全解脱出来。从谢赫《古画品录》之"图绘者，莫不明劝戒，著升沉，千载寂寥，披图可鉴"，[2] 到张彦远《历代名画记》之"夫画者：成教化，助人伦，穷神变，测幽微，与六籍同功"，[3] 都是强调绘画的实用和写意功能，是感性和抽象的契合。

在否定了书画不同源这一说法之后，我们必须弄清楚，分列在两个名目下的书与画，在什么意义上是同源的呢？这首先必须弄清画的最初概念。许慎《说文解字》上解"画"为"介也，象田四介"，"介"也就是线条，正是由于这种线条的存在，被"介"的物体才得以存在。最初画的意义也就是以线取象，这与象形文字的以线取象不是如出一辙吗？张彦远在《历代名画记·叙画之源流》中进一步考证了"画"这一概念："《广雅》云：'画，类也。'《尔雅》云：'画，形也。'"[4] 由此可见，画不但是以线取象，而且不是取某一具体的象，是取一类象，也就是以线条来表述一类物象的感性概念。由此我们可以得出如下结论：书画同源就是以线条规约出一类物象的形体，这种线条的运笔规则就是谢赫"六法"中的"骨法用笔"。"骨法"一词来源于当时的"骨相学"，"骨法用笔"就是以线条描绘出一类物象内在的深藏不露的精神实质，也就是中国画传统中的写意。中国古代线描的进一步发展是"勾线填色"，因此中国古典意义上的绘画不是"绘"，也不是"画"，而是"图"，这就是为什么中国画名称后面大多带有一个"图"字的原因，如《文苑图》《溪山行旅图》等。

因此"图"实际上包括义理、意义、物象三部分，其中内容与形式的结合是一个流动的过程，类似于黑格尔的理念在感性形象中的流动。汉代颜延之就将图分为几类："一曰图理，卦象是也；二曰图识，字学是也；三曰图像，绘

---

[1] 王逊. 中国美术史 [M]. 上海：上海人民出版社，1985：13.
[2] 余剑华. 中国古代画论类编：上 [M]. 北京：人民美术出版社，2014：355.
[3] 历代名画记 [M]. 张彦远，俞剑华，注. 上海：上海人民美术出版社，1964：1.
[4] 历代名画记 [M]. 张彦远，俞剑华，注. 上海：上海人民美术出版社，1964：3.

画是也"。① 绘画也就是以感性形象体现图理、图识，如用抽象的八卦以爻来展示卦象、卦意一样，形、意、理也是内在统一于中国画中的。八卦之阴阳，文字的符号化图像都隐伏在笔墨的交会中，由图形到图理逐步由感性走向非感性。

  源于感性抽象的书、画、卦的异质同构奠定了中国画与西方绘画的区别。与西方绘画过分注重光、影、比例等种种造型传统相比，中国画一开始就注重对形象的概括和提炼，重视从形象中体现出来的理和意。虽然在漫长的历史发展中书画终于分道扬镳，书法向抽象概念迈出一步，而绘画则向感性形象迈近一步，但写意一直是中国画的传统，正如造型一直是西方绘画的传统。

  此外，中西绘画抽象方式的差别也导致了中西绘画不同的时空呈现和不同的色彩处理，这里就不展开了。

（《文艺研究》1999 年第 2 期，有改动）

---

① 历代名画记 [M]. 张彦远，俞剑华，注. 上海：上海人民美术出版社，1964：3.

一画与万象
——论中国画的抽象方式和艺术境界

"一画"是明代画僧石涛所提出的绘画本体,关于"一画",中外学者众说纷纭:俞俭华认为"一画"就是通常所说的一笔一画,万画始于"一画"也就是说一切绘画活动都是从一笔一画开始的;伍蠡甫认为"一画"与陆探微的"一笔画"一脉相承,"一画"同时也是物我合一,心手两忘的过程;温肇桐认为"一"或"一画"也就是元气;葛路认为"一画"就是笔道和线条,各执一隅。而笔者认为不可执着于某一点,须从不同层次,不同角度进行分析。"一画"章开篇便说:"太古无法,太朴不散,太朴一散而法立矣。立法于何,立于一画。一画者,众有之本,万象之根。"① "一画"作为"众有之本,万象之根"显然不包含于"众有"或"万象"之中。由此,我们可以分析出"一画"不是实指落纸后的第一笔,而是始于中国画的原虚状态——一张白纸,准确地说是对一张白纸的态度。

石涛的"一画"最早可以追溯到老子"道生一"之"一",而"一"也就是无,因为只有无才是唯一的,而有则不可以称作"一"。我们从中西画家对待一张白纸的态度也可以分析出,中西绘画的差异开始于面对一张白纸的态度。同样是一张白纸,呈现在中西画家的眼中,它的形态和内涵是不一样的。苏轼曾经作过一首《白纸赞》:"素纨不画意高哉,倚着丹青堕二来,无一物中无尽藏,有花有月有楼台。"他认为白纸已经内在地包含了一切形象。而西方画家雷顿在评论一张白纸的时候这样说:"我讨厌一张白纸……一张白纸总是搅得我坐卧不安,它一被放到画架上,我就不由自主地要用炭精铅笔或其他什

---

① 道济[M]. 俞剑华,注译. 北京:人民美术出版社,1962:3.

么玩意儿涂抹，这个过程给了它生命。"① 对此我们可以作出以下区别，白纸对于中国画家来说是一种元气淋漓的原虚状态，是一个潜在的丰富世界，是可以生发一切的"无"；而西方画家眼中的白纸则是一片有待于用形象填满的虚无。"一画落纸，万画随之"，"一画"经历了主观与客观的共同抽象过程，在外在形式上表现为零度抽象，但它是动态的，具有潜在的心理力量和形式力量，因此它的演化也是自发的。造化与心源在作者心中形成了一种形式表现的势能，这种动力是"一画"得以确立的根本，也保证了"一画"在"万有"中的统摄地位。因此，"一画"既是中国画感性抽象的逻辑起点，也是逻辑终点。②

"画"的最初含义就是"田四界"③。从"画"的原始意义上来看，便是一个命名的过程。正是由于"画"的存在，田作为空间才得以存在。而"一画"也正是存在之家，"一画"立，混沌开，万象也因此得以成立。西方绘画千百年来是一种量的艺术，从比例到色彩的对比度、光影、结构都是量上的不断精确，也是感性形象不断精确化的结果。而"一画"从本质上规定了中国画是以一种类似"理式"的本真作为表现对象的艺术。"超其象外，得其环中"，"环中"即是常理，表现在绘画上即感性形态的理性形式。"一画"作为感性抽象的逻辑起点是对存在者的命名和追问，而不仅仅是对具体存在者的度量和表现，正是在这个意义上恽寿平说："一勺水也有曲折处，一片石也有深处。"④因此，"一画"的追问方式便是以存在者来揭示存在本身。

"一画"就其内在规定的表现方式而言，是中国画最基本的造型方式——线。"一画"从形式上来讲就是线条。因此线造型这一方式也内在地包含于"一画"当中。线是贯穿于中国画发生发展历史的，并贯穿于一幅具体作品创作之始终。"一画"乃由心立，心迹也只有通过手臂的延伸物——毛笔，并通过毛笔落在纸上的痕迹方才能体现出来。就毛笔来说，侧锋运用可以扩大为面，中锋运笔便可以成线，极短的线也就是点，点、线、面是如此转换自如，这在运用油画刷的西方绘画中是不可能的。同时，"一"在形态上也是一根极短的线，是一切线的感性符号，也是《易经》中"爻"的基本形态，其特殊性是可想而知的。中华民族的图腾"龙"也是一条被赋予生命的线。墨线游动于

---

① 朗格. 情感与形式 [M]. 北京：中国社会科学出版社，1986：95.
② 对于中国绘画感性抽象的具体论述. 见拙作：沈亚丹. 论中西绘画的不同抽象方式. 文艺研究 [J]. 1999 (2).
③ 许慎. 说文解字 [M].
④ 郓寿平. 南田画跋 [M].

太虚正如八卦中的"飞龙在天"。而中国画的"破墨"——水与线的相遇相渗，又无异于"龙饮于渊"，有见首不见尾之势。对线的重视同样也推动了中国画造型的特有观察方式，即对四维时空的抽象与超越。我们视觉所感知的三度空间是不存在线的，它完全是抽象的产物，不仅仅是对空间的抽象，也是对时间的抽象。一个飞跑的人，一缕飞落的悬泉，在一段时间中，都可以抽象为线。"自然界的任何物体，经中国画这种墨线式的强调处理之后，不仅突破了具体的瞬间时空，而且上升到一个抽象的永恒世界之中。这完全是充满了中国式的形而上的静态世界，一个物体的外形和轮廓永远清晰分明的透明世界，一个几乎把所有的其他细节都转化为虚无的空白以强调黑色轮廓的世界。"① "一画"不仅导致了中国画的基本造型手段——线，也导致了中国画的特有艺术符号——笔墨。

水墨晕章是中国画的主要造型手段，同时也是深层审美对象，具体表现为笔墨。在绘画创作过程中，艺术形式形成的过程便是抽象与情感的经营过程。所谓自然形式的抽象过程就是排除与情感表现无关的细枝末节，而情感的经营则是排除芜杂浮躁的情绪而达到深情、真性，笔墨因此成为形式的载体与情感传达的中介。但中国画中的笔迹墨痕又绝不仅仅是形式的载体，同时也是艺术形式本身，人们对笔墨的重视也绝对不仅仅是对其表达的情感与形象的重视，而是对笔墨本身的重视。"书画同源"又合流，导致了文人对绘画活动的参与，因而也导致了哲思与心性对感性形态的超越。在道家"五色令人目盲""得意忘形"等哲学思想的指导下，唐代逐步形成了"水墨为上"的绘画思想。对笔墨的玄思妙想事实上直接脱胎于古代的阴阳观："自天地一阖一辟而万物之成形成象，无不由气之摩荡而成。画之作也亦然。古人之作画也以笔之动为阳以墨之静为阴，以笔取气为阳，以墨生彩为阴。体阴阳以用笔墨。"② 可以说在某种程度上，笔墨是抽象宇宙观的感性化和形式化，即感性抽象的物质载体。对于笔墨的不同功能，韩拙在《山水纯全集》中有论述曰："夫画者笔也，斯乃心运也。索之未状之前，得之于仪则之后，默契造化，与道同机，握管而潜万象，挥毫而扫千里。笔以立其形质，墨以分其阴阳。山水悉从笔墨而成。"③ 因此，笔的功能倾向于立形。由"画者，笔也"我们也可以分析出，"笔"的原

---

① 胡东放. 中国画黑白体现论 [M]. 北京：人民美术出版社，1991：50.
② 唐岱. 绘事发微 [M] // 俞剑华. 中华画论类编：下. 北京：人民出版社，2014：674-864.
③ 潘运告. 宋人画论 [M]. 长沙：湖南美术出版社，2000：81-82.

始功能也正是书画之源——"介",而"笔"的原始形态便是"勾线填色"中的"勾线"。"笔"自始至终都含有以线取象、以线立形的意义。中国画中的形不同于西方素描中的轮廓线,对此,我们必须对唐岱《绘画发微》中对形的论述做一步分析:"画为六书之一,象形是也,而形者必籍于无形。"此处出现三个"形":"象形""形""无形"。"象形"与"无形"之"形"都是指物的自然形态,而"形"才是指艺术形态。也就是说,由笔所立的艺术形态既要借助于物象的自然之形——象形,但又不能等同于自然形态。从形态上来讲,笔表现为有生命律动的墨线,它大多数用来表现客观对象的主观化抽象结构,抽去感性物象中的具体色彩、比例、质感、透视关系。所以,一幅画中的笔墨与其说它由于模仿现实形象而具备艺术生命,不如说它是由于自身疏密浓淡、方圆等一系列笔墨关系而具有审美价值。

墨彩在形态上表现为黑白两极之间的无限丰富的层次变化。西方绘画中的色彩没有明显的转换与指代作用,因而只能是一种色彩信号,而素描中的黑白变化则是光影与空间的信号。中国画中,常有"墨分五色,水分五色"之说,"墨"也正是来源于"勾线填色"中的色,因此,严格说来,"墨"不是色彩,而是在"笔"的基础上建立起来的色彩的感性符号。墨在形态上呈现为黑色,黑色历来是最具理性和神秘意味的颜色,古人称之为"玄"。从生命意义上来讲,纸的白色是死亡的象征,同时也是"虚无"和"万有",黑白不同层次的变化事实是一种生命隐喻,是生与死的唱和。笔墨的最终目的并不是对感性形态的描绘,同时也寄托着中国人对生命的形而上思考。中国人历来认为"浮生如梦",喧闹的人生也就是浮于沉寂深渊上的一段春梦,抚琴、品茗、赏月,都是对动中之静的叩问。绘画,尤其是水墨画正是以抽象的黑黑白白对生生死死的追问。灰色介于黑白两色之间,最大限度地体现了中国哲学中"和"的精神,灰色可以说是一切感性色彩的抽象,互补色如红、绿、橙、蓝等互相调和产生的便是灰色。虽然淡墨在色彩中呈灰色,但又不同于西方绘画中的灰。它同样不是作为色彩,而是作为色彩的指代物或色彩的符号而获得意义的,呈现出透明性、变化性与偶然性。

抽象笔墨并不是横空出世,由某一人一朝顿悟而成,而是由传统的勾线填色这一形态中分化出来并发展成熟的。所以,中国人对笔墨的鉴赏并没有游离于传统之外,正如中国画家出于传统,自然而然地排斥西方人的光影画法,同样也出于传统自然而然地将抽象的笔墨感性化。正如英国人里德所说:"中国艺术之所以难以令人理解和欣赏，是因为先前所述的完全个性化的技法同极端抽象和非个性化的内容融合在一起了。据说，中国艺术家试图在他的作品中表现宇宙的和谐，有些关于宇宙的用语对描述中国艺术家的创作目的是十分必要的，无论怎样讲，这种目的与西方艺术那种再现自然表象细节的一般目的毫无共同之处。"① 艺术语言同文字一样，有地域性和传承性。当我们看到"竹"字的同时便会产生感性形象，联想到"清秀""风韵""气节"等品格，符号的辨识与形象同时产生，而看到英文的"Bamboo"（竹），却无法产生类似效果。

纯粹客观时空是不存在的，各民族的时空意识以及借这种时空构架呈现出来的现象世界，取决于由生活方式决定的主体感受方式，这一过程被方东美形象地称为"吹皱一池春水"。绘画是关于空间的艺术，因而各民族的空间意识在绘画中表现得特别明显。在西方绘画作品中，一切仿佛都是照相中的定格。我们只能感到作品对时间的暗示，一切都是在一瞥之下所看见的。人作为主体与时空的关系止于感官与表象的接触，对空间的建构止于对感性材料的理性分析，因此产生了透视学、色彩学等艺术中的科学。因此，西方绘画所呈现的是诉诸感官的空间，呈现过程是科学分析的过程。在西方文化传统中，时空长期以来处于分裂状态，如赫拉克利特认为"太阳每天都是新的，永远不断地更新"。而中国式的时空观则反映为"江畔何人初见月，江月何年初照人""秦时明月汉时关"，其中所呈现的是时空的互相包容和绵延不断，无往而不复。严格说来，中国没有科学意义上的时空观念，只有通过智性直觉所感受到的强烈而模糊的宇宙感和春秋意识。宗白华认为："宇"最初便是屋子笼罩着的空间，又称"屋宇"；"宙"便是车与船的往来回复。因而"宇"又引申为天地四方；"宙"又引申为古往今来。这种时空观念与西方条分缕析的瞬间现象排列以及继起显得更抽象也更感性。

对固定视点的超越，造成了中国画特有的人间万象，而"一画"无处不在，如"万川印月"。中国式的观察方法就是郭熙父子在《林泉高致》中所指出的散点透视："山近看如此，远数里看又如此，远数十里看又如此……山正面如此，侧面又如此，背面又如此。"② 在这样的移动视点中得出的不是一个"如此"，而是对山的无数个印象的综合与抽象，最终得出本真的山。这就是中

---

① 里德. 艺术的真谛 [M]. 沈阳：辽宁人民出版社，1987：73.
② 俞剑华. 中国古代画论类编 [M]. 北京：人民美术出版社，2014：635.

国画法中强调的"先有成见，然后落笔"。① 这与苏珊·朗格对处于西方造型传统中的绘画艺术所作的定义恰恰相反，她说："我们常常不用视觉而用其他官能来补充我们零碎的视觉印象——比如运用记忆、记录下来的数据，关于事物物理构成信条，以及事物处于我们视野之外或被其他事物所掩盖时事物空间关系的知识——在绘画中的虚幻空间中，则不存在这种辅助性材料。一切全都交给了视觉。"② 简言之，西方造型艺术中的空间建构是对光的逻辑分析与组合。黑格尔同样认为："如果要问绘画所用的是哪种物理因素，回答就是光……"③ 视觉在中国绘画传统中只占一小部分，更重要的是凝神静思与心灵空间的建构，所谓"虚静而一"。中国画依赖的不是自然之光而是智性之光，不是感知而是体验。中国画的空间不仅仅是对自然空间的提炼，而是把对象引入生命空间，是生命空间和自然空间的一体化，感性和抽象的一体化。由这种水墨构成的大空间似梦幻又似回忆，闪烁着一片清光，给人最大的感觉就是"远"，也正是这种"远"造成了中国画特有的感性抽象的景致。"远"是心灵的飞升，落在笔墨上就是郭熙的"三远"，即撇开实际视觉空间而建立的抽象的、不确定的三维空间。《林泉高致·画山水训》把空间归纳为"山有三远，自山下而仰山巅谓之高远，自山前而窥山后谓之深远，自近山而望远山谓之平远"。④ 如果说高远、深远、平远还似乎有物理空间的影子，那韩拙在《山水纯全集》中的另三远则完全是心理空间的描述："有近岸广水、旷阔遥山者，谓之阔远；有烟雾冥漠、野水隔而仿佛不见者，谓之迷远；景物至绝而微茫缥缈者，谓之幽远。"⑤ 由这种心理距离导致的空间则呈现出荒寒、迷离的境界。同是，也因为距离自然而然地达到一种感性抽象——象罔。中国画中的山水严格说来仅仅是一种符号，呈现万象又执着于象外，执着于写意而不是造型。这直接与中国特有的宇宙意识——无限相联系，"以一管之笔拟太虚之体"，太虚作为无限大和无限小一样，既外在于经验直观，又可为我们所感知。而中国画中所追求与表现的正是这种无限。与此相反，亚里士多德指出："一个非常小的活东西不能美，因为我们的观察处于不可感知的视觉内，以致模糊不清；一个非常大的活东西，例如一千里长的活东西，也不能美，因为不能一览而尽，看不出它的

---

① 唐岱. 绘事发微 [M] // 俞剑华. 中国古代画论类编：上. 北京：人民美术出版社，2014：635-850.
② 朗格. 情感与形式 [M]. 北京：中国社会科学出版社，1986：86-87.
③ 黑格尔. 美学 [M]. 北京：商务印书馆，1994：234.
④ 潘运告. 宋人画论 [M]. 长沙：湖南美术出版社，2000：24.
⑤ 潘运告. 宋人画论 [M]. 长沙：湖南美术出版社，2000：63.

整一性。"①

  对待空间中存在的具体对象如石头，中西方绘画传统的态度也是有差异的。西方造型传统强调再现它的质感、体积感，总之强调一种感性的具体。而中国写意传统则把石头抽象为阴阳、黑白、方圆："画石块上白下黑，白者阳也，黑者阴也。石面多平故白。上承日月照临故白。"② "石不宜方，方近板。更不宜圆，圆为何物？妙在不方不圆之间。"历代中国画谱中，这种理想形态的树、石头、山比比皆是。当然中国画中用以显示空间的黑白方圆等因素，最终还是必须由像"石"这一类感性符号来承担。当然我们不可能否认中国画具有造型倾向，同时它更具有书写性。因此看中国画常称为"读"，绘画活动常称为"写"。中国画的创作目的不在造自然之型而在写胸中之意。石涛有"搜尽奇峰打草稿"的句子，常常被人们用来证明山水画家对山水自然形态的重视，岂不知这更是对自然空间的超越，"搜尽奇峰"也不过是为了打草稿而已。中国画的发生、发展就是以"一画"为起点，呈现出人间万象，又由万象回到"人天合一"。

（《苏州丝绸工学院学报》2001年第2期，第21卷，有改动）

---

① 北京大学哲学系美学教研室. 西方美学家论美和美感 [M]. 北京：商务印书馆，1980：119.
② 龚贤. 龚安节先生画诀 [M] // 俞剑华. 中国古代画论类编：下. 北京：人民美术出版社，2014：782.

《诗经图》：一个宋儒的诗学图像文本

《诗经》是儒家核心经典之一，而以图说诗则是《诗经》阐释和传播的独特方式。《诗经图》也被称为《毛诗图》，传为南宋高宗书《诗》与《诗序》，命马和之在空白处补画，是现存最早的《诗经》和《诗序》图像。关于马和之是否为《诗经图》的作者，学界曾有过争议。徐邦达先后写过两篇文章对此进行过讨论[①]。美国汉学家孟久丽的《马和之和〈诗经图〉》是迄今最为详尽的相关研究专著。她在前人的研究基础上，对马和之的生平、作品风格以及《诗经图》的版本状态、收藏情况，以及大致创作年代进行了较为全面的考察和分析。顾平安于1998年发表的《马和之及其〈毛诗图〉》也对此进行过探讨，并提及宋画对"理"以及"格物"的重视，但作者对这一问题并未深入探讨。

在研究了《诗经图》作品及相关文章以后，笔者认为，现存《诗经图》系列手卷可以作为本文分析的立足点。正如徐邦达所言："如没有马和之的原画，皇家画院的画家是不可能自己创作出来的。加之，如果对两种或者三种不同版本进行比较的话，我们可以看出，不同版本对《诗经图》原作的模仿是亦步亦趋的。"[②]

---

① 分别为《传宋高宗赵构孝宗赵昚（慎）书马和之画〈毛诗〉卷考辨》(故宫博物院院刊[J]. 1985. 3)、《赵构书马和之画〈毛诗〉新考》(故宫博物院院刊[J]. 1995. 51)。
② Xu Bangda, The Mao Shih Scrolls: Authenticity and Other Issues [M] // Alfred Murck, Wen Fong. Words and Images: Chinese Poetry, Calligraphy, and Painting. New York: Metropolitan Museum of Art, 1991: 282.

一　宋代疑《序》风潮与《诗经图》

据宋元之交庄肃《画继补遗》载："马和之，字则未闻。钱塘人，世传其习进士业，善仿吴装。孝宗甚喜之，每书毛诗三百篇必令和之写图，颇合上意，画迹留人间极多，笔法飘逸，务去华藻，自成一家。"① 约半世纪后的元代夏文彦《图绘宝鉴》对马和之也有如下记载："马和之，钱塘人，绍兴中登第。善画人物、佛像，山水效吴装，笔法飘逸……官至工部侍郎。"② 但其身份是宋画院画师还是工部侍郎，目前还无定论③。毕竟他自己未留下只言片语，而当时的文献对其生平也无更为详细的记载。对此，孟久丽在分析了大量相关资料后指出："即使马和之在高强度竞争的科举考试中不是赢家，但无疑，他受过良好的教育。"④ 由此可见，马和之不但应当熟知传统文化经典，而且必然深谙以周敦颐、"二程"为代表的宋代理学思潮。同时，理学以"理气"为中心的宇宙论、"敬"和"静"之人生态度以及格物观道等知识获得途径，都会对马和之的思维和行为模式产生影响，进而影响到《诗经图》的构思和表达。

这里，我们必须对马和之在世前后时期南宋经学的变革略作交代。高宗前后，宋理学经过唐之滥觞，经北宋邵雍、周敦颐至"二程"已形成完备的体系，只待稍后的朱熹集大成。另一方面，在马和之成长的 12 世纪初，"二程"的学术正宗地位得到朝廷认可，并通过科举制度遍及天下学子。据《文献通考》载"自熙、丰间，程颢、程颐以道学倡于洛，海内皆师归之"⑤，秘书省正字叶谦亨更指出"向者朝论专尚程颐之学，士有立说稍异者，皆不在选"⑥，立雪于程门的杨时便是朱熹的师祖。杨于 12 世纪初期曾在余杭、萧山任官职及教职，"东南学者推时为程氏正宗"⑦。由此可以推断出，12 世纪前后的临安必

---

① 卢辅圣主编. 中国书画全书：第二册 [M]. 上海：上海书画出版社，1993：914.
② 卢辅圣主编. 中国书画全书：第二册 [M]. 上海：上海书画出版社，1993：876.
③ 顾平安. 马和之及其《毛诗图》[J]. 艺苑（美术版）. 1998（1）：39–43.
④ Murry. Ma Hezhi and the Illustration of the Book of Odes [M]. Cambridge：Cambridge University Press，1993：37.
⑤ 马端临. 文献通考：上册 [M]. 北京：中华书局，1986：300.
⑥ 同上.
⑦ 宋史 [M]. 北京：中华书局，1977：12738.

定笼罩在二程的风气之下。

在对待经典的态度上，宋儒和汉儒有着根本区别，且前者将汉儒解经斥为："章句之末耳，此学者之大患也。"① 与此相应，宋儒对于笼罩诗学千年的《毛诗序》的质疑也尘嚣日上："理学的先驱人物韩愈，也正是疑《序》的嚆矢。此后，疑《序》的有晚唐成伯玙等。入宋以后，特别是庆历（1041—1048）以后，疑《序》之风益盛，北宋时有欧阳修、王安石、苏辙等人，南宋时有郑樵、王质、朱熹等人，愈演愈烈。"② 郑樵大约为马和之同时代人，他在《诗辨妄》中已经指出《诗序》为"村野妄人所作"。这种疑古态度，对于南宋前期的马和之无疑会产生重大影响。稍后的朱熹，也是在此种氛围笼罩下，完成了宋儒诗学经典———《诗集传》。宋人倾向于将万事推向一个理，认为只有废弃了烦琐牵强的《诗序》，《诗经》才能成为修身、养性乃至于穷理尽性的手段和途径。正如朱熹指出："他做《小序》，不会宽说，每篇便求一个实事填塞了。"③ 由此可见，宋儒重新解读《诗经》《序》的风潮及相关论辩，对于马和之的《诗经图》创作，不能不产生影响并留下印记。

在这场疑《序》风波中，马和之未留下只言片语，但《诗经图》无疑已经表明了他对于《诗序》的态度。虽然《毛诗》在《诗经图》上占据了一席之地，但就马对一些诗作的阐释而言，则与朱熹《诗集传》更为接近。马和之生年早于朱熹约三十年，而《诗集传》成书于朱熹晚年，前者显然无缘得睹此书，但宋代对《诗经》理学化的解释却应该是他所熟知的。例如《陈风·衡门》一诗，古今有诸多解释，其中包括毛诗"美刺说"、朱熹"隐士说"（"隐居自乐而无求者之词"④）；近代闻一多则认为该诗主题是男女幽会、贫不择妻。《诗经图》中的《陈风·衡门》（图1）描绘了一袒胸露臂之文士，双膝一盘一曲，闲坐于茅庵草舍之中，四周花柳成荫，春风拂面，完全是一幅理学先生图。安居静处之乐，是理学人生的重要组成部分，也是《诗经图》的重要表现对象。在《诗经图》同类题材作品中，画面人物往往被安排在山水之间，四周点缀着茅舍、山石、溪流和花草等意象，加上作者对于人物之倚、卧、袒胸等身体姿态的描绘，更揭示出其旷达无碍的内心。

---

① 程颢，程颐. 二程遗书 [M]. 上海：上海古籍出版社，2000：122.
② 萧华荣. 试论汉、宋《诗经》学的根本分歧 [J]. 文学评论，1995 (1)：5-14.
③ 黎靖德. 朱子语类 [M]. 北京：中华书局，1986：2072.
④ 朱熹. 诗集传 [M]. 北京：中华书局，1958：82.

图1 马和之《诗经图·陈风·衡门》（局部）（浙江大学中国古代书画研究中心. 宋画全集（第三卷·第二册）[M]. 杭州：浙江大学出版社，2010：101.）

本文将就《诗经图》一系列图像文本，从理气流行的视觉呈现、静与敬的行为方式，以及人对于世界的观照方式等几个方面，对其理学特征进行多角度的分析。

二　天地之间，有理有气

首先，"理""气"的鼓动流行需要空间："天地之中，理必相直，则四边当有空阙处。"① 无论是朱熹所强调的对《诗经》的"宽说"，还是程颐的"汪洋浩大"，总之，宋儒主张将世界和事件放在一个辽远空间中去反思。《诗经图》的构图正强调了世界的开阔和空旷，而非聚焦具体人物和事件。事实上，这一系列绘画为手卷，整个篇幅长而窄，画面宽度在二十七八厘米上下，与阔大无关。但作者通过对于人物、建筑以及山水比例的特定安排，营造出天地辽阔之空间感。同样，其叙述重点也不是人之面貌和表情，而将人压缩在一定范围，突出了背景之空旷虚无。这种构图方式，将观照主体从具体和琐碎的细节与经验中超拔出来，同时也凸显出天理的普遍及永恒。

"理"作为形而上之存在，难以直接呈现于目前，但其最根本的特征——抽

---

① 程颢，程颐. 二程遗书[M]. 上海：上海古籍出版社，2000：106.

象和普遍，则可以通过特定绘画语言付诸笔墨。正如陈来所分析的"凡是物质的东西、具体的东西都是属于'形而下'的，是'器'；凡是普遍、抽象的东西都是属于'形而上'的，是'道'"①，抽象和普遍是宋儒"天理"的本质特征，也正是《诗经图》的人物造型原则。这使得对个别人的表现，普遍化为对于人之共性的表现，并上升为对理的传达。反之，人作为个体，"虽尧、舜之事，亦只是如太虚中一点浮云过目"②，无疑，这一造型策略也将《诗经》朴素切实之情和《毛诗序》牵强附会之"美刺"，转化为具有宋儒特色的"天理"。笔者以为，马和之对抽象和普遍的追求以及对秩序的执着，一方面正是宋学特色。另一方面，这也是画家将《诗经》不相关之诗歌片段连缀为整体的途径。这里需要强调的是，《诗经图》对于秩序，以及人物举止之温良恭俭的强调，重点固然不是《诗三百》的抒情言志，但也非汉儒的"礼"。汉儒"礼"的本质是"别异"，宋儒的"理"强调普遍和趋同。汉代之礼"别异"的特征，也直观地反映在汉墓室壁画中。例如辽阳汉墓壁画《庖厨图》中的主仆、宾主在体态、衣着、相貌等各个方面，都存在明显差异，而《诗经图》人物造型则强调其抽象和无个性。可见，《诗经图》的目的不在于呈现生动的形象，而在于揭示象中的理，正如朱熹所言："自理而观，则理为体、象为用，而理中有象，是一源也。"③

因此，在宋学那里，人对于世界的观照和体验，同时也是对于世界本质的领悟，类似于胡塞尔的"本质直观"。这种观照方式，被宋儒称为"观理格物"，体现在绘画中，一方面是对感性细节的摒弃，另一方面也体现为对具体时空的超越。正如阿恩海姆在《视觉思维》中指出的"抽象是一种否定"④，画面上对于感性细节最大限度的否定，就是为了凸显普遍和抽象之理。这种剔除，其实也和现象学之悬置或加括弧异曲同工。

耐人寻味的是，马和之作品中的普遍和抽象以及人物端庄静谧的造型，以一种飘逸飞动之态得以呈现。这种动感，来自他的基本绘画语言——蚂蟥描。研究者指出："马和之用笔多变化，所画线条两头轻，中间重，且时断时连，人称'蚂蟥描'，树木枝叶用笔屈曲生动，没有起止顿挫之迹，柔曲随意，确似蚂蟥浮游，飞动而流利。"⑤ 蚂蟥描又可追溯到吴道子的兰叶描。吴道子画风

---

① 陈来. 宋明理学 [M]. 上海：华东师范大学出版社，2004：62.
② 程颢，程颐. 二程遗书 [M]. 上海：上海古籍出版社，2000：113.
③ 朱熹. 答何叔京·晦庵先生朱文公文集（三）[M]. 朱子全书. 上海：上海古籍出版社，2002：1841.
④ Arnhem. Visual Thinking [M]. London: Faber and Faber, 1969: 153.
⑤ 顾平安. 马和之及其《毛诗图》[J]. 艺苑（美术版），1998（1）：39-43.

历来有"吴带当风"之称:"人物有八面生意活动。方圆平正高下曲直,折算停分莫不如意……世谓之吴带当风。"① 如果说吴道子画为"当风",那么马的人物则不禁让人有"凌风"之叹。前者以气为主,后者以韵见长,这一点已为画史公认。吴道子人物之"当风",是完全可以从日常景象中捕捉到的瞬间意象。而马和之用一组或正或反的抛物线进行人物造型的时候,营造出风由下而上飘扬飞荡的视觉效果,加上皴与皴之间的连接并不紧密、结实,而常有意到笔不到的虚空,人之形体以及衣服在由下往上的鼓荡中,变得灵动而摇曳,仿佛这种飘摇之风再猛一些,卷轴上浓墨、淡墨聚成之点、线就会随风散去,复归于虚无。这种由下而上鼓荡之气,则只能是一种非自然的,或者超验之力量,"不断地从神秘的泉源中产生,又不断地归于消灭"②。

这里值得一提的是,云作为气特定的存在和呈现方式,也是《诗经图》中非常重要的意义符号,并在画面中承担着并列、连接、感叹和省略等多种语义功能。首先,云气在《诗经图》中成为连接"兴"与"赋"的手段,将比兴之物与其他图像叙述单位联系起来,这在《诗经图》之《狼跋》《七月》以及《鹿鸣》等作品中有所反映。同时,云及气也是《诗经图》中天和人、远与近、虚实及有无的过渡,进而成为形而下到形而上,乃至于从经验到超验转化的枢机③。

综上所述,马和之正是借助于一系列绘画基本语汇及其独特组合方式,直观地显现出理气之化育与流转,并运用构图、笔墨以及抽象人物造型等种种视觉语言,直观呈现出理的亘古不变和气的转瞬即逝,"升降飞扬,未尝止息"④。这也将理气流行过程中的静与动、聚与散等因素的变奏诉诸视觉,使得画面具有"动而无动,静而无静"的奇妙视觉效果。在这种动静转换中,人物形态的敬与静,贯穿于所有画面之寥廓高远与笔墨聚散飘逸之始终。

三 静中主敬——画面人物的存在方式

"静"和"敬"作为理学提倡的特定存在方式和情感体验方式,也同样是

---

① 卢辅圣主编. 中国书画全书:第二册 [M]. 上海:上海书画出版社,1993:894.
② 侯外庐. 宋明理学史上册 [M]. 北京:人民出版社,1984:146.
③ 自五代董源、巨然始,经北宋李公麟、二米之手,"云"这一自然存在被赋予了多重语义,此处因篇幅限制,恕不能深入分析,对于这一论题笔者将另有专文讨论。
④ 张载. 张载集 [M]. 北京:中华书局,1978:8.

《诗经图》人物形象塑造的指归。对于理学而言，敬与静的状态是事物和情感的"未发"阶段："未发的存养或涵养，也就是静中的主敬。"① 从画中可以发现，在《诗经》一系列可能的场景中，马和之所呈现的往往为事件和情感之"未发"状态，并刻意避免种种叙述性细节以及戏剧化瞬间，同时，画面突出表现了人物形象之"静"与"敬"。即使宴饮、战争这样的复杂而戏剧化的场面，也仅以静穆有序之画面，呈现出事物的常态。在此，我们不妨以《诗经图》中的宴饮场面为例，对这一特色进行分析。

宴饮主题无论在文学还是绘画中，都必须呈现出众多的人物和复杂的关系，并侧重于形象的"纷乱""各异""生动"等特征的传达和刻画。此外，宴饮题材的作品往往要对宴会现场众多人物关系进行交代，如人物的语言交流和目光呼应及身体姿态上的亲疏。但马和之似乎只想简要交代出场面之概略，而无意刻画其态度、表情、神态等更为具体的因素。以至于《诗经图》中几乎所有宴饮场面都是杯盘排列整齐，画面不但无人进食，杯盘之中也几乎没有食物，桌面更是一尘不染。画面上的人群有序而抽象，不是拱手而立，便是端坐、送客、宴饮、出行和告别。更有甚者，《诗经图》中描绘的宴会虽人物众多，但宾主之间、宾客之间寂静无声。如《鹿鸣》一图，便和《鹿鸣之什·鹿鸣》诗中所形容的"鼓瑟鼓琴，和乐且湛"相去甚远。此外，《诗经图》各卷，如《豳风》《鹿鸣之什》《南有嘉鱼》等宴会场景中的宾客也无明显差异，甚至从其五官辨不出老少、高矮、肥瘦，几乎清一色为中等身材的中年形象。因此，马和之笔下几乎所有宴饮场面都显得安静而有序，人物多处于一种内敛、思虑的状态："使整个意识状态由明显活动转为相对静止，然后努力去体验思维感情没有活动的内心状态。这样的体认显然是在强调在一种特殊宁静状态下的内向的直觉体验。"② 这正符合程朱理学所推崇的"敬"："视而不见，听而不闻，主于一也。"③ 可以说，作者的目的不是为了用图像更直观地揭示诗歌的情感和人物个性，而是对抒情主体进行遮蔽，使得作品中的人物抽象和普遍化为表达天理的符号。事实上，马氏的很多宴饮场面，也就是论道之余，几个人席地静思，只是面前陡然多了些瓶瓶罐罐而已，其实质性内容和饮食、欢宴无关。正如后文将要分析的，《诗经图》中人对"物"以及对于"宴饮"等事件，

---

① 陈来. 宋明理学 [M]. 上海：华东师范大学出版社，2004：87.
② 陈来. 宋明理学 [M]. 上海：华东师范大学出版社，2004：110.
③ 程颢，程颐. 二程遗书 [M]. 上海：上海古籍出版社，2000：200.

已经超越了视觉上的看和身体上的参与,而是格物之"格"。这也正是宋儒格物之态度在《诗经图》中的反映。

同样,《诗经图》中的出征景象,也充满静谧之气,人物不像是一场战斗中的军人,而像是穿上军装正在格物的道学家。如《鹿鸣之什·采薇》(图2)画面中一小队人马从小山坡后面转出来,马并未急速奔跑,兵士也显得若有所思。如果和汉画中的一系列气势彪悍的车马图相比较,马和之笔下将士的文弱与安静更加明显。该画无论是人物表情或姿态,都没有表现,也没有打算表现《诗经》文本中"昔我往矣,杨柳依依。今我来思,雨雪霏霏"所述说的悲喜之情。画面人物的安闲与超然物外的境界,透露出典型的宋人气象。从以上分析可见,《诗经图》中的人物以恭敬安乐的态度抽象地存在于天地一隅,而简洁的线条和淡彩,又最大限度地排除了视觉感官经验,将观者引入对于形而上之理的观看。

图2 马和之《诗经图·鹿鸣之什·采薇》(局部)(浙江大学中国古代书画研究中心. 宋画全集(第三卷·第一册)[M]. 杭州:浙江大学出版社,2010:82.)

先秦《诗经》中的很多诗篇具有较强的抒情性，但相对于合情，马和之更强调合理。对于《诗经》情感性较强的诗句和篇什的表现，他同样采取了含而不露、以不变应万变的造型策略，对于一些情感即使有所表达，也极其克制。

有学者认为，《诗经图》中的《巷伯》（图3），将"巷伯悲愤之心和对谗佞的痛恨之情于人物表情中淋漓尽致地表现出来，可以说这在马和之以前的人物画家中是很难达到这种境界的"①，而事实上，画面主体身体姿态和表情并没有明显愤怒、悲伤的痕迹。画面人物主体，也就是《巷伯》中的"寺人孟子"，只是在露台的树下端坐，既无特殊身体姿态揭示人物内心，也没有明显的表情，仅从其微仰的面部和僵直的脖颈中，可以发现人物内心的波澜以及被克制的愤懑。所以，与其说马和之对于巷

图3 马和之《诗经图·巷伯》（局部）（浙江大学中国古代书画研究中心. 宋画全集（第三卷·第三册）[M]. 杭州：浙江大学出版社，2010：130.）

伯这一人物的塑造是在表现悲愤和痛恨，倒不如说他是在呈现对于以上两种情绪的克制，以显示"已发"情感之"中节"。甚至，我们可以说，绝大多数宋画与宋诗，很难和"淋漓尽致"这一词挂钩。宋画与宋诗之妙，实在于"不尽"，而非在"尽"。从马和之现存的另一幅作品《后赤壁赋图》中，我们也可发现，其对画面基调的处理和人物造型与心境的规约，将南宋文人画人物造型推向一个更为简约空灵的阶段。

四 即事观理，以格夫物

情感的"未发"与修身之持"敬"居"静"，又可理解为涤除纷乱的感官经验，而专注于对理的把握。对于"观理"，我们可从两个方面进行分析：首先是《诗经图》的透视方式，也就是作者以及观者特定的观看视角，其次是画

---

① 顾平安. 马和之及其《毛诗图》[J]. 艺苑（美术版），1998（1）：39-43.

面人物的存在方式。就前者而言,"理"既然不是视觉对象,那么这种"观"就不是建立在视觉原则之上,因此,也必将超越种种视觉规范。《诗经图》中的多点透视,是其中的一个方面。多点透视或称散点透视由来已久,而将之上升到理论高度,且进一步归纳为一种造型原则,始于郭熙的《林泉高致》所提出的"三远"。《诗经图》同样采取了超越固定视点的方式对世界进行展示。对此,我们可以《鹿鸣之什·鹿鸣》为例对之进行分析。在这幅画中,从屋顶和画面前部乐队的呈现角度而言,观者或者作者的视角是由正前上方往下俯视。而同时,我们竟然能同时保持水平视线,从前到后,对大殿内部一览无余;而画面右边,被一团云气隔断后,同一平面上的场景竟然奇特地换成另一个视角,视野顺着一群"食野之苹"的鹿一直延伸到山谷深处,最终消失在虚无之中。换句话说,我们站在观者的位置上,这幅画最少给我们提供了三个明显的透视点:首先是从上而下的俯视;其次是从前到后望穿大殿的水平视线;再次就是自左向右延伸的一条视线,消失在呦呦鹿鸣之荒野。而这种多点透视也是拜占庭图像的典型透视方式:"和凡人的观察有个过程不一样的就是,上帝对于全部的景象可以在一个瞬间把握。上帝是超越时间的,而多点透视也就是基于上帝对于时间的超越,这种超越包括时间之永恒。"[1] 而马和之对于世界的表达方式,虽然和宗教与神圣无关,但同样也指向一种形而上的永恒和普遍——理。

另外,对于理的探求和揭示也从画面人物形态显示出来。《诗经图》画面中的三两文士在天地间流连交谈的画面,实质上都不以得失聚散等具体情感交流与具体信息传达为目的,而只是揭示了画面人物"或考之事为之著,或察之念虑之微,或求之文字之中,或索之讲论之际"[2] 的"格物""观理""论道"的过程。理学也为道学,道是理也是论,"讲论"是理学,尤其是程朱理学非常重要的日常功课之一;可以说,程朱语录就是"讲论"的产物。程朱认为,格物之道不但得益于思索之际,也精进于讲论之间。而讲论也是马氏人物塑造的一个重要表现内容。在《诗经图》中,作者将人物定格在讲论之际的画面有《破斧》《伐柯》《鱼丽》《椒聊》《十月之交》《无袍》等。

---

[1] Antonova. Space, Time, and Presence in the Icon: Seeing the World with the Eyes of God [M]. Farnham: Ashgate Pub Ltd, 2010: 103.
[2] 朱熹. 朱子全书 6 [M]. 527.

这里，让我们通过《破斧》一图（图4）的独特细节对《诗经图》的人物塑造以及其理学特质进行分析。从《诗经》原作来看，这是一首情感比较强烈的作品，以"哀我人斯"贯穿全篇，一唱三叹①。在分析《破斧》图像时，徐邦达指出："《风》中《破斧》篇只作二人对立，一人手持斧头，一手指点着它作谈论状；一人拱手倾听，这应是描写作讽喻的士人而不是正面

图4 马和之《诗经图·豳风·破斧》（局部）
（浙江大学中国古代书画研究中心. 宋画全集（第一卷·第三册）[M]. 杭州：浙江大学出版社，2010：166.）

图绘周公政事，这样能使展阅者不觉得画面平铺直叙，无复余味。"② 的确，《诗经图》的《破斧》一画中的抒情主体，不但从底层将士一变而成士大夫，且神态平易超然，一人执斧，一人从容应对。整个画面未有任何细节涉及战争，也未有任何细节透露出一丝悲喜。事实上，画面人物除了手和面部交代稍仔细之外，几乎没有什么细节，也无任何背景。画面中"斧"这一视觉符号，虽然面积不大，但不仅占据着画面人物的关注中心，也占据着观看者看画时目光的停留中心。反观《破斧》一诗，斧头这一意象本身，在诗歌中并不占重要位置。这里我们不妨再考察一下先秦战争中作为兵器的斧头。据《六韬·虎韬》载"大柯斧，刃长八寸，重八斤，柄长五尺以上"③，这种斧头显然不是可被宽袍大袖的文人把握、置于眼前谈论和察看的。因此，这里的"斧"明显不是砍和凿的工具，而更具象征意味，是通向形而上之理的途径。正如海德格尔对凡·高之《农鞋》的描述，使之超越器具而直指农妇之存在及其世界。就这点而言，《破斧》之图像意味和诗歌有联系，但实际上又不相符合。马和之笔下超然物外、弃绝悲喜的士大夫，更像格物之道学先生。如这幅画不题为"破斧"而题为"今日而格一物焉，明日又格一物焉"，则更为恰当。画面中的两个人，也非常妥帖地表达了格物过程中，人与物、

---

① 为方便查阅，先将《破斧》原诗抄录如下："既破我斧，又缺我斨。周公东征，四国是皇。哀我人斯，亦孔之将。既破我斧，又缺我锜。周公东征，四国是吪。哀我人斯，亦孔之嘉。既破我斧，又缺我銶。周公东征，四国是遒。哀我人斯，亦孔之休。"（程俊英，蒋见元. 诗经注析[M]. 北京：中华书局，1991：425.）
② 徐邦达. 传宋高宗赵构孝宗赵眘（慎）书马和之画《毛诗》卷考辨.
③ 六韬·鬼谷子[M]. 曹胜高，安娜，译注. 北京：中华书局，2007：134.

物与理、人与人及人与理的关系。

此外，马和之对于格物过程的呈现除了将"思索""讲论"诉诸视觉以外，还将《诗经》中的起兴之物置于画面上非常重要的位置，并使笔下人物面对此物，或思索、凝视，或对之进行"讲论"。例如《常棣》一图，画面主体是三个中年男子，两人郑重其事地面对三株常棣花，一人目送飞鸿。三人面部既无悲喜之色，也没有显示出《诗经》诗句中所吟咏的兄弟和乐的情景。与此相似的还有《椒聊》《桑柔》《十月之交》等，以上诗歌中的"椒""桑"以及"常棣"等几个意象，被《诗序》归于"兴"。"兴"在《诗经》中只是歌者随口将映入眼帘或涌上心头的"象"诉诸语言，并用以建构一种声音模式。钱钟书也认为"兴"是"有声无义，特发端之起兴也"[①]，正如朱熹所言，"兴"之妙在于"全无巴鼻"。但和《破斧》中的"斧"一样，以上提及的几个"兴"之意象，不但在马和之画面中占据了非常显著的位置，而且成为画面人物凝视、谈论以及观看的中心。不但如此，画面上的人物察之、思之、论之，似乎正在努力寻求其"巴鼻"。这一情景可谓是宋儒格物的真实写照。

尤其是《伐柯》一图，画面中的两个人，一人向后指向执斧伐木的人，另一人向斜上方指向画外的虚无，同时专注地交谈着。他们的交流，虽然没有拉斐尔《雅典学院》中柏拉图和亚里士多德一人指天一人指地那么具有显而易见的象征意味，但画面上的人面对事与物，郑重其事以及专注而小心的态度，使整个场景充满了"格物"意味和超验情怀。

（《文艺研究》2012 年第 9 期，有改动）

---

① 钱钟书. 管锥编：第一册 [M]. 北京：中华书局，1986：64.

"造型描述"（Ekphrasis）的复兴之路及其当代启示

从先秦以来无可争辩的"子曰"到明清小说的"有诗为证"，再到当代网络名言——"有图有真相"，这一变迁勾勒出中国语—图话语权的逆转。语图之争，是一个世界性问题。在西方文化史中，语言作为逻各斯的具体呈现，有着创世的力量，也宣告着言辞无可争辩的优势。[①] 但20世纪以来，图像势不可挡的崛起，引爆了它和素有"存在之家"之称的另一符号系统——语言的战争。而图像对于文字的挑衅以及挤压，后来被米切尔命名为"图像转向"[②]。中国学界常以米切尔的《图像理论》作为这一转向的明确标志，但对于这一转向的最初关注和讨论，可以追溯到维特根斯坦后期学说。[③] 在人们对于文本和图像关系的比较和审视过程中，有学者指出：人们都是在隐喻的层面上讨论语言的图像功能或者图像的叙述功能。但正如另一些研究者所揭示出的，任何比较研究都无法彻底剔除其隐喻因素，甚至一幅画和另一幅画，一首诗和另一首诗的比较，都无法摆脱其隐喻性。20世纪50年代以来，维特根斯坦、贡布里希以及福柯和马格利特等各界精英，都不得不面对文字和图像这两种异质媒介，以正视它们之间的相互对抗、相互消解以及相互模仿。如今，视觉文化方兴未艾，在文本和图像相互转换、相互模仿、共同存在的现实状况下，图文关系也变成中西学者

[①] 中西语言观的差异非常微妙，这里就不在本文进行详细论述，简言之，语言的优势在西方而言是语音中心论的延续，而在中国，书写这一活动，有着更为强大的力量，甚至宋代以后的图像，在造型、色彩、笔墨等各方面都无不浸染着书写的痕迹。
[②] 对于"图像转向"的误读以及其确切意义，国内已经有多篇文章进行讨论，这里恕不赘言。但每一种误读都不是无缘无故的，因此每一种误读也有其合理性。
[③] Heinrich, Nemeth, Pichler. Image and Imaging in Philosophy, Science and the Arts [C] // Proceedings of the 33rd International Ludwig Wittgenstein-Symposium in Kirchberg. Frankfurt: Ontos, 2011: 115.

关注的另一焦点，并正在成为一个炙手可热的跨学科研究领域。语言和图像两套符号系统的比较研究，在西方学界以图像学、语言学、心理学等途径广泛展开。与图像叙述所关注的图像对于文本的转述——图像叙事相对应，语言对于图像的呈现和转述这一现象也越来越为人们所关注。20世纪后期，表示语言对视觉艺术的描摹和转述的概念——Ekphrasis，走到理论探索的前沿。本文就西方文本和图像研究话语中的一个古老而又重新活跃起来的概念Ekphrasis入手，通过它的沉浮，从一个侧面展示当代西方对于图文关系的研究。到目前为止Ekphrasis这一术语，并未正式进入中国理论界视野，因而国内对其中文表述也五花八门，至于这些中文命名是否恰当，笔者想在介绍完其源流和内涵以后，再具体进行分析。这里为了行文方便，暂且将之称为"造型描述"。

一

西方学者的研究揭示出，Ekphrasis的出身并不显赫："在古希腊时代是个非常生僻的术语，但却大器晚成。它最初和对艺术品的描述无关，而仅指简单和纯粹的描述，使得听者身临其境。"[①] 可以说，作为一个专业术语，它从一开始就带有几分匠气，不属于形而上学的关注范围，只是在修辞手法、演讲训练等技术层面被提及。因而，古代论及这一术语的著作也屈指可数。当代研究者西蒙·古德黑尔对它的来龙去脉进行了清晰的追溯，并列举了提及这一术语的古典修辞著作，指出它曾出现在："公元前1世纪古希腊塞翁（Theon）、昆汀（Quintilian）的拉丁语修辞著作中，2世纪的哈摩根那斯（Hermogenes）以及四世纪的阿芙赛钮斯（Aphthonius），五世纪的尼古拉斯（Nicolaus），当然，也许还有四世纪初的阿门拿得·瑞何特（Menander Rhetor）的修辞著作中。"[②] 其中，塞翁将之界定为"一种描述性讲述，通过此种讲述，将生动可见的形象传递给听者"[③]。简言之，造型描述作为一种培养演说家过程中的修辞训练方式，其重要功能就是增加言说内容的说服力和感染力："增加言辞的迫切性（Urgency）和激情，它在陈述事实的时候还对听众具有相当强的说服力并且征

---

① Francis. Metal Maidens, Achilles's Shield, and Pandora: The Begging of "Ekphrasis" [J]. American Journal of Philology, 2009: 130.
② Goldhil. What is Ekphrasis for? [J]. Classical Philology, 2007 (1): 102.
③ 同上。

服（Enslave）听众。"①

另一方面，造型描述也被引申为一种文本类型（Gender），也就是大量运用形象描述这一修辞手段所写就的文字。换言之，造型描述也可以指通过生动的语言对于视觉形象进行描述的文字或文本。其中，最为著名和具有代表性的，同时也最广为学者所提及并乐于分析的，是荷马史诗之《伊利亚特》第18卷478行到608行，对于阿格硫斯盾牌的描绘。以下是《阿喀硫斯盾牌》的开头两段：

他首先锻造一面巨大、坚固的盾牌，

盾面布满修饰

四周镶上三道闪光的边圈，

再装上银色的肩带。

盾面一共有五层，

用无比高超的匠心，

在上面做出精美点缀装饰。

他在盾面绘制了天空、大地和大海

不知疲倦的太阳和一轮望月满圆

以及繁密的布满天空的各种星座

……②

接下来，作者不厌其烦地对于盾面上铸造的星辰、城市以及城市中的市民百态进行了描绘。以一幅类似《清明上河图》的全景画面，展现了城市生活中的各个侧面，其中有婚礼、争执、诉讼等日常生活场景。此外，这段文字也对另一空间单位中农夫的收获以及大地上的牛羊等作了细致入微的描绘，展开了类似于田园牧歌似的画卷。西方艺术家曾多次按照荷马史诗对于阿喀硫斯盾牌的文字描述，将之还原。如19世纪西方艺术家安吉洛·蒙蒂塞利（Angelo Monticelli）就曾根据诗歌的描述设计出阿格硫斯盾牌。③ 20世纪初，英国诗人奥顿也以《阿格硫斯的盾牌》为题，创作过一首著名诗歌。文与图超越媒介、超越时空的应

---

① Goldhil. What is Ekphrasis for? [J]. Classical Philology, 2007 (1): 102.
② 罗念生. 罗念生全集第五卷 [M]. 上海：上海人民出版社，2004：478.
③ 西方历史上对于《伊利亚特》中阿喀硫斯盾牌之图像演绎还有尼古拉斯（Nicolas Vleughels）雕刻的盾牌，这一形象出现在亚历山大·蒲坡（Alexander Pope）英语译本中。此外还有1821年亚伯拉罕·弗莱斯曼（Abraham Flaxman）制作的镀金浅浮雕，以上两个雕塑的图像可参见 Murry Krieger 所著的 *Ekphrasis* 一书扉页，该书由约翰·霍普金斯大学出版社1992年出版。

和，使得西方文化的血脉得以延伸，正如瓦伦汀·楚尼汉姆在《为什么是造型描述？》一文中指出的："这种重现不仅仅使得西方的精神体系和西方传统生生不息，同时也造就了造型描述的传承模式。"① 由此可见，在古希腊时代，造型描述首先作为一种修辞手法，同时也用来作为训练演说家的一种手段，以使得其言说吸引观众，使人们身临其境，以赢得听者的共鸣。这种语言对于形态的描摹，不仅以口头形式存在，而且也包括对于各种视觉对象的书面描述。

随后，虽然造型描述这一语言活动持续而广泛地活跃着，但这一术语却经历了漫长的沉寂。自文艺复兴以来到 20 世纪中叶，即使在西方学术界也寂寂无闻。"1965 年 10 月在爱荷华大学现代文学研究中心召开的首届会议上，评论家穆雷·克雷格（Murry Krieger，1923—2000）向大会提交了一篇题为'绘画诗与诗歌的静止运动：或重访拉奥孔（Ekphrasis and the Still Movement of Poetry：or Laocoon Revisited）'的论文，从此英美两国的学者拉开了西方绘画诗学的理论研究序幕。"② 于是，那个尘封已久的古希腊概念又一次粉墨登场了，但其在当代话语中找到自己的位置，也经历了一个艰难的历程。正如米若·克拉克在 1999 年的一篇文章中指出的："十年前，当我刚开始对造型描述进行研究的时候，对我从事人文科学研究的同事谈及这一术语，他们的脸上会出现一种奇怪的表情，然后告诉我两点：第一，他们没有听说过这个词；其次，他们表示自己应该去了解它的意思。"③ 20 世纪六七十年代以来，相关专著和文章也相继出版，20 世纪 80 年代以来更是陆续乃至于频频地出现在《词语和图像》等众多西方文艺理论研究刊物中。④ 从关注这一概念的众多刊物和不同领域的研究者来看，这无疑是一个跨越语文、哲学、美学、艺术、文学等诸多领域的论题，而研究者们也正是从自己的研究视野中，不约而同地关注到这一古老的概念。正如有学者在 2009 年发表的一篇文章中写道："造型描述（Ekphrasis）近年来受到广泛关注（按：原文中以上文字全为大写），无论是古

---

① Cunningham. Why Ekphrasis? [J]. Classical Pgilogy Volume，2007（1）：102.
② 谭琼琳. 西方绘画诗学：一门新兴的人文学科 [J]. 英美文学研究论丛，2001（1）：301 - 319.
③ Klarer. Intrudication [J]. Word and Image，1999（1）：15.
④ 1999 年《词语和图像》（*Word and Image*）杂志就 Ekphrasis 研究出版了专刊，对此概念进行了回顾，并在当代理论话语体系中，赋予其新的身份。8 年以后，也就是 2007 年，芝加哥大学出版的刊物《美国经典语文》（*America Classic Philology*）又一次出版了同一主题的专刊，将对这一概念的分析和运用推进到一个更为深入和具体的阶段。同时，《今日诗学》（*Poetics Today*）、《现代文学学刊》（*Journal of Modern Literature*）、《美学和艺术批评学刊》（*The Journal of Aesthetics and Art Crit-icism*）、《艺术史》（*Art History*）等西方艺术理论主流刊物也有多篇文章涉及这一概念。

代经典研究学者还是后来的文学和书面作品的研究者,都在探索图像和文本的关系。"① 另一个学者在 2008 年提供的一个数据,可以为 21 世纪以来人们对于这个概念的研究热情提供一个佐证:"对美国现代语言学会国际文献目录进行造型描述的关键词检索表明,这个概念作为关键词出现在 468 篇文章、书籍章节以及学位论文中,其中 177 次出现于最近五年的出版物中。"② 而近年来,因为对它的讨论涉及多语言、多媒介(其中包括 BBC 广播),因而变得难以统计。由此可见,近半个世纪以来,这种讨论已经不单纯是对一个古希腊修辞概念的考古发掘,造型描绘摇身一变成为探讨文字和视觉两种符号系统之间的转换互动的重要途径。其中,造型描述的视觉对象范围非常广泛:"从盾牌到缸、被子、雕像、壁画、挂毯、卡通、绘画、照片、电影、建筑的一角或者全部建筑物。"③ 此外,它已经被延伸为对于影像,甚至音乐作品的描述。④ 更为重要的是,当代西方艺术理论家、哲学家以及艺术史研究者,对这一概念重生后的新内涵界定也在不断的对话中形成一定共识,同时也产生了新的分歧。

二

20 世纪以来,Ekphrasis 已经在一个全新的现实和理论语境中,逐渐被赋予了新的内涵,并正在形成一个特定的研究领域,和西方文艺理论史上的一系列关键性概念发生联系。复兴后造型描述的语言呈现对象,不再泛指现实中的一般视觉对象,而特指视觉艺术品。正如加瑟·埃尔斯在其文章中指出的:"只是到了二 20 十世纪以后,这一术语才被专门界定为对艺术品的文字描述。……而这一术语在古代概指对形象的一切生动描述。"⑤ 因而,造型描述也就特指对于视觉艺术的语言描述或呈现。⑥ 这样似乎缩小了论述范围,其实不

---

① Francis. Metal Maidens, Achilles's Shield, an Pandora: The begging of "Ekphrasis" [J]. American Journal of Philology, 2009: 130.
② Sager. Writing and Filming the Painting: Ekphrasis in Literature and Painting [M]. Amsterdam: Rodopi, 2008: 1.
③ Cunningham. Why Ekphrasis? [J]. Classical Philology Volume, 2007 (1): 102.
④ 例如,密西根大学德裔音乐学家 Siglind Bruhn 于 2000 年出版了《音乐的转述:基于绘画和诗歌的音乐创作》一书,将 Ekphraisis 引申为一种艺术对另一种艺术的转述。
⑤ Elsner. Viewing Ariadne: From Ekphrasis to Wall Painting in the Roman World [J]. Classical Philology, 2007 (1): 102, Special Issues on Ekphrasis.
⑥ 就笔者目前的所接触到的相关研究而言,造型描述已经不限于对视觉艺术的语言转述,而早已扩大到表演艺术,例如电影、戏剧的分析之中。甚至,这一概念也被用来指称语言对于乐曲的描绘和转述。

然。即使将造型描绘的对象聚焦为视觉艺术，这依然是一个非常广义的概念，并且随着对这一概念研究的深入，问题越来越显示出它的复杂性。例如，即使是造型艺术，也有现实中的造型艺术、造型艺术所引发的心理知觉、基于记忆的造型形态等等不同层面的形象。因此，关于与造型描述相关的各典型问题及研究方向正在被一一拓展，逐步深入。目前，笔者认为，其关注焦点可以归纳为三个方面：对造型描述的本质特征的探讨，造型描述和叙事的关系，作为艺术史书写的造型描述。

首先，语言对视觉艺术描述与呈现过程中的诸本质特征，是人们关注的重点之一。在阅读造型描述文字的同时，我们也是观看者。这就决定了这一问题的复杂性，也正因为如此，造型描述片段常被视为文本中的异类，被米切尔归结为具有乌托邦倾向的"他者"，和其所寄居的文本显得格格不入。也就是说，造型描述无论作为一个文本，还是作为文本中的一部分，其最终目的是以语言转述为媒介，将特定视觉对象置于目前，使之被凝视："造型描述的对象事实上总是默默无语。这些沉默的符号为自身的被阐释提供了充足的空间，并为其意义的丰富性提供了可能。"[①] 在此凝视过程中，观照主体将观照对象纳入自己的审美经验框架之中，并将之诉诸文字。不过此时，文字仅是其载体，"其中，文本的透明性变得非常重要"[②]。可以想见，与一般的书写相比，造型描述的文字的目的不是言说，而是造型，如同投影仪，最终指向并形成某种影像。这里需要注意的是，当人们将造型描述和叙述作为两个平行甚至对立的文本层面进行讨论的时候，便已经潜在地包含了另一个观点，也就是造型描绘具有静止性以及空间性。无论如何"它（语言）可以指涉一个客体，描述它，唤起它的形象，但是永远不能像图像那样，将之诉诸视觉"[③]。可见，词语和图像之互动虽然错综复杂，但造型描述却永远行进在语言通往图像的途中，可以趋近，而无法抵达。

无可置疑，描述性和生动性是其文字呈现的本质特征。但对于造型描述和一般的描述是否有本质区别，研究者们还存在歧义。比如米切尔在其《图像理论》"造型描述和他者"一节中，认为造型描述没有特殊的语法、句法等一套符号系统，和其他一切文本一样，都是基于普通语言的构成原则："造型描述

---

① Cunningham. Why Ekphrasis? [J]. Classical Philology Volume, 2007 (1): 102.
② Loizeaux. Ekphrasis and Textual Consciousness [J]. Word and Image, 1999, 15 (1): 76-96.
③ Mitchell. Picture Theory [M]. Chicago: University of Chicago Press, 1995: 152.

的诗歌对于视觉艺术品的描写和对其他一切事物的描写一样……造型描述性诗歌对于视觉艺术的描绘的途径和其他文本对其他物品的描述基于同一途径。"① 虽然如此，后来的研究者却指出，语言对一件视觉艺术品的描绘和对一个现实视觉对象的描绘是有差异的："语像对于艺术品的翻译不仅是以语言对之进行表述，而是将艺术品纳入一种造型描述的传统，也就是经历数百年编织而成的概念之网，并顺势将它所隐含的意义阐释出来。"② 这种差异首先来自这二者所置身其中的不同语境。可以想见，我们描述停放在超市门口的自行车车轮和描述安放在纽约现代艺术博物馆的杜尚的自行车轮，显然不能同日而语。同理，对于厕所小便池的描述和被杜尚提名为《泉》的展示品的语言描述，所用的词语和态度也会有明显的差异。以上两个例子虽然极端，但这说明一件日常用品和一件艺术品即使是同一件东西，但一旦其身份发生改变，就会被置于不同的语言取景框中，被用不同的概念群来界定和描述。其描述过程体现出人们对视觉艺术对象和日常生活用具的不同观照方式和不同的言说态度。反之，当毕加索将自行车把手或者杜尚将一个小便池送进美术馆的时候，它们也从一堆被使用的物品中被挑选，变为被凝视的对象；与此同时，这些物品也完成了它们从日常生活视觉对象向造型描述对象的身份转换。以上分析显示，人们对这一概念内涵的划定，对其谈论类别和对象的归纳，进而对其作为不同艺术媒介的相互呈现转换的引申，使得它从一个古希腊修辞学专业术语，升华为一个跨越多领域的范畴。

此外，造型描绘和叙述（Narrative）常常被作为一对范畴进行比较。如果说叙述是用语言展示和呈现一个连续事件的过程，那么造型描绘则是以语言为媒介对一个视觉形象的静态呈现。这使得研究者普遍认为，造型描绘是叙事过程的静止和停顿："尽管这是以语言媒介对造型艺术空间特质和共时性的模仿，造型描述将暂时性地中断叙述进程，从而呈现出一系列静止的片刻。"③ 同样，在一个叙事文本中出现的造型描绘片段，如同叙事长廊中的天窗，引导我们驻足观望一个静止的画面："造型描述使得我们的眼前产生了形象，这种形象不

---

① Mitchell. Picture Theory [M]. Chicago: University of Chicago Press, 1995: 159.
② Elsner. Art History as Ekphrasis [J]. Art History, 2010, 33 (1).
③ Murphy. Images of Pleasure: Goy, Ekphrasis an the Female Nude in Blasco Ibález's La maja Desnuda [J]. Bulleti of Spanish Studies, 2010 (7).

同于叙述,并在故事进程中和叙述平行的对话层面,洞开了一扇窗口。"① 这里我们有必要对于叙事的本质进行简单介绍,以便更为明晰地凸显造型描述的特点。对于叙事以及叙事性,西方不同流派有不同的界定,但叙事的本质就是连续与变化这一观点,得到各叙事学流派的普遍认可和肯定。② 读者对于叙事最基本的期待,即"需要看到事件的变化及其联系,以及不同状态之间的时间延续性和因果关系"。③ 而造型描述则缺乏事件及事件的变化,就像《阿喀琉斯的盾牌》这一片段所呈现的,虽然其诗行中有一些叙事要素,但事件与事件之间却缺乏整体的联系。例如,在描述完盾牌上的星空图案以后,笔者转而开始描述盾牌画面上的城市意象。这里,整段文字以空间为单位被分割成相互独立而不相关的更小的叙述单位。

另一方面,西方一直有诗歌是时间艺术,绘画是空间艺术之说。而造型描绘虽然外在形式呈现为诗歌或文本,但其本质与造型艺术更为接近。造型描述和叙述的动静、时空等一系列对比,使得研究者一再强调其凝视性。早在20世纪90年代,米切尔在其《图像理论》中就已经关注到造型描述的凝视特征,并进一步提及了与凝视相关的安静、可凝视性等女性特征。综上所述,复兴后的造型描述,被置于一个更为广阔与错综复杂的概念之网中,几乎牵涉文本与图像、时空、动静、性别等所有的西方文艺理论传统中的关键性问题,同时,它也的确为以文字和图像关系为代表的不同艺术媒介之间的转换和相互呈现等当代问题提供了有效的研究途径。

艺术史就是造型描述史,因而"没有阐释性描述,就没有艺术史"④。而当人们从另一个视角切入造型描述,并将它作为艺术史构建的一种,甚至是唯一途径的时候,则同时为艺术史以及造型描述的研究洞开了另一个更大的空间。发表于2010年的《作为艺术史的造型描述》一文,系统地探讨了造型描述对于艺术史书写的决定性作用。艺术作品的历史存在,虽然有其时间上的延续和技法上的传承,但艺术史毫无疑问且无一例外,必须由语言写成。在语言对单个艺术品的描述、阐释、再阐释过程中,艺术史得以被书写、被复述和被认同

---

① Bearden. The Emblematics of the Self: Ekphras and Identity in Renaissance Imitations of Greek Romance [M]. Toronto: University of Toronto Press, 2012: 5.
② Wolf Schmid. Narratology [M]. Berlin: Walter de Gruyter Gmbh & Co Press 2010,在此书第一章"虚构文体中叙述的特征"中,对20世纪以来的理论流派对叙述学及其叙述特征有所归纳。
③ Schmid. Narratology [M]. Berlin: Walter de Gruyter Gmbh & Co Press, 2010: 4.
④ Elsner. Art history as Ekphrasis [J]. Art History, 2010, 33 (1).

与修改。而技法上的传承、风格的划定、归纳和命名,都离不开造型描述。正如赵宪章先生指出的,语言对于艺术史的决定性作用,也是由于这两种不同符号媒介的形式决定的:"语言是实指性符号,图像是虚指性符号。正是语言的实指性,决定了它的可信性。"① 达·芬奇的《蒙娜丽莎》之所以在艺术史上如此重要,不仅仅因为其图像的独特性,而在于人们通过对它的凝视以及其所拥有的无限描述的可能。② 而人们对于艺术品的描述本身也蕴含着阐释和评价,反之,也可以说,对于艺术品的描述,是基于某种阐释和评价之上的描述。也正如米切尔在其《图像理论》中指出:"到目前为止,艺术史就是一部造型描述向训诫原则提升的历史。"③ 这表明艺术史不仅是一部图像史,而同时也是以特定方式存在的语言图像的书写史。另一方面,当代艺术媒介、艺术符号的多样化,对造型描述的研究提出了更为迫切的要求。对于模仿性绘画的描述和抽象绘画的描述或者行为艺术的描述,也必将遵循不同的造型描述规则和态度,并会不断形成新的概念和术语。"从欧文·潘诺夫斯基到墨里·克里奇和简穆斯·哈弗纳,自海哥恰穆以来的学者们一直都在寻求更为确凿的理论术语"④,如果潘诺夫斯基认为透视是一种象征而非完全客观的视觉表达方法,那么词语对于视觉艺术品的描述,无论描述者本着怎样的客观态度,也难以避免个人化体验和个性化写作。也正是因为如此,艺术品一直存在着,并以特定的方式被不断凝视和描述,艺术史也以某种方式不断被补充和改写。由此,造型描述正演化成为一种艺术史研究方法论,使得人们得以通过文字对于艺术史的书写,探讨艺术史的发展和流变。

三

当今图文之争已无可避免且无处不在,因而对文图关系的研究更为迫切。西方造型描述这一语言对图像的转述活动及其相关理论,可为中国文图关系研究提供新的途径和思路。目前这个概念正通过人们对西方理论著作和文章的翻译悄然步入中国理论视野,但它的中文表述则足以令人眼花缭乱。例如,米切

---

① 赵宪章. 语图互仿的顺势与逆势——文学与图像关系新论 [J]. 中国社会科学,2011 (3).
② 这一论点是西方学术界公认的,人们对于《蒙娜丽莎》的不断甚至是过渡阐释可具体参见李森. 谁创造了《蒙娜丽莎》[J]. 民族艺术研究,2009 (2).
③ Mitchell. Picture Theory [M]. Chicago: University of Chicago Press,1995: 157.
④ Jenifer. Cushman, Beyond Ekphrasis: Logos and Eikon in Rilke's Poetry [J]. College Literature,2002 (34).

尔的《图像理论》的中文译者将其译为"视觉再现之语言再现"。另外，据笔者所知，国内目前对 Ekphrasis 有所关注的学者谭琼琳，在多篇文章中将其称为"绘画诗"。我认为，以上两种翻译都值得商榷。前者虽然相对准确地表述了这一概念的实质，这也的确是米切尔以及其他学者对其现在内涵的划定。但这一翻译的问题首先在于，它以当代学者对于这一概念的界定代替了这一概念本身。其次，就技术层面而言，这一翻译非常绕口，这就为其中文流通或阐释造成了障碍。同时，就20世纪以来造型艺术的发展形势而言，"再现"显然已经无法涵盖其本质特征了，比如抽象画、装置、多媒体乃至于超媒体等新兴视觉艺术形式，就无法被再现涵盖。而"绘画诗"这一翻译显然是不准确的。首先，诗歌固然是 Ekphrasis 的典型形式之一，但它也可以以言说、文本、艺术史描述等形式存在。事实上，这一概念可以指围绕视觉艺术品描述而展开的一切语言活动以及这种活动的结果——以视觉形象传达为目的的文本。正如我们上文所分析的，这种对于视觉对象的讨论，不仅其古希腊时代的范围不限于绘画，其当代内涵也指一切视觉艺术的文字转述，因而也不止于绘画，也难以将之界定为"绘画"之诗。此外，当代中国一些西方艺术理论研究者，倾向于将之翻译为"艺格敷词"[①]。从某种意义上说，这种翻译是到目前为止较为契合原概念发音的一种翻译方式，但是因其文言气质浓厚，概念本身的内涵没有得到直截了当的揭示。事实上，"艺格"往往会让人误读成艺术范式，而非个别视觉艺术对象。也正因为如此，有学者提出："据说国人多将其译为'艺格敷词'，窃以为译为'说出来'，虽朴实无华，倒也经济实在。"[②] 这里，我们又有了另一个关于造型描述的译文——"说出来"。此种翻译，虽然准确地反映了这一词的最初含义：Ekphrasis 即由 ek（出来）与 phrasis（说、言说）两部分组成。但仅仅翻译为"说出来"，也难以聚焦这一概念的言说对象及范围，即视觉艺术作品。此外，"图说"作为 ekphrasis 的中文翻译之一，也出现在几篇文章中。[③] 但是如果我们检索当代出版的一系列"图说"印刷物，就可以发现，"图说"是以图像阐释文本，以图说文，使得文本更为直观。而 Ekphrasis 则为

---

① 具体参见王晓乐. 语言和图像——"视觉读本"的出版理念[J]. 新美术，2012（3）：75-78；曹意强. 欧美艺术史学史和方法论[J]. 新美术，2001（1）：27-37 等.
② 张逸旻. 伊卡洛斯的回声[J]. 书城，2012（3）：104-110.
③ 具体参见张新木. 论文学描写的文本地位[J]. 吴啸雷，译. 外国文学，2010（4）；艺术史写作原理[M]. 中国人民大学出版社，2004：6；楚小庆在其《形式分析方法在艺术史研究中的局限及其当代机遇》一文中沿用了这一名称，见《江苏社会科学》2010 年第 1 期.

以文说图，因而翻译为"说图"更为贴切。"视觉描写"这一翻译，则也有语焉不详的嫌疑。① 因为我们对于一切场景的描写，都可算是视觉描写，而此概念是特指对视觉艺术品的描写。

不可否认，这一概念的翻译的确是有相当难度的。笔者在试图以中文对之进行表述的时候，同样感觉非常困惑。在反复查阅、分析了这一概念的当代西方阐释以后，我曾认为"语像"或者"语象"是一个较为准确的描述，但查阅检索了"语像"和"语象"的中文资料后，却发现它们已经有了相对固定的含义。如，这二者都指蕴含在语言中的形象，或者由语言描述而在读者心中唤起的形象。而大量的资料显示，目前这两个概念在中国文艺理论研究中，并未涉及对视觉艺术的转述这一层意思，且这两个概念本身也已经充满歧义。② 因此，我经过再三斟酌之后，决定姑且将其翻译为"造型描述"。"造型"可涵盖一切视觉艺术品，而"描述"则指对视觉艺术之语言表述。当然，这一翻译也有其无奈和不准确的一面。例如，造型的确是西方艺术，包括绘画、雕塑等各门类的重要目的，但对于中国艺术而言，写意常常比造型更为重要。因此，本文的翻译和论述仅为抛砖引玉之举，有待方家进一步讨论。尽管如此，造型描述及其相关论题的研究对于中国艺术以及艺术史研究具有极其重要的借鉴意义。这种借鉴意义体现在两个方面。

首先，自古以来，中国人对于视觉艺术的描述可见于赋、散文、诗歌等几乎所有的文体之中。这类文本相对于一般的抒情、叙事，肯定有其独特性，值得从特定视角对其时空呈现、形象和抽象、动静、现实和虚幻等诸多特征进行分析。如汉赋这一文体本身就具有很强的造型功能，以至于刘勰《文心雕龙·诠赋》称其为："写物图貌，蔚似雕画。"其中，很多作品可以被视为典型的造型描述文本，如羊胜和刘安都有以屏风为咏歌对象的《屏风赋》。此外，汉赋中以园林、建筑乃至于扇等视觉艺术对象为描述对象的作品，都有大量造型描写和刻画的段落。同样，中国传统咏物诗中的大部分作品，也必对所咏之物进行独特而传神的描绘，其中不乏对视觉艺术品的描述；传统像赞中的一部分作

---

① 具体参见张秀梅. 斯宾塞名作《仙后》中的"性道德观"[J]. 外语研究，2009 (5)：99-102.
② 具体可参见蒋寅. 语象·物象·意象·意境[J]. 文学评论，2002 (3)：69-75；黎志敏. 语象概念的"引进"与"变异"[J]. 广州大学学报，2008 (10)：79-85. 以上两篇文章对于语象进行了较为详细的分析。而赵宪章. 语图符号的实指和虚指——文学和图像关系新论[J]. 文学评论，2012 (2)：88-98，也涉及对语象的论述，同时，作者将语像进一步界定为"语象画"。诸多分析表明，语象和语像，皆和视觉艺术无关。

品或文字段落，也涉及造型描绘。而唐宋以来繁盛起来的题画诗更和造型描述有不解之缘，例如杜甫的《姜楚公画角鹰歌》《题壁上韦偃画马歌》等，宋代苏轼、陈师道、陈与义、范成大等众多诗人的题画诗，都可作为以文写画的个案分析对象。对于造型艺术品的描绘在历代古文笔记中也占一席之地，韩愈《画记》、苏轼《书蒲永升画后》、黄淳耀《李龙眠画罗汉记》等堪称典范。因而，造型描述无疑为中国传统文图关系研究提供了新思路。而余光中的诗歌作品《白玉苦瓜》，以故宫博物院陈列展出的玉雕白玉苦瓜为描述对象，是当代诗歌造型描述文本的杰作。

　　此外，语言对艺术品的描述在中国艺术史的生成和流变过程中有着极其重要的作用。尤其是宋代以后，文人掌握了艺术史尤其是绘画史的书写话语权。他们对于绘画的评介和转述以及题诗、歌咏等针对绘画作品的语言活动，对于中国绘画体系的编码和解码作用巨大，并对宋代文人画及水墨画、写意画面目的形成和主流化具有决定性作用。这里，笔者想重提董源，以简单勾勒出语言描述对于中国绘画史的塑造。董源在中国绘画史上的地位无须赘言，其风格也似乎众所周知，即"一味古雅简当"（屠隆《画笺》），"一片江南"（董其昌《画旨》）。对于董源的描述始于宋代，"沈括的董源观是接受美学意义上的，他在表述董源的时候细腻地描述了他个人的审美体验。其中他贡献了一个可被后世文人画家利用的关键词——'用笔草草'，这也是元趣——进而重叠为一个可供想象的董源。"[①] 董随后被米芾、"元四家"、董其昌、"四王"等人不断描绘，最终完成其历史升华。而宋代《图画见闻志》则为我们呈现了另一个董源："水墨类王维，着色如李思训。兼工画牛、虎，肉肌丰混，毛毳轻浮。"[②] 因此，我们心目中的董源，包括沈括、董其昌所描绘的董源只是董源风格的一个侧面，甚至可用"董源·印象"命名。[③] 由此可见，中国艺术史上语言对于图像特有的暴力与规约更为显而易见。再者，中国绘画由于创作材料大多为绢、纸等，本身就不易保存，在历代战乱中，都会有大批皇家和民间藏画被洗劫、毁坏，很多作品无法传世。人们只能通过语言所建构的乌托邦去构想那些

---

① 尹吉男. 董源概念的历史生成 [J]. 文艺研究，2005（2）：92-101.
② 关于董源的蜕变过程，可具体参见尹吉男. 董源概念的历史生成 [J]. 文艺研究，2005（2）：92-101；杨春晓. 从对董源的评价看米芾对宋元明清鉴藏的影响 [J]. 书画世界，2006（2）：68-69.
③ 中国画史上对于董源的文字记载，为当代董源作品真伪、风格鉴定造成障碍。对董源作品的历史记载和原貌的争论在辨析《溪岸图》真伪问题上，激起千层浪，对于这一问题的讨论具体可参见：解读溪岸图 [M]. 上海：上海书画出版社，2003.

消失在历史烟尘中的古老图像。即使有作品传世，因中国自古以来没有公共艺术馆，而无论是院体画还是文人画，不是藏于皇家，就是被收纳于文人雅士之手，绝大多数人无缘得睹。相对而言，虽然艺术博物馆在西方也起步较晚，但在相当长的历史时期内，教堂事实上就起着美术馆和音乐厅的作用。很多西方造型艺术杰作，在教堂中直接面对观者，例如《西斯廷圣母》、米开朗琪罗的雕塑作品等。所以，图像的语言转述在中国艺术风格变迁以及艺术史书写中具有更为重要的作用。造型描述和图像叙事的研究相表里，为解读中国文图之异同，提供了一个有效的途径。

结语

综上所述，西方理论话语中的造型描述，已经从对于形象化描写的一种修辞方式或者一种诗歌体裁，上升为一个文艺理论、哲学、语文学等众多领域的研究和认知范畴，并且与一系列关键性概念，如模仿、叙述、性别、凝视以及语图关系一起，成为艺术史研究的新方法和新途径。这也意味着，造型描述在当代西方理论语境找到的新的定位，也将被赋予新的使命。尽管如此，当前无论是中国还是西方，研究者对于这一术语的现代阐释还只是刚刚拉开序幕。

（《江海学刊》2013年第1期，有改动）

飘来飘去：宋代绘画中的云烟隐喻

秦汉之际，云烟在绘画中大量存在，灵芝形云朵或如意状流云作为神仙世界的转喻，昭示着画面空间的非凡。宋代以来，云烟作为一种图像语汇，运用更为广泛。它一方面在道释绘画中继续烘托着神仙世界的奇异，另一方面也成为宋代绘画中营造诗意的基本图像修辞。人们对隐喻的兴趣由来已久，当代学术界在这方面的研究更是方兴未艾。"隐喻最本质的东西就是通过一些事物来理解和体验其他事物"①，因此，它也是宋代绘画通向诗歌并用以营造诗境的重要方式。鉴于此，笔者仅拟分析云烟隐喻所关联的几个诗意要素，即本体和喻体的几点相似性，并以此为立足点，从诗意时空、图像抒情和诗性人格隐喻等三个层面，对主题展开讨论。

一 诗意时空隐喻

西方文化注重永恒，而中国文化则更强调变化，此即"易"。国人历来认为，世界的根本存在就是变化，生生不息之为易，世界本体即为虚，宋人深得其妙。宋代司马光在其《潜虚》中曰"万物皆祖于虚，生于气"②，理学家张载也认为"太虚无形，气之本体，其聚其散，变化之客形尔"③。云作为气，往来不定变幻莫测，飘荡于天人之际；遇水，即弥漫为云水；在天，即笼罩成云天；遇风，可风云际会，近察则又近乎于无。云的以上特性，正满足了宋人对

---

① George Lakoff, Mark Johnson. Metaphors We Live By [M]. Chicago: University of Chicago Press, 1980: 37.
② 王云五. 丛书集成·潜虚·潜虚述义·潜虚解 [M]. 北京：商务印书馆, 1940: 1.
③ 张载. 正蒙 [M] //张载集. 章锡琛, 点校. 北京：中华书局, 1978: 7.

于万物之祖、太虚之体的论断。云烟对山水空间的塑造，也是对于"道"的直观呈现，通过云烟意象，将气之运化、大道之流行诉诸视觉。正因为如此，云是宋代绘画中无处不在的图像语汇。云之飘荡，在很大程度上使得画面从自然空间转化为诗意空间，此即意境。中国历代主流绘画空间的建构大致可归纳为三个阶段：其一为秦汉绘画中的神仙空间，其二为隋唐五代及北宋前期的自然空间；其三则是北宋后期及南宋、元代以降的诗意空间。其中，第二和第三阶段并无明显界限。因为唐宋文人对绘画创作和品评的大力介入，使得当时绘画所营造的写实空间深受诗意浸染。画面上山水树石、渔樵耕读等基本图像语汇，同时也是历代诗文中的经典诗歌意象。宋以前及宋初绘画中的云烟在画面上常占据一隅，且边界明晰。正如高居翰在其《对〈溪岸图〉的十四点质疑》一文中指出："在10世纪的山水画里面，无论表现薄雾还是浓雾，都被限制在很小的范围内。"①五代时期，经董源、巨然等人之手，云烟也从山水之点缀，一变而成为画面的主要表现对象，尤其在北宋惠崇、赵大年以及"二米"的作品中，常占据画面视线中心，形成一片颇耐玩味的虚空地带。五代、宋初，画面上的云逐渐实现了形态上的重塑以及意义上的重构。其时，董源、巨然以及李成、范宽等人似乎有意规避、排斥云烟的转喻意味，而突出其隐喻功能，如传为王维所作的山水画论《山水诀》便有"闲云切忌芝草样，人物不过一寸许"②之说。对"芝形云"的排斥，透露出宋代文人对这一图像语汇神仙意味的抵制，同时也标志着他们对画面诗意隐喻维度的理论开拓③。

---

① 卢辅圣. 解读《溪岸图》[M]. 上海：上海书画出版社，2003：47，239.
② 王维. 山水诀[M]. //俞剑华. 中国古代画论类编. 北京：人民美术出版社，2000：593. 人们一直对《山水诀》是否出于王维之手心存质疑，此篇山论模仿传统诗论套路，简明扼要地对山水画之画式、画格和画病进行了归纳，的确勾勒出宋代文人画荒寒、空阔的典型意境，也传递着文人画的核心观念。《四库全书总目提要》即指出："旧本题唐王维撰。词作骈体，而句格皆似南宋人语。"就流传日本的王维《辋川图》摹本来看，此画为青绿山水，构图方正，屋宇占据画面正中，外围环山，其画面构图、色调、神韵和我们心目中的文人画相去甚远。所以，笔者认为王维名下的两篇山水画论皆为宋人假托，限于篇幅，这里不做进一步阐释。
③ 在宋代文人画中，灵芝形云朵已经基本消失。但米友仁的名作《潇湘奇观图》有大片云朵呈如意或灵芝状，但正如其题目所揭示，米氏父子图像所揭示的是供"观"的奇境，此"奇"便有强调有仙意的意味。另，此画跋中提及米芾称"楚米仙人"，也能窥见二米父子的不凡之处。只是，山水之"奇"与"仙"由水墨语言和潇湘镜像转达出来，便则是一番诗意，而与秦汉仙境相区别，正如米芾之自称"宝晋"，也依然是宋人意趣。董其昌曾指出："米氏父子宗董、巨，然法稍删其繁复。独画云仍从李将军钩笔，如伯驹、伯骕辈，欲自成一家，不得随人去取故也。"陈传席在《中国山水画史》中指出："米芾秉性高傲，凡事务求出人头地。凡是众口皆云的问题，他总要找出一些相反的意见。"（江苏美术出版社1988年版，第274页）观其画风亦如是。

就绘画的视觉呈现而言，云烟客观上是对视线的阻断。宋画中的烟云在遮蔽了现象世界的同时也敞开了诗意的世界，一如汉语诗歌常用的创作技巧："词语又如一层轻纱而徒有遮盖的形式，实际上，它们反而更增加了在它们掩盖之下的东西的诱惑力。"① 这迫使绘画赏鉴超越单纯的观看，同时促使欣赏主体在"涵咏"中，体会并建构绘画意境。北宋中期，也正是中国艺术史上对诗画的融合进行多方探讨的阶段。宋代是中国科举最为完备和发达的朝代，范仲淹、欧阳修等寒门子弟皆通过读书科考改变了命运。诗赋在宋代科举中所占权重虽不及唐代，但也是宋廷取士的重要科目。对于从小饱读诗书的宋代知识分子而言，诗歌节律已经和生命节奏相为表里，成为文人介入绘画创作和评点的文化背景，也是诗画意象深入互文、互动和相互渗透的基础。因此，看画的过程也就是唤醒观看者内心所蕴藏的"诗情"和"诗意"的过程，也是对云烟弥漫所留下的空间进行解读和建构的过程，其间所感受到的意境和意象，必定根植于诗歌。此外，宋代绘画的水墨点画和书写倾向使得画面颇具文字意趣，这也为诗歌和绘画意境的融通提供了媒介上的共性。山水树石及点景人物等以笔墨勾勒出的图像语汇，由虚空的烟云相联系，一如诗歌文本中频繁出现的"山""水""林""木"等汉字，在人们的心理知觉中浮现为意象，此两者都出人意表地融合、转化为诗意空间："状难写之景，如在目前；含不尽之意，见于言外，然后为至矣。"②

亦真亦幻、非逻辑性是意境的要素之一。云烟弥漫，恰恰为绘画空间的非逻辑性延伸提供了可能。诗歌语言在对日常逻辑的破坏中，会获得一种意想不到的意趣，如同人们所津津乐道的"钟声云外湿"等无法诉诸逻辑之诗句。云或雾霭在宋元以来的绘画中，几乎可以联系起一切空间单位，如远近、上下，甚至想象和现实、现在和过去。谢柏轲和高居翰曾不约而同地对北宋山水"含混不定的空间"进行了专门论述，并指出《早春图》在空间安排上的不合逻辑："郭熙似乎意识到了这样一个错误，但凭借他的艺术天分，将此转化成了颇有戏剧性的成功之笔。他借薄雾掩饰了未连接的部分山峦，甚至还将附近树木的上端枝丫投入一片突如其来的空蒙之中，使明暗布局产生了极其惊人的效果，这是我所熟悉的其他作品所不具备的。"③ 对于这种空间安排的"失误"，

---

① 宇文所安. 追忆[M]. 北京：生活·读书·新知三联书店，2014：6.
② 欧阳修. 六一诗话[M]//吴文治. 宋诗话全编（第一册）. 南京：江苏古籍出版社，1998：214.
③ 卢辅圣. 解读《溪岸图》[M]. 上海：上海书画出版社，2003：239.

我们并未感觉有任何不妥，反而获得一种特殊审美意味。这种非逻辑正如同诗歌中的拗体，在形式上具有"惊人效果"；可以说，这不但打破了我们的日常感知框架，同时也实现了文本的超越，使得"言外之意"和"弦外之音"获得栖身之所。此外，中国绘画中的云及其衍生物，如雾霭、山岚，为画面营造了淡出淡入的效果，如此既构成一幅画的余韵，也成为另一幅山水展开的前奏。我们甚至可以说，云烟弥漫于宋元以降绝大部分绘画空间的背景，且不合逻辑地绵延为超越时空的山水语境，从而实现了诗意、画境和诗境的融合。云烟笼罩下的已不仅仅是山水，而是我们诗意生存的世界，正所谓"此间有句无人识，送与襄阳孟浩然"①，从而烘托出一种无法诉诸语言和视觉的诗意空间。另一方面，画面上的云烟以及画面空白对云烟的暗示，既是诗意的栖息之所，也预示着宋代绘画对诗、书、印的虚席以待。

　　如果说《林泉高致》中的高远、深远、平远与物理空间或者自然空间密不可分，而稍后韩拙在其《山水纯全集》中所归纳的"三远"则更是一种心理空间或者诗意空间："有近岸广水旷阔遥山者谓之阔远。有烟雾溟漠野水隔而仿佛不见者谓之迷远。景物至绝而微芒缥缈者谓之幽远。"② 这里的"远"不仅是空间隐喻，同时也是时间隐喻。

　　一直以来，云或烟云作为时间隐喻被广为运用。这首先缘于云和时间之间深刻的相似性：时间和云烟本质上皆为虚空，一切可感知可触摸的繁华与美丽，终将如云烟一样随风逝去。历代汉语诗歌有大量诗句以烟云隐喻年华流转、世事变迁，如陶渊明"遥遥望白云，怀古一何深"③，黄庭坚"饮如嚼蜡初忘味，事与浮云去绝踪"④ 句，不可胜数。对于时间的体验以及对于时间流逝之感慨，是汉语诗歌的根本立足点："只有当诗歌语言被用于呈现生命时间本身，诗歌语言才获得其内在旋律；又因为时间的不可表述，必须通过空间意象的律化以及生命空间的流转，才能对时间的流逝作出标示。"⑤ 时间隐喻也是中国诗歌和绘画得以融合的基点之一。黄庭坚面对赵大年的山水，曾慨叹道："年来频作江湖梦，对此身疑在故山。"⑥ 可见，云烟使如此单纯的风景也包含

---

① 王文诰. 苏轼诗集 [M]. 孔凡礼, 点校. 北京：中华书局, 1982：1540.
② 卢辅圣. 中国书画全书：第二册 [M]. 上海：上海书画出版社, 1992：355, 782.
③ 陶渊明. 陶渊明集 [M]. 逯钦立, 校注, 北京：中华书局, 1979：61-62.
④ 黄庭坚. 黄庭坚全集：上 [M]. 南昌：江西人民出版社, 2011：703, 526.
⑤ 沈亚丹. 论汉语诗歌的内在音乐境界 [J]. 南京师大学报（社会科学版）, 2006 (1)：126-130.
⑥ 黄庭坚. 黄庭坚全集 [M]. 南昌：江西人民出版社, 2011：526.

了世事无常的意蕴。也正因为如此,自文人画诞生之日起,云及烟云意象便在诗与画的唱和中纳入无数可说或无可言说的意义,如同德勒兹的褶子,在时空两个维度中不断展开,画面的一切缥缈如同追忆。由此可见,绘画中的烟云及其所呈现为的空白,不仅涉及空间构建,也和汉语诗歌传统中的时间隐喻相契合。

事实上,时间乃意境生成不可缺少的维度。烟云笼罩使得画面不再是对现实空间的逼真记录,而是对心理空间乃至于记忆中的某个空间片段的重现。烟云是画面用以打破完整并填补不完整的最佳语汇,也是将现实空间转化为意境的有效途径。正如宇文所安在《追忆》中所揭示:在时间流逝之间"回忆永远是向被回忆的东西靠近,时间在两者之间横有鸿沟,总有东西忘掉,总有东西不完整"。[1] 如果说,我们置身其中的世界以现在时的方式展开自己,那么许多宋代绘画则以云烟向我们叙述种种往事。其中,有很多细节被忽略,也总有很多场景和人物挥之不去。由此,宋代文人以及后世文人所面对的不仅是满纸云烟,而且是记忆中的万里乡关、宦海沉浮间的长亭短亭,又是朝代更迭中的故国山河。我们可以从惠崇、赵大年小景山水的烟霭弥漫中,体会到世界的欣然呈现;也能在马远、夏圭的半山一角中,感受到对故国不甚清晰的追忆。画面所承载的情绪,并非身历其境的激越,而是蓦然回首时的释然与怅惘。总之,境由心生,令人魂牵梦绕的肯定不是触手可及之当下,而是云烟往事。诗画意境的妙处正在于此。

这里需要补充一点,水,也是中国文化及诗歌中常用的时间隐喻,因为水之流动和时间之流逝同样具有多重相似性,这一点已为孔子在两千多年前道破——"逝者如斯夫,不舍昼夜"。但文献和诗歌作品显示,水和云作为时间隐喻,两者之间还存在着细微差异。无论是孔子之叹,还是乐府民谣"百川东到海,何时复西归",水往往代表了当下的时间,或可说水象征着当下时间的流逝。时间轴上的每一刻现在都如同眼前的流水,消失成为过去。换句话说,水将时间的流逝诉诸视觉,而云则更多的是对于往事的追忆:"人生在世共如此,何异浮云与流水"[2],"宫中歌舞已浮云,空指行人往来处"。[3] 当然,云和水密不可分,正如时间之过去和现在连绵不断;水蒸而成云,仿佛现在变为过

---

[1] 宇文所安. 追忆 [M]. 北京:生活·读书·新知三联书店,2014:2.
[2] 全唐诗 [M]. 北京:中华书局,1980:1276.
[3] 全唐诗 [M]. 北京:中华书局,1960:218.

往，亲历成为回忆。国人对于时间之流逝总有一种令人动容的慨叹，这种情感不仅存在于诗歌中，也通过图像隐喻渗透到绘画中。因此，山水云烟从来都不似它所呈现的那样宁静和超然。尤其是宋元文人山水，林泉烟霞之间，也正是悲欣交集之处。烟云流水所隐喻的时间，山水画面中蕴藏的视点的流转，以及笔墨徐疾所形成的节奏，以上种种交织为诗。正因为如此，夏圭的《溪山清远》、黄公望的《富春山居图》、石涛的《搜尽奇峰打草稿图》等画卷，在朝代更迭中的徐徐展开，实为岁月江山的抒情长歌。

二 云烟隐喻与图像抒情

无论是《圣经》绘画还是古希腊神话题材绘画，西方绘画和叙事联系异常紧密。但中国画，尤其是宋元以来绘画，则更倾向于抒情。目前美术史及艺术理论有众多学者关注图像叙事，却少有人对中国绘画的图像抒情进行深入研究。虽然天地似乎无情，但一山一水、一花一草皆和深层文化情感相联系。宋代文人说画，往往推崇王维，而云无疑是王维诗歌中的一个重要审美意象，其中又以"行到水穷处，坐看云起时"句最为人所称道，至于"水尽"到"云起"之间的人事变迁与内心波澜概未提及。这种不动声色间的深情，在宋诗中不可胜数，也是宋诗的隽永之处。如王安石有诗曰"看云心共远，岁月影同孤"[1]，借云与月道出孤寂人生中的旷达。山水画超越人物佛道，成为宋代绘画最重要的组成部分，更是大量采取借景抒情的方式。画面貌似杳无人烟，但事实上触目皆有情。其中，云因其变幻与飘动，成为重要的抒情意象，云的意义也在山水中以不同的方式被一再展开。另一方面，宋代文人以诗评画、论画、题画成风，画面未点破之情常为诗人从画外道出。这些诗在当时以及后世，都作为绘画作品潜在的文本与图像共在，并影响着人们对绘画的解读。如苏轼在其《书王定国所藏〈烟江叠嶂图〉》吟道："江上愁心千叠山，浮空积翠如云烟。山耶云耶远莫知，烟空云散山依然。"[2] 以一个"空"字，一个"散"字，道尽画中江山的无常和无奈。如此，云在宋画中的弥漫，使得它不仅是一个名词，同时也延伸为一个动词，甚至具有了连词的功能，使得画面不同空间单位成为一个整体。同时，云烟更似一个叹词或语助词。它既于虚空处联系起不同

---

[1] 王安石. 王荆文公事笺注：中 [M]. 上海：上海古籍出版社，2010：552.
[2] 王文诰. 苏轼诗集 [M]. 孔凡礼，点校. 北京：中华书局，1982：1608.

空间单位，也使得画面的情感含而不露："树石，人皆能之，笔致缥缈，全在云烟。乃联贯树石、合为一处者，画之精神在焉。"① 诗家同样重视虚字："唐人诗眼本于此尔，诗妙处不在实而在虚。"② 弦外之音、言外之意和象外之象，皆是中国传统艺术的着力处。在亭台山水等一切形象中，云是最抽象虚无的，但也正因为其虚，所以能传达其他图像符号所无法表达的喜怒哀乐，甚至超越哀乐而百味杂陈。接下来，笔者将分别以宋代两幅绘画为例，从画面的构图和笔调分析其中所透露的悲喜，以具体剖析云烟隐喻的抒情功能。

其一为赵令穰长卷《湖庄清夏图》（图1）。赵令穰是北宋重要山水画家之一，董其昌赞赵画为"超轶绝尘"。画面图景沿湖岸延伸，呈柔和舒展的"W"形，汀岸、丛树为横贯画面的云烟深锁，岸边几间小屋错落，林间小径隐约有一人影茕茕独行，更显意境清旷静谧。作者笔下的景物甚为概括，房屋树木荷塘皆剔除了琐碎的细节，图中世界洗练宁静。丛树低矮有序，形态颇有文字的简约意趣，错落为浓浓淡淡的一列"丫"字。因为一抹云烟阻断，再加上湖岸向画面深处延伸，沿岸的树列由"丫"模糊为"1"，再变为几个淡淡的墨点，直至消失在烟云深处。树冠或集点成簇，或由细眉样墨线条反复描绘而成，浓淡参差。北宋词人柳永有"一日不思量，也攒眉千度"之句，而大年笔下之树也得"攒眉千度"之风情。以上种种，使得画面流露的喜悦和生机不言而喻，但细品之后，又不尽然。王时敏曾记："余家藏赵大年《湖乡清夏图》，柳汀竹屿，

图1　赵令穰《湖庄清夏图》（局部）（浙江大学中国古代书画研究中心. 宋画全集（第六卷·第一册）[M]. 杭州：浙江大学出版社，2008：43.）

---

① 孔衍栻. 石村画诀[M]//俞剑华. 中国画论类编. 北京：人民美术出版社，1986：976.
② 谢榛. 四溟诗话[M]. 北京：人民文学出版社，1961：19.

茅舍渔舟，种种天趣，非南渡后人所及。"① 王时敏中年亲历明清易代，赵画的意境一定触发了他的故国之思。宋代画僧惠崇作品意境和大年相近，两宋很多诗人对二人的绘画作品皆有大量题咏。其中苏轼题惠崇的一句"春江水暖鸭先知"最为人称道，诗句以出乎意料的方式，道破了惠崇画中早春的喜悦和温暖，鸭和桃花，即幻化为东坡的身外之身，感悟早春之欣然。但当这种欣然展现为烟云或往事时，反而会勾起一丝怅然，王安石曾题惠崇山水："往时所历今在眼，沙平水澹西江浦。"② 总之，宋画无大喜大悲，悲喜多只在一转念之间，宋诗也如此："初觉生涩，而回味隽永。"③

有时，画面上的云也意味着沉默，进而指向无法言喻的悲伤。《孝经图》是北宋著名画家李公麟的长卷，画面以图像方式呈现了《孝经》的内容。文徵明言："龙眠居士李伯时所画《孝经》一十八事，盖摘其中入相者而图之。"④ 所谓"入相"就是可诉诸视觉，或者符合视觉传达规律。《孝经》第十八章讲述了一个孝子失去父母的哀痛，原文为："子曰：'孝子之丧亲也，哭不偯，礼无容，言不文，服美不安，闻乐不乐，食旨不甘，此哀戚之情也。三日而食，教民无以死伤生。毁不灭性，此圣人之政也……死生之义备矣，孝子之事亲终矣。'"⑤ 此段文字前半部分为一连串否定句，难以诉诸图像，而后面几个短句，内容涉及丧亲三日到三年的状态，时间跨度非常大，其图像传达具有相当难度。李公麟不愧为旷世大家，他并未正面描绘孝子丧亲后衣冠不整神情憔悴的样子，而是另辟蹊径，以飘荡在水面上的孤舟和一座云烟缭绕的山，来表达丧亲的全部伤痛。这无疑更为哀婉含蓄，也更能深刻地引发观者的共鸣。画面所呈现的只是一叶孤舟和一座孤山，二者为浓重的烟云阻断，云聚集在山脚下，呈如意灵芝形。笔者以为，这是作者有意为之，灵芝形状的云是为了强调"丧亲"之"丧"并非一般意义上的死亡，而是仙逝，既是灵魂永生，也表达了生死相隔的悲哀。李公麟的好友苏轼在《跋李伯时〈孝经图〉》中便指出："至第十八章，人子之所不忍者，独寄其仿佛。非有道君子不能为，殆非顾、陆之所

---

① 王时敏. 西庐画跋 [M] //清初四王山水画论. 济南：山东画报出版社，2012：11. 另，王时敏所提作品未必是现标为"湖庄清夏图"的长卷，因为后者画面点缀芦雁、野鸭，未见渔舟，似乎与王所论作品不符，但情致意象皆相近，可互相印证。
② 王安石. 纯甫出释惠崇画要予作诗 [M] //陈衍. 宋诗精华录. 上海：上海世纪出版集团，2008：41.
③ 宋诗鉴赏辞典 [M]. 上海：上海辞书出版社，1987：3，8.
④ 卢辅圣. 中国书画全书 [M]. 上海：上海书画出版社，1992：782.
⑤ 李学勤. 孝经注疏 [M]. 北京：北京大学出版社，1999：57.

及。"① 顾、陆分别是顾恺之和陆探微，皆以人物见长，顾恺之《洛神赋图》通过对曹丕和洛神表情与姿态的描绘，揭示了人神殊途之悲凉。但苏轼认为李公麟此画对悲伤的表现更胜一筹。美国汉学家班宗华也指出："这只孤独的小舟在云烟缭绕的山边飘荡，仿佛迷失在虚无之中。的确，这种空虚是一种图像隐喻，是紧随亲人死亡之后的悲哀和茫然。"② 班宗华可谓李公麟的知音。此种共鸣也说明云烟隐喻所表达的情感，具有超越时空的普遍性和穿透性，它可致淡致远，也可深厚浓烈，但皆意味深长，避免了情感呈现中的声嘶力竭。正如过于直白强烈的情感在诗歌中也必须避免，否则难免"捉煞了"："以神理相取，在远近之间，才着手便煞，一放手又飘忽去，如'物在人亡无见期'，捉煞了也。"③ 此与宋儒对情感"发而中节"的要求相契合。

三 诗性人格隐喻

云烟隐喻的广泛运用，使得宋代绘画将自然山水转化为诗意时空。画面或寂寥荒寒或简淡欣然，但每一个诗意盎然的世界背后，都不言而喻地存在着一个诗意主体，以诗意和诗情点化此山川万物。云烟以其聚散、自由、灵动而成为一幅绘画的灵魂，否则"山无烟云，如春无花草"④。"山"无"烟云"的缺失不仅是不完美，而且丧失本性、面目全非。云烟作为画面中流动、沉浮的自由气息，也就成为宋代绘画中的诗意人格隐喻。

"托物言志""借物抒情"以及在此基础上形成的象征、隐喻等修辞方式，在汉语诗歌中广为运用。宋代文人对于绘画创作的参与和品评，使得汉语诗歌创作中的象征、隐喻、提喻等语言策略，也被转化为一系列图像修辞。例如，传统诗歌中的松竹梅等意象，逐渐形成为宋代绘画中的"岁寒三友"等图像符号。其本质便是通过具体的植物形象，直观呈现抽象人格中的道德特性。墨梅和墨竹作为道德人格象征，也被宋代画家反复图写。这里要稍加说明的是：在中国艺术中，存在着儒家和道家两大隐喻体系。松竹梅等植物，因为其坚守、执着、傲雪迎霜等品格，是儒家隐喻体系中的常见符号。而云烟因其散淡、无

---

① 东坡画论 [M]. 济南：山东画报出版社，2012：82.
② Barnhart. Li Kung-Lin's Classic Filial Piety [M]. [出版地不详] Metropolitan Museum of Art, 1993：150.
③ 王夫子. 姜斋诗话 [M] //清诗话. 上海：上海古籍出版社，1999：10.
④ 郭熙，郭思. 林泉高致 [M] //潘运告. 宋人画论. 长沙：湖南美术出版社，2000：24.

为、自由，而成为道家隐喻系统中的关键性符号。东晋时期，陶渊明出入儒道，带着他的诗和一系列隐逸道具登场，也成就了中国艺术史上的种种意象和母题，例如五斗米、五柳、采菊和南山等，云烟是其中之一。

在中国诗歌史上大量吟咏"云"且将其作为一种人格隐喻的诗人，当首推陶渊明。陶潜作为隐逸之士，虽一直为人敬仰，但其文学史地位的真正确立以及对其诗歌艺术价值的深入挖掘，始于北宋。北宋文坛领袖欧阳修和苏轼对于陶潜诗文的赞美不遗余力，且无以复加。欧阳修曾曰："晋无文章，唯陶渊明《归去来兮辞》。"① 苏东坡在《与苏辙书》中，更将陶诗置于李杜作品之上："吾于诗人无所甚好，独好渊明之诗。渊明作诗不多，然其诗质而实绮，癯而实腴，自曹、刘、鲍、谢、李、杜诸人，皆莫及也。"② 钱钟书曾指出："北宋而还，推崇陶潜为屈原后杜甫前一人。"③ 云烟作为喻体和诗意人格相联系，发端于陶渊明。陶诗中的云不仅仅是一种自然物象，更有人格意味，如"云无心以出岫，鸟倦飞而知还"④ "万族各有托，孤云独无依"⑤ 等，皆为诗人自况。正如研究者指出："陶渊明所以较多地以云入诗，是和云的自然特征与陶渊明人生追求有着极为密切的关系。"⑥ 宋人对陶渊明的推崇、阐释以及图像描绘前所未有："渊明文名，至宋而极。"⑦ 可以说，陶潜形象以及其种种诗歌意象从诗歌领域渗透为图像，发端于唐、五代，大兴于宋代。陶潜及其典型诗歌意象，到宋代已成为一种图像典故，如吴元瑜有《陶潜夏居图》，李公麟有《归去来兮图》，乔仲常有《渊明听松风》等。据《宣和画谱》载，宋代画家孙可元更："尝作《春云出岫》，观其命意，则知其无心于物，聊游戏笔墨以玩世者，所以非陶潜、绮、皓之流不见诸腕下。"⑧

宋人选择陶渊明作为他们的诗意典范，并追溯王维作为文人画鼻祖，而此二人诗中，皆多云烟意象，也皆善于以云自喻。云烟之所以作为诗意人格隐喻

---

① 袁行霈. 陶渊明集笺注 [M]. 北京：中华书局，2003：477.
② 苏辙. 子瞻和陶渊明诗集引 [M] //栾城集·栾城后集. 曾枣庄，马德富，点校. 上海：上海古籍出版社，1987：1401.
③ 钱钟书. 管锥篇 [M]. 北京：中华书局，1979：1220.
④ 袁行霈. 陶渊明诗笺注 [M]. 北京：中华书局，2003：461.
⑤ 袁行霈. 陶渊明诗笺注 [M]. 北京：中华书局，2003：364.
⑥ 杨立群. 云无心以出岫，鸟倦飞而知还——浅析陶渊明诗文中"云"的意象 [J]. 宝鸡文理学院学报，2005（12）.
⑦ 钱钟书. 谈艺录 [M]. 北京：中华书局，1984：88.
⑧ 潘运告. 宣和画谱 [M]. 长沙：湖南美术出版社，1999：246.

为宋人所接受并广泛运用，有其时代和文化上的必然性。宋代崇文抑武的统治策略及特有的人文土壤，形成了宋代士夫平淡超越的精神气质，其代表人物当首推欧阳修、苏轼和米芾等人，其核心精神特质乃旷达、高蹈及进取。我们也同样可以在一朵云的飘逸、舒展、聚散中，品味到这种品质。如云烟隐喻曾在苏轼诗歌中反复出现，以吟咏山林之约、江湖之思："白云旧有终老约，朱绶岂合山人纡"①"涨水返旧壑，飞云思故岑"。② 东坡和渊明一样，不断揭示着云和诗人的相似性，"出本无心归亦好，白云还似望云人"，以至于"将人生等同于万物之空，所以能够与白云一样随风飘转，出处无心，而'白云'与'望云人'的意念互叠，已明显进入庄周化蝶之境"③。云在山水间不断涌出，似是而非无法把握，正如同诗意本身，由此，东坡将他的世界简约为"一张琴、一壶酒、一溪云"④。以上种种可见，云烟在宋代诗文中和诗意人格广为联系，是因为其和宋人有诸多相似性：孤高而非豪放、野逸而非香艳、平淡而非浓烈，这是云烟所隐喻的诗意人格得以成立的基础。

宋代不仅有"以文为诗"的传统，而且也有"以诗入画"的传统。随着诗意对绘画的日益渗透，云烟作为喻体与诗意栖居及诗意人格的相似性也日益被揭示："风日面皮，秋山眉目。闲情肖水云，野性从麋鹿。"⑤ 缪钺在《论宋诗》一文中转述了东坡作《聚远楼》诗，易"青山绿水"为"云山烟水"之典故，并指出："若在唐人，或即用青山绿水矣，而宋人必易以云山烟水，所以求生新也。"此处，"云烟山水"确与宋人气质更为相近。概言之，山水烟云在其语义轴上和诗意人格历来就具有"相近性"，而且也由此建构了越来越丰富的"相似性"，所谓"云水之身，山林之气"。宋代文人在对绘画的参与过程中，将诗意人格提炼为一个无处不在的图像语汇——云，使得宋代山水画境和诗意相呼应，根植于诗意隐喻，最终也回归于对世界的诗意感知："从性质上来说，隐喻不属于纯语言的范畴，而属于认知范畴，我们在日常语言中见到的隐喻表达法不过是隐喻概念系统的浅层表现。"⑥

北宋中期，云烟墨戏被米友仁父子推向一个高潮。米芾无作品传世，但其

---

① 王文诰. 苏轼诗集 [M]. 孔凡礼，点校. 北京：中华书局，1982：319.
② 王文诰. 苏轼诗集 [M]. 孔凡礼，点校. 北京：中华书局，1982：1656.
③ 许总. 宋诗史 [M]. 重庆：重庆出版社，1997：345.
④ 唐圭璋. 唐宋词鉴赏辞典 [M]. 上海：上海辞书出版社，1988：707.
⑤ 北京大学古文献研究所. 全宋诗：1781 卷 [M]. 北京：北京大学出版社，1998：19785.
⑥ 束定芳. 隐喻与转喻研究 [M]. 上海：上海外语教育出版社，2011：233.

子米友仁的《远岫晴云图》《云山得意图》《潇湘白云图》等多幅作品可以让我们窥见米氏父子的面貌。米友仁的画面上总是烟云缭绕：云冉冉拾阶而上漫于山坡，悄然飘荡于山间和山腰，游走于杳然无人的山顶，俨然是山中高士。云烟占据画幅面积之大，前无古人，但小米的云烟墨戏并未止于此。石慢在《米友仁〈远岫晴云图〉》一文中，揭示出藏在米友仁云山图中的人像侧脸，指出："我们有足够理由认为云中的人脸是米友仁刻意经营的形象。"① 这种笔墨游戏，将人和云合为一体，并将其中的诗意特征，如高蹈、飘逸、自由等化为可感的形象。隐喻的要义之一，就是语义冲突，而小米的绘画，以一种戏谑的方式实现了图像语义的冲突：既是云，同时也是人的脸。这里甚至也隐含了一个提喻，即以人之脸来代替人本身："绘画和摄影中的肖像都是基于提喻原则。"② 这不只是一个单纯的玩笑，而是借云中之脸或者眉目间的烟云，揭示出人之洒落不羁。当然，这只是一个特例，在宋元以及后世文人画中，画面常常只有云烟而少人烟，云烟和诗意人格的内在关联变得心照不宣，绘者驾轻就熟，观者心领神会。正如理学家张载所咏："庭前古木已经秋，天外行云暝不收。倚杖却寻山下路，一川风雨湿征辀。"③ 小米画中和张载诗中的寻路者，既是诗人，也是烟云。所有的自由、超越、超脱与无依，皆可从云中读出。但当我们只是罗列一切相关词汇，例如自由、隐逸、逍遥，都无法穷尽云烟意象千载以来的意味深长。这也就是隐喻的力量。

四　结语

自古以来，中国文人和山水密不可分，山水及云烟为人们提供了关于家园的回忆，由此成为汉语诗歌母题和意象的重要源头，并逐渐由环境转化为语境。相近的东西，往往会相互沾染彼此习气，文人雅士得山林之气，云又是其中的关键性符号：它飘荡于天人之际，也为经验世界划定了界限。宋代以来，文人士大夫对绘画的兴趣日益浓厚，在对绘画进行题咏、品评以及撰写绘画史的同时，也攫取了绘画创作和阐释的话语权。以至于，人们像讨论四声八

---

① 上海博物馆. 千年丹青[M]. 北京：北京大学出版社，2010：165.
② George Lakoff, Mark Johnson. Metaphors We Live By[M]. Chicago：University of Chicago Press，1980：37.
③ 北京大学古文献研究所. 全宋诗[M]. 北京：北京大学出版社，1997：19883.

病那样去讨论绘画构图及笔触的缺陷，诗歌创作和接受范式也一再被挪用于绘画创作和解读，不但文人画应运而生，而且整个宋代绘画，都笼罩着浓厚的诗意。

云烟是晋唐诗歌中的典型意象，五代、宋初以来，便演化为绘画中的关键图像语汇：作为一种特殊的自然物象，它一方面是画家营造画面诗意空间的重要图像修辞，将自然山水弥漫为诗意空间；又因其和往事的种种相似性，所以也和中国诗歌传统中的时间隐喻相呼应，这使得人们观看绘画时不仅面对云烟，更如回首往事。如此，画面在烟云的笼罩之中，建构起诗意时—空维度，并和诗歌意境互文，获得了抒情功能。另一方面，云烟的飘荡、悠闲与舒展，直观呈现出宋人理想中的诗意人格。而宋代绘画中的云，作为一个相对固定的图像语汇，在特定的笔墨语境之中和诗歌中的云喻共谋，揭示着诗意人生之散淡、旷达、高洁。

（《文艺研究》2015年第3期，有改动）

天人之际
——宋代绘画中的云烟转喻和提喻

在目所能及的世界中,云是人类视觉经验的终点及超验世界的起点,也是中国绘画中的重要视觉符号。先秦两汉之际,它作为一个重要图像语汇便反复出现于墓室壁画以及汉画像石中,以揭示画面空间的神异与非凡,并进一步彰显画面所描绘的人物及鸟兽之神性。宋代以降,山水画异军突起,与人物、花鸟呈三足鼎立之势。云作为自然景物中之不可或缺的视觉空间构成要素,理所当然地成为山水画中的重要组成部分。无论北宋的奇崛山水,还是南宋的一角半边构图,都借助云烟,建构着特定的图像空间,并获得多重图像意义。本文将聚焦宋画的关键性意象——云烟,追溯云的图像线索及其在宋代绘画中的特殊图像功能,并重点揭示其转喻和提喻功能。这两种图像修辞,前者建构了一个虚拟的神仙世界,后者则为画家塑造的自然山水提供了某种审美特质,例如山之高峻、宏大、深远等。转喻(Metonymy,又译为换喻)、提喻和隐喻,自古希腊亚里士多德的《修辞学》始,一直作为语言学中的修辞方式为人们所提及;但近一个世纪以来,研究者普遍认为,以上诸语言现象,绝不仅仅是修辞,而是人们对于世界的认知方式,同时也是艺术品的叙述和呈现方式。笔者认为云这一视觉符号在宋代图像中的不同呈现方式,分别可归纳为转喻、提喻、隐喻,在图像中呈现为云端、云天和云烟母题,并分别对应了绘画神仙境界、自然山水和诗意空间。云的不同呈现方式,是绘画空间实现由凡入仙、由俗到雅、由现实到诗意的重要途径。

一 飘在经验世界尽头的云

云是飘在经验世界的尽头的特殊物象,云外或者云后,则是超验世界。天空虽然也可作为经验对象,但因其邈远无尽,且在不同的时间段,不同的气候条件下，呈现出不同的面貌，因而被古人称为"玄"。《说文解字》谓"玄"曰"象幽而入覆之也。"苏轼在《喜雨亭记》结尾处也写道："太空冥冥。不可得而名……"① 也就是说，天之为"象"，难以被感官所把握，无法言表，因而具有超越性，乃至于具有超验特征。即便是科学如此发达的当代，天空仍然蕴含了太多的神秘。天上最显而易见，且可诉诸图像的符号无疑就是星及云。因此，星云这两个物象一直作为颇具神秘意味的符号，在某种意义上标志着语言和经验的尽头。如果说"语言是存在之家"，那么星云之外，则被人们用来安放种种传奇、神圣和难以言说的想象。千百年来，星空和云影被人们一再解读。例如，中西方都有很长时间的占星历史，星象被作为一个国家的吉凶祸福以及个人贵贱穷通的密码来解读。近代以来，天文学、天体物理及气象学则是从不同侧面对宇宙太空的科学探索。如果说，星和星象在中西方文化传统中，代表了一种不以个人意志为转移的世界以及个人命运运行轨迹，那么，云则更易和超验、超越倾向的情感、体验相联系。这在西方艺术中表现为宗教性体验。Damisch 在其《云的理论》一书中，对西方绘画传统中云的宗教意味及其超验性进行过详细的论述，本文不再赘言。② 而在中国艺术中，云是塑造历代道释仙境及诸神的基本符号，也是营造诗意艺术空间不可替代的意象。

总之，星和云是一种标志，划定了可见和不可见，可能和不可能，经验以及超验。这种界限在现实世界中几乎不可逾越。"手可摘星辰"在现实世界中，意味着不可能。即使贵为天子，也无力驾驭天上之云，僭越可能和不可能之界限。据记载，宋徽宗贵为天子，曾经企图号令云烟。在其年近四十之时，一所举全国之财力而修建的皇家园林艮岳竣工，为了给这座林园平添诗意和仙气，"令有司多造油绢囊，加水湿之，晓张于危峦绝巘之间。既而云尽入焉，遂括囊满贮，每车驾所临，辄开纵之。须臾瀚然满室，名曰贡云"。③ 当然，国破家亡也是徽宗最后的结局，这位行为艺术家引得后人唏嘘不已。因而，星云常作为喻体，去呈现和表达星云背后的未知、不可能和超验。正如宗教、艺术和诗歌可以通过特定修辞手段，对彼岸世界进行转述、联想、描述及吟咏，而转喻、提喻和隐喻是其中重要途径。借助喻体可以窥见和体验本体，星云背后的世界可以以符号的形式为我们所认识和体验，也为我们所表达。

转喻、提喻和隐喻通过喻体和本体，可超越此岸和彼岸的界限，让我们得

---

① 苏轼. 苏轼文集 [M]. 孔凡礼, 点校. 北京：中华书局, 1988: 349-350.
② Hurert Damisch 有专著论述西方绘画中的云，见 A theory of/Cloud [M]. Stanford: Stanford University Press, 2002.
③ 周密. 齐东野语 [M]. 北京：中华书局, 1983: 117.

以瞥见超验和超越之存在。自从亚里士多德提出以来,隐喻和转喻一直都为人们所津津乐道。而且经卡西尔、雅各布逊以及拉考夫等近现代西方学者的阐释,这两个修辞学术语的内涵不断被扩大,延伸到心理学、神话学、语言学等各个文化艺术领域,且涉及认知、陈述和艺术门类及风格等各层面。为方便叙述,本文无意纠缠于这些因年深日久的讨论而歧义丛生的概念。所以笔者拟采用学术界已经达成共识的平实论断。"简单地说,转喻是在表达中借一事物指代另一事物,而这两事物应具有部分—整体或在同一整体内部分—部分的关系,或者说,具有类属范畴同一性的关系"[1]。转喻常和提喻、隐喻相提并论:"比喻学以前所经历的最极端的限制至少包括三种修辞格,即换喻、提喻与隐喻。"[2] 隐喻较转喻在学术史及学术界的地位更为显赫,以至于:"在给隐喻下定义的时,现行的一些字典往往是十分狼狈的。"[3] 在古希腊时期,转喻归属于隐喻之中,但19世纪中期终于分道扬镳:"Aristotle 将转喻看作隐喻一个分支的观点一直延续到上个世纪中叶。之后,一般倾向于将隐喻和转喻分为各自独立的认知现象,用 Jakob-son 的话来说,二者的区别在于转喻基于邻近(Contiguity),隐喻基于相似(Similarity)。"[4] 也就是说,转喻具有相似性。雅各布逊指出:"根据语言学研究成果把前者定义为相似,亦即纵聚合关系(Paradigmatic),把后者定义为相近,亦即横组合关系(Syntagmatic)。"[5] 与隐喻的显赫存在相比较,转喻明显底气不足。近年来,转喻的内涵以及它作为修辞方式和思维方式,已经引发了国内外学者的注意。但转喻、隐喻、提喻的关系一直呈纠缠之势,相互倾轧相互渗透。这三者的共同特征,就是通过直观可感的喻体将超验和抽象之本体引入经验世界,以便表达或呈现不可言说及不可名状之物。

云作为天的一部分,在中国传统绘画中常用来转喻神仙世界,或修饰特定自然对象,揭示山、建筑等物"高""雄伟"等属性。在中国绘画中,云是重要图像语汇并通过转喻将神仙世界诉诸视觉。就形象而言,人与神在外形上往往并无显著差异,神和人在相似的同时,其一系列差异也不容忽视,其力量、寿命、能力,甚至质地等属性都不可同日而语,但无论是神按照自己的形象创造了人,还是人按照自己的形象想象出神,人与神在外表上无明显差异。文学及

---

[1] 徐盛恒. 转喻为什么可能 [J]. 上海交通大学学报,2008(1):69-77.
[2] 保罗·利科. 活的隐喻 [M]. 上海:上海译文出版社,2004:247.
[3] 翁贝尔托·埃科. 符号学与语言哲学 [M]. 天津:百花文艺出版社,2006:176.
[4] 陆俭明. 隐喻、转喻散议 [J]. 外国语,2009(1):44-50.
[5] 吴泓渺. 相近和相似——雅各布逊的隐喻与借喻 [J]. 长江学术,2008(2):93-98.

戏剧可以通过对一系列神迹的描绘,来显示神的法力,但绘画描绘的是静止瞬间,通过画面使人一眼而领略其神性有一定困难。而绘画作为空间艺术,人、神在世界中所谓位置高下,是可以诉诸视觉的。云作为天空的指代,和神仙世界具有临近关系,并且具有视觉上的直观性。古希腊诸神因此被人们安置在海拔近三千米的奥林匹斯山;基督教绘画中的基督或圣母,死后都在诸天使的簇拥下,缓缓升入天界;但丁的《神曲》中也将神界置于天际。不仅如此,柏拉图的理式世界,在拉斐尔的《雅典神学院》中被指认为天上的世界。至于中国,神界和人界基本上也常以高下分。中国上古神界最具权威的"天",便有与生俱来高高在上的痕迹。而所谓"升仙""上界""上天""天庭"等词语,不但说明了神界在空间位置上高于世俗世界,也揭示了神仙之于俗世,在语言和感知系统中所具有的一系列约定俗成的方位关系。神仙所居住的彼岸世界在中西方文化中大多被置于天上,或者与天比邻的神秘之地,非我们的感官或经验所能触及。另一方面,云作为一种自然物象,高是其与生俱来的属性之一。它也可以用来指代、揭示高远本身。云作为天空的一部分,也是承担这一功能的最佳图像语汇。接下来,我们就对宋代图像中云的转喻和提喻功能进行具体分析。

二 云端——宋代绘画中的神仙世界

图1 马王堆黑地彩绘棺(图片来源:湖南省博物馆相关网页,网址:http://61.187.53.122/collection.aspx?id=1395&lang=zh-CN)

神仙世界外在于人类的直接经验,但一方面,它作为现实社会的投射,不但源自人间社会,而且可视为人间社会的写照。绘画中对神仙世界的表现,常借助转喻实现。云的此种转喻运用,在中国绘画中也一直存在。如先秦青铜器上的云纹、秦汉漆画中灵芝及如意状飞云等,超验的天被转化为与其临近的视觉符号——云(图1)。在人、兽旁安置云气是汉画最常见的结构方式,且形成汉代典型的图画母题。而画家也刻意将其和灵芝、如意等神仙道具联系起来,并进一步赋予它神仙属性。这一时期,中国绘画中的云具有较强的运动性,呈卷曲飞动之势。较为典型的形态为云头状如灵芝或如意,并在飞逝中拖着长长的云尾。画面空间给人以飞扬诡异的感觉，这和秦汉绘画乃至于秦汉文化气质相契合。这一时期，云在整个画面中所占篇幅有限。秦汉作品在表达神仙时，更倾向于动用人间所没有的形象，动用一系列提喻和隐喻，将各种现实中的不可能在绘画中拼接起来，以示其不凡：如汉代绘画和砖画所热衷于表现的羽人，朱雀玄武等四方神兽，子弹库汉墓中的《人物御龙》帛画，长沙马王堆帛画中出现的扶桑、怪兽等等，皆为凡间所没有的形象。因此，我们可以说汉代的绘画更倾向于在形态上直接展示描绘对象的不凡，或者直接将对象之"怪"与"异"诉诸视觉。

理学堪称宋代之显学，理性也是有宋一代的时代精神，但无论哪个时代都需要神迹的支撑，宋代也不例外。并且宋代之神迹发生现场，也常伴随云之弥漫。如《宋史》《继资治通鉴长编》等书，多次提及五色云或紫云、黄云，萦绕帝王左右。对理性精神和诗意气质的强调，使得宋代的整体文化品格和秦汉迥异。虽然在两宋绘画中，以云转喻神仙境界这一图像修辞也依然大量存在，但其存在方式及面目已悄然改变：一方面，云作为神仙世界的转喻，在绘画中的运用已经退居一隅，大致被框定在佛道教绘画中；另一方面，对于云以及云中世界的描绘，更具有人文特性及审美价值。如仅就形象而言，宋代绘画中的神佛形象、举止往往更类似于知识分子和官员。而画面对其神性的揭示，也依赖于特定文化符号，例如如意、袈裟、拂尘等等。最为关键的是，画家大量运用转喻修辞，将画面上的人物置于云端，从而揭示出其超越性以及神性。

可以说，羽人和半人半兽的神怪形象已经不再构成宋代绘画的主流。画面空间神异和一般世俗空间的区别，更多有赖烟云之点化。例如北宋著名画家李公麟《华严变相图》中的众仙（图2），即可视为北宋士大夫的写照。《华严变相图》以绘画形式呈现出《华严经》所描绘的七处八会，所谓七处八会，即佛陀说法的七处道场，八次说法。据《华严经》载佛陀道场："诸色相海，无边显现；尼为幢，常放光明，恒出妙音，众宝罗网，妙香华缨，周匝垂布……"（《大方广佛华严经》（卷第一））以上种种繁华纷乱在李公麟画面未着一笔，且笔下各听众之面目、举止、衣冠都是典

图2 北宋·李公麟《华严变相图》（局部）
（余辉. 英伦读画录之二：寻找与故宫的对接 [J]. 紫金城，2010（11）：46-67.）

型的唐宋知识分子，个别文士形象甚至头戴乌角巾，乌角巾常为唐宋隐士所戴。杜甫有"锦里先生乌角巾，园收芋栗不全贫"之句。宋代因苏东坡常戴此帽，故而此巾又被称为东坡巾。所以说，纵观整个手卷，画面形象和俗世肉体凡胎的众生没有什么本质区别，而正因为李公麟将笔下诸生置于云间；更准确地说，画面诸人物可作云间漫步，方显示出他们的非凡、空灵及往来无碍。由此揭示出画面男女并非俗众，而是佛教诸神。《华严变相图》中也不乏贵族妇女形象，人物秀美、华贵窈窕，漫步云端如履平地。其地位高低也决定了她们在画面中的比例大小，如画面中标为"主地神"的一女神，身形明显比起身后手执拂尘的侍女高大。这和顾恺之以来的晋唐仕女图，以及后来陈洪绶的侍女画之人物比例设定遵循同样的法则，这也是中国绘画中最根本的图像修辞和空间隐喻：用画面人物体量的大小，隐喻人物重要程度的大小，用身材高矮，隐喻地位高低。如剔除画面上的连绵不断的云，那么我们眼中所见到的，只是谨小慎微弓身持笏的官员、朝拜的番客和雍容的宫廷贵妇。在北宋另一幅传世的绘画作品武宗元《朝元仙仗图》中，云也是一个重要视觉语汇。这幅著名的道教绘画对画面人物"仙"这一特性，进行了揭示和界定。画面上描绘了众仙列队朝见元始天尊的场景，各路神仙多着宽袍大袖，身上饰带飞扬，衣袂翩然，以示云间八面来风；人物或著高冠，或挽云髻，俯仰之间，如同朝廷的文武百官和宫女侍卫。但飘飞于众人衣袂和裙裾之间的云朵，对画面空间进行了明确的界定：这不是一般的文武百官朝臣队列，也不是朝廷景象，而是天庭及天庭之上的道教众仙。

　　云的此种转喻功能一直延续到南宋，在马和之的一些手卷、周季常《五百罗汉图》还有陆信忠《天官图》《地官图》等系列等作品中被广为运用。何良俊在其《四友斋画论》中，对一幅宋画中的云及云端的道士进行过细致地描绘："尝疑马远画，其声价甚重，而世所流传之迹，虽最有名者亦不满余意。但曾见其画星官一小帧，有十二三个道士着道服立于云端，似有朝真之意，云是钩染，其相貌威严中具清逸之态，衣褶亦奇古，当不在马和之之下，则知远盖长于人物者。"[①] 这幅疑似马远的作品中，因为云的点化，画面所揭示的空间便不再是世俗世界，而呈现出想象中的神仙世界，造成云中可居、别有洞天的心理知觉。云作为仙界之转喻，在画面中有其独特形态，在某种程度上可区别

---

① 潘运告. 明人画论[M]. 长沙：湖南美术出版社，2002：21.

于自然界的云和文人画中的诗意空间的隐喻。而无论是《朝元仙仗图》还是《华严变相图》等等，云都出现在画面下方。在画面以云对神仙世界进行转喻时，云的位置一反自然界的常态。在我们的经验中，除了一些隐士过着云深不知处的生活之外，云永远是高高在上的。但对于云的转喻性使用反其道而行之——人往往或坐或立于云端，以示其非凡。并且，当画面各角色漫步云端的时候，其面部没有任何诧异和惊喜的表情，仿佛他们对这种轻舞飞扬已经习以为常：这就是他们日常生活的一部分。这些形象在观者的眼中，无疑便是暗示：画面上的诸形象已经摆脱肉身之沉重，并且习惯了云间的生活，无肉身之累，且也摆脱了肉体凡胎与生俱来的生死、贪念、欲望等限制。正如《宣和画谱》对道士徐的赞许："画神仙事迹明其本末，位置有序，仙风道骨，飘飘凌云，盖善命意者也。"① "命意"一词在宣和画谱中出现四次，皆为论道释人物创作，这一点值得注意，这也说明，图像在呈现神仙世界时，和显现诗意世界一样，需要巧思。② 宋代道释画匠心独运，云往往是画面通往神道空间的途径之一。宋代佛道教绘画中的云，作为仙人在空中站立或者飘移的支撑物，边界明显，往往由若干个半圆连绵延伸，且在视觉上显得体积厚重而坚实。和秦汉壁画中的流云比较而言，宋画神仙世界中的云看起来稳固敦实，使得画面看起来也更加合情合理。中国文化传统不具备西方式的宗教性体验，可以说人们对于天和神的经验，到云为止，而缺乏西方绘画中所呈现的伴随个体飞升而具有的迷狂状态的视觉陈述。

三　入云与宋代高峻山水

唐宋之际山水画崛起，云作为自然山水的重要组成部分，也必不可少地出现在画面中。但山水画中的云，并非刚刚所谈论的神仙佛道意义上的转喻。秦汉以降，中国绘画经历了一系列空间转换，首先是秦汉神异绘画到唐宋山水画，绘画空间主体从神仙世界转为自然山水，宋元之际，自然空间过渡为诗意空间。而云在这几次转变中，都扮演着不同的角色，并有其不同的语义和喻义。以云这一符号来揭示自然山水空间的高和远，是一种提喻。"Synecdoche(提喻/举偶)一词源于希腊语。提喻通常指以部分代替整体，或是以整体代替

---

① 潘运告. 宣和画谱[M]. 长沙：湖南美术出版社，1999：101.
② 分别在吴道玄、李昇、陆晃及道士徐这四个画家点评中。

部分，或是以材料代替所构成的事物，即指具有隶属性质的本体和借体之间的一种关系。"① 例如新闻报道常以"白宫"代替美国政府，中国传统诗词小说中也往往以白衣代替平民，娥眉、红袖喻指美人。在中国画中，以山水来概括风景，也算是一种提喻。这里提喻是指用一个整体的一部分来指代整体本身，用云这一有限的视觉符号，代替高远天空。而以"入云""齐云""凌云"来表现山峰、建筑或精神境界的不可攀，化抽象为具体，这也是提喻的另一意义实现途径。

云在北宋无可争议地成为塑造自然山水的常用图像语汇，这是一种近乎于诗意的自然。云常在北宋山水的山巅树头飘荡，升腾变幻。云比山低这一现象的最终目的在于揭示山之高，营造出北宋山水特有的阔大境界。郭熙在其《林泉高致》提出的"三远"，可视为对北宋空间塑造原则的归纳。画家对于云的描绘，也正是表达天高地远的重要视觉符号，呈现了北宋山水画特有的雄峻和寂寥荒寒，如文同在《范宽雪中孤峰》所咏："大雪洒天表，孤峰入云端。何人向渔艇，拥褐对巉岏。"如果说，云在画面中，作为神仙世界的转喻，常在画面下方托举、烘托画面空间。那么云作为天空，或者天空所具有的高远属性的提喻，则常飘动在画面中部偏上的位置。正如《林泉高致》所说："山欲高，尽出之则不高，烟霞锁其腰，则高矣。"② "高远"固然有赖于云之烘托，"深远"也需借助云的渲染。《芥子园画谱》所指出的："远欲其深，当以云深之。"③ "高远""深远"一被表现为入云，一被呈现为"云外"，无论哪个维度，云都是在其中承担着重要作用。

如果说云之聚拢、固化、伸展为云端以供仙道站立坐卧，在图像上承担了一个名词的功能；而为了表现自然界山岭之高耸雄伟，将其呈现为"齐云"或者"入云"，那么画面上的云，则获得了形容词的属性，为山之雄峻提供了一种参照。我们在心理知觉上已经习惯将云视为天上之物，所谓"云在天空水在瓶"。而我们视野中的云到底有多高？气象学研究告诉我们，中国大部分地区："各区域层积云、积云、雨层云和对流云等低云的云底高度几乎没有季节变化，且区域差异很小，高度均在 1.0 km 左右。"④ 也就是说，卷云、平流云作为低

---

① 陈善敏，王崇义. 提喻的认知研究 [J]. 外国语言文学，2008 (3)：153-158.
② 潘运告. 宋人画论 [M]. 长沙：湖南美术出版社，2000：24.
③ 李翰文. 芥子园画谱：第一册 [M]. 合肥：黄山书社，2010：156.
④ 王帅辉，韩志刚，姚志刚. CloudSat 资料的中国及周边地区各类云的宏观特征分析 [J]. 气象学报，2011 (5)：883-899.

空云层，距地面也有一千米之遥。这组数据说明，在发明飞机的千百年之前，绘画中的卷云对于尘世碌碌奔走的生物而言，大部分时间可望而不可即。即便如此，转喻之云天，属于超验的天；而提喻本体的云天，则是依然属于经验性的天，也是我们生活于其下的天空。云在天上飘，是其一部分。

　　云作为高远天空之提喻并非始于北宋，而是在唐代大小李山水中已经出现。如《明皇幸蜀图》便采取了这一策略，画面上的云弥漫在山腰处。画家运用云在山腰缭绕，成功地表现了蜀地崇山之"危乎高哉"的突兀险峻。明初赵岩题李思训画曰："大小将军画绝稀，白云锦树憩斜辉；行人正在青天外，溪上桃花春未归。"画中的世界显然是一种世俗景象。只不过宋代更加自觉、更加广泛地运用了云这一视觉符号。这一要交代一下宋代山水画之形制。北宋前期的山水画，秉承唐代壁画传统，尺幅大。郭熙在《林泉高致》中还明确指出："山水，大物也。人之看者，须远而观之，方见得一障山川之形势气象。"[1] 郭笔下的"山水"实非自然山水，而是山水画中的山水，因为下文为"若士女人物，小小之笔"，显然不是谈论实际对象大小，而是山水人物绘画的大小。但郭熙以后，山水画篇幅也逐渐变小，从唐代、北宋早期的壁画屏风变为立轴、变为小景，再为手卷。正如米芾在《画史》中所标榜的："更不作大图，无一笔李成、关仝俗气。"[2] 北宋现存的长卷有王诜《渔村小雪图》绢本设色纵44.5 cm 横 219.5 cm；燕文贵《江山楼观图》，纵 31.9 cm，横 161.2 cm；米友仁《潇湘奇观图》纵 198 cm，横 289.5 cm 等。另有南宋现存具有代表性的手卷有夏圭《溪山清远图》，纵 46 cm，横 889.1 cm；杨士贤《赤壁图卷》，纵 30 cm，横 129 cm；乔仲常《后赤壁赋图》纵 30.48×566.42 cm 等山水杰作。从上面数据我们不难看出，手卷往往高不过半米，画面上的山实际高不过尺。画家要在尺幅之上展现百丈雄峰，则必须大量运用图像修辞。首先是比例的运用，如传为王维所作《山水诀》中所记："凡画山水，意在笔先。丈山尺树，寸马分人。远人无目，远树无枝。"[3] 而《山水诀》很可能出自宋人手笔，也反映了宋人的图像观。可以说，在图像中，比例和构图是最基本修辞，一个物体在画面高低大小的安排，正如语言中的轻重缓急。以云这一具象符号揭示山之"高"这一抽象品质。就这一点而言，宋代山水和汉赋、唐诗等一脉相承：不

---

[1] 潘运告. 宋人画论 [M]. 长沙：湖南美术出版社，2003.
[2] 潘运告. 宋人画论 [M]. 长沙：湖南美术出版社，2003.
[3] 潘运告. 唐五代画论 [M]. 长沙：湖南美术出版社，1997：120.

仅以云之高以喻山之高，甚至是以云之低反衬山之高。如南宋马和之手卷《诗经图》长卷，全图高不过二十七八厘米，其中"天保"一画，以凌云之高山来表达《诗经》中"天保定尔，以莫不兴。如山如阜，如冈如陵"[①] 的诗句。画面中的四个主要意象，即树、石、云、日，其中树最低，画面上的云卷曲升腾，而山顶则几乎高于云顶。此画中的云，非米芾之云烟，也非董源、巨然之山岚，而就是气象学上高空云层之卷云。画家以云作为天之提喻，在二十七八厘米高度手卷中，虚构出千仞高山。综上所述，北宋山水是山水写实的高峰，这一阶段的很多山水画中的云，作为一种视觉符号，不再充当神仙世界的转喻，而只是天之提喻。

这里要提一下的是，提喻作为一种修辞手法，目前在学术界还没有得到应有的重视，有学者指出："在修辞学中，隐喻（Metaphor）和转喻作为两种重要的修辞手法，一直是研究的焦点，而提喻（Synecdoche）则鲜被提及，尤其是在汉语修辞学研究中，未见有明确正名之举。"[②] 同样，它在中国图像史上的地位也远远被低估。提喻作为一种图像修辞，在中国绘画中大量存在，尤其是花鸟，例如松竹梅等传统题材。可以说，隐喻和提喻这两个坐标，建构且成全了山水画、花鸟画，尤其是文人山水和花鸟的诗意和禅意。花鸟画一贯以一花一叶作为作为整个世界的提喻，同时也作为世界的隐喻，揭示着花、鸟和万物的"相似性"和"邻近性"。可以说，提喻是中国传统花鸟绘画中的普遍存在方式，也是禅宗对于世界的认识途径，用禅宗语言便可翻译为"一花一世界""须弥芥子"。

宋代文人画发展以来，烟云既非神仙世界的转喻，也非高高在上，而渐渐成为诗意栖居之地的隐喻。这首先源于宋代绘画对诗意的追求，宋人有意识地在诗歌语像和绘画图像之间建构种种隐喻关系，"诗画一律""诗中有画"是宋代艺术最宏大的隐喻。通过山水、渔樵耕读等等，在诗歌和绘画之间，建立了种种相似性。云烟历来是诗歌中的一个重要意象。这些云中隐士和僧道的行迹都出现在宋代文人山水画中，成为其诗意空间建构的重要模式。范宽、郭熙对自然界烟云的描绘和北宋后期空间诗意的营造，这二者之间没有清晰的界限。因山水在中国文化史上本来就极具艺术气质，浸染着诗意，也往往是诗意发生

---

① 程俊英，蒋见元. 诗经注析 [M]. 北京：中华书局，1991：460.
② 陈新仁，蔡一鸣. 为提喻正名——认知语义学视角下的提喻和转喻 [J]. 语言科学，2011（1）：93–100.

的重要场所，至少是不可或缺的背景。但是云烟隐喻所建构的诗意空间和北宋前期自然山水所呈现的诗意，有微妙的区别。其最明显的特征，就是云向烟云转化，在画面上呈弥漫之势。其次，云不仅飘荡于神仙居所，飘荡在高不可攀的山腰，而且常弥漫于人境。

总之，在宋代绘画中云之转喻、提喻和隐喻之间相互包含、相互渗透，而其意义转换绝非不可逾越，可谓喻中有喻。但云和天的关系，无绝对可言，因为云原本就是虚无缥缈之物，天也是玄而又玄之所，加上仙境、桃源、自然、耕读、诗意在中国文化和图像传统中也是相互转换相互渗透的，云在其中飘来飘去，也歧义丛生。

四　结语

云是人类视觉经验的终点，也是未知世界的起点。正因为云的虚幻与无常，因而无论在中国绘画史，还是在大多数具体的山水画作品中，它都占据着极其重要的位置，并被赋予多重语义。云的意义多元化始于宋代：它在秦汉时期以来作为仙境的转喻符号意味在宋代绘画中得以保留；同时，宋画中的云也延续了魏晋隋唐绘画描绘自然山水的提喻功能，即将崇山峻岭呈现为"入云""凌云"，使得"高""雄伟""深远"等这一品质得以被直观。另一方面，宋画中的云经李成、郭熙及米芾、马夏之手，延伸为诗意时空和诗意人格之隐喻。

(《东南大学学报（哲学社会科学版）》2015年第1期)

宋诗中的宋画
——以惠崇小品为例

宋代是中国文化的转型期,也被以陈寅恪为代表的一批近现代学者视为中国文化之巅峰时代。宋代更是中国绘画的黄金时代,其标志之一就是绘画和诗歌深度融合。文人画作为中国绘画的主流样式,其理论和实践皆始于宋代。但因为诸多历史变故,绝大多数宋代绘画,我们无缘目睹。幸运的是,宋代诗歌为我们接近宋画提供了一个绝佳的镜像。诗和画的唱和间,形成了多重互文关系,为我们解读宋画提供了一条线索。此外,宋代题画诗作为宋诗的一部分,也拥有宋诗的诸多特点,如更为细致、更为理性且有更多议论,所以也为回顾当时的绘画提供了更多信息。

宋代诗人对于惠崇的描写,首先可归纳为三个方面:其一是对惠崇其人的缅怀和介绍;其二是对其作品的意象和意境的描写,并借此抒发自己的情感;其三是宋代诗人对惠崇作品中的诗意和禅意进行的生动揭示。接下来,我们便由这几个线索,去追寻惠崇在宋诗中留下的雪泥鸿爪。

一

宋初,有几个僧人陶醉于晚唐诗风,并写了一些颇有晚唐风韵的作品,往来唱和,后人将其中九位僧人的诗歌作品收集编撰,是为《九僧诗集》。司马光《温公续诗话》所载这九僧分别是:"剑南希昼,金华保暹,南越文兆,天台行肇,沃州简长,青城惟凤,淮南惠崇,江南宇昭,峨眉怀古也。"[①] 惠崇是

---

① 何文焕. 历代诗话 [M]. 北京:中华书局,1980:280.

其中之一。方回在其《瀛奎律髓》中论及宋初九僧，指出："有宋国初，未远唐也。凡此九人诗，皆学贾岛、周贺，清苦工密。所谓景联，人人着意，但不及贾之高、周之富耳。"① 无论是惠崇还是其他僧人的生平以及作品大多烟消云散，即便在宋代典籍中也已模糊难辨了。近几十年来，人们对九僧生平、佛教宗派、诗歌特征等各方面进行了考察。比较重要的文章有祝尚书的《论"宋初九僧"及其诗》，许红霞《谈宋初的九僧诗》，周本淳于 1995、1996 年在《江海学刊》连载的四篇系列文章《读宋初九僧诗零拾》，王传龙在 2012 年《文学遗产》上发表的《九僧生卒年限及群体形成考》及 2014 年张艮在《暨南学报》发表的《宋初九僧宗派考》等。以上各文章结论虽有差异，但诸位学者对历史上有限材料的梳理和考辨，使得我们大致可以廓出九僧的生活时代和生活方式。祝尚书在其文中指出："现存'九僧'诗，有不少是赠答各级官僚的，可以看出他们这个群体的共同特点，即游无定处，'交结名卿'。以诗干谒官吏，除了他们的和尚身份之外，颇类似于南宋末期的江湖诗人。"② 王传龙进一步指出："《宋会要辑稿》载惠崇等四人（案，吉广舆认为此四人即简长、行肇、保暹、惠崇）于淳化二年（991）向朝廷进献良玉舍利事，他们的这种献媚朝廷、博取赏赐的举动，最终获得了丰厚的回报。这之后九僧中的多位僧人均入译经馆供职译经，获赐紫衣、师号，进而笺注御集，很可能皆以此为契机。"③ 作者同时指出："考察九僧群体的形成过程，山林生活始终未在九僧的人生阅历中占主导地位，相比之下，他们显然更热衷于游走权贵之门。"④ 我们也许不得不承认，"九僧"为名利场中人，但王文因此对"九僧"诗歌意象及其山林生活的否定，似乎也有武断之嫌。

笔者认为，"九僧"是一个相对松散的僧人交游圈，其中九人也不能一概而论。毕竟，人生在世，也许都难免萌动过追逐名利之心；惠崇作为僧人，也终难免有名利之心吧。一个人的人格总是具有多面性的，正如陶渊明也有金刚怒目的时候。貌似野逸的惠崇作品中，也会有剽悍的边塞诗："飞将是嫖姚，行营已近辽。河冰坚度马，塞雪密藏雕。"（《塞上赠王太尉》）惠崇另有《古塞曲》也意气风发，与我们印象中的江汀、烟霭相去甚远。在此，笔者仅想通过宋诗窥见惠崇的身影及其画作。

---

① 方回. 瀛奎律髓汇评 [M]. 李庆甲，集评校点. 上海：上海古籍出版社，1986：1718.
② 祝尚书. 论宋初"九僧"及其诗 [J]. 四川大学学报，1998（2）：52-59.
③ 王传龙. "九僧"生卒年限及群体形成考 [J]. 文学遗产，2012（4）：76-82.
④ 王传龙. "九僧"生卒年限及群体形成考 [J]. 文学遗产，2012（4）：76-82.

《四库总目提要》载:"惠崇为宋初九僧之一,工于吟咏,有《句图》一卷,又工于画,《黄庭坚集》有题其所作芦雁图诗。"① 今人陈传席在其《中国山水画史》中记"惠崇,一作慧崇。建阳(今福建建阳)人,一作淮南人。一般称其为'五代时僧惠崇',死于宋初。他是诗人兼画家,其诗名与赞宁、圆悟等被称为'九僧'。惠崇并擅书法,师王羲之。"② 沈括在其《梦溪笔谈·图画歌》对其绘画风格进行了勾勒:"戴嵩、韩滉能画牛,小景惠崇烟漠漠。"③ 我们印象中的惠崇,多来自他的小品以及宋代诗人对他绘画的题咏。另一方面,宋诗中涉及惠崇作品的诗歌不少,但和惠崇生平直接相关的作品屈指可数,这也为我们寻觅惠崇的踪迹留下了非常有限的资料。在此,我们也只能采取现象学方法,且将今人对惠崇行为模式和价值取向的推断加上括号,而探寻惠崇留在宋诗中的痕迹。毕竟,惠崇的生平在宋代已经模糊了。正如宋代诗人陈岩诗中所咏:

> 惠崇往矣邈遗踪,时有风来撼古松。
> 想见草庵无恙日,月明池上独支筇。④

相对于九僧中的其他人,惠崇因其善画,也因为他的画获得了宋代诗人的普遍喜爱,并被当时及以后文人反复吟咏,而在九僧中显得尤为突出。苏轼、王安石、贺铸、宋祁,黄庭坚等人,都吟咏过惠崇画作,其中不乏名篇。应该说,惠崇在宋人诗中的形象超逸,艺术造诣也颇高。

虽然,"隐"和"著"似乎是两个不兼容的定语,有时,前者是通向后者的策略,有时是因为隐者的离群索居而引发了人们的好奇心和兴趣。因此,由于各种原因,历史上还是不乏著名的隐士。魏野便是其中之一,我们从他《赠惠崇上人》一诗中,能体会到惠崇的生存状态。

> 张籍眼昏心不昧,崇师耳聩性还聪。
> 是非言语徒喧世,赢得长如在定中。⑤

魏野,是宋初的著名诗人,也是颇具传奇色彩的隐士,《宋史》有传。在北宋前期,魏野声名高过以"梅妻鹤子"著称的林和靖。魏野和惠崇为同时代

---

① 纪昀,等. 四库全书总目提要·宋高僧传提要 [M]. 北京:中华书局,1997:1237.
② 陈传席. 中国山水画史 [M]. 南京:江苏美术出版社,1988:184.
③ 沈括. 图画歌 [A] //俞剑华. 中国古代画论类编. 北京:人民美术出版社,2004:45.
④ 陈岩. 龙池庵 [A] //傅璇琮,等. 全宋诗·卷3614(第69册). 北京:中华书局,1991:43282.
⑤ 傅璇琮,等. 全宋诗 [M]. 北京:北京大学出版社,1991:905.

人，出生甚至比惠崇略早，而称其为"崇师"，这一方面点出了惠崇的僧人身份，同时也表达了他对于惠崇的尊重。从诗句中我们也可隐约了解到，惠崇在世时也已经受到是非纷扰。如至今还流传的所谓惠崇盗刘长卿诗句的典故，便可算其中之一。我们更可以从这首诗中，隐约可以感受到耳聋以后的惠崇对于世界的疏离，也许正由于听力的问题，他面对世界的方式，更倾向于观看和体验，"无听之以耳，而听之以心"。

宋诗中除了魏野以极其写意的笔墨展现了惠崇的生活之外，另一诗人宋祁现存两首诗，对其生存环境也进行了勾勒，其一为：

> 人往名长在，钦风历故居。
> 社残莲即老，园废柰仍疏。
> 麈忆清谈外，云经合座馀。
> 裴回视斋壁，行草暗残书。

（宋祁《过惠崇旧居》其一）

宋祁（998—1061）是北宋著名文学家，曾与欧阳修合编《新唐书》，与其兄宋庠齐名，为世人并称为"二宋"或"大小宋"。宋祁在诗后自注曰："予为郡之年，师之去世已二纪矣。"① 从诗中我们可以得知，宋祁访惠崇旧居之际，惠崇已离世多年，故居人去园空。这丝毫不妨碍作者和此园已故主人的精神对话。宋祁通过对于惠崇生活环境描写，使其品格风神跃然纸上。诗中的"莲"和"柰"都是惠崇人格象征。莲以其高洁、出淤泥而不染的生长特性，成为中国文化中的一个重要符号。这一象征的含义，在宋代已经普遍为人们接受，并在诗赋中被反复吟咏。若我们诵读苏东坡《荷花媚·荷花》，周敦颐《爱莲说》以及欧阳修《荷花赋》，即可了解宋人心目中"莲"的声色嗅味以及精神境界中的诸多美好。此外，莲花还是一个关键性的佛教符号，也是惠崇僧人身份的象征。"柰"又称"花红"或者"沙果"，是水果中的佼佼者；《千字文》有"果珍李柰，菜重芥姜"之句，自然也象征惠崇的不凡。惠崇故居墙上行草墨迹犹在，这从另一侧面揭示了惠崇的雅致和善书。《宋朝事实类苑》录善书僧人，诸条有"寿春惠崇善王书"一条。此处的"王书"，无疑是指东晋王羲之、王献之父子书法。至于惠崇的墨迹，如今已经寥不可寻。在艺术史上，惠崇的作品意象丰富而风格单纯，宋代人以及后世绘画理论家，对他的风格定位也十分明确。《全宋诗》所录惠崇作品不多，其中大部分是其诗歌片段，也称"句图"。

---

① 傅璇琮，等. 全宋诗［M］. 北京：北京大学出版社，1991：2405.

二

惠崇是否有绘画作品传世，现在还没有确切的论据。现存于辽宁博物馆的《沙汀丛树图》（图1）常被归入惠崇名下。这幅绘画也被收入《宋画全集》，这是目前最全面的宋画图集，囊括了中国各大博物馆以及流失海外的诸多宋代绘画，"全"是此套画集编撰核心思想。而在《宋画全集》目录中，此画名目旁边还另加括号注明为"传"。也就是说，虽然此画为典型的惠崇图式，但到目前为止，还没有有力证据说明这幅作品为惠崇所作。该画尺幅只有 24 cm×25 cm，

图1 惠崇《沙汀丛树图》（浙江大学中国古代书画研究中心. 宋画全集（第三卷·第一册）[M]. 杭州：浙江大学出版社，2010：61.）

画面极其简单，其中心为一条浅溪，斜流过画面。画家在溪岸近处星星点点缀上荷叶数十枚，两岸岸边又有芦草数丛。画面中景是云烟锁深树，云、水、流线型的溪岸，引领着观者的视线在画面游动，又消失在无所有之乡。江汀、烟树、小景，此为中国美术史上典型的惠崇图式。此外，当代学者凌利中指出，目前标为佚名的《溪山春晓图》即为惠崇《江南春图卷》。作者对相关文献和史料进行了详细的梳理和考证，为我们进一步分析惠崇作品的接受和流传状况，提供了有力的线索。但作者同时指出："惠崇之作品，自宋初即真迹寥寥，且真赝纷纷。"① 笔者以为这一论点还有待进一步考察。当代学者王传龙曾结合前人研究成果，梳理了宋代流传的各类材料，对九僧生卒年限进行过较为深入的讨论。他认为惠崇的生年可以确定在921年到966年之间，卒于1021年前后。② 在查证了其他几篇相关文章之后，笔者认为，惠崇绘画的创作高峰期即为北宋初期，因此"真迹寥寥"一说，值得进一步探讨。宋代诗人，尤其是宋祁、王安石、苏轼兄弟乃至黄庭坚等与惠崇生活时段相去不远的士夫名流，其社会阶层、阅历乃至于艺术鉴赏能力，都决定了他们所见到的大多应是惠崇真迹。由此，我们可以说，宋代诗歌中的惠崇，尤其是北宋诗人笔下的惠崇并非仅仅是一个传说中的图式，而是诗人亲眼所见，有感而发。

宋人诗歌中的惠崇绘画在北宋初期具有开创性意义，是宋初江南图式的经典样式之一。《纯甫出释惠崇画要予作诗》是王安石的重要题画作品，也是诸多惠崇作品题画诗中的杰作。作者不但对惠崇作品作了高度评价，而且点明了惠崇绘画的时代特征和独创风格：

画史纷纷何足数？惠崇晚出吾最许。
旱云六月涨林莽，移我倏然堕洲渚。
黄芦低摧雪翳土，凫雁静立将俦侣。
往时所历今在眼，沙平水淡西江浦。
暮气沈舟暗鱼罾，欹眠呕轧如鸣橹。
颇疑道人三昧力，异域山川能断取。
方诸承水调幻药，洒落生绡变寒暑。
金坡巨然山数堵，粉墨空多真漫与。

---

① 凌利中. 从惠崇到赵大年 [N]. 东方早报，2013-03-18.
② 王传龙. "九僧"生卒年限及群体形成考 [J]. 文学遗产，2012：4.

> 濠梁崔白亦善画，曾见桃花净初吐。
> 酒酣弄笔起春风，便恐飘零作红雨。
> 流莺探枝婉欲语，蜜蜂撷蕊随翅股。
> 一时二子皆绝艺，裘马穿羸久羁旅。
> 华堂岂惜万黄金，苦道今人不如古。①

王安石（1021—1086）活动年代和惠崇相距不远，一句"惠崇晚出吾最许"在诗歌开篇，就交代了惠崇在画史上的应有的时期和地位。在此诗中，王安石鲜明地将绘画按风格类型分为"古"和"今"两个时期，并将惠崇视为宋代绘画的典型范式之一。正如前文所述，宋代的确是中国文化史上的一大转折点，尤其是山水画在宋代发展成熟，并形成了以董源、巨然以及惠崇为代表的江南图式和以李成、范宽、郭熙为代表的北方雄峻山水两种典型山水图式。这与以李思训父子与吴道子为代表的两种唐代山水范式形成了对比。王安石在诗中为绘画划分了古今样式，并毫不吝啬对惠崇、巨然以及崔白的赞美，为同时代画家张目。王安石在其另一首诗作《江口》中有诗句："江上晚来堪画处，参差烟树五湖东。"所谓"堪画处"，也即是作者所认为最为入画的景象，正是平远湖景，烟霭江汀。此显然不是以范宽、郭熙为代表的北方山水，而是惠崇画面的经典意境。

在提及惠崇作品的不少宋代诗歌中，宋人往往将其画作意境和文学中之"潇湘"相联系。例如，贺铸在其《题惠崇画扇六言二首之二秋水芦雁》一诗中咏道："直北飞来鸿雁，端疑个是潇湘。"黄庭坚《题郑防画夹五首》中有："惠崇烟雨归雁，坐我潇湘洞庭。"晁补之《题惠崇画四首春》也以潇湘形容惠崇笔下春水之绿："潇湘绿水春迢迢。"可见，"潇湘"不仅是自屈原以来的文学母题，而且在绘画中也形成了一种特定的平远图式。

惠崇绘画作品往往将诗意灌注于最世俗和平凡的意象之中，接下来我们将透过宋代诗人之笔，分析惠崇绘画中的意象和色彩。宋代诗歌中的惠崇作品往往提及水鸟，其中有诗歌和绘画中的传统意象雁、鹭鸶等，也有在温柔乡悠游的鸳鸯，更有鹅、鸭等平凡家禽。与惠崇绘画相关的千古名句，恰恰是咏其所画之鸭的，此即大家耳熟能详的"竹外桃花三两枝，春江水暖鸭先知"。其中，"竹外桃花三两枝"应是原画所绘，而苏轼诗句只是将其转化为文字。春江、

---

① 王安石. 纯甫出释惠崇画要予作诗 [A] //傅璇琮，等. 全宋诗：卷 538（第 10 册）[M]. 北京：中华书局，1991：6475.

水、鸭也为原画所描绘，由东坡咏出。而此千古名句之诗眼"鸭先知"，是为惠崇作品所画不出，而由苏轼阐发的。所以，这一句诗也受到吹毛求疵者的诘问。清代毛奇龄即反驳："鹅也先知，怎只说鸭？"① 但苏轼对于惠崇画面之"鸭"出乎意料的表达，也从另一方面揭示了惠崇笔下的"鸭"的神韵，为我们传达出惠崇画面上"鸭"在早春江水中游动时所展示出来的欣然与自在。惠崇在作画之前，对于早春江景已经有所取舍、构思，对于春江、桃花、竹枝及鸭的远近、大小、造型、位置等等也有精心经营。苏轼所道出的，也正是惠崇所想要点化的春意，或也是其他观画者所感受到，而难以言喻之生机。鹅鸭相对于仙鹤、雁等水鸟，有一种挥之不去的人间烟火气，而将之安置在"江天""风烟"之中，又别开生面。宋代另一位诗人吴则礼也为我们描绘了惠崇绘画中的鹅鸭。此二物虽是家禽，但经惠崇点化，将之置于万里江天之中，也一扫世俗尘埃气息。惠崇之画将诗意赋予最平凡之水鸟，而这诗意又为诗人一语道破，如，吴则礼在其《题惠崇小景扇二首之一》中咏道：

> 惠崇桃坞鹅鸭，春老不画风烟。
> 看取团团璧月，中吞万里江天。

晁补之《题惠崇画四首》之"夏"，也主要描绘了"鹅"的形态，诗如下：

> 老柳无嘉色，红蕖羞脉脉，
> 宛在水中洲，双鹅羽苍白，
> 何须玩引颈，颠到写经墨，
> 惟应一临流，当暑袗絺绤。②

这首诗对鹅的姿态和色彩描绘简约入神，但也有宋代工笔的细致明朗。诗歌中隐约引入了王羲之观鹅练书法的典故。虽然寥寥几句，但传达出惠崇夏日小景之画面色彩纷呈：有"老柳"之青黄，有荷花之"红"，同时，虽然未明写荷叶之绿，但荷叶和绿，作为潜在的文本，必然为读者所感知。红绿本就是互补色，在人们阅读过程中，以及惠崇画面中应形成鲜明的对比。此外，短短的诗歌所涉及色彩还有鹅之"白"，可以想见，以上皆是惠崇小景诉诸视觉的各种色彩。而由诗人以独特的语言意象传达给我们，透过语言镜像，我们能够

---

① 王夫之，等. 清诗话 [M]. 上海：上海古籍出版社，1999：216.
② 傅璇琮，等. 全宋诗：第十九册 [M]. 北京：中华书局，1995：12801.

领略到更为斑斓的世界：王羲之观鹅典故中的"经墨"之"黑"，更能体悟到印象派绘画般倒映着天光云影，以及红绿青黄等一切色彩的流水。

鸳鸯因其雌雄须臾不离，而成为中国文化中男女恩爱的象征，这种红尘中的水鸟竟也是僧人惠崇绘画中的常见题材。黄庭坚有诗题为《题惠崇画扇》：

> 惠崇笔下开江面，万里晴波向落晖。
> 梅影横斜人不见，鸳鸯相对浴红衣。①

此诗色彩浓艳但意境清冷，从全景到局部，展开了对惠崇画面的描述，诗中景物也从万里江天聚焦到岸边梅影，而以上诸意象皆是铺垫，黄庭坚最终将镜头转向全诗焦点———鸳鸯。此诗最后一句即为全诗的诗眼，"浴"则又是全句点睛之笔，"披""着"等皆不如"浴"字传神、传情。"鸳鸯"一句并非为黄庭坚自创，而是一字未改，来自唐代杜牧作品。这说明宋代绘画无论在创作还是解读过程中，都深受诗歌影响。正如前文所论述的，科举作为宋代取士的重要方式，宋代文人饱受诗书熏陶。这一方面使得他们具有非常高的文学修养，但同时也说明，宋代士大夫作为唐人的追随者，也必定在很多方面受到唐人束缚。惠崇在画这幅画的时候，是否为杜牧此句诗歌感发，我们不得而知；但笔者以为，黄庭坚在瞥见惠崇画作的第一眼时，脑海必定闪现出此句诗歌，而且挥之不去。因此，黄庭坚此诗竟然未做修改，挪用了杜牧《齐安郡后池绝句》中诗句。杜牧原诗为：

> 菱透浮萍绿锦池，夏莺千啭弄蔷薇。
> 尽日无人看微雨，鸳鸯相对浴红衣。

细读之下，读者也能体会到，黄诗此句虽一字未改，却又有"脱胎换骨"之妙，虽同是"鸳鸯浴红衣"，但季节不同、环境不同、色调不同，其意境也迥异。杜牧诗中所呈现的环境为春暖花开、细雨莺啼，而黄庭坚诗中意境则是夕阳烟波、野地疏梅。鸳鸯之相对而浴，更反衬出一种寒江万里的孤寂，同时鸳鸯所"浴"之"红衣"，并无杜牧诗中的温暖和热闹，而显出寂寥与无奈。

惠崇以其和赵令穰的相似常被人相提并论，称为"惠崇、大年"。舒岳祥即有"惠崇不作大年死，惆怅江湖春水多"②的诗句。另一方面，他也因为和

---

① 黄庭坚. 题惠崇画扇 [A] // 傅璇琮, 等. 全宋诗: 卷985 第17册. 北京: 中华书局, 1991. 11366.
② 舒岳祥. 题周梅所藏小景画卷 [A] // 傅璇琮, 等. 全宋诗·卷3445 第65册. 北京: 中华书局, 1991: 42021.

五代画僧巨然生活时代相近，又同是佛门中人，且画风有差异而为人并举："惠崇、巨然，皆高僧逃画禅者。惠以艳冶，巨然平淡，各有所入，而巨然超矣。"① 目前我们所能见到的惠崇作品似乎难以称作"艳冶"，但相关的宋诗的确揭示出惠崇绘画作品的这一侧面。

在惠崇的小景绘画中，不乏成双成对的水鸟，这在宋代诗人的题画中也有生动表述，除黄庭坚"鸳鸯相对浴红衣"之外，其他诗人也多有记载，如：晁补之《题惠崇画四首春》"东风回，江上渚，何处来，双白鹭"，还有上文所录同一诗人在《题惠崇画四首》中提及的"双鹅"。惠崇通过鸳鸯以及其他成双成对的水鸟，所表达出来的世俗情感，更加不便通过男女形态刻画。惠崇自己也有对诸多动植物的拟人书写："黄猿知日暝，青树觉春深"等。

三

象征以及隐喻修辞一直是汉语诗歌意义建构的普遍策略。但是当宋代士大夫将诗歌符号系统各种规则，用于绘画的编码与解码之后，诗歌的种种修辞方式也必定会被用以建构和解读绘画。这也就是自宋代以后，诗画深度融合的契机。诗画意境的建构尤其如此。

惠崇作品不直接地描绘人，而是通过其他意象来诠释人之情感。水鸟在惠崇作品中，有多重意义，它既往来于自然天地之中，是自然的一部分，同时也是一种象征。因此，我们既可以将惠崇画作中的飞鹭仅仅视为一种飞鹭，也可以将之解读为一个浪迹江湖的僧人或士大夫。朱翌在其《惠崇芦雁》一诗中，描绘了他所体会到的超越画面的"水驿云程"。观者的目光不是停留在画面上的某一点，或某一处景致，而是由芦雁以及画面将读者的思路推向画面所暗示的千里烟波。与此相伴随的，当然也有沉浮悲欢。这种审美空间的开拓所秉承的，是中国古典诗歌意境建构的一贯思路，和惠崇画面所营造的空茫寂寥异曲同工。惠崇在绘画作品中，也正是通过云烟芦花、江岸等和旅途密切相关的意象，营造了一种"在路上"的氛围。《惠崇芦雁》全诗如下：

我是江湖一漫郎，鸿飞鹭宿见行藏。

---

① 董其昌. 画禅室随笔[A]//俞剑华. 中国古代画论类编. 北京：人民美术出版社，2004：724.

西风吹尽芦花雪，水驿云程未易量。①

　　作者在诗歌中将惠崇图像的隐晦拟人修辞，通过诗句揭示出来。而在去留之间，颇具宋代文人和士大夫情怀，使我们联想到贬抑、流放、漂泊于江湖之中，放舟于汀渚之上的宋代文人兼士大夫。四川学者向以鲜在其《清远有多远》中论及鸿雁、鹭和鹤等中国文学艺术中的传统水鸟意象时，指出："虽然说的是鸟儿，其实说的是人。因此，自从王弼赋予鸿以清远的气质之后，清远便与人的品格、志向、情操、识见、风度等联系在一起，并在魏晋南北朝时期形成一种人格赏鉴的重要标准之一。"② 在中国诗画中的江湖间漂泊的，既是芦雁，也是"我"。这里的"我"不但是作者，而且也可安放每一个阅读此诗的人以及他们的悲欢。惠崇画中江湖之上所欢欣或漂浮的不只是水鸟，而更像是江湖漂泊之人，浮游于江湖之上，游荡于此岸和彼岸之间。惠崇自己所作的诗歌，也常将渡僧和飞鸟对举，如"境闲僧渡水，云尽鹤盘空""乱水僧频过，荒林鹤不还"。水鸟浮游于江湖之上实和唐宋诗画中的"渡"与"待渡"为同一母题。只不过，待渡之舟子渡的是别人，而水鸟自渡而已。黄庭坚名句"桃李春风一杯酒，江湖夜雨十年灯"，道尽渺阔江天中的漂泊，也是如此境界。

　　惠崇作品造境的手法首先可提炼为对平远图式的运用，另一方面，对于云烟这一图像语汇的使用，也使得他的作品，突破绘画静态媒介的限制，而在时间和空间上构建起一个广阔的审美意境。宋代诗人又通过诗句，对惠崇绘画意境进行了进一步阐释和生发。前文黄庭坚《题惠崇画扇》即为一例。郭若虚在中《图画见闻录》形容惠崇绘画"尤工小景，为寒江远渚，潇洒虚旷之象，人所难到"。③ 此处"人所难到"不能理解为人迹罕见，而指其胸襟、虚旷、意境高远，为他人所难以企及。宋诗中的惠崇山水，常和唐代诗人一直以来的"乡关"母题相联系。宋代不少诗人在面对惠崇画作的时候，不约而同地被引发了乡愁，并将之诉诸诗歌。黄庭坚在其《题郑防画夹五首》诗中写道："惠崇烟雨归雁，坐我潇湘洞庭。欲唤扁舟归去，傍人谓是丹青。""潇湘"是中国诗画中的传统母题，它既是屈原以来诗人想象中的诗意之地，又是屈原流放之所。

---

① 傅璇琮，等. 全宋诗 [M]. 北京：北京大学出版社，1998：20689.
② 向以鲜. 清远有多远？——关于"溪山清远"的历史语境考辨 [J]. 文艺研究，2011（12）：109 - 119.
③ 郭若虚. 图画见闻志 [A] //纪昀，等. 钦定四库全书·子部·艺术类. 上海：上海古籍出版社，1987：812549.

与黄庭坚同时代的著名诗人贺铸，也将他所目睹的惠崇画境和诗歌传统中的"潇湘"相联系：

塞南秋水陂塘，芦叶萧萧半黄。

直北飞来鸿雁，端疑个是潇湘。

（贺铸《题惠崇画扇六言二首之二·秋水芦雁》）

此外，王安石在另一首题画诗中，将惠崇画境视为对往事的追忆，咏道："往时所历今在眼，沙平水澹西江浦。"正如上文所述，烟雨、云烟是惠崇小景的重要图像语汇，也是其频繁运用的图像修辞。云烟作为中国文化中的时间隐喻之一，在惠崇画面意境建构之中，起着极其重要的作用。[①]

云烟意象是中国诗歌传统中的时间隐喻，也是惠崇画面中的重要意象。以诗歌符号传统中的往事隐喻去解读云烟，也使得惠崇小品穿越了单纯的自然现象，而建构成一种具有超越性和诗意的意境。沈括"小景惠崇烟漠漠"一句，提炼出惠崇绘画的最直观感受。烟云或烟雨，在传统诗歌语境中既涉及空间感知，也涉及时间感知，是最具有生发性和包孕性的意象。云烟的出现，使得画面突破平面和瞬间静态呈现的限制，建构起具有流动性的时—空意境，与往事、故乡和远方相联系。汉语诗歌历来关于云烟的诗歌无数，这里只想列举一句广为人知的"日暮乡关何处是，烟波江上使人愁"云烟、江湖、沙洲，使得画面和诗意互文，画面具因其也具有了抒情功能。云烟也是融合天人联系经验和超验世界的边界，它在绘画中的出现遮蔽了画面中的其他物象，而客观上起到省略作用。此外，云烟和乡关也是惠崇自己诗歌中的常见意象，如："为客方经楚，思乡欲上楼。云山殊未返，相顾两悠悠。"[②] 惠崇画面中凝固的时间与诗意，便又被宋人以诗句道出。

以小见大、虚实相生，是惠崇绘画取景、造境的根本原则，正和宋代诗歌创作模式相契合。郭熙在《林泉高致》中指出："画山水有体：铺舒为宏图而无余，消缩为小景而不少。"[③] 就我们观画和作画的经验而言，宏图和小品，在绘画构图与细节处理上，是有差异的。郭熙如是说，是指宏图和小品所呈现的意境可以不相上下，这更可以理解为绘画笔墨的简约和短小，不影响诗意营

[①] 沈亚丹. 飘来飘去——宋代绘画中的云烟隐喻[J]. 文艺研究，2015（3）：131-139.
[②] 惠崇. 晚夏夜简程至[A]//傅璇琮，等. 全宋诗：卷126第3册. 北京：中华书局，1991：1465.
[③] 潘运告. 宋人画论[M]. 长沙：湖南美术出版社，2000：5.

造。这也可以解释为笔墨简淡和诗意盎然不但不矛盾,而且有内在关联。首先,我们可以肯定,郭熙这里所说的宏图和小品,是理想状态的绘画作品,而非劣作,因此宏图不空疏,小品不局促。那么是否宏图和小品绘画之间,宏图转换成小品,如果"不少"的话,那么小品中所纳入的额外意境来自何处?换句话说,丈二山水所表达的空间,被压缩在尺幅之中,那么尺幅万里的容量,从何处而来?笔者以为,小景画的空间,已经高度符号化了,很多时候,依赖于阅读。绝句可视为最短小的小品。吴则礼在《题惠崇小景扇(二首)》中有诗句曰:"看取团圆璧月,中吞万里江山。"其中,"吞"字正体现了小品绘画胃口巨大,能容纳天地。如果说,宏图是一种气势,而体现小品之宽阔宏大,则来自其中蕴含的气韵和意义的褶子。相应地,如果气韵可用于宏图,也可用于小品,那么意境,则与小品画相联系更为密切。小品画脱尽视觉细节以后,例如光影、肌理、色彩、比例等迫使人们在观看的同时,体味其背后的意义,也就是说,像对待文字一样对待这些视觉符号。视觉符号也就如同一种所指,而诉诸一种类似诗意的能指。也正因为如此,宋代诸多诗人,可以透过惠崇的小品绘画,看见千里之外的潇湘或者家园,又可超越时间,重历往事。

惠崇画面所营造的迷茫景象,不仅和他的意象和笔墨有关,同时也和他绘画所用材料相关。王庭珪在《卢溪先生文集》(卷四)中有题惠崇画作的诗歌《秋江凫雁》:"老崇学画如学禅,中年悟入理或然。长江未落凫雁下,舒卷忽若无丹铅。自定维摩三昧里,半幅生绢开万里……"[1] 宋代绢丝幅面本应该不大,"半幅"则概言其画作非宏图,而是小景。据徐邦达考证:"在宋代的双拼或三桥大轴中,可以看到自宋初至宣和以前,大都不超过 60 厘米。宣和以后逐渐放宽,有独幅画轴阔至 80 厘米以上的。"[2] 诗中所谓的"生绢"就是未经煮制,未刷矾水的绢,性如生宣,吃水涴墨,容易形成水墨交融,满目云烟之形态。宋代诗人不只一次地以生绡代替绘画作品。王安石的诗也提及过惠崇作画材料"方诸承水调幻药,洒落生绡变寒暑",可作为旁证。但宋初画家作画常用生绡还是熟绢,笔者不敢妄断。因米芾在其《画史》中,对唐宋之际绘画材料进行过记载:"古画至唐初皆生绢,至吴生、周昉、韩干,后来皆以热汤半熟入粉捶如银板,故作人物,精彩入笔。"[3] 本文仅抛砖引玉,以供方家进一步研究。

---

[1] 傅璇琮,等. 全宋诗 [M]. 北京:北京大学出版社,1995:16748.
[2] 徐邦达. 三谈古书画鉴别——书画所用纸、绢、绫 [J]. 故宫博物院院刊,1980 (1):57-60.
[3] 米芾. 画史 [A] //俞建华. 中国古代画论类编 [M]. 北京:人民美术出版社,2004:1237.

四

惠崇对后世画家的影响虽不如李成、巨然，但也可谓深远。赵令穰为北宋中期画家，活动时期较惠崇稍晚，即受惠崇影响："惠崇江南春，写田家山家之景。大年画法，悉本此意，而纤妍淡冶中更开跌宕超逸之致。学者须味其笔墨，勿但于柳暗花明中求之。"① 元代《画继补遗》也载："王宗元，不知何许人。家居石桥，人遂名为'石桥王'。专学惠崇作池塘小景，颇有野趣。"②

不仅如此，惠崇画作所营造的审美模式更成为一种观看世界的图式，或者也可谓一种镜像了。宋代许及之在其《碧芦步》诗中咏道：

> 霜叶彫残荾，寒花发旧芦。
> 一秋明眼处，落雁惠崇图。③

明末恽寿平也往往透过惠崇镜像观看和描写江南景色，不必陈述景物的种种妙处，一句"惠崇江南春图也"④，读者也就可以心领神会了。

综上所述，僧人惠崇在其绘画作品中，安放了诗意与禅机，而这又往往为宋代诗人所道破。由此，《五灯会元》将黄庭坚题惠崇小景诗，称为"禅髓"。惠崇所画、黄庭坚所咏的"归去"，也并非是要回归到某个特定的地方，或者回归某个地理学意义上的故乡，而是漫行于惠崇营造的沉寂虚无之乡，行走于永远的归途，是对肉体和精神在路上意识的唤醒。在有与无之间，精神世界与物理时空之间纳入的扁舟，也载我们往来于诗境与画意。另一方面，虽然惠崇作品已为时光淹没，但宋诗无疑是我们能够超越千年时光，接近惠崇的一叶扁舟。

（《艺术百家》2015 年第 4 期，有改动）

---

① 王原祁. 麓台题画稿 [A] //杨亮, 等. 清初四王山水画论. 济南：山东画报出版社, 2012：175.
② 庄肃. 画继补遗 [A] //卢辅圣. 中国书画全书 [M]. 上海：上海书画出版社, 1993：913.
③ 傅璇琮, 等. 全宋诗 [M]. 北京：北京大学出版社, 1998：28407.
④ 恽格. 田画跋 [M]. 张曼华, 点校. 济南：山东画报出版社, 2012：63.

宋画中的唐代诗人图像及其文化内涵

唐诗对宋代艺术产生了巨大的影响,而唐代诗人形象及唐诗诗句也成为宋代绘画的重要表现对象。在唐代众多诗人中,宋代画家更倾向于表现李白、杜甫和王维这三人的形象及诗句,正如宋代诗人王禹偁所言,"李白王维并杜甫,诗颠酒狂振寰宇"①,宋画中的唐代诗人图像,也是分析唐诗在宋代接受和传播的重要途径。本文将对宋代绘画中的唐代诗人形象进行分析研究,挖掘其中的文化内涵。笔者所论述的唐代诗人图像包括唐代诗人肖像及诗意图。其中,唐代诗人肖像着重刻画诗人相貌,而诗意图则是对诗人、诗句的图像呈现,更倾向于将诗人置于特定情境中,对之进行描绘。梁楷的《李白行吟图》或牧溪的《杜子美像》,这类诗意图所强调的并不是诗人的面貌,而更倾向于展示诗人的文化肖像。

近几年,当代学者对于宋代绘画中的唐代诗人形象给予了关注,并有相关文章发表。其中,李斯斌《宋代绘画中的李白形象研究》一文,对宋代绘画中的李白形象进行了较为深入的分析。而黄爱武的《杜甫画像审美流变举要》,梳理了宋代以来杜甫形象的变迁,同时归纳了历代杜甫形象在不同历史时期的不同特征,但文中有一些论点有待商榷。例如黄爱武认为现存最早的杜甫画像为南熏殿收藏的《历代圣贤册》中的一幅,并指出:"杜甫画像历经'胖—瘦—壮'的流变,可以理解是画家以不同的审美观念,去创造'社会性偏爱'的形象,进而去表现杜甫的爱国精神、仁爱情怀、人本思想。"② 台湾学者也引用了此文的结论,并进一步指出:"其实,自清代以迄民国,清癯身形之杜甫像才开始频频出现,以形塑其满腔愁肠的印象。"③ 但是正如下文将要揭示的,杜甫在北宋就被塑造为忧患瘦弱的形象。

---

① 王禹偁. 酬安秘丞歌诗集·小畜集(卷十三,四部丛刊初编本)[C].
② 黄爱武,林光. 杜甫画像审美流变举要 [J]. 黄冈:黄冈师范学院学报,2013:43-46.
③ 黄爱武,林光. 杜甫画像审美流变举要 [J]. 黄冈:黄冈师范学院学报,2013:43-46.

一 "诗佛"王维及其"看云"图像

本文之所以首先分析王维图像，其一是因为王维作为"士人画"的鼻祖，他的诗歌和绘画创作在宋代开启了一种新的图像观念；其二是因为宋代与王维诗句相关的图画，数量较多。王维被后世称为"诗佛"，与李白同年出生。这里值得一提的是，王维作为宋人心目中的山水画高手，在宋诗中屡屡出现，并且标志着绘画技巧的极限。例如，宋人提到一处景物的美好，会感叹此景只有王维画中才有，如白玉蟾有句"诗成此景尚自尔，安得王维收入画"，又如林逋在其《和谢秘校西湖马上》一诗中咏道："表里湖山极目春，据鞍时此避埃尘。苍苍烟树悠悠水，除却王维少画人。"另一方面，宋代诗人在面对美景的时候，也常以"王维画不成"，侧面描绘风景之妙非人力可到，"王维妙手画不得，神光徒自觅安心""王维虽敏手，难落笔头踪""数掩围柴荆，王维画不成"（陆游《疏篱》）。事实上，这些诗句无论是强调非王维不能画，还是强调王维画不成，都是对于王维画艺的赞美。王维在后世有"诗佛"之称，宋代画家对于王维诗句的反复描绘，也是超越现实，表达内心禅意的一种尝试。北宋李公麟就画过多幅王维肖像及王维诗意图，仅《宣和画谱》就载李公麟画有《写王维归嵩图》一幅、《写王维像》一幅，同时还创作有《阳关图》。益州名画录记载石恪绘有《陈子昂卢藏用宋之问高适毕构李白孟浩然王维贺知章司马承祯仙宗十友图》[①]，邓椿《画继》载曾见画僧智源绘《看云图》："画一高僧，抱膝而坐石岸，昂首伫目，萧然有出尘之姿，使人敬仰。"[②]

"空"是王维诗歌营造的最重要的意象，因其本身也无形象，因此也可以说是王维诗中所营造的"象外之象"。《王右丞集》收录王维诗歌400首，诗歌中用"空"字近120次。"空"由于其虚无，很难诉诸视觉，但宋代画家将空转化为"云"，通过对于"云"的呈现，使得"空"变直观对象。王维《终南别业》一诗中的名句"行到水穷处，坐看云起时"在宋代被多位画家描绘。郭熙虽然未曾有"看云图"流传，但其子郭思在《林泉高致》记录，郭熙"尝所诵道古人清篇秀句，有发于佳思而可画者，并思亦尝旁搜广引以献之先子，先子谓之可用者，其诗虽全章半句及一联者，咸录之于

---

① 黄休复. 益州名画录 [M]. 长沙：湖南美术出版社，1999：180.
② 邓椿. 画继 [M]. 长沙：湖南美术出版社，2000：355.

下"。① 其中就有王维的这联诗。目前可以见到的最早的"看云"图像为台北故宫博物院收藏的绢本《坐石看云图》，传为李唐所作。画面构图充实，其松石用笔类似于李唐的另一幅名作《万壑松风图》。整幅作品所营造的环境和《宋高僧传》对于辋川景观的记载高度契合："遂入终南，经卫藏，至白鹿，下蓝田，于辋川得右丞王公维之别业。松生石上，水流松下……"② 和下文将要分析的马远父子的看云意图式不同，此画面上的看云主体是两位友人。王维虽在此诗末两句提及"偶然值林叟，谈笑无还期"，但画面上所绘，显然并非作者与当地林叟的交流，而是文人高士之间的交游。这首诗对"坐看云起"的呈现，虽然与原句不完全相符，但也符合王维诗歌的整体意境。他的诗句中常常出现与友人携手同游的场景："不相见，不相见来久。日日泉水头，常忆同携手。携手本同心……"（《赠裴迪》）"幸同击壤乐，心荷尧为君。郊居杜陵下，永日同携手。"（《晦日游大理韦卿城南别业四声依次用各六韵》）"携手追凉风，放心望乾坤。"（《五古·瓜园诗》）诗人也常提及"相思"，其中最让人耳熟能详的便是"愿君多采撷，此物最相思"（《五绝·红豆》）。如细读王维诗歌，便能领悟到，王维生于初唐，长于开元盛世，年不满二十而名满长安，21岁状元及第，他的人生并非空寂无情，之所以向佛，首先因为王维母亲是虔诚的佛教徒，其次是因为安史之乱期间的流离坎坷，正如他自己的叹息，"一生几许伤心事，不向空门何处销"（《叹白发》）。可见，李唐对于王维诗句的描述并非是被动模仿，而是将作者其他作品中山中会友、松下论道等意象熔铸其中。

南宋画家马远父子都有王维"看云"图像流传。马远的《石壁看云图》（图1）画面三分之二为凌空而起的石壁，高不见顶，一士人临水而立，仰头看向石壁上的氤氲云气。该画空间逼窄，而令人感到压抑。幸而大面积的云，将石壁的坚硬化为柔和，在山穷水尽处，飘荡出生意和风景。此画虽未照搬王维诗句中的"坐看"这一细节，但也有行到山水尽头，因看云忽然开朗之意。马远之子马麟也画有《坐看云起图》（图2），画面一士人在坡岸边，以肘支地临水而坐，仰望远处升腾的云烟。马远父子的这两幅"看云图"都将画面上的"看云"主体安排在一面临水坡岸边，只不过马远所绘作品中石壁突兀压抑，具有强烈的压迫感，而马麟所绘场景为了表现平远的空间，更具抒情意味。故宫博物院另藏有宋代佚名设色扇面《青山白云图》，也绘有看云图像。扇面右侧有一小且简陋的茅屋，屋外水滨一高士坐看远处升腾的白云，肩上扛一杖，

---

① 郭熙，郭思，潘运告，等. 林泉高致 [M]. 长沙：湖南美术出版社，2000：27.
② 赞宁. 宋高僧传 [M]. 北京：中华书局，1987：418.

图 1 马远《石壁看云图》（图片来源：浙江大学中国古代书画研究中心. 宋画全集（第一卷·第四册）[M]. 杭州：浙江大学出版社，2010：62.）

杖头挑一酒葫芦。此外，"南宋四家"之一夏圭的一幅《坐看云起》的扇面小品，也出现在 2011 年保利春季拍卖会上。画面也采用南宋一角构图，右边一角的山崖边，一位高士面朝云烟升腾的溪水而坐。小溪从远方曲折涌来，又流向画外。平远式构图，使得尺幅之间，展现出无尽远意。

  以上对于王维看云图像的分析，揭示出唐诗在不同时代的图像化呈现具有鲜明的时代印记。对于同一句诗的图像呈现，李唐采用的是北宋图式，画面内容充实，多长松峻岭。马远父子主要采取的是半边一角构图，常取山之一隅、水之一角，是典型的南宋绘画图式。诗歌的承载媒介为语言，语言具有非直观性，而诗歌词语之间的想象空间尤为开阔，造成了诗句的情境和意境的不确定

图 2　马麟《坐看云起图》（浙江大学中国古代书画研究中心.宋画全集（第六卷·第二册）[M].杭州：浙江大学出版社,2008：73.）

性,而不同的画家对于同一句诗或同一种意象,可以有全新的诠释。如果这首诗用英语来表述,则看云者为一人还是两人,"看云"这一行为发生在过去、现在还是未来,都是确定的。事实上,相对于其他西方语言,汉语本身具有更多的不确定性因素,例如单复数会有歧义,时间也会有歧义,到底是过去发生的,还是正在发生的,抑或仅仅是想象中的,也常没有明确的标志。汉语诗歌更为广阔的语义空间,为其图像的呈现提供了更多的可能性。

二　"诗仙"李白及其邀月图像

图 3　梁楷《李白行吟图》（浙江大学中国古代书画研究中心.宋画全集（第七卷·第一册）[M].杭州：浙江大学出版社,2008：61.）

李白是中国诗史上的"诗仙","宋代也有许多画家画过李白的形象,如石恪的《仙宗十友图》、李公麟的《太白泛舟小像》《太白独酌图》、孙泽君的《李白醉归图》、梁楷的《太白行吟图》(图3)、马远的《李白观瀑图》。此外,还有一些不知作者的李白绘画作品,如《李白诗百篇图》《李白醉骑驴图》《题心泉所赠李白像》《太白扁舟图》等等,这些作品大多不传。"① 另据《画继》记载,北宋乔仲常有《李白捉月》图。

现存最有影响的宋代李白形象,为梁楷的《李白行吟图》(图3)。梁楷是北宋南渡画家,行为怪诞不羁,人称"梁疯

---

① 李斯斌.宋代绘画中的李白形象研究[J].绵阳：绵阳师范学院学报,2015,34(12)：12-17.

子"。据宋末元初庄肃记载:"梁楷,乃贾师古上足,亦隶画院。描写飘逸,青过于蓝,时人多称赏之。"① 他笔下多诗人、禅师画像,画风独具一格。梁楷与李白一样,嗜酒,且行为放荡不羁。可以说,梁楷和李白的精神世界心有灵犀。因而,他对于李白的描绘也别出心裁。作者以极简约狂放的线条,寥寥几笔,塑造了"诗仙"李白行吟的一幕。画面全无背景,只有李白脱帽昂首且行且吟。李白作为唐代著名诗人,其形象也屡屡出现在唐宋诗人笔下,如杜甫有《七绝·赠李白》诗:

> 秋来相顾尚飘蓬,未就丹砂愧葛洪。
> 痛饮狂歌空度日,飞扬跋扈为谁雄?

"飞扬跋扈"四字,点出李白的精神,与梁楷笔下的李白遥相呼应相。《杜诗镜铨》引萧注,曰此诗"是李白一生小像"②。可以说,这不仅是对于李白形象的描绘,同时也是对于唐宋诗歌中李白形象的图像诠释。如此,李白不仅是一个诗人,同时也是一个放浪不羁的人格符号。

李白形象自唐代起就慢慢固定为乌纱白袍,宋代诗人陈师道曾目睹周昉所绘李白像:"乌纱白紵真天人,不用更著山岩里。"③ 现存两幅马远作品《对月图》以及台北故宫博物院所藏的《举杯玩月图》,皆是对李白"举杯邀明月,独酌无相亲"诗句的图像呈现。画面主体的形象也沿袭了乌纱白袍的形象。这也便是日后李白形象的基本图式。乌纱是隋唐男性的便帽,常由一块乌纱巾制作,隋唐以来将巾脚在脑后相系,并垂于帽后,又称幞头。"自古以来,天子服乌纱帽,百官士庶皆同服之。"④ 研究者指出,隋唐男性的日常装扮"一般是圆领长袍,腰束带,脚著靴,戴幞头"⑤,"乌纱帽"直到明代才被用来特指官帽。目前流传的李白画像,也多带乌纱帽。另外,李白在诗集中不止一次形容自己穿紫绮裘。但唐宋以来,人们对他的呈现多着白衣。这其中体现了对李白衣身份的定位。李白自己在《留别西河刘少府》一诗中有诗句"白衣千万乘,何事去天庭",诗中的仙人也是着白衣往来于仙凡之境的。白衣历来和仙风道骨相联系。宋代佚名绘画《吕祖过洞庭图》、永乐宫《吕洞宾故事图像》中的吕洞宾,也常穿白袍。由此可见,白衣也显示李白的超凡脱俗,不受尘世规矩

---

① 卢辅圣. 中国书画全集 [C]. 上海:上海古籍出版社,1987:384.
② 杜甫. 杜诗镜铨 [M]. 杨伦诠,注. 上海:上海古籍出版社,1981:15.
③ 陈师道. 后山诗注补笺 [M]. 任渊,注. 北京:中华书局,1995:429.
④ 冯鎬. 中华古今注 [M]. 北京:中华书局,2012:106.
⑤ 北京工艺美术研究所. 唐代服饰资料选 [C]. 北京:北京工艺美术研究所出版社,1979.

所羁绊。目前杜甫草堂中的两幅清人李白像,皆戴乌纱,着白袍。

现存马远的《对月图》(纵 149.7 厘米,横 78.2 厘米,现藏台北故宫博物院)与《举杯玩月图》(现藏台北故宫博物院,纵 205.6 厘米,横 104.1 厘米)都是对李白名句"举杯邀明月,对影成三人"的描绘,构图相似。画面皆为一士夫一书童,士夫举杯邀月,书童捧着酒壶侍立。作为院体画家的马远,其作品精工细致,更符合南宋皇室审美趣味和规范。所以,马远笔下的李白多了一份雅致和书卷气,而少豪侠之态。画面将李白的狂放和明月对饮,且歌且舞的超拔豪迈,表述为宋代的文人雅趣。画中饮者着官服带幞头,而其所戴幞头帽顶偏圆,帽脚稍弯下垂此类软脚幞头在宋代常被称"唐巾"[①],这正是唐代幞头样式。南宋程大昌《演繁露》亦云:"采石江之南岸田畈间有墓,世传为李白葬所。累甓围之,其坟略可高三尺许。前有小祠堂,甚草草,中绘白像,布袍裹软脚幞头,不知其传真否也。"[②]可见,马远邀月、玩月图中所刻意再现的是唐人形象,虽然画面是典型的半边一角小品构图。

三 行走在神圣与饥寒边缘的杜甫

杜甫"集大成"的诗歌史地位奠定于宋代,宋代是杜甫接受史上的重要阶段。宋代绘画反复出现的杜甫形象,也印证了这一点。目前国内有研究者指出,南熏殿中的绢本杜甫像为宋代画师所绘,因而杜甫像在宋代面目丰腴:"绢本为宋代宫廷画师作品,是距离唐代最近的一幅。画像上的杜甫,面容圆润,秀眉凤目,浓须微拂,神情自得。"[③]台湾学者黄一农进一步指出:"其实,自清代以迄民国,清癯身形之杜甫像才开始频频出现,以形塑其满腔愁肠的印象。"[④]南熏殿《历代圣贤像》图册的确有杜甫像一幅,画中形象和杜甫穷愁潦倒的形象迥异。南熏殿此画像册收录的名人共 31 位,上至仓颉,下至南宋理学家真德秀、许衡。清人胡敬奉命参与修编《石渠宝笈》,并撰《南熏殿画像考》三卷,文中未提及其中杜甫画像创作年代,胡敬在论及《历代圣贤像》时曾指出,此册郭子仪画像上的题字有明代事迹,且不少圣贤画像上的题字有多

---

① 周锡保. 中国历代服饰史 [M]. 北京:中国戏剧出版社,1984:282.
② 朱易安,等. 全宋笔记:第四编,第 8 册 [M]. 郑州:大象出版社,2008:231.
③ 黄爱武,林光. 杜甫画像审美流变举要 [J]. 黄冈:黄冈师范学院学报,2013:43-46.
④ 黄一农. 曹雪芹卒后与其关涉之乾隆朝诗文 [J]. 武汉:长江学术,2015 (4):38-59.

处错漏："此册各幅题识总计六千余言……叙及明代事矣……是直钞胥不知偏旁义训者所书耳。"① 笔者认为，南熏殿《历代圣贤像》不符合宋代写实传统和理性精神。试想杜甫一生困顿，妻儿常年冻饿，他的幼子也因饥饿而夭折，自言"入门闻号咷，幼子饿已卒"。如果杜甫身形如此丰满安闲，让人于情于理难以接受。现存的杜甫画像以及相关资料显示，杜甫在宋代便以忧虑瘦弱的形象示人。此图册更可能是明人作品。杜甫人格和伦理层面上的神圣性塑造完成于明代："王嗣奭是第一个既从伦理思想，又从艺术形式两个层面来详细注解'诗圣'的，前人在丰富'诗圣'内涵时，一直是沿着两条迥然不同的线路进行的，至此交汇，具有完备内涵的'诗圣'作为杜甫的专称经过了艰难而漫长的孕育终于出现了。"② 南熏殿此画所刻意强调的是杜甫的"圣贤"属性，杜甫之"圣贤"不仅体现为精神上的超拔仁厚，也体现为肉体的历尽人间困厄饥寒而有着不合常理的丰腴。

目前我们能看见的宋代杜甫像有牧溪的《杜子美图》(图4)，画面上的杜甫符合他的生平经历，也契合我们的想象。《画继补遗》载："僧法常自号牧溪。善作龙虎人物芦雁杂画，枯淡山野，诚非雅玩，仅可僧房道舍，以助清幽耳。"③ 牧溪在宋代绘画史中是一个非主流画家：既非宫廷画院画家，不受宋代官方意识形态主宰，同时也非士大夫画家，不入文人士大夫

图4 牧溪《杜子美图》 纸本水墨，31厘米×89.1厘米（浙江大学中国古代书画研究中心. 宋画全集（第七卷·第一册）[M]. 杭州：浙江大学出版社，2008：234.）

---

① 胡敬. 南熏殿图像考［A］//胡氏书画考三种. 杭州：浙江人民美术出版社，2015：98.
② 王禹偁. 酬安秘丞歌诗集·小畜集（卷十三，四部丛刊初编本）［C］.
③ 庄肃. 画继补遗［A］//中国书画全书（第二卷）. 上海：上海书画出版社，1993：914.

法眼。虽然很长一段时间，牧溪在中国美术史上声名寂寥，但他的水墨作品对于日本绘画影响极大。

牧溪此幅杜甫像画面无背景，仅以简淡线条，勾勒出身形瘦弱的杜甫骑驴苦吟的形象。画面上有南宋末禅僧简翁居敬题赞："眼上双眉入鬓横，有时独跨蹇驴行。因吟一夜落花雨，直至如今字字芳。山阴简翁居敬题。"骑驴觅句是中国文化中的传统意象。画面上的杜甫头发稀疏，着一小块深色布裹头，正如他自己所说："白头搔更短，浑欲不胜簪。"画家寥寥数笔，勾勒出诗人的眼袋和凹陷的两颊以及因为瘦弱而突起的肩膀。杜甫一生，四海漂泊，到处碰壁，宋人对此多有吟咏。如诗人王禹偁称"杜甫奔窜吟不辍，庾信悲哀情有余"（《还杨遂蜀中集》）。戴复古有"干戈奔走踪，道路饥寒状"（《杜甫祠》）的诗句。宋代诗僧绍昙也将远游行吟作为杜甫人生中的一幕典型画面拈出：

> 客路如天远，吟身太瘦生。
> 无家归未得，策蹇傍春行。

（《杜甫骑驴游春图》）

牧溪没有刻意去刻画杜甫的神圣性，也无意表达他的忧国忧民的情怀，而就是刻画了一个在驴背上陷入沉思的瘦弱老人。画面上的驴似乎和诗人很默契，低头缓步前行。他似乎"信驴由缰"，一手扶着驴背，一手轻握驴缰的同时，也作拈须状。中国传统文人多蓄须，拈须这一动作，则常伴随着思考。在中国诗歌创作传统中，拈须也可理解为全身心投入创作。诗人卢延让有句"吟安一个字，捻断数根须"（《苦吟》）。梁楷笔下的李白和牧溪的杜甫，以不同的笔墨线条、不同的身体形态，揭示出李白和杜甫不同的人格与不同的世界，同时也揭示出他们的不同创作状态以及诗歌风格：同样是行吟，梁楷笔下的李白昂首向天，而法常笔下的杜甫，则低头觅句。

此外，宋代还有很多杜甫像因为各种原因并未流传下来，但宋代诗文中的一些描述，还是可以让我们感受到杜甫像的神韵。南北宋之交的诗人王洋在诗歌中，记录江南画僧宝觉所绘杜甫像："破帽麻鞋肩伛偻，回头意若呼宗武。行歌又似出关时，饭颗山前日当午……"（《宝觉师画少陵像用笔甚简伯氏称赏之因戏为长言写之》）北宋中期的米芾在其《画史》中，也曾提及一位善画翎毛的宝觉大师："艾宣张泾宝觉大师，翎毛芦雁不俗。宝觉画一鹤，王安上纯甫见以谓薛稷笔，取去。"[1] 此处的纯甫王安上为王安石胞弟。据此，我们可知

---

[1] 米芾. 画史[M]. 长沙：湖南美术出版社，2000：143.

王安石弟和米芾笔下的宝觉大师有往来，且王安石也曾有诗《示宝觉》，同时更有名篇《杜甫画像》。据王安石描述，画中的杜甫"青衫老更斥，饿走半九州"，无疑也是衣衫褴褛、面带饥色的诗圣形象。没有证据说明米芾、王安石和王洋所提到的宝觉为同一个画僧，也没有确凿证据证明王安石和王洋所咏为同一幅《杜甫像》。但这两幅杜甫像，都刻画了穷愁潦倒的杜甫形象。王洋对画像上杜甫的描绘更为细致，读来令人心酸：他衣衫褴褛，长期的饥饿和疾病使他的身躯消瘦且弯曲，而他对此似乎并不自觉，边走边回首说着什么。宗武是杜甫次子，杜甫写有《元日示宗武》《又示宗武》等多首诗歌皆谆谆教导小儿向学，更在《宗武生日》中直言"诗是吾家事"。画面上的杜甫正回首招呼宗武，无非又是教导儿子作诗向学。"饭颗山"是长安附近的一座山，李白曾在这里巧遇杜甫，并写下名篇《戏赠杜甫》："饭颗山头逢杜甫，顶戴笠子日卓午。借问别来太瘦生，总为从前作诗苦。""饭颗山"从此与刻苦作诗相联系。画面上那个衣衫破蔽、身形伛偻的形象，和日后"诗圣"的盛名形成了鲜明的对比。

四　宋代绘画对于唐代其他诗歌作品的图像呈现

宋人除了热衷于描绘王维、李白、杜甫等诗人形象及诗句以外，也绘有其他唐代诗人图像。梁楷在其《八高僧图》组画中的一幅，便描绘唐代道林禅师和白居易就佛法对话的场景。画面中道林禅师盘坐在树窠之间，白居易躬身站立双手合十。这八幅作品是梁楷早期的细笔人物画，现藏于上海博物馆。此幅白居易图像以及宋代若干寒山图像，主要是阐发佛法而非描绘诗人或诗意，因此本文在此不做深入讨论。

此外，"寒江独钓"是柳宗元在其诗歌中营造的一种荒寒意境，这也是宋代审美理想之一。寒江意象是唐诗中的典型意象，陆龟蒙在其《寄淮南郑宝书记》一诗中，有"清词醉草无因见，但钓寒江半尺鲈"诗句，但将寒江与独钓相联系，就不能不让人想起柳宗元的诗句"孤舟蓑笠翁，独钓寒江雪"。欧阳修在《鉴画》曾指出："萧条淡泊，此难画之意。画者得之，览者未必识也。"[①]苏轼评点唐代诗人，认为："李杜之后，诗人继作，虽间有远韵，而才不逮意，独韦应物、柳宗元发纤秾于简古，寄至味于澹泊，非余子所及也。"[②]在韦柳二人之中，苏轼又更为欣赏柳宗元，指出："柳子厚诗在陶渊明下，韦苏州上。"[③]

---

① 欧阳修. 试笔·鉴画[A]//欧阳修全集：第五册，卷一百三十. 北京：中华书局，2001：1976.
② 书《黄子思诗集》后[A]//苏轼文集. 北京：中华书局，1986：2124.
③ 苏轼. 评韩柳诗[A]//苏轼. 苏轼文集. 北京：中华书局，1986：2109.

苏轼文才独步两宋元明，又弟子众多交友广泛。他对于诗画的很多评价，通过"苏门四学士""后四学士"及陈师道等友人们产生了很大影响。苏轼对陶渊明及唐代诗人的评价奠定了他们在宋代的传播和接受基调。《江雪》一诗是柳宗元被贬永州时所写，其中的寒江独钓意境旷远。万物萧条中的独钓既是生命个体和寒江的对峙，也是等待与忍耐，是萧瑟江天中的无限生机。南宋画家马远所绘《寒江独钓图》（图5），即为柳宗元的诗句"孤舟蓑笠翁，独钓寒江雪"的写照。此画画面形制和柳宗元诗歌一样简练短小。画面中的江流无边无际，

图5 马远《寒江独钓图》（浙江大学中国古代书画研究中心．宋画全集（第七卷·第一册）[M]．杭州：浙江大学出版社，2008：42.）

一叶孤舟在画面的江流中沉浮，上面坐着孤独的垂钓者。马远画作《寒江独钓图》与柳宗元所吟咏的荒寒意境相契合，但也不完全是对柳宗元诗意的被动模仿，画面只聚焦了江水和渔舟、钓翁，而对千重寒山、万条雪径未着笔墨。但在我们观看画作的时候，柳宗元的文本《江雪》则作为其不可分割的画外音，和此画形成一种图底关系。宋代另一幅《寒江独钓图》传为马麟所作，现藏于日本MOA美术博物馆，也被录入《宋画全集》。此画风格较为细腻。

五 结语

宋代画家所热衷描绘的王维、李白和杜甫等唐代诗人，都是汉语诗歌史上的巨擘，这一方面是因为他们的诗歌的确有感染力，另一方面也说明绘画对于文学史写作的响应和积极参与。图像的传播更为直观，宋人对于唐代诗人图像的创作，不但客观上促成了唐诗传播格局的形成，同时也影响到后人对唐代诗人风格的认识，此外，我们从中也可以了解到宋代绘画审美格局的多元化。宋代绘画不但和诗歌紧密结合，而且画家通过多种意象和意境的营造，表达出不同的文化理想：有王维的淡泊空灵禅意，也有李白的超脱豪迈，更有杜甫的沉郁顿挫。

（《艺术百家》2017年第2期，有改动）

艺术理论

论中国艺术形式的泛音乐倾向

中国艺术的核心便是音乐,这一观点可以追溯到李泽厚、宗白华的艺术理论学说,从他们的观点又可以追溯到中国的"礼乐文化"乃至于"殷人尚声"这一历史事实。可以说,中国各艺术门类无不鼓荡着音乐的律动。中国艺术精神,一言以蔽之——"和",这种"和"小到五音六律之和,大到人生而与天地同和,恰恰是中国各艺术门类的普遍追求。

对于音乐,尼采则指出:"抒情诗依存于音乐的精神,正如音乐有独立的主权,不必依赖概念,但仅仅容忍它们为伴。"①(以上着重号为原作者加)尼采的音乐精神因而成为绝对的"太一",并且显得如此落落寡合,这和中国音乐精神大相径庭。中国人将艺术建立在"天人合一"的基础之上,这是一个不争的事实,但是仅仅"天人合一"的提出,对于解决艺术形式问题无济于事,因为这是一个正确但过于笼统的结论。仅冯友兰先生对于"天"这一概念就揭示出五种内涵,②而"人"的内涵绝对不会比"天"更为简单,况且具有如此深邃内涵的"天"与"人"之"合",也是一个有待于进一步深入研究的问题。所以,本文对于中国艺术的论述,还是将人与世界的关系落实到以时空为基点的感知方式上来分析。因此,如果说西方艺术以及艺术门类的划分,是建立在时空二分的基础上,那么,中国艺术以及艺术门类的融合则是建立在以"道"为核心的动态时—空结构中的。中国艺术的泛音乐倾向正根植于这种动态的时空结构。

在对中国艺术的泛音乐倾向作出具体分析之前,首先要了解音乐的构成要

---

① [德]尼采. 悲剧的诞生 [M]. 海口:海南国际新闻出版中心,1996:29.
② 冯友兰. 中国哲学史:上册 [M]. 北京:中华书局,1961:55.

素。音乐,就其外在特征而言,其最基本要素有三:时间性、线性和量的对比[①],乐音形成于对自然声音的律化,也就是按一定规律(如中国音乐所遵循的三分损益法)对声音进行的数理演绎。简言之,音乐的最主要特征就是时间性和主观抽象性,其中抽象性集中体现在对于客观物象的扬弃。

中国艺术的泛音乐倾向渗透于各艺术门类,舞蹈和戏剧与音乐的密切关系自不待言;建筑以其对称和平衡在西方就有"凝固的音乐"之称,而中国式的建筑例如庙宇、宫殿的飞檐与庭院中九曲桥的存在,使得凝固中更有一种飞扬与灵动。"庭院深深深几许",旧式中国庭院深邃空间的层层推移与复沓,与一唱三叹的《诗经》异曲同工。因而,我们接下来将以貌似离音乐最遥远的静态空间艺术——绘画为典型,对中国艺术的泛音乐化存在进行分析,这似乎是最具说服力的。的确,音乐和绘画的差异是不言而喻的,前者通常是抽象的和时间的,后者是造型艺术,并且在空间中存在。尼采将日神所象征的造型艺术与酒神所象征的时间艺术作为艺术的两极,从这种划分方式就可以表明音乐和绘画之相距遥远。虽然如此,对于绘画的音乐性,中西方还是有所论述,而康定斯基在其《艺术中的精神》一书中的论述尤为详尽。他对于绘画形式中的点、线、色彩都采取了一种音乐化解读方式,将不同风格的点、线形式落实到不同风格的音乐形式上。但是,康定斯基所指认的绘画中的音乐性,是建立在他作为一个抽象绘画的提倡者和实践者,对于音乐的抽象性和抽象绘画的共同迷恋之上。和本文将要简要论述的中国绘画中的音乐性具有本质区别,这种区别既产生于对于音乐的不同理解,同时也基于不同的绘画美学基础,而最根本的区别是康定斯基和手握毛笔的中国画家在世界中处于不同的位置,这不是地理上东方和西方的区别,而是对于时空的不同体验方式。中国人对于空间的知觉永远是和时间联系在一起的,因而对于空间物象的知觉,也留下时间的印记。

宗白华在其《中西画法所表现的空间意识》一文中指出,中国绘画中的空间是一种音乐空间:"中国人对于这空间和生命的态度却不是正视的抗衡、紧张的对立,而是纵身大化,与物推移。中国诗中所常用的字眼如盘桓、周旋、徘徊、流连,哲学书如《易经》所常用的如往复、来回、周而复始、无往不复,正描绘

[①] "音高的横向线性关系(或曰'继时性连缀关系'),是旋律构成的重要因素。"(修海林,罗小平. 音乐美学通论[M]. 上海:上海音乐出版社,1999:311.)因而音乐中最重要的因素是时间,同时也是线性的。而莱布尼兹则指出:"音乐,就它的基础来说是数学的……"(何乾三. 西方哲学家 文学家 音乐家 论音乐[M]. 北京:人民音乐出版社,1983:44.)

出中国人的空间意识……中国画境之通于音乐，正如西洋画境之通于雕刻建筑一样。"①中国绘画空间是一种音乐空间，这一结论得自三个方面：中国人的空间意识、中国画的空间表现手段以及中国音乐本身。虽然中国人和西方人面对的是同一三维空间，但是由于时空感知方式的区别，形成与西方人不同的时空认知模式，正如胡塞尔所说的："客观的空间、客观的时间以及与它们相伴随的由现实事物和事件所组成的客观世界——这些都是超验的东西。"② 中国作为一个农业社会，对于时间的感知，是通过田野里的耕耘与收获获得的，和空间物象紧密相连，这一点宗白华先生以及任何一位提及中国空间意识的人都有过论述。那么，中国人所感知的空间就是一种时间化的空间，同时，这种和空间相结合而被感知的时间当然不是物理时间，而是主观时间，是主体在生命过程中与之相遇的四季以及晨昏，和天地间的物象紧密联系在一起，同时也分享着天地节律："中国哲学既非'几何空间'之哲学，亦非'纯粹时间'（柏格森）之哲学，乃是'四时自成岁'之历律哲学也……春夏秋冬、东南西北之合奏之历律也。"③ 无可置疑，中国人意识中的时空是一种律化时空，并且，这种律化时空的流转不仅仅是中国式音乐产生的根源，同时也是包括绘画和书法在内的中国各艺术门类之根。

就绘画而言，中国绘画的外在形态是点与线组成的形象，但此形象又绝不能等同于西方绘画中对于空间中光与影的静态"造型"，而是一种处于时间过程中的动态物象，是在生命往复的过程中，人和"象"的相遇，它兼有时间性和空间性："往来不穷谓之通。见乃谓之象。形乃谓之器。"（《周易·系辞上》）它是三维空间中的物象在时间中的绽放，也是生命过程中人与世界的相遇。因此中国画的第一法则是"气韵生动"，而绝不会像西方造型艺术分类，将"静物"列为一个重要绘画种类。即使在对"气韵"作出更进一步的分析之前也可以断定，它对于音乐的借鉴是显而易见的，它不仅仅是绘画，同时也是诗歌、舞蹈、书法的最高艺术境界的要素之一。对于中国绘画来说，"气韵"的时间轨迹首先体现在中国画典型的点、线结构中，线条既是时间轨迹同时也是空间轨迹，而点则是线的变种。当然，绘画中的点和线都是静止的，并且是无声的，在时间过程中随着笔的运动，无可更改地落在宣纸上，留下其运动过程的痕迹。线性运动是旋律的主要运动方式，关于旋律线，玛采尔指出："旋律线

---

① 宗白华. 艺境 [M]. 北京：北京大学出版社，1987：108.
② [德] 胡塞尔. 内在时间意识现象学 [M]. 北京：华夏出版社，2000：8.
③ 宗白华. 宗白华全集：第一卷 [M]. 合肥：安徽教育出版社，1994：626.

上的音高变化（从其大小和方向上看）的配置和相互关系，就是由此而产生的旋律的波浪及其顶峰的相互关系，就是旋律的跳进和流畅的进行的相互关系。"① 相对于线来说，点的反复出现无疑就在画面上形成节奏。

中国绘画和书法的特殊材料——宣纸，也为中国书法和绘画在静止的平面上留下时间轨迹提供了可能性。生宣的重要功能之一就是渗化，随着墨中不同的水分含量和笔在纸上停留的时间长短，形成不同层次的水墨晕章。一点干湿适中的墨对于一张质地良好的宣纸所起的效果，就如同在平静的湖水中投下的石子，会产生袅袅的墨韵。宣纸上水墨痕迹的相互渗透，正如同在旋律进程中，第一个音对于第二个音的渗透。对于音与音的渗透作用，玛采尔在《论旋律》中指出："音响心理学的研究证明，当第二个音出现时，音程中的第一个音并没有从听觉中完全消失；第一个音在听觉意识中留下了某种'痕迹'，似乎在一定时间内隐藏地持续着自己的音响……问题在于，后一音扫除前一音的'痕迹'越快，两个音同时发响就越不协调、刺耳，越'不能容忍'。相反地，产生错觉的可能性越大，音响则越协调……"② 由此可见，中国画中的笔墨效果和音乐中的音响效果同构，是凝固的时间痕迹，"气韵"因而也是一种时间形式。在中国艺术中，时间形式是和生命过程联系在一起的。人们对于"气韵生动"的另一种断句方式就是——"气韵，生动是也"，就可算是一种诠释，"动"既是空间转换，也是生命时间的延续。"生命时间"以及对于"生命时间"的"思"与表现，是音乐和诗歌的直接土壤，总之"气韵生动"这一中国绘画最显赫的命题，也最能体现中国艺术泛音乐化倾向。

中国绘画与书写工具——笔，作为"人"、墨与纸的中介，是"气韵生动"的具体实现者。对于笔及其运动方式，石涛在《一画》中说："人能以一画具体而微，意明笔透。腕不虚则画非是，画非是则腕不灵。动之以旋，润之以转，居之以旷。出如截，入如揭，能方能圆，能直能曲，能上能下。左右均齐，凸凹突兀，断截横斜。"③ 如果对于其中的音乐律动还不甚明了的话，那我们不妨再翻开《礼记·乐记》中对于音乐形态的记载："故歌者上如抗，下如坠，曲如折，止如槁木，倨中矩，句中钩，累累乎端如贯珠。"④ 由此可见，毛

---

① ［苏］玛采尔. 论旋律［M］. 北京：人民音乐出版社，1958：35.
② ［苏］玛采尔. 论旋律［M］. 北京：人民音乐出版社，1958：97.
③ 石涛. 苦瓜和尚画语录［M］//俞剑华. 中国古代画论类编. 北京：人民美术出版社，2014：147.
④ 王文锦. 礼记译解［M］. 北京：中华书局，2001：563.

笔的操作过程，其运动形式与过程完全是律化的，也就是音乐化的。正因为笔墨的特殊运动方式和运动轨迹，中国绘画所塑造的形象得以超越单纯的静态空间。因此笔墨不仅仅是作为材料被提及，并且也转化为中国绘画中最重要的审美范畴之一。恽南田论元人用笔曰："元人幽亭秀木，自在化工之外一种灵气。惟其若天际冥鸿，故出笔便如哀弦急管。声情并集。"①

以上是以绘画为典型，对中国艺术中的泛音乐倾向进行的简要分析。书法作为中国艺术的另一典型形态，本质上就是一种运动方式或者运动轨迹的直接呈现。早在秦汉时期，书法家蔡邕就在其《笔论》中指出："为书之体，须入其形，若坐若行，若飞若动，若往若来，若卧若起，若愁若喜，若虫食木叶，若利剑长戈，若强弓硬矢，若水火，若云雾，若日月，纵横有可象者，方可谓书矣。"②陈思在《书苑菁华·秦汉四朝用笔法》中，论述钟繇的书写状态时曰："点如山摧陷，摘如雨骤，纤动如丝，轻重如云雾，去若鸣凤之游云汉，来若游女之入花林，灿灿分明，遥遥远映者矣。"③书法中单纯的点与线所体现出来的音乐性，和康定斯基抽象绘画中所论述的抽象点、线所体现出来的音乐性，倒是异曲同工。只是在中国书法艺术中，抽象和"象"又不是绝对分离的，而是变动中的"象罔"与"象外"。即使最抽象的音乐，在中国美学传统中，也是与"象"联系在一起的。中国音乐接受史上最著名的传说就是"高山流水"，只有对于音乐形态中"象"的正确领略，才可称"知音"。《吕氏春秋·大乐》指出："音乐之所由来远矣。生于度量，本于太一。太一出两仪，两仪出阴阳，阴阳变化，一上一下，合而成章。浑浑沌沌，离则复合，合则复离，是谓天常……日月星辰，或疾或徐，日月不同，以尽其行。四时代兴，或暑或寒，或短或长，或柔或刚。万物所出，造于太一，化于阴阳。萌芽始震，凝漨以形。形体有处，莫不有声。"④（以上着重号引者加）与绘画的时间化和音乐化相对应，中国艺术中的"乐"和音乐时间结构中的"象"也无所不在。在中国式动态时—空结构中，空间形态的时间化和时间形态的空间化两相凑泊，决定了中国艺术形式的泛音乐化倾向。需要特别说明的是，以上所论述的中国绘画中的时间痕迹以及中国音乐中"意象"痕迹的普遍存在，只能是一种泛音乐倾向而

---

① 潘运告. 清人画论 [M]. 长沙：湖南美术出版社，2004：169.
② 上海书画出版社. 历代书法文论选 [M]. 上海：上海书画出版社，2014：6.
③ 上海书画出版社. 历代书法论文选 [M]. 上海：上海书画出版社，2014：6，399.
④ 吕氏春秋 [M]. 张双棣，张万彬，等注. 北京：中华书局，2007：47.

不是泛绘画倾向。因为在中国艺术中，所有的"象"都是和情感或者情感所由产生的"意"联系在一起的，其中"象"不是目的，"立象"是为了"尽意"，得意便可以忘形。如叔本华、黑格尔等人所认为的，是音乐而不是绘画才是主体性或主观情感的直接流露，黑格尔在对音乐与绘画客观与主观存在方式的比较中指出："音乐不能像造型艺术那样让所表现出来的外形变成独立自由而且持久存在的，而是要把这外形的客观性否定掉，不许外在的东西作为外在的东西来和我们对立着，显得是一种固定的客观存在。"① 音乐之否定客观物象和中国艺术之终结追求——"得意忘形"是一致的。自古以来中国绘画就有"心印"之称，和音乐一样是主体情感与意志的直接映现，同时，中国画形象历来强调的"似与不似之间"，也就是对于"外形的客观性"一定程度的否定。因而，"象"在中国艺术包括音乐中的普遍存在，并不成为中国艺术甚至中国音乐具有泛绘画倾向的理由，因为它既是时间过程中的动态存在，也是主观性与情感的直接体现。

"象"作为一种动态存在，它的直接来源是"意"，也就是主体感知方式。绘画中的"意在笔先"，就是针对主观形式对于艺术作品以及客观物象的规定作用而言的，"意象"即是这一活动的直接产物。的确，在中国审美精神中，"花自飘零水自流"是一种境界，而"感时花溅泪，恨别鸟惊心"也是一种观照方式，但不能说后者有"意"而前者"无意"，无意也是意的一种表现方式。而"意"可落实为剔除视觉细节的情感认知。而情感之往还起伏，沉郁顿挫，也就是对世界的音乐化感知，这是中国艺术泛音乐倾向的一个有力证明："律小大之称，比终始之序，以象事行。"② 这种感知方式，使得"象"在中国艺术中常和"数"联系在一起，《周易》便是象数结合的典型。在中国画中，数字化结构也比比皆是，例如"山有三远""石分三面""水分五色，墨分五色"等等。中国诗歌中的四言、五言、七言以及对语音的平仄二分，也体现了中国文化从"言"到"意"到"象"再到"数"的动态过程，这一点后文将有详细分析。当然，"数"还不是中国艺术的核心，它只是众多形式层面中的一个环节。"数"可以进一步抽象为"阴阳"两极。冯友兰先生对于"阴阳"在"道生一，一生二，二生三"这一宇宙演化形态中的位置以及作用，有如下论述："一就是气，二就是阴阳二气，三就是阴阳二气之和气，这都是确有所指的具体东西。"③ 其中音乐境界已有水落石出之势，这里还是以绘画为例，对于中国艺术中的"阴阳"以及其中的音乐倾向作出简要分析。

---

① 何乾三. 西方哲学家 文学家 音乐家 论音乐 [M]. 北京：人民音乐出版社，1983：97.
② 王文锦. 礼记译解 [M]. 北京：中华书局，2001：540.
③ 冯友兰. 中国哲学史 上册 [M]. 北京：中华书局，1961：335-336.

对于中国绘画，尤其是文人画具有永恒诱惑力的材料就是水和墨，以及由水墨的不同成分渗透所产生的具有透明感的不同层次的灰色，也就是中国画论中的所谓"水分五色，墨分五色"。即使是一种隐喻性的用法，中西方都不约而同地将声音特质称为"音色"（Tone color）。试看康定斯基对于黑色的音乐性表述："正是这两种颜色（黑与白，引者注）（以前称为'非颜色'，而现在却非常别扭地称之为'非色彩学的'颜色）是沉默的颜色一样，这两种线条也被称作沉默的线条。在这两类情况中，共鸣声减弱到微乎其微：沉默，或确切地说是一种极细弱的窃窃私语和寂静。"① 通过康定斯基的论述，我们惊奇地发现，黑色不仅仅是以其"玄之又玄"成为"道"的颜色，同时也体现了"道"的沉默——大音希声。在中国绘画和书法中，在以黑象征的阴和以白为象征的阳之间又具有无限丰富的层次。其实，以五个层次划分绘画中的水墨色彩，仅仅是中国人对于数化倾向的一种反映。事实是，水和墨在相互渗透中，形成无数种具有偶然性和不同韵律形式的透明的灰色调，这是"和"的表现形式之一。需要提醒一句的是，在色彩类型中，色调完全相反的色彩，例如红和绿、橙和紫等等对比色的混合，都是介于阴阳之间的灰色。在画面上留下大片的空白，也是中国画典型的结构方式之一，以供气脉流动，虚实相生，阴阳相激荡，同时，以墨色出现的物象和以宣纸质地——白在色彩上形成阴与阳的对比；而反过来，墨色所呈现出来的物象以其"显"，纸之白所体现出来的心理知觉上的"物象"以其"隐"，阳变而为阴，阴变而为阳。《周易》作为中国哲学基本典籍，其精髓就是"象"的数理运动和变化。正是这种"数"成为支撑中国艺术的内在结构，并且"数"的演绎与变化，使得"乐"成为中国艺术的核心形式。当然，西方艺术也有数化倾向，比如黄金分割律的制定，解剖学数据在绘画中的运用等，但是其性质和中国文化中的数化完全不同，中国是对于自然的感性抽象的结果，具有强烈的主观倾向，《周易》中的象数结构是其典型。而西方的数化是客观的具体量化结果。中国绘画以及其他艺术中，象的数化作为一种感性抽象的结果而存在，如此，各艺术门类的音乐性就变得明朗起来；同时，西方造型艺术中的数字作为客观量化的结果，正如尼采通过日神和酒神所象征给我们的，将造型艺术和音乐作为艺术两极的对立倾向也是不言自明的。

以中国绘画的形式呈现为例，将中国艺术从"名"剥落到"数"，再到更为内在的二元形式要素——"阴阳"，其时间和空间的动态共在性就一目了然

---

① ［俄］康定斯基. 艺术中的精神［M］. 昆明：云南人民出版社，1999：153-154.

了。在中国哲学中,"阴"和"阳"作为两个关键性概念,贯穿起时间及空间,联系起生、死以及天地四方。时间以及空间通过存在,划分为阴阳两极,并以此类推遍及宇宙万物的阴阳律动,这便是中国哲学以及艺术存在的内在形式以及生发动力。宇宙以及国人对于宇宙和自我的感知形态,就在这一阴一阳、方生方死的交织流转中律化、情感化、音乐化了。但"数"、阴阳以及阴阳之和,对于中国艺术形式来说,同样不是归属,而是更为内在的"道"的演化形式。"一阴一阳之谓道",形—象—数如同春笋层层相裹、内外相连并且生发、演化,而其中心则是一个作为"道"的"空"和"无"。

中国的艺术本体是"道",同时,"道"不是别的,正体现于从形到象到数的流动中,这就是中国艺术的"不二法门"。"道"的一个最显著的特点就是流动、无形、无常。在汉语诗歌音乐性发展的过程中,也是以意、数、道为其基本线索的,其运化轨迹就是老子的"道生一,一生二,二生三,三生万物"。[①] 老子就在这种最朴素的"耕部"韵、"连珠格"式的叙述中,把"道"到"数"到"象"的历程也音乐化,并且诗化了。方东美先生对于老子这段话阐释如下:"道乃能生,能生又出所生,所生复是能生,如是生生不已,至于无穷……生命各自得一以为一,一与一相对成多,多与多互摄,复返于一。"[②] 道就是一种连绵不断的"多"与"一"、"一"与"多"的转化,其音乐精神昭然若揭。"道"作为中国艺术精神的核心,其动态"象""数"运化过程就是一种准音乐过程,它直接导致了中国艺术形态的泛音乐倾向。如果泛音乐存在是中国艺术形式的普遍倾向,那么诗歌则是中国艺术的典型形态,是名、象、数、道的最典型的结合与动态呈现形态,这种典型性随着时间的推移日益显示出来,这为中国成为诗歌国度提供了可能。例证之一就是,在以诗为核心的上古礼乐文化失落若干年之后,汉语诗歌以成为朝廷科举考试项目之一,再一次进入中国文化的中心。这里需要指出一点,并不因为音乐是中国艺术形式的核心,汉语诗歌才是一种音乐化艺术,而诗歌本身就是一种音乐性语言,只不过汉语诗歌对于音乐性的表征尤为典型而已[③]。正是这种典型性,决定了汉语诗歌在中国艺术中的重要性。

(《东南大学学报(哲学社会科学版)》2004 年第 5 期,有改动)

---

① 老子 [M]. 饶尚宽,译注. 北京:中华书局,2006:105.
② 方东美. 生命理想与文化类型 [M]. 北京:中国广播电视出版社,1992:101.
③ 沈亚丹. 论汉语诗歌语言的音乐性 [J]. 江海学刊,2001 (5):167-171.

跨文化艺术比较中相应概念内涵的动态考察
——以"形式"为例

　　至20世纪中期,宗白华、钱钟书、朱光潜等学术大家,已较为完备地建构了中国式艺术比较的宏观视域。他们从不同角度对中西绘画、音乐、诗歌等艺术特质进行了比较,对中西艺术时空建构、感知方式以及形式特征等进行了深入的分析。20世纪80年代,人们自觉地将自己对于艺术的研究置于中西比较视野中,以便更加客观、辩证地审视自己的论述对象,并将中西艺术比较作为一种方法,广泛运用于中西艺术特质、艺术史等具体问题的研究中。20世纪80年代末,李心峰先生在《比较艺术学的功能与视界》一文中,对我国比较艺术学所取得的成就进行了全面的论述[①]。近20年来,比较艺术学所取得的成果更是有目共睹,这里恕不一一列举。随着中国学科体制的西化,越来越多的西方哲学和美学概念被引入中国艺术学理论体系中,这一方面为中国艺术学跨文化研究提供了极大的便利,另一方面也迫使我们不得不借助西方概念来谈论中国艺术传统和艺术现象。毕竟,在当今日益科学化、具体化的艺术学研究中,我们已经不能简单以"芙蓉出水",或者"流风回雪"等感悟式语句来界定艺术作品或艺术风格,也很难再以"某人登堂""某人入室"来界定一个艺术家的成就。虽然我们已经习惯以"对象"与"主体"、"内容"与"形式"、"能指"及"所指"等众所周知的术语来讨论艺术,但同时艺术研究中也充满了大量"主体间性""文化记忆""后极权主义"等层出不穷的新概念。所有这一切都让中国学人显得异乎寻常地雄辩,但也无奈。

　　由于中西哲学、文化传统的差异,也因为翻译过程中语言的有限性,中西

---

① 李心峰. 比较艺术学的功能与视界 [J]. 文艺研究,1989(2):57-65.

方的特定概念在内涵上常难以一一对应。事实上，"语言是存在之家"，艺术理论话语的差异不仅仅是语言的问题，而是根植于中西艺术观照方式、艺术存在方式的不同。因此，能否在跨文化艺术比较中找到一种概念上的互文关系，成为中西艺术比较是否具有科学性，甚至艺术比较能否顺利进行的重要依据。在中西艺术比较以及种种概念相互阐释过程中，如果概念的内涵得不到相对准确的界定，那么建立在这些概念上的理论分析将不堪一击。同时，也正是因为这些差异的存在，比较艺术学也才获得了它存在的意义："就名理的知识而言，A 自身无意义，它必须因与 B 有关系而得意义。"[①]

《海外学者比较诗学研究的三种形态》一文中将之划分为"对应""对立""对流"三种态度。[②] 其中，第一种态度认为，中西理论和术语具有"对应"性，因而也具有比较的基础和可能性。第二种态度和前者恰恰相反，具有文化相对主义倾向，例如："到了20世纪70年代，著名的《比较文学与文学理论》一书的作者维斯坦因教授仍然认为东西方异质文化之间的比较文学是不可行的。"[③] 第三种"对流"立场则主张"摆脱表面的比附而达到深层的超越"。比较而言，笔者倾向于第三种立场，客观寻找跨文化艺术比较中的深层次的相同点和差异才是一种科学的态度。因此，对中西艺术比较中的概念，尤其是核心概念的界定和厘清显得更加重要和迫切。我们要弄清中西方相应艺术概念不同层面的内涵，仅静态分析远远不够，还必须对之进行动态考察。例如，"道"与"逻各斯"，中国艺术理论传统中的核心概念"和"与西方美学概念"和谐"，中国与"神"相对的"形"与西方"形式"这一对概念，便常常被人混为一谈。针对这些混淆，一些学者已经对中西哲学以及艺术学概念进行了沟通和梳理工作。例如，对于道和逻各斯这两个概念，已有当代学者从各层面、各角度，进行过精彩而深刻的研究；关于"和"与"和谐"，也有一些学者已经给出较为清晰的分析，例如曾繁仁、王明居、孙星群等学者不约而同地就中国传统美学的"中和"以及古希腊"和谐"的概念，发表专文辨析其异同。这些文章较为翔实地分析、论证了中国传统美学核心概念之一的"中和"与"和

---

① 朱光潜. 朱光潜美学论文集 [M]. 长沙：湖南人民出版社，1980：47.
② 张万民. 见山是山？见水是水？——海外学者比较诗学研究的三种形态 [J]. 文艺理论研究，2008 (1)：21 - 26.
③ 陈涵平. 文化相对主义在比较文学中的悖论性处境 [J]. 外国文学研究，2003 (4)：135 - 140.

谐"实质上的异同①。笔者窃以为"中"与"和"以及"中""和"并举，在内涵上还存在细微差异。对此，在运用这些概念进行理论分析和艺术比较的时候，应对之进行仔细辨析。

而中西艺术比较视野中的另一核心概念——"形式"，在中西艺术比较过程中的运用，则有些"剪不断，理还乱"的意味。相对于形式概念在艺术研究中的广泛运用，对其在中国哲学、美学传统中参照概念的专门论述却不容乐观。在中西方艺术比较过程中，人们常常将"形式"作为艺术作品的外在特征②。中国文学理论历来"形""质"，"文""质"并举，即使宗白华先生在其著作中，有时也将"形式"和"形"互换使用。例如，宗先生曾指出："我想诗的内容可分为两部分，就是'形'同'质'。诗的定义可以说是：'用一种美的文字……音律的绘画的文字……表写人的情绪中的意境。'这能表写的、适当的文字就是诗的'形'，那所表写的'意境'，就是诗的'质'。"③ 笔者以为，宗先生此处的形，在很大程度上是指艺术形式。徐复观先生在其《宋诗特征论》中曾说："《唐子西文录》：'王荆公五字诗得子美句法，其诗云："地蟠三楚大，天入五湖低。"'仅以句法言与杜子关系，未免失之于浅。"④ 言下之意，也是对"句法"作为诗之"形"的不屑。不可否认，形式的确具有外在形态的含义，但如上文所述，它同时也意味着物体的内在规定性。而在中国美学史上，"形"是作为和"神"相对应的一对范畴提出来的，在中国整个艺术发展史以及艺术各个门类中，它都是一个匠气十足的概念。庄子时代就提出"得意忘言""得意忘形"这一类命题，显示了对于"形"的极大轻蔑。

中国美学传统对于"形"的鄙视，和"形式"这一范畴在西方美学传统中的至高无上的地位形成鲜明对比；而这种反差又给处于中国美学传统中的各艺术门类的现代审视，带来极大障碍。同时，对于"形"的鄙视必然会使转型期的中国美学和西方庸俗社会学遥相呼应。因此，在相当长一段时间，"内容决

---

① 参见曾繁仁. 论希腊古典"和谐美"与中国古代"中和美"[J]. 中国文化研究，2001 (4)：64-68；王明居. 中和与和谐的中西比较研究 [J]. 文艺理论研究，1997 (1)：65-70；孙星群. 礼乐中和与中道和谐———中国先秦与古代希腊音乐美学思想比较 [J]. 上海音乐学院学报，1992 (2)：57-63.
② 当代持此观点者不乏其人，如黄应全在其《六朝"形式主义"文论辨》（载于《文艺研究》1999年第二期）一文中指出："'文章'在很大意义上就是形式，因为文章是一种表达内容的器具"，其思路依然和"得意忘言""文以载道"的一脉相承。此外，虽然有些学者没有明确将形式等同于"形"，但其文章所体现出来的形式内涵，无疑还是世界之皮相。
③ 宗白华. 宗白华全集 [M]. 合肥：安徽教育出版社，1994：168.
④ 徐复观. 中国文学精神 [M]. 上海：上海书店出版社，2004：384.

定形式"的观念深入人心。当然,在西方美学的启发之下,一些有识之士已经或正在认识到艺术形式的重要性。这种观念的变化,是导致20世纪80年代一场关于形式和内容关系的大论辩的主要原因。十年前林木先生在其《20世纪中国艺术形式问题研究得失辩》中对这一问题进行了全面的考察,并且呼吁"在即将进入21世纪的今天,清除在形式研究上弥漫了几乎整整一个世纪的学术迷雾,克服一个世纪以来的西方形式思维的固定模式,或许才是确立民族的现代艺术的真正起点"。[①] 十年过去了,学界对于这一概念的运用以及考辨确实取得了一定成就,但有些方面仍不容乐观。

赵宪章先生通过《西方形式美学》一书,对西方历史上的形式概念进行了系统详细的剖析,并且指出:"在中国古代美学中,形式概念具有很大的随机性;相对于'神'而言是'形',相对于'意'而言是'象',相对于'情'而言是'景'……"[②] 由此可见,这一概念在中西艺术比较研究中,具有怎样的复杂性与迷惑性。喻天舒在其《从"外观"到"结构"——在中西比较中对西方"形式"概念的历史透视》[③] 一文中,对于中西方艺术理论中的"形式"分别进行了梳理。不可否认,作者对西方形式概念的认识可谓准确且透彻,但形式之内涵远远不止是外观和结构那样简单。下面笔者将就"形式"在西方哲学、美学体系中的内涵及其在中国艺术理论传统不同层面中的相应意义,进行一次动态考察。当然,在这么短的篇幅中要阐释形式及其相关概念,需要有知其不可为而为之的勇气。而艺术学之不息生机便存在于问题的涌现、提出、解决和反思不断循环往复之中。

可以说,形式概念的发展塑造了整个西方哲学史,从柏拉图的理式到在亚里士多德哲学中举足轻重的形式因,再到中世纪哲学中的太一,从康德哲学之"先验形式"到胡塞尔的"先验意向性",都是形式概念在不同历史时期的不同形态[④]。其中康德对形式的阐发对于现代艺术理论体系的建构具有决定性作用。加拿大学者奇塔姆在其《康德,艺术和艺术史》一书中重申大卫·萨默斯的结论并指出:"康德的形式概念对艺术史很重要:'形式被视为人性普遍共同的特

---

① 林木. 20世纪中国艺术形式问题研究得失辩 [J]. 文艺研究, 1999 (6): 21-31.
② 赵宪章. 西方形式美学 [M]. 上海:上海人民出版社, 1996: 27.
③ 喻天舒. 从"外观"到"结构"——在中西比较中对西方"形式"概念的历史透视 [J]. 欧美文学论丛, 2004 (1): 31-49.
④ 关于西方形式概念的发展历程,请参见赵宪章先生的《西方形式美学》一书,书中对这一概念的发展史有详细阐释。

性……很大程度上艺术史就是在它的庇护下才得以以学术的面貌诞生和流行的'。"① 这里我们有必要重温康德哲学中的形式内涵。康德的所谓先验感性形式为先验时间和空间,其中时间作为外感形式而空间作为内感形式,是人们获得感性经验的先验条件。其次,康德称事物的外部特征为"现象的形式":"在现象中,我把那与感觉相应的东西称之为现象的材料,而把那种使得现象的杂多弄在某种关系中得到整理的东西称之为现象的形式。"② 与此相应,我们可以归纳出哲学史上形式概念的三种基本内涵:作为理式,它是一种形而上的存在,是世界生成的原动力,具有生发性、遍在性和普遍有效性;再者,形式作为人们把握世界的方式,人类对于世界的感知有赖于形式的参与;进而,指人们通过作为感知范式的形式而把握的世界外部形态。艺术形式这一概念作为它在艺术研究领域中的延伸,为各艺术门类提供规范。同时,它也指具体的艺术样式和结构方式,如绘画中的点、线、面及其组合,音乐中的节奏、旋律。它与各种艺术门类相表里,对艺术本体起规定作用。

对于西方形式概念在中国传统哲学中的对应范畴,赵宪章先生指出:"'形式'成了西方美学的'元概念','道'则是中国美学的'元概念';西方美学多从'形式'出发论美,中国美学多从'道'出发论美;'形式'是西方美学的核心,'道'是中国美学的核心。"③ 的确,"道"作为中国哲学的元概念,对于中国各艺术门类起着内在的规定性作用,就这一点来说,它和西方形式概念有相通之处。和柏拉图的"理式"一样,"道"在中国哲学中是一种潜在的、具有生发能力的最高存在。尽管"理式"与"道"有诸多区别,但有一点是相同的:它们为世界的显现提供规定性和有效性:"理性对于康德和潘诺夫斯基而言是'形式'层面的,它寻求追问和批判中持续和先于事实的关系,以区别于无论是属于美学的还是哲学的其他学科,尤其是属于我们经验的、可变的。我们须永远对理性的潜在普遍有效性保持一种信念。"④ 作为超验的存在,无论是"理式"还是"道",都不可能直接向感官呈现自身。因此,对于感官而言它显现为——无。汤用彤先生论及王弼之贵无,曾指出:"此无对之本体(Substance),号曰无,而非谓有无之无。因其为道之全,故超乎言象,无名无

---

① Cheetam. Kant, Art, and Art History [M]. Cambridge: Cambridge University Press, 2001: 179.
② 康德. 纯粹理性批判 [M]. 北京:人民出版社, 2004: 25.
③ 赵宪章. 西方形式美学 [M]. 上海:上海人民出版社, 1996: 34.
④ Cheetam. Kant, Art, and Art History [M]. Cambridge: Cambridge University Press, 2001: 74.

形。方圆由之得形，而此无形。"①

另一方面，"理式"和"道"是内在于事物的，但是这种内在并不是深藏不露，它们都可以通过事物的外在现象为人们所把握，因此，与外在形态特征相对，它们是"内形式"，是外在形式所由生发的根源和内在动力②。在"理式"和"道"自我显现的同时，它们对于事物的性质以及性质的变迁起到一种内在规定作用。外形式是主观对于客观感知质料的一个直接规定性，或者说是客观事物对于主观的直接呈现，外在形式的变化以及变化的动力则来自内形式。洪堡特在其《论人类语言结构的差异及其对人类精神发展的影响》一书中，为人类认识世界的重要形式之一——语言，划分出内形式以及外形式。他指出："内在和外在的具体对象的名称更深刻地渗透到感性直观、想象和感情之中，并通过它们的共同作用对民族性产生影响，因为在这一过程中，自然与人建立起了真正的联系，而部分地具有物质实体性的质料也与造就形式的精神结合了起来。"③ 形式的生发功能先天地使得它具有内在规定性和外在形态，二者皆存在于形式概念的内部，是形式概念与生俱来的特征。事实上，当柏拉图提出"现实的床"和"床的理式"的时候，同时就提出床的外部形式以及床的内部形式，不过这二者一直是绞缠在一起的，直至贺拉斯从内外两个方面提出"合理"与"合式"，西方形式概念走向真正的二元化道路④。

就形式作为把握世界的先验感知范式而言，在某种层面上可与中国艺术理论中的"神"对举。此处的"神"不是"形神"之神，同时也区别于"传神"之神，而是指主体以一种特定方式对于世界的把握，并对道进行直观。正是由于生命个体之"神"的存在，使得生命个体的活动以及对于世界的感知成为可能。道是遍在的，而对于道的感知却是主观的："有真人而后有真知。"（《庄子·大宗师》）这一过程即主体观照过程中的心领神会之神，故时而万虑消沉，时而思接千载，"登山则情满于山，观海则意溢于海"（《文心雕龙·神思》）。其主体感知范式与先验感性范畴一样，是主体的认识功能。其中，主体由于对"道"的感知所具有的超越能力，则和胡塞尔和海德格尔的主体观照形式的

---

① 汤用彤. 汤用彤全集：第四卷［M］. 石家庄：河北人民出版社，2000：43.
② 这里的内形式是一种潜在的逻辑共性，它当区别于内容，同时也区别于康德的内感形式。纯粹的内容是杂乱无章，内容的传达有待于形式的整合。而内感形式在康德哲学中特指时间，以区别于外感形式空间。
③ 洪堡特. 论人类语言结构的差异及其对人类精神发展的影响［M］. 北京：商务印书馆，1997：105.
④ 关于内在形式及其发展轨迹，参见赵宪章主编《西方形式美学》第二十三章之"'内在形式'与'辩证批评'"一节。

"超越"功能相接近。诚然,康德先验形式所规约的是杂乱之现象,而与之相随的是感性经验,而中国传统审美理论中"神"所规约的是经验世界,与之相随的则是审美境界①。但二者也不乏相通之处。首先这二者作为主体感知方式,为杂乱无章的现象世界提供了规定性和意义。其次,无论是康德的先验形式还是中国传统美学之"神",它们只涉及世界之表象。再次,神和形式一样,既有与时偕行的延续性,也有一以贯之的普遍性:"神贯于形也"(《淮南子·诠言训》)。宗白华在其《艺术学》之《艺术形式与内涵问题》中明确指出:"形式究为何?即每一种空间上并列的(空间排列的),或时间上相属的(即组合)一有机的组合成为一致的印象者,即形式也。"② 中国艺术中的神思所努力领悟的道及其一贯性,不是别的,而正是对于时间、空间形式之反观,这便体现为中国艺术中的宇宙意识。宋以后,神在人物画和山水画中分别延伸为"传神"之神和"神韵"之神。前者作为"君形者",统摄并贯穿于"形"之中,揭示人物的个性特征。一个人的形象是五官四肢在空间中的形态,而一旦他将它置于特定情境中,于举手投足之间,便有了时间流逝之轻重缓急,有了情感之喜怒哀乐,而所谓的神便栖身于其中。山水中之"神",即中国人之宇宙意识的直观反映。

无论是潜在的理式还是先验形式都通向经验与现象,即可感知的世界外部形态。这便是康德的所谓"现象的形式③"。而这一层含义,可以理解为中国理论话语中的"形",它在传统哲学和艺术理论中,常被用以概括经验可把握之感性世界。但反之,"形"则不能局限为事物的外部形态。细究中国哲学中之"形",它的复杂性出乎我们的意料。首先,它作为一个哲学概念,是划分道和器的楚河汉界,所谓"形而上者谓之道,形而下者谓之器"。④ 其次,它和无相对,做名词用,训为有;做动词用,训为彰显,这一层意思在艺术中常被引申为造型或艺术表现:"画,形也"便是。进而,"形"和神相对应,感官可辨识之形态,有时也强调人的物质性及生理特性:"凡人之生也,天出其精,地出其形,合此以为人"⑤。这里的天地,并非实指自然界天空和大地,而仅分别象

---

① 神作为一种审美观照和艺术构思,似与康德之审美判断力相类,这一问题将留待他日专门辨析,这里恕不赘言。
② 宗白华. 宗白华全集[M]. 合肥:安徽教育出版社,1994:513.
③ 康德. 纯粹理性批判[M]. 邓晓芒,译. 北京:人民出版社,2017:21.
④ 黄寿祺,张善文. 周易译注[M]. 上海:上海古籍出版社,2001:563.
⑤ 管子[M]. 李山,译注. 北京:中华书局,2009:271.

征形而上之道与形而下之器。如果我们反观中国哲学和美学史，对于形的理解和把握常被上升到"道"的高度来谈论。《庄子》中的"庖丁解牛"这一寓言，历来被作为"目击道存"的例证，所谓"目击道存"，就是指庖丁对于牛的内在结构，或称对象内在规律的准确把握。同时，对于这种现象背后的形式的把握，需要时间过程中一以贯之的主体感知方式——"神"的参与。中国美学传统中对"形"的贬低常常是对艺术作品被动模仿自然形态的否定。进而，对于"神"的提倡是对于艺术主体性的张扬。

与形比邻的概念便是名，在中国学术传统中，常形、名并举，称为"形名"之学："名家原理，在乎辩名形。然形名之检，以形为本，名由于形，而形不待名。"[1] 正是"道可道，非常道"，道通过获得"名"而变为可把握和可传达的。事实上，在中国哲学史上，和"道"遥相对应的还有一个概念，那就是"名"。在先秦魏晋哲学中，"名"是一个极其重要的理论范畴，"道"和"名"在《老子》中是作为一对范畴提出来的："道可道，非常道；名可名，非常名。无，名天地之始；有，名万物之母。"[2] 孔子也从伦理学角度提出"正名"："君君，臣臣，父父，子子。"[3] 以一事物的"名"对其实质作出规范，并指出"名不正则言不顺"。王弼则指出："夫不能辩名则不能言理；不能定名则不可与论实也。"[4] 对于道和名的关系与实质，钱钟书先生在其《管锥编》中已有专论。钱先生指出："《春秋繁露·深察名号》篇曰：'鸣而施命谓之名，名之为言，鸣与命也'。其言何简而隽耶！"[5] "道"的演化过程也就是不断获得"名"的过程。当然，儒家的"名"，在很大程度上是一种具有伦理意义的形式，但同时它也是儒家哲学的核心概念，并对于儒家美学体系的建立起到决定性作用。

可以说，春秋战国时期，为各家所共同认可的"《诗》以道志，《书》以道事，《礼》以道行，《乐》以道和，《易》以道阴阳，《春秋》以道名分"[6]，其实质就是对于各种文体的"正名"。虽然道通为一，但在获得"名"之后，这一"名"对于各艺术门类从内容到形式都有了规范和限制作用，如"诗言志，歌

---

[1] 汤用彤. 汤用彤全集：第四卷 [M]. 石家庄：河北人民出版社，2000：24.
[2] 老子 [M]. 饶尚宽，译注. 北京：中华书局，2006：2.
[3] 金良年. 论语译注 [M]. 上海：上海古籍出版社，1995：137.
[4] 王弼. 王弼集校注：上 [M]. 楼宇烈，校注. 北京：中华书局，1980：199.
[5] 钱钟书. 管锥编：第二册 [M]. 北京：中华书局，1997：404.
[6] 陈鼓应. 庄子今注今译 [M]. 北京：中华书局，2009：908.

永言，声依咏，律和声"①。再如中国历代画论、诗论常在开篇追源、溯流、正名："《广雅》云：'画，类也'。《尔雅》云'画，形也'。"②《尔雅》曰：'画，象也。'言画之所以为画尔……画文训为'止'……"③ "道"和"名"作为中国内在和外在形式概念的两极，其中间还有处于不同层面的次级形式范畴，例如"太一""数""象"等，成为"道"向"名"演化，或者"道"作为"无名"而获得"名"的中介。同时，这些道、神、形、象等因为其外在表现形式的不同，而最终落实为诗、为画、为戏剧、为音乐，为各艺术门类的不同表达提供内在规定性，并最终演化为笔墨、字句、声律。从中国画论对笔墨的讨论与品味，到汉语诗歌声律理论，以及炼字炼句的典故，中国艺术传统理论对于这一层面的形式，从来就不乏精彩的分析。这些艺术形式，为道提供了栖身之所，是为艺术品所体现出来的神。如此，中国美学的核心概念——"道"，在这一层面作为内形式，作为一种潜在的逻辑规定性而不是作为内容潜藏于艺术形式之中，并以各种方式体现并规定着各艺术门类的本质。这使得中西各艺术门类范式与创作规则成为艺术品建构之本源。如，中国画论反复重申"石分三面""丈山尺树寸马豆人"，其程式化不言而喻。不但中国艺术有程式化倾向，即便西方造型艺术中的透视，也未必科学与客观，这一点已为潘诺夫斯基《作为象征形式的透视法》一文所揭示。

通过以上对于形式的分析，我们可以得出如下结论：人们从"形"在中国美学中的低下地位，概括出内容是中国哲学的中心，这是错误的，导致这一错误的根本原因是中西方美学对于"形式"这一概念界定上的差异。"形式"在中国哲学和美学传统中，没有一个固定不变的相应范畴，其不同层面的内涵，映现在中国传统哲学一系列概念的动态演化之中。就其生发功能而言，"形式"可以和"道"相提并论；就其作为对事物的规定性而言，则与"名"相当；就其作为具体的艺术形式而言，更可幻化为笔墨、言语、声律等。因此，对于中国传统理论话语来说，相应形式概念既是多元的，也可相互转化，"道"化为"阴阳"，阴阳鼓荡而成象，而获得名，同时，以上各种层面的形式要素又是一气贯通，形成一种流动的抽象时—空结构，其过程是一种连绵不断的动态发展。

---

① 尚书［M］. 慕平，译注. 北京：中华书局，2009：30.
② 张彦远. 历代名画记［M］. 上海：上海人民美术出版社，1964：3.
③ 俞剑华. 中国古代画论类编［M］. 北京：人民美术出版社，2014：631.

综上所述,我们可以得出如下结论:以"形式"为代表的西方哲学、美学概念,在中国哲学和美学传统中,很难找到一个固定不变的对应物,其不同层面的内涵,常映现在中国传统哲学一系列概念的动态演化之中。由此可见,我们在对中西艺术特质进行比较的时候,不能将形态上相似的概念盲目地牵扯在一起,用一个概念去套另一个概念,而要将其放在不同语境、不同逻辑阶段对之进行动态考察。

(《东南大学学报(哲学社会科学版)》2009年第5期,有改动)

当代艺术学研究中的实证主义及其困境

艺术学在自我建构的过程中,充满了焦虑和自我拷问,正所谓"我思故我在"。我们也正是在这种拷问中,感知到它的存在。当代艺术学学科建设的一批文章,大多反复提及实证,并企图通过对艺术学学科实证性的强调,使自己与哲学与美学相区别。如孙成发在其《对一般艺术学研究现状的考察与反思——以 2004—2008 年公开发表的学术论文为对象》一文中,归纳了近年艺术学学术研究方法中的实证主义倾向:"就目前的研究形势来看,很多学者主张艺术学研究应避免大而空的研究,避免过于抽象和形而上的方法,而提倡实证的、田野的、具体的研究。"文章同时指出:"在我们看来,艺术学研究方法对实证和具体的呼吁是合理的,也是必要的,这不仅仅是因为其对美学研究方法的惯性反拨,也在于艺术本身并不是一个概念的空壳,艺术只有落实到具体的感性形象中去才有意义。"[1] 刘道广在其《莫兜圈,艺术学》一文以及南鸿雁、于圣维在其《艺术学的学科定位及研究方法》中分别对于艺术研究思辨方法提出质疑,并强调以实证研究代替抽象的思辨。[2] 另一方面,李心峰、徐子方、郭永健等学者,针对当下中国对思辨倾向的矫枉过正的实证主义转向提出了异议。早在 20 世纪 90 年代末,李心峰便对于艺术学研究中狭隘的科学主义提出

---

[1] 孙成发. 对一般艺术学研究现状的考察与反思——以 2004—2008 年公开发表的学术论文为对象[J]. 东南大学学报(哲学社会科学版),2009,11 (5):80-85.
[2] 当代艺术学学科建设的一批文章,大多反复提及实证,对于实证之提倡已经成为艺术学研究主流,具体可参见孙成发《对一般艺术学研究现状的考察与反思——以 2004—2008 年公开发表的学术论文为对象》(载于《东南大学学报》,2009 年 9 月期)。南鸿雁、于圣维的《艺术学的学科定位及研究方法》(载于《杭州师范学院学报》2006 年第 6 期)"实证"出现于正文 4 次,6 次出现于摘要和注释。郭永健《重审艺术学与美学的关系问题!——艺术学的尴尬处境及其化解之道》(载于《艺术百家》2009 年第 6 期)正文,凡 11 处提及"实证"。当然,郭文强调了艺术学对于实证的超越,但这也说明,"实证"在中国艺术学研究中,已经不仅是一种方法而已形成主义,且根深蒂固。

了质疑，指出："可以十分肯定地说，尽管艺术学在世纪末诞生时，受到了实证主义思潮的影响，也有不少著名学者把它解释为狭义的艺术科学，形成了一股颇为强劲的实证的、经验的、科学的艺术研究思潮，但是，并不是艺术学从诞生时起就都是狭义上的'科学'。甚至连艺术学最初几位倡导者，也并非都是从与哲学对立的'科学的'角度提倡艺术学。"① 他还呼吁"超越哲学方法与科学方法的对立"。近年来徐子方针对国内艺术学研究现状进一步指出："不能因此抛弃哲学思维中善于抽象和整体把握乃至勾勒规律的形而上研究方式，这是一般艺术概念有别于门类艺术的抽象本质所决定的，也是长期习惯于技能开掘或实证研究的传统艺术界所必须补的课。"②

遗憾的是，到目前为止，没有相关论文就实证方法本身，以及实证方法在艺术学学科研究所可能引发的困境进行过专门探讨。而目前艺术学，尤其是二级学科艺术学所面临的危机，迫使我们不得不对艺术学学科建设中所一贯提倡的实证方法进行反思。"艺术"这一概念本身就是抽象的结果，就实证而言，我们所面对的只能是艺术品、门类艺术而并非艺术或艺术学理论，"艺术"或"艺术学"本身，作为一个无法呈现为直接经验对象的抽象概念，无疑也将面对奥卡姆剃刀的利刃，其结果便是这一学科本身的岌岌可危。由此可见，实证主义一日不被超越，艺术学，尤其是二级学科艺术学，便一日难以摆脱其无家可归和形迹可疑之命运。

一 实证主义及其在艺术学研究中的运用

实证（Positive）作为一种思想倾向，古希腊就已经存在。实证作为一种"主义"始于法国孔德。孔德在其《论实证精神》一书中，明确提出了实证主义的几条原则，其中最重要的便是科学性、肯定性和实用性。③ 纵观当代种种人文学科论著，我们就会发现"实证"作为一个术语常常被不加甄别地用来和理论对举。④ 事实上，无论新老实证主义都不排除逻辑思辨。孔德在《论实证

---

① 李心峰.艺术哲学还是艺术科学——关于现代艺术学方法论的思考 [J]. 暨南学报（哲学社会科学版），1993（4）：98-108.
② 徐子方.《艺术定义与艺术史新论——兼对前人成说的清理和回应？》[J]. 北京：《文艺研究》2008（7）：36-43.
③ [法] 孔德.《论实证精神》[M]. 北京：商务印书馆，1996：29-30.
④ 事实上，如果细究起来，"理论"这一概念的内涵也几乎和"实证"一样杂乱无章。美国学者安·达勒瓦在其《艺术史方法和理论》（江苏美术出版社2009年版，第2页）开篇，就对"理论"的六种内涵，并以 a、b、c 等对之进行了进一步细分。

精神》一书中，就不止一次提及"实证思辨"。罗素和维特根斯坦为代表的逻辑实证主义，其本质就是强调对于命题语言材料合乎逻辑的判断和推理。只不过，实证主义的思辨对象是经验、现象或命题，而非所谓传统形而上学问题。就哲学史而言，实证方法是一个内容庞杂、内涵广泛的学术方法。

实证主义的价值不言而喻，甚至可以说，当实证主义扯起大旗反对形而上学的时候，便已经蕴含了后现代主义的基因。如果说孔德为代表的旧实证主义是击向旧哲学传统的钝器，那么罗素、维特根斯坦的分析哲学则是使得形而上学支离破碎的解剖刀。应该看见，实证主义对当代人文科学的发展和科学化起到了巨大的作用。实证方法的运用对于艺术学而言，其重要性绝不亚于其他任何学科。本文将尝试廓清艺术学研究中实证主义的本质，并揭示出艺术学研究中实证主义所面临的困境。

一些文章对于实证方法的提倡和运用表明，大部分作者对何为实证主义，实证主义对艺术学研究意味着什么等问题并无深入的认识。目前某些强调实证性的艺术学论文，基本上是指一种建立在客观事实的挖掘和描述之上的记录、整理和归纳（事实上，依照纯粹的实证主义条例，人们几乎不可能对材料进行整理和归纳）。这些现象，乃至于历史事实，仅仅是艺术学研究的一个维度。卡西尔在其书中，专门就艺术学研究指出："就以艺术而言吧，倘若美术史（kunst-geschichte）必要严格地被限制于一些历史性的省察，亦即，被限制于对一些已经发生了的事情的描述的话，则美术史实在难以向前挺进……如果吾人要对变化予以贯穿，予以看透和予以掌握的话，吾人必须实现于'存在'中找到一定的立足点和支撑点。"①

由此可见，实证主义本质上是建立在对于经验事实的描绘和归纳之上，而放弃一切无法直接诉诸经验的东西，其中包括永恒、上帝、善等传统形而上学的思考对象，因为它们不能诉诸经验。同时，实证主义也将放弃与以上种种相伴随的意义和价值等诸问题，因为它们同样不属于事实层面。上述实证主义几个研究原则的落实，将在艺术学研究中引发种种困境。其中，最大的软肋是对于"无""虚"等概念的无能为力，艺术学之实证主义的缺陷在面对中国传统艺术的时候，显得尤为致命。

---

① ［德］卡西尔. 人文科学的逻辑［M］. 上海：上海译文出版社，2004：95-96.

二 艺术学实证对于"无"的无能为力

中国传统艺术生发于生命之空灵寂寥，复归于苍茫无限，如硬要将之坐实，则其命运难免如《庄子》中被凿窍而死的混沌。实证将世界分为可经验的和不可经验的，为前者盖上"情况属实"之大印，同时因为后者的"查无实据"而将之放逐。但所有的"有"和言说，在艺术世界中只是冰山一角，这几乎是一个人所共知的事实。而"无"无论是在老庄、禅还是维特根斯坦、海德格尔与福柯那里，都占据着最为重要的位置。"无"是体验对象而非经验对象，是思的对象而非证的对象。无如何实证？在中国艺术思想和艺术创作中，"无"有着特殊的价值和意义。中国哲学历来强调有生于无。在艺术创作中，尤其是中国传统艺术理论和实践中，道作为终结体悟，其本质就是对于有形质的舍弃和超越，以至于无。在中国古代艺术理论的源头，庄子就已经对之做出了精彩而令人叹服的描述。所谓艺术精神不在于技术的经营和实物的雕琢，而本质上是一种面对"无何有之乡"的"逍遥"态度。对于这一点，老子的"大音希声，大象无形"也已为国人耳熟能详。中国艺术理论传统中对于"无"的讨论与揭示堪称东方艺术的精髓。因为无是万物之本，所以魏晋时代的有无之争和本末之争密切相连。同时，这一作为天地之本的无，又生发为"无为""无用""无心""虚无"等中国传统艺术学的关键性范畴。

与此相关，中国艺术中的很多范畴，例如"气韵""神""意境""妙悟"其中妙处正如"如空中之音，相中之色，水中之月，镜中之象"[1]，恐皆难以对之进行实证研究。正如唐君毅之感慨："乃乍虚乍实，亦若有若无。故其意之所到，笔之所随，皆逸韵横生，不可方物。"[2] 这种状况在中医中也同样存在，"阴阳""气血""经脉"等概念，难以以一种单纯的自然科学的方式接近。甚至，因为这些范畴的非实证性，中医常被反对者攻讦为伪科学。再者，中国艺术中的"自然"无论是作为一种创作风尚，还是作为一种审美风格，都不同于物理学意义上的客观与自然。所以，海德格尔指出，对于实证主义者而言，"无"是无法进入学术视野的，甚至是一个不存在的问题："这些人因其探究主

---

[1] 郭绍虞. 沧浪诗话校释. 北京：人民文学出版社，1961：26.
[2] 唐君毅. 中华人文与当今世界 [M]. 桂林：广西大学出版社，2005：318.

题之故，都把'无'排除于自己的思考之外。"[①]

艺术品及其精神无奈地通过种种物质形式昭示着"无"，艺术乃至于一切人类文化类型，都有其非物质的层面，甚至本质上是一种非物质存在。19世纪末以来，艺术存在的基本立足点从物质对象到主体观照方式的转换，使得这一现象更为突出。例如，我们即便全面把握了杜尚的《泉》，把握了那个小便池的生产日期、生产厂家和物质材料，也难把握其艺术学意义。这一浅显的例证说明，在艺术学研究中，笼统地强调实证研究还远远不够。我们必须要从不同逻辑层面对之进行分析。首先，艺术品的生成过程，这包括艺术品生成的历史事实描述，也就是目前很多学者所进行的人类学研究甚至考古学研究，这些研究可为艺术学研究提供翔实的资料。其次，研究者对于艺术文本的研究，结构主义、符号学和形式主义等分析方法基本在这一层面展开。再次，则是对艺术体验、艺术本质及其意义的研究。而这一艺术学乃至于整个人文学科至关重要的范围，已经因其无法显现为经验事实，而被实证主义艺术学放逐。

近代西方，学者们也发现了无、无形、无名的无处不在，而海德格尔在《形而上学导论》中，对于无的论述尤为深刻。正因为精神产物以及精神产物的传递和生产的非物质性，福柯的考古学对象不是器皿，而是知识；其田野调查展开的处所不是一个物理空间，而是人们观念演变和意义生成空间。因而，他的研究对象不是具体的年代、活动、文献的真伪，而是陈述、话语、概念与策略。福柯小心地擦拭着每一个文化范畴的灰尘，并力求把握隐藏在历史历程后面隐身的权力话语。同时，他"还想通过这项研究试图在历史领域中解脱人类学的束缚；这项研究反过来揭示这些束缚是怎样形成的。"[②] 福柯在进行了大量实证工作以后，以一种实证态度揭示和阐释了知识的非客观性，从而消解了实证主义赖以存在的理论立足点。

三 艺术经验及艺术符号的非实证性

即便实证主义者将"无"放逐出他们的视野，而对之保持沉默。他们无法保证经验的明晰性和客观性，同样，也无法否认艺术符号的非物质性。其实，经验主义和怀疑主义的联系在人类发展史上就有千丝万缕的联系。甚至，实证

---

① [德] 海德格尔. 存在与在 [M]. 北京：民族出版社，2005：63.
② [法] 福柯. 知识考古学 [M]. 北京：生活·读书·新知三联书店，2007：18.

主义所脱胎的经验主义，本身就是怀疑主义存在的一种形式。经验并非纯粹客观的存在，正如波普尔指出的："假如我们能成功地获得这样一个理论，那么这个理论就能描述'我们的特殊世界'精确到理论描述可能达到的程度；因为它会用理论科学所能达到的最大的精确性，来从所有在逻辑上可能的经验世界类中挑选'我们的经验'世界来。"① 实证主义的失误就在于过分地关注"经验"而忘记了"我们"以及与"我们"的相关的意义、不朽以及我们与生俱来的虚无与空灵。

众所周知，实证主义的立足点是对于世界的经验，而这一观点的潜在前提是主客二分，其中，经验是主体对于外在世界的感知。如此，在实证主义者那里，主体被严重忽视。而中国传统艺术实践和理论传统，都不是建立在主客二分的逻辑起点之上，很多中国艺术创作和审美范畴的阐释也非严格的实证方法所能把握。无疑，中国传统艺术感悟过程确有一定经验性，但又不局限于经验。如禅宗所归纳："见山只是山，见水只是水；见山不是山，见水不是水；见山仍是山，见水仍是水。"经验对象虽然相同，但内心体验却已千回百转。又如，中国审美体验中之"目击道存"，所领悟的"道"既是经验的，同时也是人，意味着和艺术的相遇绝不仅仅是空间之彼此接近。概言之，在实证主义的艺术学中，是将艺术和艺术品作为外在事实来经验的，而忽略了人对于艺术的内在体验。

当代实证主义艺术学研究倾向于将艺术活动或艺术体验数据化或量表化。对内心的忽视，使得实证主义者鄙视"摇椅上的思考"。事实上，在实证主义者指责摇椅上的思考的时候，他们只看见了一个无所事事的形象，而忽略了思考者内心所经历的一切，这正是实证主义者的软肋。例如，实证主义者可以通过反复测量，预测出一个苹果砸在一个脑袋上的力量以及对头颅的损伤程度。但是他们往往无法预料，被苹果砸中的后果也许不是脑损伤，而是牛顿定律。而对于艺术史，以及艺术发展现状而言，神秘的激情、形而上意味等无法诉诸实证的东西存在过，而且目前仍然存在，它们依然是艺术存在的根本立足点。因而，在艺术学研究中，我们就不能无视这一点。虽然，在后现代语境下，艺术正在用各种各样的手段对这些沾染形而上学色彩的概念进行嘲弄、解构，但它获得解放的一刹，也几乎被押上了另一个绞架——艺术终结。

实证主义一味太过强调工具理性而排斥价值理性，它的整个思维体系建立

---

① ［英］波普尔. 科学发现的逻辑［M］. 杭州：中国美术学院出版社，2008：90.

在这样一个假设之上，即凡是可以被经验把握的东西，都应该是有价值的、合理的和明晰的，由此而获得一种肯定性（Positive）。因而，实证主义研究过于强调艺术的物质性和明晰性，而不得不放弃艺术和艺术研究的超越与批判维度。如果说，客观、明晰且可以重复的经验是实证主义把握世界的机枢，那么实证主义者忽略了一个过程，那就是艺术和艺术经验是动态发展的，永远处于一个不断生成的过程中。艺术品的价值以及人类对于某一特定艺术品的经验，甚至可以用"无中生有"来归纳。阿多诺早就指出："艺术品生成于心理过程，此外它们在客观上是精神性的。倘若不是的话，我们就无法在原则上将艺术品与食品饮料区别开来……唯有通过精神，艺术才能确立自身与经验显示的相对性，才会毅然而然地否定现状。"① 另一方面，无论常人还是研究者，对于艺术的经验远非明晰（Positive）可以界定。正如本雅明在其《机器复制时代》的艺术品中所指出的："在对艺术作品的机械复制时代凋谢的东西就是艺术品的光韵。"② 同样，在实证主义艺术学的视野中，所遗落的，也正是艺术之"光韵"：那些无法诉诸明晰经验的一切，例如永恒性和不可重复性，例如意义……

四　意义的失落

实证主义不可避免地将艺术学挤压成单向度，而与之相伴随的是意义的失落。过分地强调艺术学研究中的实证方法，从而为经验和体验划定了楚河汉界，这使得艺术学研究处于一种无家可归的状态。胡塞尔痛心地指出："现代人的世界观唯一受实证科学的支配，并且唯一被科学所造成的'繁荣'所迷惑，这种唯一性意味着人们以冷漠的态度避开了对真正人性具有决定性的问题。"③ 实证主义对于客观的、可证实的经验之强调，必然将艺术精神层面的东西排除在外，例如善，例如不朽和自由。这不免导致艺术学研究中意义的丧失。注意，这里的意义不是逻辑实证主义所讨论伴随命题真伪的意义之有无，而是与生命和存在相关的终结性和超越性关注。实证主义所避而不谈的这些人生之终结体验，正是实实在在栖身在艺术中，但又无法还原为经验事实。舍勒指出："这种关于'精神之永恒'的学说表明，我们能够以我们的精神行为触

---

① ［德］阿多诺. 美学理论［M］. 成都：四川人民出版社，1998：578.
② 本雅明. 机械复制时代的艺术作品［M］. 北京：中国城市出版社，2002：10.
③ ［德］胡塞尔. 欧洲科学的危机与超越论的现象学［M］. 北京：商务印书馆，2008：16.

及一个意义王国，这个意义王国展开在一种神性的目光面前，还能为某些人所思考。这种学说只能为那种连最简单的失误都认识不清的实证主义和生物主义所否认。"① 而胡塞尔则在《欧洲科学的危机与超越的现象学》中，一再指出的实证主义放弃了人们最迫切地需要解决的问题——生存的意义问题："它从原则上排斥的正是对于在我们这个不幸的时代听由命运攸关的根本变革所支配的人们来说十分紧迫的问题：关于整个人的生存的有意义与无意义问题。"②

艺术学研究中的实证主义对于人的疏离，会导致另一层面积上的无意义，那就是对于很多人而言，艺术学研究文本不再和大众发生关联，因而成为一种无意义的存在。意义产生于一种特定的关联，而艺术以及艺术学的意义最终生成于它们和人之生活世界的关系。而艺术学研究的要点之一，即对人的关怀，并通过对人之爱恨生死之关注与人及世界发生联系。但目前很多实证性艺术研究始终在人们的视野之外。它们停留在对于某一点的梳理和记录，始于斯而终于斯。虽然对于其论述对象的展示不可谓不详细、直观。但是，人们也许不会关注它们，因为它似乎和我们的生活没有关联，因而，可以说对于大多数人来说，它们没有意义。至少，它们没有揭示出所论述之物对于我们的意义。在某种意义上，这种对艺术单纯的实证性研究，是以一种物性对其艺术性的遮蔽。

艺术和人之种种关联，也就构成并映现出我们的世界，胡塞尔晚年将之命名为——生活世界。不仅如此，马克思的《资本论》、弗洛伊德的精神分析以及福柯的《词与物》到宗白华的《美学散步》等无一不以某种特定的方式关注到人的生存，因而，对于读者而言，它们是一种有意义的存在。在《资本论》中，马克思无疑运用了实证方法，但其根本立足点是批判的（Critic）而非肯定（Positive），这一点也是日后法兰克福学派立足批判，反对实证主义的根本。正因为如此，《资本论》被译为70多种文字，发行量超20亿册。同样，宗白华的《美学散步》和《意境》不但为很多中国人了解中国传统艺术提供了一条途径，同时也让无数国人领悟到自己的生活世界和生活方式。

以上所陈述的一切都预示着：实证是获得某些知识的必要环节，同时它也必须被超越。卡西尔对于哲学和艺术的研究，是建立在人类学、神话学、符号学等实证材料之上，但他同时意识到纯粹实证的弊端。卡西尔《人文科学的逻辑》的主旨之一，便是对于实证主义的批判。一个真正的艺术学学者，必定会

---

① ［德］维特根斯坦. 逻辑哲学论［M］. 北京：商务印书馆，1992：97.
② ［德］胡塞尔. 欧洲科学的危机与超越论的现象学［M］. 北京：商务印书馆，2008：16.

自觉地超越实证，而上升至符号意义和价值的世界。维特根斯坦在其《逻辑哲学论》中有一句名言："一个人对于不能谈的事情就应当沉默。"①认为诸如善、美、价值、意义等传统形而上学诸概念不可言说，因而人们只能保持沉默。维特根斯坦虽是逻辑实证主义的奠基人之一，但他本质上和实证主义还是有区别的。"不同之处在于实证主义者没有什么要对之沉默的东西。实证主义认为我们能说的东西就是生活中所有要紧的东西——这一点是它的本质。而维特根斯坦则狂热地相信，根据他的观点，人类生活中所有真正要紧的恰恰是我们应当对之沉默的东西。"②艺术学的现场不仅仅是一种物理学的现场，同时，也是海德格尔意义上的在场，是一个研究主体对对象全身心的体悟和观察。这种观察不仅仅是对其艺术发生过程以及物质性细节的梳理和记录，而也是对其物质性的超越。反之，实证主义将"苦难、死亡、理念形态的冲突，社会失和、任一类反价值（Antithetical values）这一切都被宣布为超出界限，是我们只能对之保持缄默的一些事情，这样才算服从了实证性原理……它所设置的语言，使我们免除了在人生重要的种种冲突中起而发言的义务，把我们套入可以对不可言说的世界（Ineffabilià mundi）——经验之不可描述的性质与料——漠不关心的甲胄里面。"③也正是在这一意义上，实证主义和实证哲学遭到卡西尔、胡塞尔、海德格尔等学者的反驳，同时也遭到以阿多诺、马尔库塞为首的西方马克思主义者的抨击。

综上所述，实证主义的根源则可以追溯为种种假设——即经验和超越、经验和理性的割裂，其最重要的特征，便是坚信科学万能。在某种意义上而言，一切试图为艺术学本质下定义的本体研究，都有悖于实证精神。事实上，艺术这一概念本身也是一个具有本体论倾向的概念。因而，笔者以为，在艺术学研究多维展开的同时，实证作为一个环节，既是必需的，同时也应该被超越。毕竟，艺术是一种体验对象而非单纯的经验对象。正如艺术学的田野调查，不仅仅意味着研究身处研究对象之物理空间之中，而且更意味精神性的"在场"。

（《文艺争鸣》2011年第6期，有改动）

---

① ［德］维特根斯坦. 逻辑哲学论［M］. 北京：商务印书馆，1992：97.
② ［美］穆尼茨. 当代分析哲学［M］. 上海：复旦大学出版社，1986：214.
③ Kolkowaki. 理性的异化［M］. 台北：台湾联经出版事业公司，1988：230.

宋代艺术中的理性精神

宋代是一个富于理性精神的时代，这种理性精神普遍存在，并集中体现在以程朱为代表的宋代理学中，并对宋代音乐、诗歌、绘画等艺术实践和理论产生了根本性的影响。宋代艺术通过特定语汇，摒弃细枝末节，透过单纯的现象与形态，挖掘并呈现世界的本质，凸现永恒普遍之理，而理即栖息于象之中。因此，宋代艺术理论大多认为，存在于天地万物中的理是文学与艺术的源头，而文学艺术也以明理为其旨归。

象是中国艺术必不可少的意义呈现方式之一。乐象、语象和形象是中国乐、诗、画之基本单位，并以特定的组合方式及修辞方式生成特定意义。对宋代艺术而言，象既是理的载体，也为理所生发，由此，宋代艺术中的象不同于其他时代的艺术，抽象性、恒定性、普遍性是其最显著的特征。

其中，抽象性是指摒弃感性细节，把握本质特征。当然，宋人对艺术抽象性有所认识到建立起相关艺术创作原则，经历了较长的历史时期。例如，北宋早期到中期院体画写实细密，北宋后期至南宋，文人画成熟，抽象概括渐成主流画风。在此期间，艺术家慢慢摸索到山石、树木、人物简约平淡的造型规律，并经元人进一步提炼、抽象，对后世产生了深远的影响。恒定性原则则强调所呈现物象延续不变的一面。宋诗不会过度强调特定事件的瞬间，对情感的描述和表达也比唐诗更为克制，多客观叙述事实，而不渲染强烈情感。宋代绘画对象的塑造也强调其合理性，不去突出艺术形象的奇特怪异。宋画偏爱山水题材，既是魏晋以来山水审美之延续，也和宋代理学趣味相契合。相对于唐代"簪花仕女图"一类题材，山水之存在无疑更为永恒。岁寒三友及兰花等题材在宋代也得到充分的开拓。简单的花草经水墨一再书写，将这些简单、普遍的形象置于人们目前以供凝视，也使人观其象而悟其道。

这些具有普遍和抽象意义的象，通过特定的艺术程式被呈现并被联系起来。艺术程式在宋诗、画、乐创作中，分别体现为诗律、图式和曲式，它们起着艺术语法的作用，联系和规约着具体的艺术语汇——象，既是直观世界的桥梁、把握世界的工具，也是人们借以超越流转无常之经验世界的途径。

具体说来，诗歌创作范式主要体现为诗歌形式层面的一系列创作规范，例如格律和用典等。缪钺在其《论宋诗》中认为，唐诗对用典、对偶、句法、用韵等诗歌创作技巧的追求是"天人相半"，而宋人则强调人力的刻意追求。宋词作为宋代音乐之重要组成部分，其词牌体现为一种声音程式，用以呈现具体的歌词及歌词所表达之意境，也传达出在对"理"的反思中所体验到的内心宁静与和谐。就宋代绘画而言，无论是北宋的宏大山水，还是南宋之半边一角的构图，都遵循一定的非视觉性的结构规范。正如《林泉高致》提及山水构图时以"大山堂堂"引出的一段议论，表明山林不但可分宾主，甚至也有君子小人之分，与庙堂实"理一分殊"。而南宋后期的半边一角之结构程式，除了人们所提及的残山剩水的隐喻意味之外，还有以小见大，一花一叶洞见鸿蒙太虚之意。就音乐而言，声歌本是时间意义上瞬间生灭的过程，但声音的生灭无常却被纳入一个稳定永恒的模式，即词牌。

可见，宋代艺术强调"常形""常理"，所谓"常"即是超越对瞬间时空片段的摹写。比如，词语作为宋诗之物质媒介，本身便是观念性的存在，宋诗之"用典"与"说理"则进一步体现了宋诗的抽象性特征。宋乐同样是通过抽象的音响程式，超越时间之流逝，去捕捉无常中之恒常。

概言之，宋乐、诗、画在以不同方式展现感性形象的同时，也具有抽象意味。"常理""常形"是对物象在时间维度中的持续性和特定节律的强调，又分别通过水墨晕章、平仄、节律等时间化痕迹得以表现。钱钟书曾指出，"宋诗多以筋骨思理见胜"，而这"筋骨思理"无一不体现为一种内在性。事实上，中国艺术作为一种专注于生命体验的内省方式，在宋代得以巩固。同时，由于文人的影响，宋代绘画格外强调书写意味，追求水墨韵致。笔之轻重缓急、皴之疏密长短等抽象审美要素的彰显，使得宋代绘画在某种层面上既与诗歌契合，也具音乐特质。同样，宋代诗歌清远、劲瘦，因而颇有宋画精神。特定的时代精神和艺术传达方式，导致了宋代艺术异于唐五代的艺术格局。

论一般艺术学视域中的世界艺术史书写
—— 兼评徐子方《世界艺术史纲》

随着中国一般艺术学这一学科的建立，对世界一般艺术史的书写以及书写方式的研究与探讨，也成为一个日益迫切的任务。就对世界艺术史写作的概况来看，世界艺术史写作的匮乏与我国一般艺术学研究蓬勃发展的现状显得很不协调。全球化时代已经到来，随着中国史和世界艺术史写作交流的日益密切，我们必须对世界艺术史的写作进行反思，正如朱青生所指出的："艺术史正在从西方艺术史的国际化转向世界艺术史的全球化，对中国艺术的观念的再认识，突破了西方'单方面艺术史'的现状，而从对历史的重新梳理中建立起多元的'全方面艺术史'。"①

目前，我们所能看到的世界艺术史，大多数为造型艺术史。纵观已经出版的艺术史，其中不乏经典，如贡布里希的《艺术的故事》和多卷本《剑桥艺术史》以及《世界艺术史九讲》都各具特色。此外，加德纳的《世界艺术史》、昂纳与弗莱明所著的《世界艺术史》、詹森的《世界艺术史》，被西方很多大学及部分国内高等院校列为教材或必读书目，素有"世界三大艺术通史"之称。这些世界史兼顾伊斯兰艺术和东方艺术发展历程，涉及绘画、建筑、工艺美术、雕塑，但也只包括了造型艺术而并未涵盖音乐、舞蹈、戏剧等不同艺术门类的发展，因而并非一般艺术学视域中的世界艺术史。一版再版的《世界艺术史九讲》，虽然其作者马克·盖特雷恩毕业于纽约茱莉亚音乐学院，但此部艺术史的主要涉及范围也只限于视觉艺术。弗莱明的《艺术与观念》是艺术史学名著，将音乐、文学、艺术理论乃至于哲学都纳入自己的讲述范围，对打通艺

---

① 朱青生. 艺术史在中国——论中国的艺术观念 [J]. 文艺研究，2011 (10)：102 - 111.

术学门类之间的界限进行了有益的尝试。可以说,《艺术与观念》不但是一本精彩深邃的艺术史著作,也可以算是一部半广角的艺术史。遗憾的是,作者并未将东方艺术纳入他的讲述视野,因而只能算是"西方艺术与观念"。对于中国读者而言,这种遗憾尤为强烈。在这一学术背景中,东南大学艺术学院徐子方教授的《世界艺术史纲》可谓应运而生。全书以六十万字和三百多幅图片,呈现了人类艺术的历史面貌。这部书由"史前欧洲""地中海的辉煌""东方之光""欧洲重登巅峰""西方艺术扩张与全球化艺术"五个部分组成,对世界各区域舞蹈、戏剧、绘画和雕塑发展概况进行了梳理。

的确,在很长一段时间,艺术史写作等同于美术史写作,而缺少我们所提出的"一般艺术学"层面上的艺术史研究。倒是黑格尔在其《美学》中对诗歌、音乐等不同艺术门类的发展进行了梳理,打破了门类艺术的壁垒。但这也只是他哲学研究的一部分。换句话说,黑格尔的艺术史归根结底是其哲学体系中的"理念"的自我演绎史,是一种哲学与美学演绎,而非对各艺术门类发展的历史梳理。

世界艺术史研究范围的偏差,首先和特定文化传统中的"艺术"概念的差异相关。"艺术"貌似是一个不言自明的概念,但事实上其演变路径极其复杂,在不同的文化语境、不同时期中,这个概念也有不同的内涵。西方文化背景中的"艺术"(Art)或者Fine art与中国文化传统中的"艺"差异甚大。"艺"和"术"在中国古代是对多种实用技能的总称,如礼、乐、射、御、书、数就被统称为"六艺"。两汉魏晋以后,"艺"抒情审美的一面日益彰显,而宋代文人画"墨戏"观念的提出,预示着"自娱"成为艺术的重要功能。上古时期诗、歌、乐、舞融合,到宋代苏轼提出"诗画一律",再到宋元文人提出的"书画同源",各艺术门类在中国艺术史上的确密不可分。多艺术门类相互包容并行发展,一直是中国艺术史不言自明的特色。不仅如此,中国"艺术"始终包含教化、仪式、实用等多种功能和价值。这是中国艺术观念发展的主流,也是中国当代艺术学理论这一学科确立且兴盛的历史背景。可以说,艺术学理论学科的建立是中国文化发展的必然。西方艺术的内涵同样经历了很多变化,并也有广义和狭义之分,但总体趋势是其所指越来越高雅化:"Fine art概念的主旨就是要将绘画、雕塑、建筑等纯艺术(Pure art)或'高雅艺术'活动与装饰艺术、应用艺术或印刷、蜡模、动物画家、复制等这样的'低级艺术'(Lower art）活动区别开来。"① 而中国近现代的"艺术"是中西文化和艺术碰撞的结果："今天使用的'艺术',概念实为中西、新旧观念融合共生的结果。'艺术'内涵的近代衍化集中体现了近代新语词本土化过程的中西文化互动。"② 因而,我们当代视野中的"艺术"这一概念的内涵,是一个兼具高雅和教化、审美和实用,并且包括诗歌、音乐、舞蹈、戏剧等各艺术门类的宏大概念。

整体大于部分之和,因而门类艺术史的著作永远代替不了一般艺术学视域里的艺术发展史写作。随着一般艺术学作为一种学科在中国的建立与日渐成熟,"艺术"的范围和内涵变得更加清晰,也更具有当代性,与当代一般艺术学的深入研究相关的各种形式的艺术史写作也刻不容缓。任何一门学科的建立,都需要史、论齐头并进,不可偏废。一般艺术学理论没有历史的支持,无法真正理解和归纳学科发展的规律,而艺术史不和艺术理论相结合,也只能是空虚和经不起推敲的空中楼阁。徐子方的《世界艺术史纲》的出版,满足了学科发展的需要。历史的发展是一个时间历程,但世界史的发展,既有历史性特征,也有不同区域的共时存在,更有不同艺术门类的纠缠和起伏。正如中国艺术学创始人张道一先生所指出的那样,艺术学不小心就会成为一个拼盘,看上去各艺术门类五彩纷呈,但其中却没有内在联系。事实上,有不少艺术史,就是一种拼盘,各艺术门类虽然被放置在一起,却没有内在联系。徐子方教授在该书的前言也提到了广义艺术史著述的这一难题。世界各地文化自成体系,而不同艺术门类的关系之间也各有差异。如何将阿拉伯的书法和印度的舞蹈,史前的维纳斯和日本插花编织进同一部历史,需要艺术史家的阅历和智慧,同时也需要一个清晰的历史书写观念。《世界艺术史纲》以世界艺术史格局中的地域流变为论述线索："从宏观角度看,艺术史的发展总是围绕一个中心,以此向外传播扩散。随着中心艺术创新活力的衰减,中心也在不断转移,其趋势由西向东,自西南欧而环地中海,然后再继续东移。随着欧洲进入中世纪的漫漫长夜,艺术史的发展中心转移到了亚洲,以印度、中国、阿拉伯及伊斯兰诸文明为代表。"③ 这一论述立场,既将世界艺术史作为一个整体来对待,也保持了各特定地区和特定艺术门类一定的独立性。

---

① 邢莉,常宁生. 美术概念的形成——论西方"艺术"概念的发展和演变[J]. 文艺研究,2006(4):105-115.
② 文韬. "艺术"内涵的近代衍化——文化交流向度的语词考察[J]. 近代史研究,2013(1):22-35.
③ 徐子方. 世界艺术史论纲——基于人类艺术发展中的地域性流变[J]. 艺术学界,2015(1):22-55.

就本书结构而言，作者对于日本、大洋洲艺术发展史等局部的处理独具匠心。作为世界艺术史写作，就不能遗漏诸如日本、澳大利亚等地理位置独特的文化地域。其中，日本作为一个岛国，其文化和中国具有明显的传承关系。众所周知，日本自唐宋时期开始就吸收中国书法、绘画、艺术理论等各方面的经验与知识，建构了自己的艺术传统，如此，日本艺术也慢慢成为一种相对独立存在。甚至，在19世纪，东方艺术通过日本，对西方艺术产生了极为重要的影响。例如，浮世绘在印象派绘画、日本艺术观念在罗兰巴特的符号学理论中都留下了显而易见的印记。但将诸如日本等区域单独成章的话，本书必定会显得枝蔓复杂，如置之不理，则又名难符"世界"之实。作者采取的方法是将其作为附录，使之成为独立的部分，置于特定章节后面。笔者以为，这样处理巧妙而独特，和其地理位置和文化特点具有一致性。这种方法，可以作为我们书写世界文化各领域的历史的借鉴。如果需要一个比喻来形容这本书的结构和整体的关系，那么我认为这是一部多声部交响曲：既是一个整体，每个同时存在的声部又有自己的独特价值。同时，它也可以被比喻为一颗钻石，在整体中辉映着无数个闪光切面。正因为整体中有多个部分的存在和言说，这个整体才成为一个丰富的存在；这种丰富，来源于历史的客观。

艺术史写作的多声部交汇不仅是出于一般艺术学学科发展背景的考虑，也是对于当代艺术发展状况的回应：打破各门类艺术之间的壁垒，运用身体、声音、实物等各种物质媒介来呈现艺术家的构思，是当代艺术的重要思潮。艺术已经不再像当年的架上绘画或者舞台戏曲那样泾渭分明，当代艺术正在打破视觉、听觉、影像等艺术门类的媒介藩篱，引入视觉、听觉甚至嗅觉和触觉等多感官审美。越来越多的人不再以画得像不像来判断一幅画的好坏，也不再以是否动听优美来判断一首歌曲是否优秀。艺术正向综合、多媒介互动发展，艺术史怎么能对此视而不见？鉴于以上种种原因，笔者以为，打破门类壁垒和拥有全球视野是当代艺术史写作必须有的高度，而徐子方的《世界艺术史纲》则也是对于艺术史写民族化和当代化的尝试。

几乎有人类的地方就有艺术，也就有历史。这本书自史前艺术遗迹开始，以一种宏大的视角，展开对艺术史的追溯和描述。从史前到近现代，艺术经历了数万年的发展；从古老的中国到当代西方，艺术也呈现出完全不同的面貌。在浩如烟海的材料中如何选取具有典型性的艺术史材料，以及如何书写，不但对于作者的勇气和智慧是一种考验，对作者的知识积累以及对世界文化的全面把握也有着极高的要求。《世界艺术史纲》的书写方式，是点与面的结合和交错，既有对于世界不同区域的艺术发展线索的高度概括，也有对于艺术发展史上的重要作品的细致描绘。徐子方在写作过程中遵循艺术史自身的发展节奏：全书以一种缓慢悠长的节奏，展开了对于人类远古艺术的回顾，而随着人类文明之光的普照，人类文明的进程日益加速，艺术发展也日渐激越缤纷。徐子方在世界史的编著中，既有一个东方学者的立场，又超越了历史的本土主义书写。在打破欧洲中心的艺术史书写的同时，作者依然相对客观地凸显了西方艺术对全球的影响和辐射。对于欧洲艺术实践与观念在20世纪对于世界的普遍影响，作者在书中如实给予了记载和解读，客观地记录了19世纪以来波普艺术、抽象艺术、行为艺术等西方艺术思潮及艺术流派，对包括中国在内的东方各国带来的巨大影响，这种影响体现在艺术形式以及艺术观念等各方面。如此，《世界艺术史纲》不仅试图避免了欧洲中心主义，同时也试图避免了一切文化中心主义。

避免偏颇不代表没有观点和立场。每个民族有自己的历史观，这必将渗透到艺术史书写中。艺术家生平及艺术家创作风格对于艺术史形成的影响是本书写作的一个重要部分。可以说，这个写作思路的形成不是偶然的，它体现了中国学者文化自觉和民族历史传统熏陶的必然性。

作者在绪论中对西方艺术史写作方式进行了反思，并指出："自瓦萨里之后，艺术史服膺温克尔曼，以艺术品取代艺术家作为艺术史发展之主轴和核心，这原本不错，但就此无视艺术家的生平经历以及个人风格在艺术发展中的作用则无论如何都不是一个周密的做法。"[1] 的确，在诸多西方艺术史写作中，尤其在19世纪和20世纪的一系列艺术史著作中，对于艺术品风格的流变与形式分析占据了很大的篇幅。这种历史写作方式，同样也来源于西方历史的精神特质，即对于历史必然性及"理性"的强调。卡西尔深刻地了解这种传统："根据康德的观点，'历史'概念在严格意义上仅仅存在于我们以这样的方式对某一系列事件的思考中，即我们不看它单个片刻或偶然联系的时间序列，而是将这一系列事件与一个理想的统一的内在目的联系在一起。"[2] 这种艺术史研究传统对于形式极其敏感和执着。西方近代哲学与艺术史对形式的强调，又源于以柏拉图为代表的古希腊哲学对理式的强调。20世纪前后，康德哲学直接影响

---

[1] 徐子方. 世界艺术史纲 [M]. 南京：东南大学出版社，2016：10.
[2] 卡西尔. 康德历史哲学的基础 [J]. 吴国源，译. 世界哲学，2006 (3)：73-76.

到沃尔夫林的风格学及潘诺夫斯基的图像学理论的建立。这种忽视创作个体而注重艺术品结构和风格演变的艺术史研究,被贡布里希称为"大写的艺术"之历史。在这一过程中,艺术被从具体的艺术家和艺术作品中抽离出来,成为特定理性和民族精神的载体:"西方艺术研究领域长期受其影响,助长了艺术研究中的体系崇拜,阻碍了人们对各种艺术现象和作品的具体理解,不仅从根本上阻碍了艺术本身的发展,而且也促进了纳粹主义思潮的滥觞。"[①]

中国历来重视人在社会进程中的作用,"史""传"长期紧密结合。其中,"传"是"史"的重要组成部分。中国官方二十四史之首——《史记》既浸润着中国历史精神,也为中国历史书写树立了典范。正如研究者指出:"太史公《史记》以'人'为主,把人物作中心,但在传人的题材之内,同样包括记事和编年,即是说,记事和编年这两体已在太史公《史记》以人物为中心的列传体之内包融了。"[②] 与此相应,中国艺术史的书写也更注重人的因素,对于著名艺术家的作品、人格以及人生历程乃至于轶事都有所关注。中国第一部绘画史《历代名画记》就以人为本:"自史皇至今大唐会昌元年,凡三百七十余人,编次无差,铨量颇足;此外旁求错综,心目所鉴,言之无隐。"[③] 其中,艺术家的传记同时也构成了艺术史的主要组成部分:"全书共十卷,自第四卷以下,是包括自轩辕至唐会昌时的三百七十二个画家的小传和品评,这就是纯'史'的部分……"[④]《历代名画记》是中国历史精神在艺术史写作中的体现。之后,宋代郭若虚的《图画见闻志》、北宋官方修订的画史《宣和画谱》都是以艺术家及其所创作的艺术品作为艺术史叙述线索的。元代钟嗣成的戏曲艺术史著作《录鬼簿》也以记录戏曲艺术家为线索,对元代戏曲史料进行了梳理。正如《历代名画记》《图画见闻志》等艺术史所揭示的,"名作"是中国历代艺术史书写的重要材料,是艺术史的具体载体。徐子方的《世界艺术史纲》正凸显了作者对于世界艺术发展史中名家、名作的书写和解读,凸显了"知人论世"这一古老的中国学术传统。由此可见,徐子方的艺术史写作浸润着传统中国史学精神,也是中国学者与西方艺术史对话的一种方式,是中国历史传统在当代的延续。

不仅如此,关注作为艺术创作主体的艺术家,也是对当今艺术特定状况的

---

① 穆宝清. "大写的艺术":贡布里希对黑格尔艺术史观的批判 [J]. 江海学刊,2015 (2):195-200.
② 钱穆. 中国史学名著 [M]. 北京:生活·读书·新知三联书店,2000:30.
③ 何志明,潘运告. 唐五代画论 [M]. 长沙:湖南美术出版社,1997:150.
④ 宗白华. 张彦远及其《历代名画记》[J]. 学术月刊,1994 (1):3-11,48.

回应。不可否认，艺术创作主体在当今艺术发展中起到越来越重要的作用。从观念艺术到行为艺术，当代艺术的发展越来越和个体对于世界的独特视角相联系。由于岁月久远和艺术家地位的低下，古代世界各地都有不少佚名作品留存至今。我们对古典时期的不少重要艺术家也所知甚少。而由于当代艺术家地位的提升，艺术传播的日益便捷，使艺术家从艺术创作的后台走到艺术品展示的前台。艺术家不必有高超的再现自然的技艺，甚至不需要借助传统意义上的特定艺术物质媒介，仅仅借助行为、实物将特定艺术观念直观化、形象化，就可以获得世界性认可。美术馆中的小便池、音乐会上的无声之乐，以及女艺术家对面的空椅子，这些艺术品只有和它们的创作者杜尚、约翰凯奇以及"行为艺术之母"阿布拉莫维奇相联系，才能被解读。所以，解读当代艺术必须联系特定的艺术家，将艺术品作为特定艺术家创作观念中的一个具体事件，才能更好地了解其意义，评估其历史地位。因此，当代艺术的发展状况也从另一方面迫使艺术史写作打破西方原有的艺术史宏大叙事。而中国艺术史的写作恰恰给予了艺术创作主体充分的重视。人是中国哲学的主题，无论是道德还是审美主题，中国儒家的"仁"和道家的"自由"与"逍遥"等关键艺术范畴，都必须落实为一种艺术创作主体的状态。

《世界艺术史纲》中艺术史的民族性，还体现为周易式的圆融史观。艺术史的写作有多种方式，其一是黑格尔的直线叙述，即将艺术史比附为一个有机生命体，因而得出艺术终结的结论。历史和一个生命一样，由萌芽到旺盛到死亡，因而黑格尔也预示了艺术衰败。而《周易》则是采取一种圆融的史学叙述方式，揭示出万物之周而复始、与时俱进。以这种方式去观照艺术史的历程，也必定会对于世界的艺术生生不息持乐观态度。徐子方的《世界艺术史纲》显然没有采取黑格尔的直线叙述方式，而是以一种源于《周易》的本土史学立场，对世界艺术史的缘起、发展、变化、复兴进行了论述。也正因为如此，本书并未在几万年的艺术史发展中主观地划分阶段，强分盛衰主次，而是采取相对客观的立场，交代历史事件、描述重要的艺术品，让历史本身言说。艺术从几万年前的史前开始存在，经历上古、中古、近代一直到当代，循环往复、生生不息。徐子方的这种史学方式正是根植于《周易》之中的中国式圆融思维，使得每一阶段、每一区域的艺术发展都有其价值、有其独特面貌。笔者以为，中国学者在艺术史的新世纪书写中，不但大有可为，而且责无旁贷。

当然，作为一部六十万字的世界艺术史巨著，《世界艺术史纲》的一些方面也许还可以进一步斟酌。如笔者认为,本书对于中国艺术发展史的记述,还有进一步充实的必要。诚然,这本书的写作渗透着中国史学精神,但也许由于中国艺术史学者对于我国艺术发展的深入了解,在涉及著名艺术家和著名作品的时候会认为一些艺术史事件是不言自明、显而易见的,而可能正是这样的错觉,使得作者在书写中国艺术历史的时候着墨不多。例如,中国艺术部分的宋元部分的篇章大约占据一页左右,而西方一些单个艺术家,就有可能占据一页以上的篇幅。这就造成本书内容上的不平衡。一本世界艺术史著作,要考虑非专业人士和西方读者,让他们通过对本书的阅读对中国和世界其他区域的艺术发展有一个相对全面的了解。希望作者在日后修订的时候,能对世界艺术史的中国部分进行适当补充,甚至可以考虑将本书分拆为上下册,将以中国为主的亚洲等地域的艺术史充实为一册,进而获得与西方艺术发展旗鼓相当的分量与篇幅。

无论如何,徐子方的《世界艺术史纲》在国内艺术学研究的蓬勃发展中为世界艺术史的写作提供了及时的补充。这部世界艺术史,对开启中国世界艺术史的写作具有里程碑意义。同时,这部世界艺术史的价值也远远超越了艺术史发展线索梳理的窠臼,而能够从世界艺术史研究方法论角度,给我们带来启发:这部书在众多世界艺术史的写作中,为世人提供了一种东方视角、一般艺术学视野的世界艺术史观照,是各艺术门类多声部的交响。该书的出版,对日后一般艺术学视域中的艺术史书写具有方法论意义:作者在坚持历史的东方书写方式的原则下,坚守了世界艺术史的客观书写,相对客观地呈现了东西方艺术史发展中的相互影响,为一般艺术学理论的深入研究提供了历史依据。《世界艺术史纲》既没有泯灭各艺术门类的差异,也避免了拼盘似的大艺术史书写,让各艺术门类既被纳入一个艺术史发展的整体,也如同交响乐中的不同声部,发出了自己的声音。作者作为一般艺术学之"良史之才",凭借其深厚艺术学力与史学修养,让我们可以一书在手,全面准确地了解世界艺术发展的漫长历史,这对于艺术学的研究者与读者而言,功莫大焉!

(《东南大学学报(哲学社会科学版)》2017年第6期第19卷,有改动)

后 记

二十多年前,我考入南京大学读研,从站了五年的中学美术课讲台,走进南大中文系课堂,用刚刚放下的写诗的笔,撰写学术论文。本书的第一篇文章,是读研期间的课程作业,也是我发表的首篇理论文章,不久即有幸被收入中国人民大学复印报刊资料中。现在看来,那些字句,青涩而坚定,充满了对诗歌的热爱。校对这些文章,如同翻看年代久远的黑白照片,虽然对其中的材料依然印象深刻,如今读来,却是另一番滋味。在不止一篇文章中,我改动了过于极端的表述,划掉两三个诸如"永远""凡是"这样不留余地的定语,将"消失"改为"淡化",将"极度"改为"相对"。

诗歌的音乐形式研究是一个颇为艰难的选题,进入博士论文写作的阶段以后,我常沉浸在对旋律和音韵的沉思之中,无法如期毕业的焦虑也挥之不去。的确,诗歌和音乐形影相随,当我们读到一首诗或听到一曲音乐,常会被某种不可言说的节律穿透,它有时如旷野中的闪电,有时如食物里恰到好处的盐,有时又像脉搏,跳动在身体最深处;而每当想将这种感受诉诸理论,则又握手已违。如今看来,当时的研究,有着大大小小的缺憾,最显而易见的,就是文章中的一些西方概念和理论,被生硬地和中国古老的诗乐放在一起,显得有些同床异梦。曾计划过将博士毕业论文修订再版,但这次书稿的校对使我认识到,预想中的改头换面,绝非易事。

接下来,我还是想回到诗画比较论题,或者说,想关注山水画中的诗意;也希望在以后的时光,能画出独特的山水,写想写的文章。山水可游、可居,现实人生与纸上江天并非不可逾越。我窃以为,山水作为一种时空符号,不但有指代、写意功能,也能"兑现"为生命时空。山水画常能寿人,黄公望、沈周、董其昌、吴历、王翚等山水画家有着超乎常人的年寿,焉知不是他们笔下的四季被生活成实实在在的晨昏？倪瓒不是刚从纸上归来，和我们擦肩而过，留下空亭？八大化为鸟又化为鱼，掠过天际。甚至，因为艺术，生命不开始于生、不终于卒。一百多年前，麦田中的枪声，对梵高而言，既是结束，也是开始。而王希孟自十八岁以后，就移居入一幅名叫"千里江山"的长卷。

  感谢我的导师赵宪章教授！他严格有效的教导，使得我杂乱无章的思绪有序化，并诉诸笔端。感谢南大的诸位师友，你们让我的求学生涯如此美好丰饶！凌继尧教授是我入职东大的主考官，他的帮助对我的成长至关重要！感谢徐子方教授、汪小洋教授、李倍雷教授等诸位老师一直以来的关照！感谢王廷信院长！他常慢条斯理，闲庭信步，而我们艺术学理论的发展也粲然可观！

  感谢我的父母，他们承受了我成长过程中的种种顽劣。感谢我的女儿棒棒！她人如其名，自幼健康懂事，以至于我和她爸爸轮流访学的四年多时光，我一个人带着她东奔西走，也还算应付自如。在此，也要感谢我先生一直以来的鼓励和支持。

  感谢东南大学出版社的编辑，因为他们的严谨负责，才不至于让过多的疏漏随着书稿的印刷、发行，而复制、流布。

2020 年 9 月于南京